PETRA GABRIEL

Der Kartograph

PETRA GABRIEL

Der Kartograph

KNECHT
FRANKFURT AM MAIN

Gedruckt auf umweltfreundlichem,
chlorfrei gebleichtem Papier

Originalausgabe

Alle Rechte vorbehalten – Printed in Germany
© Verlag Josef Knecht in der Verlag Karl Alber GmbH 2006
Herstellung: fgb · freiburger graphische betriebe 2006
www.fgb.de
Gesamtgestaltung und Konzeption:
Weiß – Grafik & Buchgestaltung, Freiburg
Coverbild: Henri Testelin: «Colbert stellt Ludwig XIV.
die Akademie der Wissenschaften vor» (Detail), 1667
ISBN-13: 978-3-7820-0893-8
ISBN-10: 3-7820-0893-6

1.

MARIE GRÜNINGERS LACHEN brachte sie zusammen. Es machte sie zu Freunden. Es machte sie zu Rivalen. Damals wussten sie noch nicht, dass sie das Bild der Welt in den Köpfen der Menschen für immer verändern würden.
«Iovis te perdat», Jupiter möge dich vernichten! – Fluchend erhob sich Martin Waldseemüller. Sein neuer Mantel war ruiniert. Sein Kopf dröhnte. Jemand hatte ihm von hinten eins über den Schädel gezogen. Er musste zu Boden gegangen und kurz bewusstlos gewesen sein. Mit der Linken tastete er seinen Gürtel ab. Verdammt, die Börse war auch verschwunden. Fassungslos starrte er auf den Druck in seiner anderen Hand. Er war zerrissen und voller Straßendreck. Dabei hatte er ihn erst kurz zuvor von einem Händler erstanden. Es war die erste Abbildung von diesen Indiern, die in Basel kursierte. So hatte Kolumbus diese Wilden jedenfalls genannt.
Nun war das Blatt dazu noch zerfetzt und zerknüllt. Er hatte sich beim Fallen mit der Hand abgestützt, in der er es hielt, und es dabei schlimm beschädigt. Der Händler war verschwunden. Kurz kam ihm der Verdacht, dass dieser mit dem Räuber gemeinsame Sache gemacht hatte. Es konnte doch kein Zufall sein – gerade als er seine Börse wieder einstecken wollte, war er niedergeschlagen worden. Der Dieb würde allerdings enttäuscht sein, wenn er die Börse öffnete. Es waren nur noch zwei

Kupfermünzen darin. Der Händler hatte einen exorbitant hohen Preis für den Druck gefordert. Er wusste, er würde ihn bekommen. Wenn nicht von ihm, dann von anderen Käufern. Die Leute prügelten sich fast um die erst in diesem Jahr erschienenen Holzschnitte der Wilden, die in dieser neuen Welt lebten. Sie sollten angeblich Kannibalen sein.

Der Druck bestätigte dieses Gerücht. Doch im Moment verschwamm die Abbildung immer mehr vor seinen Augen. Ohne wirklich zu erkennen, was er sah, stierte er auf einen halbnackten Mann und die Frau mit den bloßen Brüsten, die gerade menschliche Glieder verspeisten. Sie saßen in einer offenen Hütte aus Holzstämmen und trugen Blätterröcke sowie seltsame Kopfbedeckungen aus Federn. Gleich rechts davon war das so teuer erstandene Blatt entzwei. Ein Riss zog sich mitten durch einen Kopf samt einigen Gliedern, die mit einem Seil aufgefädelt worden waren und über einem offenen Feuer rösteten.

Ihm wurde schwindlig. Er schwankte und blinzelte mit den Augen, um wieder klarer sehen zu können. Der Mann, der ihn überfallen hatte, war längst verschwunden, untergetaucht im Gewühl des Basler Marktplatzes, zwischen all den Buden und Ständen, den Devotionalienhändlern mit den Bauchläden, den vornehmen Damen im Pelz mit Zofen, Ammen und Kindern wie die Orgelpfeifen, zwischen den Handwerkern und Kesselflickern, den Bauerndirnen aus der Umgebung.

«Pestis te teneat», die Pest möge dich holen!, fluchte er noch einmal. Die Suche nach dem Angreifer war zwecklos. Er würde sich mit dem Verlust der Börse abfinden müssen.

Ein stechender Schmerz durchfuhr seinen Schädel. Er tat wohl besser daran, ins Haus seines Onkels Jakob zurückzukehren. Ungeschickt rieb er an dem Straßendreck auf seinem Mantel herum. Das vergrößerte die Sauerei nur noch. Der aufkommende Wind trieb einen üblen Geruch in seine Nase. Es stank nach Kot und ihm wurde schlecht.

In diesem Moment hörte er ihr Lachen. Er blickte auf. Sie war noch jung, sicher sehr viel jünger als er, und betrachtete ihn amüsiert. Sie versuchte, nicht unhöflich zu erscheinen, das Lachen zu unterdrücken. Es gelang ihr nicht. Ihr Gesicht wurde immer röter, schließlich kniff sie die smaragdgrünen Augen zusammen, hielt sich die Hand vor den Mund und prustete los.

Martin Waldseemüller hatte noch niemals einen Menschen so wunderbar lachen sehen. Er starrte sie fasziniert an. Für einige Augenblicke war der Überfall vergessen, das aufregende Bild, der hämmernde Schmerz in seinem Kopf. Die Welt verengte sich, alles andere um ihn herum hörte auf zu existieren. Seine Wahrnehmung war völlig von diesem zauberhaften Geschöpf gefangen genommen. Es machte ihm nichts aus, dass sie über ihn lachte.

«Marie, reiß dich zusammen, wir sollten dem armen Mann helfen, nicht uns über ihn lustig machen» – erst jetzt wurde ihm bewusst, dass sie mit drei Begleitern unterwegs war, zwei davon wohl einige Jahre jünger als er selbst, einer ungefähr im Alter von Marie.

Ihm wurde erneut schwindlig. Er suchte Halt, griff in die Luft. Dann spürte er, wie ihm die Sinne schwanden. Arme fingen ihn auf.

«Philesius, halt ihn fest, schnell, er kippt um!», rief eine Mädchenstimme. Noch auf dem Weg hinüber in die Ohnmacht empfand er Entzücken darüber, dass sie sich Sorgen um ihn machte.

«Ilacomylus», konnte er gerade noch murmeln. Doch der Versuch, sich vorzustellen, endete jäh. Es wurde dunkel um ihn.

Er erwachte in einer fremden Welt und von kleinen, spitzen Schreien. Langsam klärte sich sein Blick. Er stellte fest, dass er auf dem Samtüberzug eines geschnitzten Sofas lag. Sein Kopf wurde von mehreren Kissen gestützt. Jemand hatte ihm den Mantel ausgezogen und das Hemd über der Brust geöffnet, damit er mehr Luft bekam. Auf einem Tischchen stand ein Glas mit einer roten Flüssigkeit, offenbar Wein. Daneben funkelte eine Karaffe aus Kristall. Alles in diesem Raum kündete von Wohlstand.

Wieder einer dieser kleinen Schreie. Sie war es! Sie hatte ein verdrecktes Blatt in der linken Hand und fuhr mit dem Zeigefinger der Rechten darauf herum, ihren Ausrufen nach hin- und hergerissen zwischen wohligem Erschauern und Neugier. Zwei Männer standen neben ihr. Zwei Köpfe folgten den Bewegungen der weiblichen Hand, einer mit rotbraunen, der andere mit hellbraunen Haaren, und bildeten den Rahmen für ihren dunklen Schopf. Die Männer mochten so um die 20 Jahre alt sein. Der dritte, der Jüngste, ebenfalls ein halber Rotschopf, hielt sich ein wenig abseits.

«Da, da hinten liegt noch ein Arm! Puh, Philesius, das ist gruselig. Wie könnt Ihr Euch nur mit dieser Mundus Novus, dieser neuen Welt beschäftigen! Die Frauen dieser Wilden haben alle nackte Brüste! Dann hier, im Vordergrund, nein wie schrecklich. Bruno, schau, die Mutter mit dem Kind an der Brust – sie reicht ihrem Sohn doch tatsächlich einen Menschenkopf als Mahlzeit. Seht ihr, da hinten, auf dem Meer, das müssen die Pinta und die Nina sein. Nein, die Santa Maria! Basilius, das dürfte dich interessieren. Du beschäftigst dich doch mit Schiffen.»

«Ich beschäftige mich nicht mit Schiffen, ich werde auf einer Karavelle in diese neue Welt reisen!», verkündete der Jüngste im Brustton der Überzeugung.

«Unser Freund Philesius hier hat dir wohl den Kopf verdreht, mein Sohn», erklärte in diesem Moment eine sonore Stimme, und ein korpulenter Mann betrat erstaunlich behände den

Raum. Er machte den Eindruck eines gut situierten Menschen, der mit sich im Reinen ist. «Du kommst aus dem Geschlecht der Amerbach, wir sind Drucker. Wir drucken die Manuskripte über die neue Welt, ihre Erforschung überlassen wir anderen.» Der Junge zog ein beleidigtes Gesicht. Martin Waldseemüller begriff, dass es sich hier vermutlich um einen alten Disput zwischen Vater und Sohn handelte.

«Was habt ihr denn da so Spannendes», erkundigte sich der alte Amerbach. Was er sah, gefiel ihm nicht. «Seid ihr denn von allen guten Geistern verlassen? Marie Grüninger ist unser Gast, ihr Onkel hat sie meiner Obhut anvertraut. Und nun lasst ihr zu, dass sie sich solch schreckliche Szenen ansieht. Wie könnt ihr nur!»

Sie hieß also Marie Grüninger. Nun kannte er ihren ganzen Namen. «Grüninger» – das sagte ihm etwas. Was nur? Sein Schädel schmerzte höllisch. Er konnte sich nicht erinnern. Stattdessen dämmerte es ihm, dass es wohl langsam Zeit wurde, sich bemerkbar zu machen. Er räusperte sich vorsichtig. Niemand achtete auf ihn.

«Onkel Amerbach, dieser Druck kursiert überall. Selbst die Kleinkinder sprechen über die neue Welt und ihre Bewohner. Das ist in Straßburg auch nicht anders.»

«Trotzdem ist das kein Bild für eine junge Dame.»

Die junge Dame warf den Kopf nach hinten. «Ich habe in der Druckerei meines Onkels Schlimmeres zu Gesicht bekommen. Ihr wisst, dass er die Bilder liebt, und ihm werden die seltsamsten Holzschnitte angeboten. Besonders die Heiligenbilder sind sehr grausam und blutig. Er spricht oft mit mir darüber und zeigt sie mir. Außerdem hat uns Philesius keineswegs den Kopf verdreht. Habe ich Euch nicht unlängst zu ihm sagen hören, dass Ihr ihm fast ein wenig böse seid, weil er *De ora Antarctica* über die neue Welt nicht bei Euch herausgebracht hat, sondern bei Hupfuff?»

Martin Waldseemüller richtete sich mit einem Ruck auf. Das war Philesius, der Mann, der die Einführung von 22 Versen zu Vespuccis *Mundus Novus* geschrieben und der dieses Werk über die neue Welt erst kürzlich unter dem Titel *De ora Antarctica* herausgebracht hatte? Der Mann, den er unbedingt hatte treffen wollen? Mein Gott, dieser Philesius war noch so jung. An die acht bis zehn Jahre jünger als er selbst. Trotzdem sprach er bereits fließend Latein, Griechisch, Hebräisch, verstand sich auf Mathematik. Das hatte er jedenfalls gehört. Es erschien ihm wie ein Wunder, dass dieser junge Gelehrte, dieser neue Stern am Firmament der Humanisten so unverhofft in seiner Nähe weilte. Wieder dieser stechende Schmerz. Er stöhnte.

Philesius blickte zu ihm hinüber. «Sieh an, unser Raubopfer ist erwacht. Sein Schädel ist wohl dicker, als es zunächst den Anschein hatte.»

Sie kamen zu ihm, vier Köpfe neigten sich über ihn, vier Augenpaare schauten auf ihn herab, zwei blaue, ein bernsteinfarbenes und eines, das ihn einhüllte wie grüner Samt. Er erhob sich rasch, um seinen Rettern mit einer tiefen Verbeugung zu danken – was ihm einen erneuten Stich im malträtierten Kopf bescherte.

«Martin Waldseemüller, zu Euren Diensten.» Bei den letzten drei Worten blickte er hinüber zur smaragdäugigen Marie Grüninger. Dann räusperte er sich erneut. «Verzeiht, dass ich Euch so viele Umstände mache. Danke für die Hilfe – ich» – er schwankte.

«Setzt Euch hin, Freund. Es gibt Zeiten, da ist etwas weniger Höflichkeit auch keine Schande», dröhnte die Stimme des alten Amerbach. «So, so, Ihr seid also der berühmte Ilacomylus. Der Mann, der es sich in den Kopf gesetzt hat, eine weltumspannende hydro-geographische Karte mit den Entdeckungen die-

ses Florentiners Amerigo Vespucci und der anderen Seefahrer zu fertigen.»
Martin Waldseemüller war verwirrt. «Ihr wisst von mir und meinen Plänen?»
«Natürlich. Die neue Welt ist überall ein Gesprächsthema und damit auch der Mann, der mit seiner Karte den Seefahrern die besten Routen über das große Meer aufzeigen will – mit den Winden und der Strömung gen Westen, der untergehenden Sonne und angeblich neuen Paradiesen entgegen, um es weniger prosaisch auszudrücken. Euer Onkel Jakob erzählte mir davon. Schade, dass Ihr schon einen Drucker habt. Diese Arbeit würde mich interessieren.»
«Mein Onkel Jakob? Ihr kennt meinen Onkel?»
«Wir sind beide Mitglieder der Safranzunft. So treffen wir einander immer wieder. Euer Onkel ist sehr stolz auf seinen gelehrten Neffen, den Kartographen und Humanisten Ilacomylus, der sogar in den Kreisen der großen Freiburger Humanisten verkehrt. Es freut mich, endlich Eure Bekanntschaft zu machen. Auch wenn es unter für Euch ungünstigen Umständen ist.»
Sollte das abschätzig klingen? Gut situierte Männer wie dieser Amerbach beschäftigten sich normalerweise nicht mit den Söhnen von Metzgern und den Neffen von mäßig erfolgreichen Druckermeistern. Aber nein, Martin Waldseemüller konnte in den Augen seines Gastgebers kein nur geheucheltes Interesse erkennen. Und hatte er nicht Drucker gesagt? Natürlich, endlich dämmerte es ihm. Amerbach! Dieser Johann Amerbach war einer der erfolgreichsten Drucker von Basel. Ein Mann mit den besten Verbindungen zu den Kartäusern, die ihm ein wertvolles Manuskript nach dem anderen aus ihrer Bibliothek lieferten. Der Amerbach, von dem selbst der gelehrte Gregor Reisch, der Kartäuserprior in Freiburg, mit größter Hochachtung sprach!

Er holte Luft, wollte etwas sagen, brachte aber wegen seines dröhnenden Schädels wieder nur ein unartikuliertes Stöhnen heraus. Er hätte sich ohrfeigen können. Dieses wunderbare Mädchen, diese Schönheit Marie Grüninger, musste ihn für einen greinenden Schwächling halten. Sie musterte ihn neugierig. Er konnte nicht erkennen, was sie dachte. Der Ausdruck ihrer Augen blieb unergründlich. Nur einmal ganz nah bei ihr sein, mit ihr sprechen, sie...

Amerbach unterbrach seine schwärmerischen Fantasien. «Ich bin hier der Unhöfliche. Verzeiht. Nun setzt Euch schon, mein Freund. Es wird Zeit, dass Ihr erfahrt, in wessen Haus Ihr hier gelandet seid. Ich werde mit der Dame beginnen.»

An ihrem Lächeln erkannte Ilacomylus, dass ihr der Ausdruck Dame sehr gefiel. Zu ihrem Grübchen im Kinn brachte es auch noch zwei weitere in ihren Wangen hervor. Er betrachtete sie hingerissen, musste seine ganze Kraft zusammennehmen, um sie nicht wie ein Ochse anzustarren. Er wandte sich wieder seinem Gastgeber zu. Im Augenwinkel bemerkte er noch, dass Philesius ihn mit einem amüsierten Funkeln in den Bernsteinaugen beobachtete.

«Jeder Mann reagiert so auf Marie. Sie weiß das und nutzt das entsprechend aus», erklärte der Jüngste in der Runde mit verbissenem Gesicht. Martin Waldseemüller sah, dass sie leicht errötete. Ihre Verwirrung machte sie womöglich noch anziehender.

«Basiliu...», hob sie an. Doch Amerbach unterbrach ihren Protest.

«Basilius, mein Sohn, du solltest Marie nicht so behandeln.»
«Er ist eifersüchtig, Vater. Eifersüchtig auf jeden Mann, der nur in ihre Nähe kommt.»
«Bruno, vergisst nun auch du deine Erziehung? Was soll unser Gast von uns denken. Nach allem, was ich von ihm hörte, käme er niemals auf unziemliche Gedanken einem jungen, un-

schuldigen Mädchen gegenüber. Schon gar nicht in seinem Zustand. Seht ihr denn nicht, dass er kurz davor ist, wieder ohnmächtig zu werden?» In den wasserblauen Augen des Druckers blitzte der Schalk. Die Söhne funkelten den Vater wütend an. Martin Waldseemüller hatte das Gefühl, dass zumindest Amerbachs letzte Feststellung nicht gänzlich von der Hand zu weisen war.

«Hier, nehmt einen Schluck», unterbrach die sanfte Stimme von Marie Grüninger seine Selbstbetrachtungen, und eine zarte Hand reichte ihm anmutig das Glas, das neben der Karaffe gestanden war. Sie hatte sich überraschend schnell wieder gefasst, so als ob sie solche Dispute schon zu kennen schien. «Der Bader, der vorhin Euren Kopf untersuchte, hat irgendwelche Schmerztropfen und beruhigende Kräuter hineingetan. Das wird Euch helfen. Dann hat er erklärt: ‹Entweder übersteht er es, oder auch nicht.› Jedenfalls ist in Eurem Schädel wohl kein Knochen gebrochen, das Innere wurde nur gehörig durchgeschüttelt von dem schlimmen Schlag, den Ihr erhalten habt.» Ihre Stimme war ganz die einer praktischen Hausfrau. «Wenn ...»

Gab es denn irgendetwas, das dieses Mädchen nicht auf wunderbare Weise tat? Selbst solche Sätze wie: «Der Bader hat gesagt, entweder übersteht er es, oder auch nicht» verloren ihren Schrecken, wenn Marie sie aussprach, bekamen etwas Tröstliches, Hoffnungsvolles.

Amerbach unterbrach sie. «Kinder, jetzt ist aber Schluss. Was soll unser gelehrter Gast nur von euch denken! Ilacomylus – ich darf Euch doch so nennen –, jetzt müsst Ihr wirklich zunächst einmal erfahren, in wessen Haus und bei wessen missratener Brut Ihr Euch befindet.»

Der Magister Ilacomylus nahm einen großen Schluck Wein. Er war mit Wasser vermischt und schmeckte bitter. Er hoffte, dass statt des Alkohols wenigstens das Schmerzmittel seine Wirkung tun und seinen inneren Aufruhr etwas dämpfen würde.

«Mein Name ist Johann Amerbach, Drucker zu Basel. Ihr seid in meinem Haus in der Rheingasse gelandet. Diese beiden Burschen hier sind meine beiden größeren Söhne. Bruno ist der ältere und Basilius der jüngere. Zusammen mit dieser vorlauten jungen Dame und einem Freund, Matthias Ringmann, haben sie Euch im Pferdekarren hierher gebracht, als Ihr ohnmächtig wurdet. Zum Haushalt gehören außerdem mein Weib Barbara, meine Tochter Margret und mein Jüngster, Bonifacius. Die drei sind unterwegs, sie wollten auf den Markt. Doch sie müssen bald kommen. Die junge Dame hier, von der bereits öfter die Rede war, ist Marie Grüninger, die Nichte meines Freundes und Druckerkollegen Jean Grüninger zu Straßburg. Der andere Gast, Matthias Ringmann, genannt Philesius, ist einer der aufstrebendsten jungen Gelehrten unserer Zeit. Er war der Lektor der Neuauflage von Gregor Reischs *Margarita philosophica*. Außerdem hat er eine Edition des Briefes von Amerigo Vespucci über dessen Reise von 1501/1502 in die neue Welt herausgebracht. Da Ihr ja den Plan habt, eine Seekarte mit dem Weg zu den neuen Territorien zu veröffentlichen, habt Ihr mit ihm sicherlich einiges zu besprechen. Unser Freund Philesius und meine Söhne haben sich übrigens beim Studium in Paris kennengelernt. Ich wollte, die Zielstrebigkeit von Philesius würde sich etwas auf sie übertragen.»

Und ob er etwas mit Philesius zu besprechen hatte! Seit Wochen schon versuchte er vergeblich, an Abschriften der Original-Briefe zu kommen, die der Florentiner Vespucci über eine seiner Reisen geschrieben hatte.

Außerdem hieß es, Vespucci wolle eine ganze Abhandlung über alle seine Fahrten verfassen, er sei sogar dabei, selbst Karten zu entwerfen. Ach, wenn er sie doch nur sehen könnte! Sie wären ihm unentbehrliche Quellen, um sein eigenes großes

Vorhaben abzusichern. Und nun traf er wie aus heiterem Himmel mit diesem Philesius zusammen. Es war wie ein Zeichen Gottes.

Er konnte seiner Freude über die Begegnung keinen Ausdruck verleihen. Wieder brachte er kein Wort hervor.

«Vater!» Nun protestierte Bruno Amerbach, der wegen der Bemerkung des Vaters über seine Söhne verärgert war.

«Ich meinte damit eher Basilius», schob Amerbach aufgeräumt nach. «Er lässt nämlich immer seinen Bruder die Briefe in die Heimat schreiben, damit ich sein Latein nur ja nicht korrigieren kann. Meine Söhne sind zurzeit auf einem kurzen Urlaub in der Heimat. Die jungen Herren benötigen Geld.»

«Vater!» Jetzt war es an Basilius, ein zorniges Gesicht zu ziehen. Der Umgangston im Hause Amerbach schien Martin Waldseemüller ziemlich rau, aber dennoch herzlich zu sein.

«Verzeiht, dass ich Euch solche Umstände mache. Verzeiht auch meine Verwirrung. Aber heute begegne ich Menschen, deren Gesellschaft ich schon so lange suchte. Die Eure zum Beispiel, verehrter Meister Amerbach. Ihr geltet als einer der besten Drucker Basels. Euer Ruf kommt nur noch Eurem Leumund als guter Christenmensch und Bürger, als Humanist und Freund der Wissenschaften gleich, dem eines Mannes, der besser Latein und Griechisch spricht als mancher Gelehrte.»

Martin Waldseemüller griff sich an die Stirn. Er hatte das Gefühl, dass seine kleine Rede gestelzt klang. Doch die richtigen Worte tauchten nur mit Mühe aus dem zähen Nebel auf, der in seinem Kopf waberte.

Stockend sprach er weiter: «Und dann habe ich heute auch noch die Ehre, Philesius zu treffen, den ich – verzeiht die Vertraulichkeit – schon so lange als Bruder im Geiste betrachte. Seit ich das erste Mal von ihm hörte, seit ich die Verse las, die er den Reisebeschreibungen Vespuccis vorangestellt hat. Sie zeugen nicht nur von tief empfundener poetischer Kunst und dem

Humor eines geschliffenen Geistes, sondern auch von weitreichendem geographischen Wissen. So lange schon strebe ich danach, ihm zu begegnen, mit ihm über mein Vorhaben, über die neue Seekarte zu sprechen.» Die letzten Worte kamen immer leiser. Das Reden fiel ihm unendlich schwer.

«Ihr lasst mir zu viel der Ehre zukommen, werter Freund. Das muss wohl dem Schlag über den Schädel zuzuschreiben sein», erwiderte Matthias Ringmann trocken. «Eher müsste ich mich glücklich schätzen, Euch vorgestellt worden zu sein. Gregor Reisch erzählte oft von Euch, als wir die Änderungen an seiner großen Enzyklopädie, der *Margarita philosophica*, besprachen. Immer wieder hat er mir erklärt, dass ich Euch unbedingt treffen müsse, falls ich weitere Arbeiten über die Terra incognita plane. Ihr wärt einer der belesensten und gebildetsten Astronomen, Geographen, Mathematiker, Kartographen und Kosmographen weit und breit. Und Theologe natürlich.»

Philesius musste seine kleine Rede unterbrechen. Ein schlimmer Hustenanfall machte ihm zu schaffen. Er zog ein seidenes Taschentuch aus dem Ärmel seiner Jacke. «Verzeiht», keuchte er und hielt das spitzenbesetzte Seidentuch vor den Mund. Es hatte ursprünglich offenbar einer Dame gehört. «Eine kleine Unpässlichkeit, die mich seit meiner Kindheit begleitet. Sonst wäre ich schon längst selbst in diese neue Welt aufgebrochen.»

«Sagt, Philesius, von wem stammt denn dieses zauberhafte Spitzentüchlein, das Ihr da so angelegentlich vor Euren Mund haltet?» Die Stimme von Marie Grüninger klang zuckersüß. Die junge Schönheit hatte offenbar durchaus auch Haare auf den Zähnen. Martin Waldseemüller fand selbst das unwiderstehlich.

In diesem Moment betrat ein junges Mädchen den Raum. Sie mochte wohl 16 Jahre alt sein, in etwa so alt wie Marie Grüninger. Sie umarmte diese stürmisch. «Stell dir vor, wen wir getroffen haben! Deinen Verehrer, der …»

«Margret, wir haben einen Gast. Willst du ihn nicht erst begrüßen? Heute scheinen mich wohl alle meine Sprösslinge beschämen zu wollen», polterte Johann Amerbach los. «Barbara, meine Beste, du musst unbedingt etwas tun, um deine Kinder besser zu erziehen», rief er der Matrone entgegen, die ins Zimmer kam.

Diese war unverkennbar die Mutter jenes soeben eingetroffenen Mädchens. Beide waren wie sittsame Basler Bürgerinnen gekleidet, nur, dass die Ältere eine Haube trug, wie es sich für verheiratete Frauen geziemte. Die Qualität des Leinens und die sorgsame Einfassung der Mieder kündeten ebenfalls vom Wohlstand der Familie. Auch wenn der schlichte, hoch geschlossene Schnitt der Unterkleider wohl Zurückhaltung und Sittsamkeit ausdrücken sollte.

Marie Grüninger wirkte mit ihrem sehr viel tieferen Ausschnitt und den kräftigen Farben geradezu wie ein Paradiesvogel neben diesen beiden bescheiden in Dunkel und Pastell gewandeten Frauen. Martin Waldseemüller stellte erst jetzt fest, dass das Grün ihres mit silbernen Litzen eingefassten Mieders genau zu ihren Augen passte. Die geflochtenen Ärmel des Überkleides waren mit dunkelgrünem Samt unterlegt. Ihr Haarnetz, das ebenfalls in Grün und Silber glitzerte, vertiefte den Smaragdton ihrer Augen noch. Im Moment hatte sie jedoch keinen Blick für ihn. Die jungen Mädchen hatten sich in eine Ecke des Zimmers zurückgezogen, flüsterten leise miteinander und kicherten.

Die Basler prunkten nicht so mit ihrem Reichtum wie die Straßburger, das hatte Martin Waldseemüller begriffen. Sie gaben sich zurückhaltend. Das galt selbst für ihre Häuser. Diese sahen von außen, von der Straßenseite her, eher schmucklos aus. Doch wer in die Innenhöfe kam, jenen Teil des Hauses, der nur den Familien und ihren Besuchern vorbehalten blieb, der wurde schnell eines Besseren belehrt. Manche dieser Höfe waren an Pracht kaum zu überbieten. Brunnen plätscherten in lauschigen Ecken mit Bänken und begrünten Pavillons. Allerlei Blumen und Kräuter aus fernen Regionen der Welt sowie Statuen aus aller Herren Länder, bevorzugt nach der Art der alten Griechen, ergänzten das Bild. So manches der teilweise wirklich antiken Kunstwerke hatte wohl als Gegenleistung für ein anderes Gut den Besitzer gewechselt. Die Basler galten nicht umsonst als geschickte Kaufleute.

«Wieso meine Kinder? Es sind doch deine Kinder, dachte ich immer, werter Gatte», wehrte sich jetzt Barbara Amerbach. Sie schien ihrem Mann an Schlagfertigkeit keineswegs nachzustehen. Martin Waldseemüller verneigte sich höflich, so gut es mit seinen zitternden Knien eben ging. Statt einer Begrüßung schlug die Hausfrau die Hand vor den Mund und stieß einen kleinen Schrei aus. «Ihr blutet ja, Magister. Bei Gott, was haben sie denn mit Euch gemacht? Warum hat denn niemand die Wunde verbunden?»

«Er wurde überfallen, liebste Barbara», setzte Johann Amerbach zur Erklärung an.

«Ja, wir haben ihn gefunden, er ist vor unseren Augen in Ohnmacht gefallen», mischte sich Marie Grüninger vom Esstisch aus ins Gespräch. «Wir haben ihn hierher gebracht und dann den Bader geholt.»

«Und der hat gesagt, entweder er schafft es, oder er schafft es nicht», fügte Basilius an.

«So, so, das hat der Bader gesagt.» Barbara Amerbach schmunzelte. «Wie ich sehe, ist das Letzere der Fall. Glücklicherweise. Kommt, junger Herr. Wir wollen Eure Wunde am Hinterkopf verbinden. Ich werde allerdings dafür wohl einen Teil eurer Kopfhaut kahl scheren müssen. Eure Haare sind ja mit Blut verklebt. Derweil könnt Ihr mir erzählen, was Euch geschehen ist. Christine, eil dich, ich brauche deine Hilfe, wir haben einen Verletzten.»

«Gott segne den praktischen Verstand meiner Barbara», erklärte Johann Amerbach schmunzelnd und betrachtete seine Frau liebevoll. Diese hatte keine Zeit, das zu bemerken. Sie bedachte die ältere Frau, die auf ihr Rufen hin ins Zimmer gelaufen war, mit einer ganzen Flut von Anordnungen. Unter anderem der, für den Gast ein zusätzliches Gedeck fürs Abendbrot aufzulegen. Martin Waldseemüller bekam keine Gelegenheit zu protestieren. Offenbar war Barbara Amerbach nicht an Widerspruch gewöhnt. Philesius blinzelte ihm verschwörerisch zu, als sie ihn am Arm packte und aus dem Zimmer zog. Im Hinausgehen sah er noch, dass auf dem obersten der wertvollen Amerbach'schen Brokatkissen ein großer Blutfleck prangte. Barbara Amerbach wischte seine gestammelte Entschuldigung mit einem knappen «Macht Euch darüber bloß keine Sorgen» zur Seite.

Später, beim Essen, betrachtete Martin Waldseemüller die Runde, in die er so unerwartet geraten war. Er fühlte sich wohlig und zufrieden, sein Kopf schmerzte bereits bedeutend weniger. Die Schmerztropfen taten ihre Wirkung. Allerdings zierte seinen Hinterkopf nun tatsächlich eine kahle Stelle. Glücklicherweise war sein kragenlanges Haar so lockig und dicht, dass dadurch der Makel beinahe vollständig verdeckt wurde. Er sprach nicht viel während des Essens, was aber niemanden zu stören schien. Die Mahlzeit war nahrhaft und praktisch – Gemüsesuppe, geräucherter Rheinfisch, gepökeltes Fleisch, eingelegte Zwetschgen, eine Pastete.

Martin Waldseemüller war glücklich, einfach zuhören zu können. Das Stimmengewirr verschmolz zu einer angenehmen Musik, fast schon zu einem Schlaflied. Ja, er fühlte sich erschöpft. Barbara Amerbach hatte ihn tüchtig ausgefragt. Er trank seinen Wein, hörte das Gemurmel der Unterhaltung am Tisch, immer wieder unterbrochen von dem hellen Lachen Marie Grüningers.

Ein Diener zog die schweren Samtvorhänge vor den Butzenfenstern zu und zündete die Kerzen im Kandelaber an. Da erst wurde Martin Waldseemüller bewusst, dass die Nacht schon längst hereingebrochen war. Wie konnte er nur so unhöflich sein und die Gastfreundschaft dieser Menschen so lange in Anspruch nehmen! Er musste sofort aufbrechen. Bei diesem Gedanken spürte er erneut einen Stich, dieses Mal im Herzen und nicht im Kopf. Er konnte den Gedanken kaum ertragen, Marie Grüninger vielleicht niemals wiederzusehen. Doch es half nichts.

«Ich bringe Euch», erklärte Matthias Ringmann, als Martin Waldseemüller seine Absicht kundtat, nun aber endlich aufzubrechen.

«Aber es ist weit, wir müssen über den Fluss nach Großbasel bis in die kleine Gerbergasse. Das ist fast beim Heuberg. Wir werden eine Weile laufen müssen. Wollt Ihr Euch das wirklich antun?»

Amerbach protestierte: «Ich werde Euch einen Diener mit dem Pferdewagen mitgeben.» Doch Martin Waldseemüller bestand darauf, zu Fuß zu gehen. «Die Nachtluft wird mir helfen, meinen Kopf wieder klar zu bekommen», erklärte er.

«Ich hoffe, Euch bald wieder in meinem Haus begrüßen zu dürfen», gab ihm der Drucker mit auf den Weg.

Martin Waldseemüller hoffte das auch. Denn dort, in der Rheingasse, lebte Marie.

Es hatte in der Zwischenzeit geregnet, eines jener kurzen, aber heftigen Sommergewitter, nach denen die Welt wieder wunderbar sauber duftete, hatte sich über Basel entladen. Gerade ausreichend Regen, damit der Wind den Straßenstaub nicht mehr aufwirbeln konnte, doch nicht genug, um die zähe Masse von Dreck und Kot in den Rinnen in einen stinkenden Matsch zu verwandeln. Martin Waldseemüller atmete tief ein, die kühle frische Nachtluft füllte seine Lungen. Sie wandten sich nach rechts, der Rheinbrücke zu.

Es war still in den Straßen von Kleinbasel, die Menschen schliefen. Hin und wieder hörten sie das Miauen einer Katze. Martin Waldseemüller hing seinen Gedanken nach. In der Dunkelheit erinnerte ihn dieser Bereich der Stadt, die Häuser, die dicht an dicht die Gasse säumten, ein wenig an Freiburg, besonders im Sommer. Er lebte nun schon so lange in der Stadt am Rheinknie. Doch noch immer fühlte er sich hier nicht so recht daheim. Noch immer war er nichts als der arme Neffe eines Druckers, der es zu nichts gebracht hatte.

Eine Weile gingen die beiden Männer schweigend nebeneinander her. Martin Waldseemüller dachte an Marie. Und er überlegte, wie er diesen Philesius näher kennenlernen konnte. Er musste ihn unbedingt dazu bringen, ihm die originalen Briefe Vespuccis wenigstens zu zeigen.

«Macht Euch keine Hoffungen. Sie ist versprochen. Grüninger hat seine Nichte nur zu den Amerbachs geschickt, weil Barbara Amerbach den Ruf einer tüchtigen Hausfrau hat. Marie ist Waise. Ihre Eltern sind schon vor Jahren gestorben, kurz nacheinander. Die Mutter war Grüningers jüngere Schwester. Grüninger und seine Frau haben sie deshalb in ihrem Haus aufgenommen. Sie soll nun von Barbara Amerbach lernen, einen Haushalt zu versehen, bevor sie heiratet. Ein Mädchen wie Marie Grüninger ist nicht für Männer wie Euch und mich bestimmt», unterbrach Ringmann den Fluss seiner Gedanken.

«Ihr liebt …?»

«Ja, ich verehre sie auch. Jeder Mann verehrt sie. Doch der einzige Reichtum, den ich besitze, der befindet sich in meinem Kopf. Meine Familie ist einfach, ich komme aus armen Verhältnissen. Marie ist eine Frau, die im Licht stehen muss, um zu glänzen, die Gold braucht, Perlen, schöne Kleider. Das kann ich ihr nicht bieten. Und Ihr seid ein studierter Theologe, ein

Mann, der früher sogar im Dienst des Bischofs von Konstanz stand, wie man hört. Demnach ist sie auch nichts für Euch, Magister.»

Martin Waldseemüller schaute prüfend zu Matthias Ringmann hinüber. Seine Miene wirkte angespannt. Doch was er sagte, wirkte ehrlich.

«Das, was Ihr über mich sagt, hört sich zwar gut an, aber eigentlich bin ich ein Niemand. Ich wurde im Kirchendienst immer unzufriedener. Die Arroganz der Rechtschaffenen und Hochgeborenen in Verbindung mit manchmal kleinlicher Geisteshaltung machte mir zu schaffen. Mein Vater war Metzger, Zunftmeister zwar, aber Metzger. Zusammen mit seinem Bruder Hans betrieb er im väterlichen Doppelhaus ‹Zum Hechtkopf› außerdem einen ausgedehnten Viehhandel. Deshalb nannten sie ihn in Freiburg ‹Judenküng›.» Es war Martin Waldseemüller anzuhören, wie sehr ihn die Nennung dieses Schandnamens noch heute schmerzte. «Ach, aber warum erzähle ich Euch das alles.»

Matthias Ringmann legte ihm kurz die Hand auf die Schulter, zog sie dann aber sofort zurück, als wäre ihm diese Berührung peinlich. Martin Waldseemüller begriff, dass sein Begleiter schüchtern war. Um so mehr überraschte ihn die Wärme, mit der er dann antwortete. «Weil wir Brüder sind. Brüder im Geiste, das spürt Ihr doch auch. Sprecht weiter. Das ist noch nicht das Ende der Geschichte, oder?»

«Nein. Es schien alles gut zu werden. Mein Vater kam sogar in den Stadtrat. Dann geschah das Schreckliche. Noch während ich in Freiburg an der Universität studierte, schloss sich mein Vater den Aufrührern an, die den gewaltsamen Versuch planten, einige Mitglieder des Magistrats zu vertreiben, die ihnen nicht genehm waren. Eines Abends trafen sich die Verschwörer vor dem Zunfthaus der Metzger, dem Haus ‹Zum Sternen›. Als sich mein Vater auf den Heimweg machte, wurde er direkt vor dem Haus ermordet. Sein Mörder ist nie gefasst worden. Die Geschichte hat mich lange verfolgt.»

Er machte eine Pause. Die Erinnerung an die Ereignisse von damals war noch immer schmerzhaft. Ringmann sagte nichts, sondern wartete einfach nur, bis er weitersprach.

«Ich bin deshalb nach Abschluss des Magisterexamens aus Freiburg fortgegangen und kam schließlich nach Basel zum Bruder meines Vaters, Jakob», fuhr Martin Waldseemüller fort. «Er hat ebenfalls in Freiburg studiert und sich danach der neuen Druckkunst gewidmet. Das faszinierte mich. Er nahm mich als Lehrling auf und hat mich zudem in die Kunst der Kartographie eingewiesen, mir beigebracht, wie man einen anständigen Holzschnitt fertigt. Wir arbeiten gut zusammen. In gewisser Weise ging ich aber auch ungern aus Freiburg fort, besonders wegen Gregor Reisch, von dem Ihr gesprochen habt. Er hat ein unerschöpfliches Wissen, hat mich so viel gelehrt, mir bei meinen Studien in der Mathematik und der Kosmologie geholfen. Ohne ihn und die Männer, die zu seinem Kreis gehörten, könnte ich es niemals wagen, nun eine Seekarte mit den neuen Territorien nach dem Muster der portugiesischen Portolankarten fertigen zu wollen. Habt Ihr schon einmal eine dieser Karten gesehen? Einige sind wahre Wunderwerke. Manches Mal denke ich, wenn Ptolemäus sie doch sehen könnte. Seine *Geographia* hatte mehr als 1300 Jahre Bestand, jetzt wird sie innerhalb weniger Jahre mehr und mehr korrigiert.»

Martin Waldseemüller hatte in seiner Begeisterung nicht mehr auf den Weg geachtet und stolperte über einen losen Stein. Das bescherte ihm wieder einen schmerzhaften Stich in seinem Kopf. «Seht Ihr, ich kann noch nicht einmal richtig laufen und maße mir trotzdem an, mich in die Reihe jener zu stellen, die den Ptolemäus umschreiben. Dabei gibt es doch so viel Bessere, als ich es bin. So, jetzt kennt Ihr meine ganze Geschichte, wisst mehr über mich, als einige, die sich hier in Basel meine Freunde nennen. Wie ist es, wollt Ihr mich nicht Ilacomylus nennen? Ich bin der Ältere, darf es Euch deshalb anbieten.»

Matthias Ringmann zog die Hand zurück, die er schon ausgestreckt hatte, um ihn zu stützen. «Wie mir scheint, habt Ihr zumindest ein Talent, wieder auf die Beine zu kommen.» Er lächelte. «Sagt Philesius zu mir. Wir haben wirklich dieselben Interessen. Auch ich bin übrigens schon einmal überfallen worden. Allerdings nicht von jemandem, der es auf meine Börse abgesehen hatte. Von Jakob Locher und seinen Spießgesellen. Sie haben mir ganz in der Nähe von Reischs Freiburger Kartause aufgelauert und mir übel eins über den Schädel gezogen. Außerdem nahmen sie meine Kleider mit, was mir ehrlich gesagt noch mehr missfiel als die Prügel, die ich einstecken musste. Denn das brachte mich in eine besonders peinliche Lage. Stellt Euch das vor! Da saß ich nun im Unterhemd im Straßendreck, überall blaue Flecken und mein Schädel dröhnte.»

Martin Waldseemüller konnte bei dieser Vorstellung nicht anders, er musste lachen. Das rächte sich. «Au, mein Schädel», rutschte es ihm heraus.

«Das habt Ihr nun davon, wenn Ihr Euch über mich armen Schlucker lustig macht», brummte Matthias Ringmann. Doch sein Tonfall klang keineswegs beleidigt. «Glücklicherweise war es schon dunkel und die Kartäuser nicht weit entfernt», fuhr er fort. «Die guten Mönche liehen mir ein Habit. Ihr kennt doch Locher?»

«Ja, flüchtig. Hat er nicht ein begeistertes Gedicht zur zweiten Ausgabe von Reischs *Margarita* geschrieben und sich im Übrigen mit fast allen Freunden von Reisch angelegt? Er steht außerdem in dem Ruf, ziemlich nachtragend zu sein. Was habt Ihr ihm denn getan, dass er Euch so misshandelt hat?»

«Ihm widersprochen. Das kann dieser dickschädelige Schwabe einfach nicht ertragen. Er glaubt, nur die Strömung des Humanismus, die er vertritt, ist die richtige. Mich zählt er zu den ‹alten Herren›, den Konservativen. Was sicher in gewissem Sinne auch stimmt. Jedenfalls bin ich dabei in guter Gesellschaft mit der Humanistengruppe um Jakob Wimpfeling und Sebastian Brant. Letzterer hat seine literarische Laufbahn übrigens hier in Basel als Lektor und Editor begonnen. Locher passt jedenfalls unsere scholastische Theologie und Philosophie nicht.»

«Deswegen hat er Euch eins über den Schädel gezogen?»

«Acht. Es waren acht, die mir eins über den Schädel gezogen haben. Und möglicherweise auch nicht nur deshalb.» Philesius grinste.

«Ha, es steckte wohl ein Weib dahinter?»

«Ihr verzeiht, mein Freund, wenn ich dazu nichts weiter erkläre, sondern es bei der offiziellen Version für die Geschichtsschreiber belasse.»

«Und, ist Euer Schädel geheilt?», erkundigte sich Ilacomylus.

Die schlaksige Gestalt von Philesius wurde von einem erneuten Hustenanfall geschüttelt. Dieses Mal war er jedoch nicht so schlimm wie der vorhergegangene. Das Keuchen ging nahtlos in ein Lachen über. «Wie Ihr seht, mein Freund. Nur meine Hakennase ist ein wenig platter geworden, was ihr nicht geschadet hat. Dadurch wurde mein Gesichtsausdruck wenigstens einigermaßen intelligent. Auch mich hat Reisch übrigens in Mathematik unterrichtet, wenn auch wohl nach Euch. Zudem habe ich in Heidelberg studiert. Und außerdem in Paris, wie Ihr ja schon gehört habt. Dort lernte ich Griechisch, bei Fausto Andrelino die Kunst der Poesie, bei Levèvre d'Étaples, dem großen Meister, Kosmographie, Philosophie und Mathematik. Etwas Hebräisch spreche ich ebenfalls. In Paris habe ich auch die erste Edition von Vespuccis *Mundus Novus* entdeckt. Es war wie eine Offenbarung.» Er machte eine nachdenkliche Pause.

«Und wie ging es dann mit Euch weiter?»

«Oh, neben Euch geht ein Mann, der nicht gerade das ist, was man einen erfolgreichen Gelehrten nennt. Danach folgten klägliche Versuche, meinen Lebensunterhalt dauerhaft zu sichern. Ich habe unter anderem damit begonnen, in Colmar eine Lateinschule ähnlich der berühmten Stätte in Schlettstadt aufzubauen. Doch meine Unterrichtsmethoden gefielen den Eltern meiner – zugegeben wenigen – Schüler nicht. Obwohl sie von Étaples inpiriert waren. Kurz, sie haben mich zum Teufel gejagt. Nun bin ich Lektor bei Grüninger in Straßburg, dem Onkel von Marie. Ich habe sie übrigens nach Basel begleitet. Auf diese Weise konnte ich Bruno und Basilius wiedersehen. Zumindest war das mein Vorwand.»

Ringmann schaute zu Martin Waldseemüller hinüber. Die Wolken des nächtlichen Gewitters hatten sich teilweise verzogen. Das Licht des Halbmondes beleuchtete das Gesicht des Mannes, den er erst an diesem Tag kennengelernt hatte. Matthias Ringmann hatte dennoch das Gefühl einer großen Vertrautheit. Er sah einen mittelgroßen Mann, drahtig, in etwas verschlissener Kleidung, die Absätze seiner Schuhe waren schief gelaufen. Nur der braune Umhang schien relativ neu zu sein. Doch obwohl er nicht groß war, fast einen Kopf kleiner als er selbst, wirkte Martin Waldseemüller nicht wie einer dieser typischen kleinen Männer, die ständig so gehen, als müssten sie der Welt etwas beweisen. Sein Gesicht war glatt rasiert. Ein gutes Gesicht, ehrlich. Eines, das von einem Menschen erzählte, der das Träumen noch nicht verlernt hat.

Waldseemüller hatte die braunen Augen aufmerksam auf ihn gerichtet. In seinem Blick brannte eine Frage. Er stellte sie nicht. Matthias Ringmann verstand sie trotzdem. «Bevor Ihr Euch noch länger quält: Nein, Marie Grüninger interessiert sich wirklich nicht für mich, sie spielt nur gerne mit ihren Verehrern. Sie ist zu klug, um sich einen armen Schlucker zu nehmen. Wenn ich könnte, wäre ich schon längst auf dem Weg in diese unbekannte Welt, von der Vespucci schreibt.»

«Das ist auch meine größte Sehnsucht. Lange schon. Doch ich kann mir eine solche Reise nicht leisten. Aber wenn meine Seekarte einmal fertig ist und gut wird – vielleicht spricht sich das ja herum, und vielleicht nimmt mich dann ein Kapitän als Kartograph an Bord eines Segelschiffes mit auf Entdeckungsfahrt. Stellt Euch das vor! Ich könnte dann endlich meine Kenntnisse komplementieren. Es gibt noch so vieles, was ich nicht weiß, was ich mir noch nicht einmal vorstellen kann.» Er deutete auf den Sternenhimmel, der durch die Wolkenlücken hindurchblitzte. «Ich komme mir so klein vor angesichts dieser ganzen Unendlichkeit. So viel Unbekanntes gibt es noch zu entdecken. Einmal über den Atlantik fahren, diese neuen Territorien mit eigenen Augen sehen, selbst nachprüfen zu können, was ich bisher nur aus zweiter und dritter Hand weiß, ja, das wäre mein großer Traum.»

Für eine Weile schwiegen sie wieder. Sie erreichten die Brücke über den Rhein, überquerten sie und wandten sich nach links in Richtung des Kornmarktes. Ihre Schritte hallten durch die Stille der Nacht. Plötzlich hörten sie das Holpern von Wagenrädern, den Lärm von wild dahingaloppierenden Pferdehufen. Eilends drückten sie sich an eine Hauswand. Und da war der Spuk auch schon vorbei. Beide blickten dem Gefährt perplex hinterher.

«Da hatte es jemand eilig», stellte Matthias Ringmann fest.

«Offensichtlich», erwiderte Martin Waldseemüller. Er war mit seinen Gedanken woanders und hatte den Vorfall schon so gut wie vergessen. «Sagt, habt Ihr schon einmal die Karten von Alberto Cantino und Nicolo Caverio gesehen? In ihnen sind einige der Entdeckungen von Kolumbus und Miguel Corte Real schon berücksichtigt. Ich konnte leider nur eine schlechte Kopie der Cantino-Karte erwerben, ich halte sie für sehr ungenau.

Trotzdem hüte ich sie wie einen Schatz. Es soll auch neuere portugiesische Portolankarten von einem mir unbekannten Kartographen geben. Ach, Terra incognita, unbekanntes Land, neue Welt – klingt das nicht unglaublich? Nach Wundern, nach Schönheit, nach Abenteuern, nach Reichtum? Und vielleicht gibt es das Paradies, das Land des Goldes, auf das alle hoffen, ja wirklich. Dabei ginge es mir gar nicht darum. Wenn ich nur einmal an Bord einer Karavelle dort hinreisen dürfte.»

«Stellt Euch eine solche Seereise nicht zu rosig vor. Das große Abenteuer hat seinen Preis – Gestank, Enge, Krankheiten, Auseinandersetzung mit den Eingeborenen. Einige der Männer Vespuccis sollen sogar von ihnen verspeist worden sein. Aber das wisst Ihr ebenso gut wie ich. Habt Ihr nicht doch noch einen zweiten Traum? Einen geheimen? Zum Beispiel den, dort ein Vermögen zu machen und als wohlhabender Mann eine Frau wie Marie Grüninger zu heiraten?»

Martin Waldseemüller zog ein Gesicht. «Ich bin keiner dieser Glücksritter.»

«Nein, verzeiht, das wäre wahrlich auch zu kurz gegriffen. Eure Ziele reichen weiter, dessen bin ich mir gewiss. Ihr seid auf der Suche nach den Schätzen des Wissens. Manches Mal frage ich mich allerdings, ob es nicht besser wäre, wenn es bei den Träumen bliebe. Die Wirklichkeit kann sehr ernüchternd sein. Dennoch gestehe ich, dass auch ich träume. In diesen unbekannten Regionen könnten so viele Abenteuer, unerwartete Entdeckungen, Neues unter einem anderen Himmel auf uns warten, vielleicht eine aufregende, eine andere Welt voller Wunder, eine, in der die Menschen friedlich zusammenleben, in der es keine Bosheit, keinen Neid, keine Missgunst, sondern nur Eintracht und Harmonie gibt. Und vielleicht auch noch ein paar exotische Schönheiten.»

Er lachte. Philesius hatte ein warmes, ein ansteckendes Lachen, das ganz tief aus seinem schlaksigen Körper kam und sich mit einem kleinen Glucksen seinen Weg bahnte. «Ihr seht, ich bin wirklich ein Träumer. Manche behaupten sogar, ich sei weltfremd. So teilen wir also auch eine zweite Sehnsucht, nicht wahr? Übrigens: Ich glaube nicht an die Kannibalen, wie sie auf Eurem Druck zu sehen sind. Und auch an den Erzählungen über die Menschenfresser, die Vespuccis Leute gekocht und deren Knochen abgenagt haben sollen, habe ich so meine Zweifel. Kolumbus hat die Indier, wie er sie nennt, ursprünglich als sehr freundliche Menschen beschrieben.»

Ohne dass sie es gemerkt hatten, waren wieder Wolken aufgezogen. Es begann erneut zu regnen, die ersten schweren Tropfen klatschten auf das Pflaster. Die beiden Männer beschleunigten ihre Schritte. Sie waren jetzt am Kornmarkt angelangt, bereits ein Stück vom Rhein entfernt. Es war nicht mehr allzu weit. Das Rauschen des Flusses war selbst über diese Entfernung hinweg zu hören. Der Rhein führte viel Wasser für diese Jahreszeit.

Sie passierten den Platz und folgten dem Wasserlauf, der sich an der Rückseite der Häuser der großen Gerbergasse entlangzog. An heißen, trockenen Tagen bildete er eine einzige, stinkende Kloake. Alles, was die Weiß- und die Rotgerber für ihr Geschäft brauchten, floss dort hinein und dann weiter in den Rhein, dachte Waldseemüller. Der Beize für die Häute wurde oft gehörig Hundekot beigemischt. Dann musste die Suppe gären. Je schlimmer der Brei stinke, in dem das Leder eingelegt wurde, um so besser wirke die Beize, hatte ihm ein Gerber erklärt. Der Regen dieser Nacht hatte auch hier den schlimmsten Gestank abgemildert. Waldseemüller lebte in einem der kleineren Gebäude in der zweiten Reihe, in der kleinen Gerbergasse.

Die Regentropfen prasselten nun dichter auf sie nieder. Trotzdem blieb er stehen. «Kolumbus – er behauptet, er habe den Seeweg nach Indien entdeckt. Was haltet Ihr von ihm?»

Matthias Ringmann zog ihn weiter. «Sebastian Brant, ein guter Freund – Ihr wisst schon, der Verfasser des *Narrenschiffs* –, hält den Genuesen für einen Narren und Aufschneider, für völlig unglaubwürdig, ebenso wie diesen Marco Polo und seine Reiseberichte. Vespucci scheint mir sehr viel glaubwürdiger zu sein. Wer weiß, wer diese Kannibalen in seine Texte geschmuggelt hat, damit sich die Schrift besser verkauft. Ihr kennt das Geschäft ebenso gut wie ich und wisst, wie das manchmal läuft. Nun, in diesem Fall hat es gewirkt, die Schrift wird uns aus den Händen gerissen. Kolumbus und Vespucci kennen sich übrigens. Das habe ich jedenfalls gehört.» Philesius zog den Mantel enger um sich und beschleunigte den Schritt. «Sind wir bald da?»

Waldseemüller nickte. «Da vorne ist eine Passage zwischen zwei Gebäuden, da kommen wir durch.» Er ließ sich nicht vom Thema ablenken. Matthias Ringmann sollte noch öfter feststellen, dass das eine typische Eigenschaft von ihm war. Wenn er sich in etwas verbissen hatte, ließ er nicht mehr los, egal, wie widrig die äußeren Umstände auch sein mochten. «Ja, ich halte auch einiges in *Mundus Novus* für etwas übertrieben», erklärte er. Vielleicht wollte Vespucci damit nur seine Geldgeber animieren, ihm Mittel für weitere Expeditionen zur Verfügung zu stellen. Aber dass sogar Ihr, der Verfasser des Nachdrucks von *De ora Antarctica*, das sagt!»

«Nun, wer auch immer diese Geschichten in Vespuccis Berichte hineingeschrieben hat, kannte die Vorlieben der Menschen für schaurig-schlüpfrige Details und wusste, wie sie sich auf den Verkauf auswirken können. So oder so. Mir kommen diese Veränderungen gut zupass. Ein armer Dichter muss auch leben. Warum also sollte ich päpstlicher sein als der Papst?»

Waldseemüller gefiel die lakonische Art des anderen. Für den Augenblick aber war er ganz von seinen Träumen eingenommen. Die Feuchtigkeit, die bereits unter den Mantel bis auf die

Haut kroch, spürte er kaum, denn sein Geist schwebte in ganz anderen Welten. «Erinnert Ihr Euch, Vespucci schreibt so bildhaft über die Sitten und Gebräuche der Naturmenschen dort, über die sanften Hügel, die großen Flüsse, die heilenden Quellen, die Papageien, das rote Holz! Dieser Mann ist nicht nur ein großer Seefahrer und Kapitän, sondern auch noch ein exzellenter Beobachter, sogar ein Dichter. Ich konnte es zunächst kaum glauben, als ich hörte, dass dieser geniale Geist als Agent der Medici sechzehn Jahre lang nichts anderes bewegt hat als Zahlen und Waren. Er war ein Krämer, ein Buchhalter. Ach, ich wollte, ich könnte mit ihm tauschen. Es tröstet mich etwas, dass auch er erst relativ spät zur Seefahrt kam. Er muss schon über vierzig Jahre alt gewesen sein. Wenn ich es nur schaffe, eine brauchbare Seekarte herauszubringen. Mein Onkel hat versprochen, sie zu drucken.»

«Dann stehen Euch ja noch alle Möglichkeiten offen. Die Welt liegt Euch gewissermaßen zu Füßen.» Selbst die Augen Ringmanns bekamen jetzt einen entrückten Ausdruck, und in seiner Stimme schwang eine schwärmerische Sehnsucht mit.

Waldseemüller meinte, aus ihrem Klang aber auch eine gewisse Traurigkeit herauszuhören. «Es gibt in dieser Zeit wohl wirklich keine größere Herausforderung für einen Mann, als die Terra incognita zu erkunden. Warum habt Ihr Euch nicht schon längst auf den Weg gemacht?»

Philesius zuckte die Schultern. «Habt Ihr nicht mein Husten gehört, Ilacomylus? Es wäre sehr störend. Im Bauch einer Karavelle geht es eng zu. Ich könnte die anderen Passagiere am Schlafen hindern. Und zum Seemann tauge ich auch nicht», erklärte er leichthin.

Martin Waldseemüller wurde plötzlich klar, dass Philesius schwer krank war. Er hatte die Seuche so vieler, die in ärmlichen Verhältnissen, in zugigen, klammen Behausungen aufgewachsen waren. Er hatte die Schwindsucht.

Inzwischen rannten sie fast. Es wurde dadurch noch schwerer, dem Gespräch etwas von der früheren Leichtigkeit zurückzugeben. Philesius wollte offensichtlich kein Aufhebens um seinen körperlichen Zustand machen. «Nun, bei den Damen scheint es Euch nicht zu schaden», keuchte Martin Waldseemüller im Laufen.

Der andere lachte. «Im Gegenteil. Es weckt offensichtlich ihren Mutterinstinkt. Vielleicht auch, weil ich so hager bin. Wer weiß. Ich bekomme jedenfalls immer gutes Essen, gewürzten Wein und ein weiches Bett, wenn die Ehemänner fort sind.»

«Philesius, als Theologe muss ich sagen, Ihr führt einen äußerst unchristlichen Lebenswandel», flachste Martin Waldseemüller. Der Jüngere mit seinem trockenen Humor wurde ihm immer sympathischer.

Der keuchte inzwischen ebenfalls, obwohl er wesentlich längere Beine hatte. «Oh ja. Ich bin ein Aspirant für die Hölle.»

«Corrumpunt bonos mores colloquia brava», erwiderte Martin Waldseemüller.

«Das ist von Menander, nicht wahr? Oh, es braucht nicht immer schlechte Gesellschaft, um einen guten Menschen zu verderben. Manchmal reicht es schon aus zu leben.»

«Das ist ein Zitat aus der *Margarita* von Reisch.»

«Ihr habt sie tatsächlich gelesen», stellte Philesius fest.

«Ja, natürlich, alle zwölf Bücher», bestätigte Ilacomylus.

Sie lachten erneut, fühlten die Vertrautheit, die zwischen ihnen wuchs. Sie hatten die Schritte einander angepasst, fast wie Soldaten, die zusammen in die Schlacht zogen. Die Tritte hallten durch die Nacht, das Echo wurde von den Häuserwänden zurückgeworfen. Trotz des Altersunterschiedes hatte Martin Waldseemüller nicht das Gefühl, Philesius wäre viel jünger. Vielleicht machte eine Krankheit wie die seine, die immer tödlich endete, einen Menschen vor der Zeit reif. Vielleicht musste er sein Leben deshalb schneller leben, es voller packen als andere, gesunde Menschen.

«Ich habe schon so viel von Euch gehört, von Euren Verdiensten. Und Ihr habt mir vorhin selbst aus Eurem Leben erzählt. Ihr habt viel erlebt für einen so jungen Menschen. Wie alt seid Ihr eigentlich?», erkundigte er sich.

Philesius japste nach Luft. «Lasst mich rechnen – geboren 1482, zehn Jahre, bevor Kolumbus zum ersten Mal über den Atlantik segelte. Jetzt haben wir 1505 – also dreiundzwanzig. Ihr wirkt aber auch nicht gerade wie ein Greis auf mich.»

Martin Waldseemüller blieb stehen. Sein Brustkorb hob und senkte sich heftig. «Vielleicht nicht, aber manches Mal komme ich mir doch so vor. Zum Beispiel im Moment. Immerhin bin ich fast neun Jahre älter als Ihr.»

«Ich sehe, Ihr seid schon sehr gebeugt von der Last Eurer Jahre.»

Das gemeinsame Lachen verstärkte das gute Einvernehmen zwischen ihnen. Beide wussten in diesem Moment, sie würden sich wiedersehen.

Nur noch wenige Meter und Waldseemüller war angekommen. Das kleine Bürgerhaus hatte schon bessere Zeiten gesehen, wirkte aber immer noch anheimelnd. Mehr noch: Es erschien den beiden nassen Männern in diesem Moment als der schönste Ort weit und breit. Martin Waldseemüller nestelte den Haustürschlüssel von seinem Gürtel. «Hier lebe ich», erklärte er, während er die schwere Holztür aufschloss. «Tretet ein.»

Matthias Ringmann tat eiligst, was ihm angeboten wurde. Vor ihm erschien im Dämmerlicht des Mondes, der das Treppenhaus erleuchtete, eine steile hölzerne Stiege. «Ihr lebt nicht bei Eurem Onkel Jakob?»

«Wartet, ich gehe voran. Nein, sein Haus ist nicht groß genug. Ich würde nur den Platz wegnehmen, der für die Druckerei benötigt wird. Außerdem war es mir wichtig, mein eigenes Reich zu haben, auch wenn es nur klein ist und eigentlich mehr, als ich mir leisten kann. Aber meine Zimmerwirtin ist sehr – zuvorkommend.»

«Aha.»

«Ich wollte damit sagen, dass sie hervorragendes Essen zubereitet. Zum Beispiel Sauerkraut.»

Matthias Ringmann war glücklich, wieder im Trocknen zu sein. «Sauerkraut können nur die Elsässer richtig stampfen. Ich bin ein Fachmann für Sauerkraut. Unmöglich, dass eine Baslerin das so zubereiten kann.»

«Ihr könnt kochen?»

«Nein, aber ich kann essen und ich bin Elsässer. Sauerkraut ist eine Elsässer Spezialität. Also weiß ich, wovon ich rede.»

Lachend stiegen die beiden Männer die steile Holztreppe zu Waldseemüllers Kammer unter dem Dach hinauf, als hätten sie es nie anders gehandhabt.

Waldseemüller öffnete die Türe, um Ringmann vorgehen zu lassen. Der Raum war nicht sehr geräumig, um nicht zu sagen eng. Er musste im Sommer brütend heiß sein und im Winter so kalt, dass das Wasser in der Waschschüssel einfror, vermutete Ringmann. Er hatte zu seiner Enttäuschung auch keinen Kamin, an dem er sich hätte aufwärmen und trocknen können. Dafür war die Bleibe wohl billig.

Ilacomylus hatte nicht viele Möbel: Da war ein Kastenbett, immerhin mit einer Daunendecke, über die er im Winter noch seinen mit Fuchspelz gefütterten Mantel legen konnte. Dazu eine kleinere Truhe für die Hemden und Beinlinge und eine größere, kunstvoll geschnitzte aus Eichenholz für seine wenigen Manuskripte, die er, sorgsam in Leinen eingeschlagen, darin aufbewahrte. Außerdem besaß er einen Tisch mit einem Stuhl, ein Tintenfass und einen silbernen Kerzenständer mit einem gewundenen Fuß. Es war das einzige Stück aus seiner

Vergangenheit, das er neben seinen Büchern und Handschriften nach Basel mitgenommen hatte.

Im Moment präsentierte sich sein gesamtes Hab und Gut jedoch als ein heilloses Durcheinander. Jemand hatte die Truhen aufgebrochen. Offenbar mit dem Kerzenständer, denn der stand nicht mehr auf dem Tisch, sondern lag auf dem Boden. Martin Waldseemüller starrte entgeistert auf das Chaos, während es aus dem Saum seines Mantels leise tropfte und sich auf den Holzdielen eine Wasserlache bildete. Die kostbaren Manuskripte, handgefertigte Kopien von Texten von Ovid und Vergil, waren auseinander gerissen, mit Tinte verschmiert und im gesamten Zimmer verstreut. Teilweise hatten die Eindringlinge die Seiten eingerissen, auf manchen prangten die Abdrücke dreckiger Stiefel über den gemalten Buchstaben. Wer auch immer es gewesen war – sie hatten gewütet wie die Berserker. Die Deckel der gedruckten Bücher waren zerschnitten, die Bücher selbst mit Brachialgewalt auseinander gerissen. Jemand hatte wohl sichergehen wollen, dass nichts darin versteckt war.

Und die Kopie der Karte Cantinos war verschwunden. Das war eine Katastrophe, auch wenn es eine schlampige und damit unzuverlässige Reproduktion gewesen war. Wie sollte er sie nun mit der ptolemäischen und den anderen Karten vergleichen können, in denen angeblich die neu entdeckten Regionen bereits berücksichtigt waren? Vor allem aber mit Vespuccis Aufzeichnungen.

«Sieht es bei Euch immer so aus, mein Freund?», erkundigte sich Philesius, nachdem er sich von seinem ersten Schreck erholt hatte.

Martin Waldseemüller schüttelte fassungslos den Kopf. «Ich habe den Druck von den Indiern bei Amerbach vergessen, den ich dem Händler abgekauft hatte», erklärte er völlig unmotiviert. Dann sank er aufs Bett.

«Das scheint heute nicht Euer Glückstag zu sein, werter Ilacomylus», stellte Matthias Ringmann fest. Er packte den umgefallenen Stuhl, zog seinen Mantel aus und hängte ihn sorgsam zum Trocknen darüber. Dann machte er sich daran, die verstreuten Blätter zusammenzusuchen.

2.

MARTIN WALDSEEMÜLLER SCHAUTE sich in seiner Kammer um. Es machte ihm gehörig zu schaffen, dass Unbekannte in seinen Sachen herumgewühlt hatten, in seinen intimsten Bereich vorgedrungen waren. Er fühlte sich, als sei seine Seele entblößt. Im Zimmer herrschte wieder Ordnung. Die zerrissenen Blätter lagen sorgsam geordnet und in ihrem Leinentuch in der Truhe. Er war sich allerdings nicht sicher, ob in der richtigen Reihenfolge. Vielleicht sollte man bei Büchern grundsätzlich Seitenzahlen einführen, auch Kapitelüberschriften. Er hatte das schon gesehen. Eine solche Paginierung hatte viel für sich.

Er wandte sich wieder seinen Kleidern zu und musterte sie kritisch. Neben dem Alltags-Überrock lag der Brief, den ein Diener Amerbachs diesen Vormittag vorbeigebracht hatte. Es war eine Einladung «zu einem kleinen Essen mit einigen lieben Gästen, die Ihr sicher gerne wiedersehen würdet». Amerbach versprach, ihm dann auch das Blatt mit dem Holzdruck der Indier zurückzugeben. Er habe es in seiner Druckerei ein wenig herrichten lassen. Es handle sich im Übrigen um eine ganz zwanglose Zusammenkunft. Es bestehe also keinerlei Notwendigkeit zu festlicher Kleidung.

Das kam Martin Waldseemüller sehr entgegen. Er hatte gar keine festliche Kleidung, sondern überhaupt nur zwei Gewänder: einen wärmeren Rock für den Winter und einen etwas leichteren für den Sommer. Beide waren schwarz und schmucklos und entsprachen daher seiner Stellung als Theologe. Er betrachtete sie kritisch.

Es erschien ihm sehr zweifelhaft, ob er darin vor den Augen Marie Grüningers bestehen konnte. Nacht für Nacht träumte er von ihr, von ihrem wunderbaren Lachen. Doch plötzlich verwandelte sie sich, nahm den Ausdruck bedrohlicher Gestalten an, die gegen seine Kammertüre hämmerten, an sein Bett traten und ihn erwürgen wollten. Immer bevor er keine Luft mehr bekam, schrak er auf. Dieser üble Traum musste eine Folge des Schlages auf den Kopf sein. Und trotzdem hätte er das Lachen von Marie Grüninger, das ihn durch seine Nächte begleitete, um keinen Preis missen wollen.

Seufzend griff er nach dem Sommerrock. Der andere war einfach noch zu warm für diese Jahreszeit. Andererseits, die Nächte konnten schon empfindlich kühl werden. Er würde den Mantel mitnehmen, sein einziges Stück, das wenigstens etwas hermachte. Christine, das Amerbach'sche Hausfaktotum, hatte es auf wundersame Weise geschafft, ihn wieder zu säubern.

Sorgsam verriegelte er von außen die Türe zu seiner Kammer. Er hatte ein neues Schloss einsetzen lassen müssen, weil die Einbrecher das alte mit roher Gewalt gesprengt hatten. Der Schmied hatte ihn seine letzten Münzen gekostet. Nun, heute würde es ja bei Amerbach etwas zu essen geben.

Die Stufen der Holzstiege knarrten unter seinen Tritten. Er versuchte möglichst leise zu gehen, um nicht seiner Hausfrau zu begegnen, der er die Miete schuldete. Er hatte ein schlechtes Gewissen, sie war Witwe und lebte vom Vermieten der Zimmer. Morgen musste er unbedingt mit seinem Onkel Jakob sprechen. Der hatte ihm schon seit längerem seinen Lohn nicht mehr geben können. Er verstand ja, dass das Essen für die eigenen Kinder wichtiger war. Trotzdem, vielleicht konnte er einige Münzen erübrigen.

Martin Waldseemüller schritt kräftig aus, obwohl er es eigentlich nicht eilig hatte. Er genoss die Abendsonne auf seiner Haut. Draußen war es nicht so schwül wie in der Kammer. Auf der Brücke machte er Halt und schaute auf den Fluss hinunter. Der Wind blies die Kühle des Wassers bis zu ihm hinauf. Von hier aus konnte er die Türme des Münsters sehen. Auf dem Rhein trieb ein Floß flussabwärts, dem Meer zu. Es war mit Fässern beladen. Trotz der immer noch beachtlichen Strömung tauchte der Vordermann das große Paddel tief ein und zog kräftig durch, während sein Kollege hinten stand und mit dem Ruder den Kurs in der Flussmitte hielt.

Das Meer. Ausgerechnet er, ein Mann, der weitab des Meeres lebte, hatte es sich zum Ziel gesetzt, die beste und genaueste Seekarte zu schaffen, die es in der alten Welt gab. Es war die einzige Art, in der er sich diese Sehnsucht erfüllen konnte, die ihn schon so lange trieb. Einmal das Meer sehen. Oh ja, er kannte das Meer von Gemälden, von Botticellis Geburt der Venus zum Beispiel. Er hatte einmal eine Kopie des Bildes gesehen. Darauf schwamm die Muschel der Schönheit ruhig auf einem grauen Spiegel, alles schien leicht, so einfach.

Doch sein Onkel Jakob hatte ihm den Atlantik ganz anders beschrieben. Und die Erinnerung daran hatte ihn niemals mehr losgelassen. Er konnte den Nachhall der Worte noch hören, obwohl es schon so viele Jahre her war. Damals war er fast noch ein Junge gewesen: «Im einen Moment wirkt der Ozean wie ein sanft gebauschtes graues Tuch, im nächsten wie ein gieriges Ungeheuer, das an der Küste nagt, die Felsen verschlingt», hatte sein Onkel erzählt. «Und wenn der Atlantik sanft ist, der Gott des Meeres und die Winde zur Ruhe gekommen sind, dann wiegt dich das Rauschen der Brandung sanft in den Schlaf und ruft dir zu: Komm her, komm her. Aber diese Ruhe ist trügerisch. Schon im nächsten Moment wühlt Poseidon die Wasser auf, peitscht der Wind die Wellen zu meterhohen Brechern auf,

auf denen auch das größte Schiff wie ein Spielball hin- und hergeworfen wird.»

Mit diesen Worten hatte sein großer Traum begonnen, die unstillbare Sehnsucht, zu wissen, wie dieses Wasser wirklich aussah, den Duft der Algen und des Fisches zu riechen, von dem sein Onkel erzählt hatte, den Wind auf seinem Gesicht zu spüren und wie der Sturm an den Haaren riss. Vor allem aber zu erblicken, was jenseits dieses großen Ozeans war. Den Schleier wegzuziehen, das Geheimnis zu ergründen, dieses neue Land zu betreten, das wie die Venus aus dem Meer plötzlich am Horizont des Wissens aufgestiegen und nun in seinem Bewusstein für immer verankert war. Das Rufen des Meeres in seinem Inneren hatte seit damals niemals aufgehört. Vielleicht war es ja lächerlich, was er vorhatte. Doch er konnte nicht anders.

Und nun steckte er in einer Zwickmühle. Offenbar hatten jene, die Vespuccis Schriften druckten, daran einiges verändert. Ringmann selbst hatte ihm ja bestätigt, dass noch lange nicht alles authentisch war, was unter dem Namen des Florentiners veröffentlicht worden war. Das erschwerte allerdings seine Situation zusätzlich. Kaum hatte er die eine Hürde überwunden, baute sich die nächste vor ihm auf. Für die Seekarte, die er plante, brauchte er unumstößliche Fakten. Sonst machte er sich in der Welt der Gelehrten lächerlich.

Er warf noch einen letzten, sehnsüchtigen Blick auf das Floß, das sich schnell entfernte. Wie gerne wäre er mitgereist. Er stellte fest, dass die Sonne schon untergegangen war. Er würde nun doch zu spät kommen.

Philesius entdeckte ihn als Erster, als er in den von zahllosen Kerzen erhellten Raum trat. Der Tisch war weiß gedeckt, silberne Kerzenleuchter und Kandelaber an der Decke verbreiteten eine wohlige Stimmung. Im Kamin glühten die Reste eines Feuers. «Ilacomylus, wie schön! Wir dachten schon, Ihr hättet uns versetzt!» Die Freude über sein Erscheinen war Philesius anzusehen. Dabei hatte er doch weiß Gott nichts getan, um sich ein solches Wohlwollen zu verdienen, fand Martin Waldseemüller. Dennoch genoss er es. Zum ersten Mal, seit er in Basel angekommen war, fühlte er sich in dieser Stadt wohl. Die Basler waren weltoffen, das schon. Sie mussten es sein, denn die Stadt lebte vom Handel. Ihre private Sphäre schützten sie jedoch sorgsam vor fremden Augen.

Marie Grüninger hatte sich zu Philesius gesellt. «Ich dachte schon, Ihr hättet uns vergessen», schmollte sie. Ihre Augen glitzerten vergnügt, während sie ihn musterte. Und Ilacomylus, der Kosmograph, der Theologe und Philosoph, war erneut hingerissen von dieser unverbildeten Fröhlichkeit.

«Nun malträtiert ihn nicht schon wieder, Marie. Ilacomylus hat es schon schwer genug.»

Sofort wurde ihr Blick mitfühlend. «Oh ja. Philesius hat uns von Eurem Pech erzählt. Ist denn schon klar, wer Eure Bleibe so zugerichtet hat?»

Martin Waldseemüller schüttelte den Kopf.

«Ja, habt Ihr die Sache denn nicht gemeldet?», erkundigte sich jetzt Johann Amerbach. «Wie Philesius mir berichtete, sind einige sehr wertvolle Handschriften zerstört worden. Die müsst Ihr mir unbedingt zeigen. Ein Drucker wie ich ist immer auf der Suche nach gutem Material, das die Veröffentlichung lohnt. Vielleicht lassen sie sich auch wieder herrichten.»

«Ja, dafür wäre ich Euch sehr dankbar. Allerdings waren es nur Handschriften-Fragmente. Einige stammen aus der Bibliothek des Klosters Reichenau. Andere fanden sich in dem Besitz, den meine Familie noch in Radolfzell hatte.»

«So seid Ihr also der Spross von kunstsinnigen Menschen», stellte Amerbach fest.

«Nun, vielleicht. Obwohl sich außer meinem Onkel Jakob und mir keine Studierten in meiner Familie finden, dafür aber

brave Handwerker. Es gibt welche darunter, die eine Walzmühle betrieben. Sie nannten sich Waltzemüller.»
«Ah, daher Ilacomylus. Ist *mylos* nicht das griechische Wort für Mühle?», warf Marie Grüninger ein.
Besagter Ilacomylus wurde ein wenig verlegen. «Fast. Ich habe den Namen etwas abgewandelt, wie Ihr sicher bemerkt habt. So ist er auch für fremde Zungen leichter auszusprechen, nämlich in Waldseemüller. Daraus wiederum folgte das Wortspiel Ilacomylus. Das griechische *hyle* für Wald, das lateinische *lacus* für See und – wie Ihr schon sagtet – das griechische *mylos* für Mühle. Er versuchte, sein Erstaunen darüber zu verbergen, dass sie sogar Griechisch zu sprechen schien.
Marie Grüninger bemerkte es und lachte herzlich. «In Gesellschaft so gelehrter Männer schnappt selbst ein dummes Weib wie ich einiges auf. Übrigens braucht Ihr Euch für die kleine Abwandlung nicht zu entschuldigen, ich finde sie sehr folgerichtig. Ringmann hier nennt sich Philesius Vosagense. Das heißt der Zärtliche, der Liebevolle aus den Vogesen. Aber ich könnte nicht behaupten, dass er bislang sehr zärtlich oder liebevoll zu mir gewesen wäre.»
«Marie! Wie kannst du so etwas sagen!» Margarete Amerbach hatte sich ebenfalls zu ihnen gesellt und der Unterhaltung zugehört. Sie wirkte blass und unreif im Vergleich mit den drallen Formen und prunkenden Farben ihrer etwa gleichaltrigen Freundin. Doch sie hatte intelligente braune Augen. Sie errötete, als sich wegen ihres spontanen Zwischenrufes nun alle ihr zuwandten.
«Ach Margret, die Männer mögen es, wenn man sie ein wenig neckt», erwiderte Marie Grüninger lachend.
«Manche haben aber auch ein ernsthafteres Gemüt», entfuhr es Martin Waldseemüller. Margarete Amerbach schaute ihn dankbar an. Marie Grüninger schien die Bemerkung jedoch

nicht anzufechten. «Puh, da haben wir ja einen gar düsteren Schulmeister», unkte sie.
«Marie!»
«Ja, ist ja schon gut, Margret. Du scheinst diesen gestrengen Herrn hier zu mögen. Ich überlasse ihn dir. Und sag jetzt nicht wieder: Marie!»
Margarete Amerbach wurde tiefrot. Johann Amerbach tätschelte seiner Tochter väterlich die Wange. «Gräm dich nicht, mein Vögelchen. So sehr ich deine Freundin Marie auch mag. Sie hat viele Gaben, vor allem äußerliche. Deine innerlichen sind mir aber ebenso lieb. So, und nun müssen wir dich entschuldigen. Dort hinten winkt schon deine Frau Mama. Sie bedarf offensichtlich deiner Hilfe.»
Margarete Amerbach deutete einen kleinen Knicks an und lief zu ihrer Mutter. Der Vater legte Ilacomylus den Arm um die Schultern. «Kommt, ich will nicht, dass Ihr denkt, ich hätte Euch in meiner Einladung zu viel versprochen. Dort hinten, diesen Mann kennt Ihr doch.»
«Reisch, welch ein Vergnügen! Macht Ihr wieder einmal einen Besuch in Eurer früheren Kartause in Basel?» Martin Waldseemüller eilte auf den Freund und Lehrer zu.
«Ilacomylus! Amerbach hatte mir eine Überraschung versprochen, aber mit Euch hatte ich dann doch nicht gerechnet. Es ist wirklich eine Freude. Und da ist auch noch Philesius! Schon so lange hatte ich mir vorgenommen, Euch miteinander bekannt zu machen. Wie es scheint, ist mir da nun ein anderer zuvorgekommen. Na, mein lieber Philesius, was macht Euer Schädel? Hat Locher es inzwischen geschafft, Euch weich zu klopfen?»
Matthias Ringmann schmunzelte. «Seit dem Überfall zieht mich mein hochverehrter Mentor Reisch ständig damit auf. Dabei ist das überhaupt kein Grund für Schadenfreude. Locher und seine Bande haben mir ordentlich eingeheizt.»

«Kennt Ihr Locher?», erkundigte sich Martin Waldseemüller bei Gregor Reisch.

«Kennen ist zuviel gesagt. Ich traf ihn ein, zwei Mal. Er ist ein schwäbischer Dickkopf und Heißsporn, außerdem äußerst nachtragend. Aber unser Philesius hier hat sich gut geschlagen. Jedenfalls hat er seinen vier Angreifern einige Blessuren zugefügt, wie ich hörte. Besonders, als sie ihm die Beinlinge auszogen.»

«Acht. Es waren acht.»

«Oh, da habt Ihr ja fast gekämpft wie Herakles vor Troja», spöttelte Reisch.

«Mindestens. Aber trotzdem hättet Ihr mir besser beibringen sollen, wie man sich gegen solche Feinde wehrt. Die Mathematikkenntnisse, die ich dank Euch gewonnen habe, waren mir jedenfalls keine große Hilfe in dieser Nacht.»

«Ich erinnere mich, das habt Ihr mir auch geschrieben, nicht wahr?»

«Was wiederum den Schluss zulässt, dass ein Gelehrter nicht unbedingt in allen Lebenslagen ein kluger Kopf sein muss», stellte Martin Waldseemüller fest.

«Fallt Ihr mir nun auch noch in den Rücken? Ich dachte, ich hätte in Euch einen Freund gefunden, Ilacomylus», unkte Philesius.

«Wer sagt denn, dass ich Euch meinte?», gab Waldseemüller zurück.

«So, und wen denn dann?»

«Darüber schweigt des Sängers Höflichkeit am besten», meldete sich Amerbach zu Wort, der dem Geplänkel schmunzelnd zugehört hatte. «Ich muss Euch nämlich noch jemanden vorstellen, werter Ilacomylus. Das ist eine Begegnung, auf die ich mich schon den ganzen Abend freue. Der Spötter, der jene aufs Korn nimmt, die nichts anderes im Kopf haben, als neue Welten zu entdecken, gegen den Mann, der der neuen Welt Gestalt geben wird. Kennt Ihr den Dichter des *Narrschiffs?* Es ist ein wunderbares Werk, besonders die Holzschnitte dieses jungen Albrecht Dürer sind bemerkenswert. Und außerdem verkauft sich diese bissige Moralsatire bemerkenswert gut. Ich wollte, sie wäre in meiner Druckerei erschienen.»

«Brant, Sebastian Brant, der Straßburger Stadtsyndikus ist hier? Das wird wirklich ein Disput. Lasst mich überlegen, wie schrieb er doch noch? ‹Ouch hat man sydt in Portigall und in Hispanien überall Goldißlen funden und naket lüt.› Ich meine, dass die ersten Ausgaben des *Narrenschiffs* 1494 gedruckt wurden, ein Jahr nach der Veröffentlichung des berühmten Briefes des Kolumbus von 1493 über die Entdeckung der neuen Inseln. Ist nicht auch eine Ausgabe in Basel erschienen?»

«Ja, allerdings bei Bergmann von Olpe. Dafür haben Brant und ich den Petrarca zusammen herausgebracht. Aber egal. Ich sehe, Ihr kennt Euren geistigen Widersacher jedenfalls, Ilacomylus», antwortete Amerbach. Er sah zufrieden aus. «Nun, vielleicht sage ich Euch nichts Neues, wenn ich Euch mitteile, dass auch ich in Brants Einwänden durchaus einen Sinn sehe.»

«Ihr seid eben ganz ein Mann des christlich-humanistischen Weltbildes, werter Amerbach. Ich weiß, dass Ihr, wie ich auch, mit gewissen umstürzlerischen Strömungen wenig anzufangen wisst, die dieser Tage um sich greifen», hakte Reisch ein.

«Ihr sprecht gewiss von der wachsenden Kritik an den Umtrieben der Klerikalen. Stimmt es denn nicht, dass sich so mancher Diener der Kirche eher wie ein Hurenbock aufführt? Dass die Heuchelei um sich greift, dass die Pfaffen nach vorne den Männern schön tun und hinten herum den Weibern unter den Rock greifen?» Philesus hatte sich sichtlich in Rage geredet, besann sich dann aber wieder. «Oh, verzeiht, ich wollte Euch nicht beleidigen.»

Amerbach schien konsterniert, fasste sich jedoch schnell und lachte gutmütig, so dass sich die Situation rasch wieder entspannte. «So hat denn das Gedankengut, das allenthalben an Eurer neuen Wirkungsstätte Straßburg gepredigt wird, auch schon in eurem Verstand Wurzeln geschlagen, mein lieber Philesius. Wir hätten Euch nicht auf die Ill-Insel gehen lassen sollen. Doch nun lasst uns Brant und unseren gemeinsamen Freund Ilacomylus miteinander bekannt machen. Danach wird es wohl zur Tafel gehen. Ich sehe, dass die Weibsleut uns die entsprechenden Zeichen geben.»

Es wurde wirklich ein anregender Disput. Waldseemüller genoss es, mit anderen auf geistiger Ebene die Klingen zu kreuzen. Auch wenn Brant und er sich über die Bedeutung der Fahrten des Kolumbus und des Vespucci nicht einigen konnten. Brant hielt diese Suche nach neuen, unbekannten Welten für ein Hirngespinst. Es gebe in der bekannten Welt genügend zu entdecken. Nur ein Narr könne sich auf ein solches Unternehmen einlassen. «Dieser Kolumbus und sein angeblicher Seeweg nach Indien sind nichts als Scharlatanerie. Die ‹Epistula de Insulis Indiae supra Gangem nuper inventis›, der Brief über die Seereise zu den indischen Inseln jenseits des Ganges, ist nichts als blanker Unsinn. Ein ebenso großer Unsinn, wie ihn dieser Marco Polo über die angeblich reichen Länder im Osten verzapft hat», wetterte Brant im Brustton der Überzeugung und säbelte ein gehöriges Stück des köstlichen Schweinebratens ab, das ihm ein Diener vorgelegt hatte. Dann spießte er es auf und tunkte es in die Schüssel mit der braunen Soße.

Dieses Mal widersprach Waldseemüller ihm nicht. Er stimmte im letzten Punkt mit Brant überein. Er misstraute den angeblichen Entdeckungen des Kolumbus.

«Nun, Vespucci hat auch von Kannibalen berichtet. Drei seiner Leute sollen sogar von ihnen gefressen worden sein. Wahrscheinlich haben sie gebraten auch nicht viel anders ausgesehen als das Stück Schwein auf Eurem Teller.» Philesius war offensichtlich auf Provokation aus, stellte Martin Waldseemüller fest. Glücklicherweise hatte offenbar niemand außer ihm die Antwort gehört. Er starrte auf den Rest Fleisch vor sich, dann schob er es mitsamt dem Fladenbrot beiseite. Der Hunger war ihm vergangen. In diesem Moment sah er das amüsierte Funkeln in Ringmanns Augen. Er schien den Disput mit Brant zu genießen. Die beiden Männer hatten wohl schon mehr als eine solche Diskussion miteinander ausgefochten. Brant ließ sich nicht aus der Reserve locken, er winkte ab. «Nichts als reißerische Details, dazu angetan, das Interesse möglichst vieler zu wecken. Die Zeytungen haben sich darauf gestürzt.»

Philesius schien nicht im Mindesten beeindruckt. «Nun, wie auch immer, ob wahr oder nicht, Ihr müsst zugeben, es ist gut für den Verkauf, nicht wahr?», erklärte er vergnügt.

Wieder einmal sagte sich Martin Waldseemüller, dass er sich unbedingt originalgetreue Abschriften von Vespuccis Reisebeschreibungen verschaffen müsse. Ebenso wie ein besseres Manuskript der ptolemäischen Geographia. Außerdem brauchte er seine Portolankarte zurück. Sonst hatten die Einbrecher alles da gelassen. Zerrissen zwar, aber nicht gestohlen. Warum nur gerade die Portolankarte?

Es sei denn – da war eben noch eine zweite Sache, eine Überzeugung, die er noch niemandem gegenüber laut auszusprechen gewagt hatte, die sich jedoch immer weiter festigte, je mehr er erfuhr. Er war sich jedoch nicht schlüssig, ob er dieser Überzeugung in seiner Seekarte zeichnerisch Form geben sollte. Er befand sich noch auf schwankendem Boden, solange er die neue Welt nicht selbst gesehen oder wenigstens mit Vespucci gesprochen hatte.

Dennoch, ein anderer Schluss war nach Prüfung aller Fakten kaum möglich: Was der Florentiner entdeckt hatte, war ein neuer Erdteil. Es musste außer Europa, Afrika und Asien noch einen vierten Kontinent geben. Vespucci hatte es in seinem Bericht über seine Reise 1501/1502 sogar selbst formuliert, sehr zurückhaltend zwar, aber immerhin. Damals, als er vom Meer hörte, hatte sich sein Leben für immer verändert. Selbiges galt auch für jenen Tag, an dem er diese Worte zum ersten Mal gelesen hatte. Mit ihnen war die Welt für den Kartographen Martin Waldseemüller eine andere geworden:

«Wenn man alles mit Fleiß erwägt, wird man erkennen, dass die Ländereien, die mich die Vorsehung auf dieser Fahrt und auf den Fahrten finden ließ, welche ich vorher unternahm, fruchtbarer und besser bevölkert sind als Europa, Afrika und Asia und in der Tat einen anderen Teil der Erde ausmachen, welchem gebührt, eine neue Welt genannt zu werden.»

Vespucci hatte es gewusst. Und Philesius hatte den Brief Vespuccis an den Herrn des Bankhauses der Medici, an Lorenzo di Pierfrancesco, editiert, die Beschreibung der Fahrt, die dem Florentiner den Durchbruch, die große Erkenntnis gebracht hatte. Vielleicht besaß er ja das Original. Vielleicht kannte er auch die *Quatuor navigationes*, jene Texte, die auf Vespuccis Logbuch beruhen sollten. Die Veröffentlichungen waren als die so genannten *Lettera* oder die *Soderini-Briefe* bekannt geworden. Piero Soderini, der Regent von Florenz, hatte sie publizieren lassen. Vespuccis Logbuch in Händen zu halten – das wäre das Höchste. Wenn er an all die Daten über den Stand der Sterne, die Fließgeschwindigkeit, seine geodätischen Berechnungen herankäme! Und dann gab es ja noch die Portolankarten mit den neuesten Entdeckungen von Kolumbus, da Gama, Real, Vespucci ... Er musste noch an diesem Abend mit Philesius darüber sprechen. Er war sich sicher, er konnte ihm vertrauen.

Bei Amerbach kam es jedoch nicht mehr zu dieser Unterredung. Es ergab sich einfach keine Gelegenheit. Wie schon beim ersten Mal erbot sich Philesius jedoch zu schon recht vorgerückter Stunde, seinen neu gewonnenen Freund Ilacomylus in seine Bleibe zu begleiten. «Sonst zieht ihm noch einmal jemand einen Knüppel über den Schädel», ulkte er. Die Runde am Tisch lachte, jedermann hatte inzwischen von dem Pech Waldseemüllers gehört.

Dieser griff den Scherz auf. «Ich danke Euch, werter Philesius. Unser Freund aus Freiburg, der Kartäuserprior Gregor Reisch, hat Euch schließlich erst vor kurzem aufgrund Eurer Kämpfernatur mit Herakles verglichen. Ich nehme Euren Schutz also dankbar an. Zumindest seht Ihr weiter als ich, weil Ihr fast alle Menschen überragt, die ich kenne. Fast so wie der berühmte Leuchtturm von Alexandria.»

Das wiederum bescherte ihm die Lacher der Runde.

«Aber der konnte die berühmte Bibliothek auch nicht vor dem Untergang retten», mischte sich Marie Grüninger ein.

«Diese junge Dame hier hat eine ziemlich spitze Zunge», stellte Philesius mit einem Lächeln fest. «Ich werde in Straßburg wohl ein Wörtchen mit ihrem Onkel reden müssen. Oder mit Eurem Verlobten», wandte er sich dann direkt an sie.

«Mein Verlobter ist ein Mann, der eine Frau mit einer spitzen Zunge mehr schätzt als einen stummen Fisch», konterte Marie Grüninger. Wieder einmal bewunderte Waldseemüller die Schlagfertigkeit dieser jungen Schönheit, die doch gerade den Kinderschuhen entwachsen war. – Dennoch kam er nicht umhin, sich einzugestehen, dass ihr künftiger Ehemann es nicht leicht mit ihr haben würde. Trotzdem wünschte er sich nichts sehnlicher, als an der Stelle dieses Unbekannten zu sein. Er wünschte es sich jedenfalls fast so sehr wie die Verwirklichung seines größten Traumes, die Herstellung und Veröffentlichung seiner Karte. Jener Karte, die ihn zu einem bewunderten Kartographen machen würde, einen, um den sich die Kapitäne der Schiffe rissen, die zu neuen Ufern segelten. Im Geiste konnte er die hölzernen Planken der Karavelle schon knarren hören, die ihn mitnehmen würde, konnte schon sehen, wie der Westwind die Segel blähte.

Wieder brandete Gelächter durch den Raum, das Martin Waldseemüller in die Gegenwart zurückholte. Die Hausfrau löste die Tafel auf, und die Herren zogen sich zum Gespräch zurück, wozu im Hause Amerbach auch immer ein guter Selbstgebrannter gehörte. Waldseemüller nutzte die Gelegenheit, sich zu verabschieden.

«Wartet, ich habe noch etwas für Euch», hielt Johann Amerbach ihn auf. Er verschwand im Nebenzimmer und kam mit dem Nachdruck des Augsburger Holzschnittes zurück, den er auf dem Basler Markt erstanden hatte. Er war sorgfältig gereinigt und wieder zusammengefügt worden. Waldseemüller, sichtlich gerührt über so viel Gastfreundlichkeit, bedankte sich herzlich.

Amerbach klopfte ihm auf die Schulter. «Eine Arbeit meiner Leute. Kommt mich doch einmal in der Druckerei besuchen. Sie befindet sich im ‹Haus zum Sessel›. Nicht hier in Kleinbasel. Mein Wohnhaus habe ich nur hier in der Rheingasse errichtet, damit ich dem Kartäuser-Kloster Margaretental möglichst nahe bin. Selbst meine Tochter habe ich Margarete genannt, um die Basler Kartause gnädig zu stimmen.

Die Kartäuser haben eine prächtige Bibliothek mit vielen alten Handschriften, müsst Ihr wissen. Das ist eine wahre Fundgrube für einen Geschäftsmann wie mich. Und außerdem sorgen unsere gutnachbarschaftlichen Beziehungen dafür, dass ich hin und wieder in den Genuss des Besuches unseres gemeinsamen Freundes Gregor Reisch komme. Doch wie gesagt, besucht mich morgen einmal. Aber Ihr müsst versprechen, dass

Ihr Eurem Onkel nicht verratet, woran wir gerade arbeiten», scherzte er.

«Ich komme gerne», versprach Waldseemüller und verabschiedete sich aufs Herzlichste von jedem Einzelnen aus der Runde.

Die beiden Männer sprachen wenig auf dem Weg und wenn, dann ging es um die Frauen und im Besonderen um Marie Grüninger. Waldseemüller hütete sich jedoch, einzugestehen, wie sehr er von diesem Mädchen fasziniert war. Beiden war der Kopf ein wenig schwer vom guten Amerbach'schen Wein, den ein Agent des Hauses in regelmäßigen Abständen aus dem Burgund anlieferte. Sie empfanden auch keine Notwendigkeit, viele Worte zu machen. Zwischen ihnen war in der kurzen Zeit ihrer Bekanntschaft bereits jene Form von Vertrautheit gewachsen, die keiner großen Worte mehr bedurfte.

Philesius brachte seinen Freund Ilacomylus bis in seine Kammer. «Zur Sicherheit», flachste er noch einmal.

Sekunden später wurde aus dem Scherz furchtbarer Ernst. Auf Waldseemüllers Bett, mitten auf dem rotweiß-karierten Überzug seines Federbetts, lag ein Toter in seinem Blut und starrte mit leeren Augen an die Zimmerdecke.

3.

Die vier Männer, die zwei Stunden später in der engen Dachkammer Waldseemüllers eintrafen, musterten ihn finster. Ihre Gesichter waren ebenso düster wie ihre Kleidung. Zwei wandten sich dem Bett zu und beschäftigen sich ausgiebig mit der Leiche. Sie wälzten den Toten hin und her. Dessen graue Augen glotzten sie dabei ausdruckslos an. Durch die mehrmalige Veränderung der Lage des Körpers verteilten sie das Blut über das gesamte Bett. Damit war die kostbare Daunendecke unbrauchbar geworden. Ilacomylus lief eine Gänsehaut über den Rücken. Er konnte es sich ohnehin nicht vorstellen, jemals wieder unter dieser Decke zu schlafen. Er wünschte sich nur, die Männer würden mit dem Toten etwas weniger ruppig umgehen und ihm wenigstens die aufgerissenen Augen zudrücken.

Die beiden anderen durchwühlten Waldseemüllers Habseligkeiten, ohne ihn zu fragen oder ihn auch nur eines Blickes zu würdigen. «Sie glauben wohl, ich sei ein feuerspeiender Urdrache mit finsteren Gedanken, der auf der Suche nach Menschenfleisch ist», flüsterte er Philesius ins Ohr.

Einer der Männer, die den Toten untersucht hatten, schien ihn verstanden zu haben. Er wandte sich von der Leiche ab und den beiden Freunden zu. Seine dunklen, kräftigen Augenbrauen waren zusammengezogen, die Stirn gerunzelt, der Mund ein schmaler Strich. «Wer von Euch wohnt hier?»

Martin Waldseemüller hob die Hand. Der Blick des Mannes wurde noch finsterer. «Wo kommt Ihr her?» Er gab sich nicht die geringste Mühe, verbindlich zu wirken.

«Aus Freiburg.» Martin Waldseemüller schlug diese Art der Behandlung langsam aufs Gemüt. Er war sich keiner Schuld bewusst und kam sich doch vor wie ein Schwerverbrecher. Die Antwort schien dem Frager nicht zu gefallen. «So, also kein Basler.» Er spuckte diese Feststellung förmlich aus, als bereite ihm dieser Umstand körperliches Unwohlsein.

«Der gelehrte Martin Waldseemüller, auch Ilacomylus genannt, ist ein bekannter Kosmograph, Mathematiker und Drucker. Sein Onkel, Jakob Waldseemüller, Drucker zu Basel, führt ihn in die Kunst des Karten-Holzschnittes und des Druckens ein. Mein Freund hier verkehrt im Hause des ehrwürdigen Johann Amerbach, der ihm sicher ein gutes Zeugnis ausstellt. Er ist außerdem ein Schüler und Freund des berühmten Gelehrten und Kartäuserpriors Gregor Reisch aus Freiburg. Und er stand als Kleriker im Dienst der Diözese Konstanz. Ich lege für ihn die Hand ins Feuer. Er kennt diesen Toten nicht.» Philesius sagte dies im Brustton der Überzeugung, und Martin Waldseemüller blickte dankbar zu ihm hinüber.

Das Gesicht des Dunklen hatte sich bei dem Namen Amerbach etwas aufgehellt. Alles andere, was Philesius ihm zugunsten Waldseemüllers mitgeteilt hatte, schien ihn jedoch nicht zu beeindrucken.

Er wandte seine stechenden Augen Philesius zu. «Wer seid Ihr?» Offensichtlich hatte er etwas gegen ungefragte Einmischungen.

«Matthias Ringmann, Magister der Sorbonne in Paris, Lektor bei Johann Grüninger, berühmter Drucker zu Straßburg, und Gast im Hause Amerbach.»

«Wer ist der Mann da auf dem Bett?»

«Mein Freund Philesius sagte es bereits. Wir kennen ihn nicht. Wir wissen auch nicht, wie er auf mein Bett kommt. Johann Amerbach hatte uns zum Essen mit seiner Familie eingeladen. Als ich zurückkam, lag der Tote auf meinem Bett. Das haben wir natürlich sofort gemeldet.»

Der Dunkle kniff die Augen zusammen und musterte die beiden Freunde von oben bis unten. Es war klar, dass er Waldseemüller nicht glaubte.

«Was meint Ihr?», erkundigte er sich bei dem Mann, der sich noch immer mit dem Toten beschäftigte.

«Er ist erstochen worden. Von hinten. Die Tat eines Feiglings.»

Sein Kollege nickte. Das schien ihn in seinen Überzeugungen zu bestätigen. Er musterte Waldseemüller und Ringmann voller Verachtung. «Wir werden mit Amerbach reden.» Es klang drohend.

«Und wir werden uns beim Magistrat über die Behandlung beschweren», erwiderte Philesius mit aller Arroganz, die er aufbringen konnte.

Dem Dunklen schien das keinerlei Respekt abzunötigen, er blickte nur noch finsterer. Der Kollege am Bett und die anderen beiden hatten inzwischen ihre Untersuchungen abgeschlossen und sich aufgerichtet. Der Dunkle nickte ihnen stumm zu. Alle vier schickten sich an, das Zimmer ohne ein weiteres Wort zu verlassen.

«Was ist mit dem Toten?», wollte Martin Waldseemüller wissen.

Die Antwort klang ebenso barsch wie die vorherigen Sätze. «Lasst ihn liegen. Wir werden ihn holen lassen.»

Zwei Stunden lang harrten sie mit dem Leichnam auf dem Bett aus. Sie hatten den Tisch in die hinterste Ecke der Dachkammer geschoben, um möglichst viel Abstand zwischen sich und die leblose Gestalt zu bringen. Es war nicht der erste Tote, den Waldseemüller sah. Auch Philesius hatte seine Erfahrungen mit dem Tod gemacht. Er gehörte zum Alltag. Für Waldseemüller war es jedoch das erste Mal, dass er verdächtigt wurde, einen Menschen vom Leben zum Tod befördert zu haben.

Er rutschte unruhig auf dem Stuhl hin und her. Ringmann hockte in Ermangelung einer weiteren Sitzgelegenheit auf dem Tisch, seine Beine waren so lang, dass er mit den Fußspitzen gut den Boden erreichte. Beide Männer schwiegen zunächst, beide versuchten vergeblich, ihr Unbehagen zu verbergen. Die Zeit dehnte sich. Der Tote lag in seiner Blutlache auf dem Bett und starrte an die Decke. Das Blut trocknete langsam ein.

«Man sollte ihm die Augen schließen», schlug Ringmann vor. Waldseemüller nickte und stand auf. Behutsam legte er die Hand über die Augen und wollte die Lider hinunterdrücken. Er meinte, den Tod zu riechen, als er sich über die Leiche beugte. Die Lider ließen sich nicht mehr schließen, die Starre hatte bereits eingesetzt.

Waldseemüller wusch sich die Hände in der Wasserschüssel, die neben dem Bett stand. Immer und immer wieder.

«Es sieht aus, als wolltet Ihr Eure Hände vom Blut eines Menschen reinwaschen», bemerkte Philesius. Es sollte ein Scherz sein. Doch was Waldseemüller anbetraf, so war er gründlich misslungen. «Ich habe nichts mit diesem Tod zu tun.»

«Ich weiß, mein Freund. Ich gebe zu, es war ein schlechter Witz, den ich da gemacht habe. Warum habt Ihr den vier düsteren Herren nichts von dem Überfall neulich erzählt? Langsam habe ich das Gefühl, dass es in dieser Stadt jemanden gibt, der darauf aus ist, Euch viel Ärger einzubrocken. Habt Ihr die geringste Ahnung, warum? Oder wer dieser Tote ist?»

«Glaubt Ihr auch, ich sei ein Unhold und Mörder?», knurrte Waldseemüller.

Ringmann schüttelte heftig den Kopf. «Beileibe nicht. Wir waren den ganzen Abend zusammen. Wann also hättet Ihr diesen Mann töten sollen? Außerdem seid Ihr nicht der Mensch, der einen anderen umbringt.»

Ilacomylus runzelte die Stirn, seine Antwort klang versöhnlicher. «Ich verstehe das alles nicht. Vielleicht sind sie auf der Suche nach ...» Er schüttelte den Kopf. «Nein. Das kann nicht sein. Warum sollte sich jemand so sehr für meine Berechnungen und Überlegungen interessieren, dass er meine Dachkammer durchsucht? Und wer hat diesen Mann hier ermordet? Was in aller Welt ist da geschehen?»

«Was sagtet Ihr da?» Philesius hob den Kopf. «Von welchen Berechnungen redet Ihr, mein werter Ilacomylus?»

«Ich wollte das ohnehin mit Euch sprechen, denn ich hoffte auf Eure Hilfe. Aber ob das jetzt der rechte Moment ist?»

Philesius wurde energisch. «Dieser Augenblick ist so gut wie ein anderer, zumal dies vielleicht mit all dem zusammenhängt, was Euch in den letzten Tagen an Üblem widerfahren ist. Oder könnt Ihr das ausschließen?»

«Nein, da habt Ihr wohl Recht. Also, es sind Berechnungen und Überlegungen im Zusammenhang mit der neuen Seekarte, die ich plane.»

«So, der neuen Seekarte. Ihr erzählet davon. Demnach muss daran etwas Besonderes sein. Also, mein Freund, nun rückt schon mit der Sprache heraus. Macht es nicht so spannend.»

«Wahrscheinlich werdet Ihr mich für verrückt halten.»

«Ilacomylus, nun redet schon!»

Der aber wich aus. «Kennt Ihr diese Stelle aus Vespuccis Berichten? Natürlich kennt Ihr sie. Wenn ich mich nicht täusche, geht es dabei um seine Reise von 1499. Aber habt Ihr sie auch gelesen, immer und immer wieder, so wie ich? Sie verschlungen, Euch einverleibt, bis sie Teil eines jeden Eurer Gedanken war – beim Aufwachen, beim Einschlafen? Bis diese Stücke plötzlich begannen, sich zusammenzufügen, fast wie im Traum. Seid Ihr morgens von Eurem Lager hochgeschossen, und hattet das Gefühl, Ihr habt begriffen, was diese Worte bedeuten, während Euch im gleichen Moment dieses Gefühl des Verstehens wieder entglitt? Habt Ihr wie ich Stunden um Stunden zugebracht, es wieder zu finden? Ich meine nicht die Stellen, in denen es um nackte Wilde geht, um Menschenfresser und allerlei spektakuläre Sachen. Ich meine jene, in denen er ein Land beschreibt, das riesig sein muss, eine Natur, die der unseren so fremd ist, dass – ach, ich gebe Euch ein Beispiel mit Amerigo Vespuccis eigenen Worten.

Das, was ich hier gesehen habe, war eine sehr abenteuerliche Sache, nämlich Tiere, wie ich ihnen nie zuvor begegnete und Papageien von so verschiedenen Gattungen, dass wir nur staunten. Einige waren rot, andere grün, schwarz und leibfarben. Der Gesang der Vögel, die auf den Bäumen saßen, war von einer solchen angenehmen Weise, dass wir öfter stillhielten und uns an dieser Antwort ergötzten. Die Bäume daselbst sind von so prächtigem Ansehen, dass wir glaubten, wir wären in dem irdischen Paradiese.»

Waldseemüller senkte den Kopf und nestelte an seinem Rocksaum. Dann zog er ein eng zusammengerolltes Stück Papier hervor und reichte es Philesius. «Damit gebe ich mich ganz in Eure Hand. Aber ich wollte ohnehin mit Euch darüber sprechen. Ich brauche Eure Unterstützung, Philesius. Ich weiß niemanden, der mir sonst helfen könnte.»

Matthias Ringmann rollte den Papierstreifen auseinander. Dann brach er in Gelächter aus. «Stockschwerenot! Wie seid Ihr denn darauf gekommen? Ein neuer Kontinent, ein neuer Erdteil im Westen des Atlantiks? Auch wenn bei Vespucci so etwas anklingt, selbst er konnte sich bisher nicht dazu durchringen, das mit einer solchen Selbstsicherheit zu konstatieren.

Außerdem sind Worte noch immer etwas anderes als das konkrete Abbild. Man kann immer behaupten, missverstanden worden zu sein. Ihr hingegen lauft Gefahr, dass die Gelehrten über Euch herfallen und Euch und Eure Seekarte in der Luft zerreißen, wenn sie erscheint. Dabei spreche ich nur von den ernsthaften Kritikern und nicht von jenen, die Euch die Sensation neiden, die ein solches Werk unweigerlich auslösen wird. Sagt mir, wieso seid Ihr Euch da so sicher?»

«Ich bin mir überhaupt nicht sicher. Zumindest nicht absolut. Ich kann nur wieder mit Vespucci sprechen. Er selbst hat mich doch auf die Spur gebracht. Er muss es schon bei dieser Reise geahnt haben. Seine Beschreibungen führen eigentlich jeden, der die Worte zerkaut, zerpflückt, der sie dreht und wendet, sie von vorne und hinten beleuchtet, zum selben Schluss. Er zeigt uns doch den ganzen gedanklichen Weg, seine Beschreibungen sind nur so gespickt mit Hinweisen, aneinander gereiht wie die Perlen an einer Kette. Und mit jeder neuen Perle geleitet er uns ein Stück weiter in eine fremde Welt. Lasst mich mit derselben Reise fortfahren.

Den Lauf nach Süden gerichtet, geht unsere Fahrt weiter. Indem wir in diesem Striche schifften und weit in die See hinein gekommen sind: so trafen wir einen Strom im Meere an, der von Ostsüdost nach Westnordwest zulief und mit solcher Gewalt schoss, dass er uns in ungemeine Furcht versetzte; und der war so schnell, dass der Strom in der Meerenge von Gibraltar und in der bei Messina nur wie stillstehendes Wasser dagegen zu achten sind; und weil derselbe von vorne zu auf uns stieße: so konnten wir nicht im geringsten weiterkommen. Da die Gefahr uns vor Augen schwebte, entschlossen wir uns itzo, gegen Norden zu segeln.

Dann folgen Hinweise auf seine Berechnungen. Ich kann verstehen, dass er noch nicht alles preisgeben will. Doch was er schreibt, habe ich mit dem Stand der Sterne verglichen, mit dem Ptolemäus, mit anderen Karten und Vespuccis Angaben, habe sie Stück für Stück in meine Skizzen übertragen. Zugegeben noch ungenau. Aber das ist zum Beispiel eine solche Stelle.» Er zog ein Heft aus seinem Rock. Er musste nicht einmal hineinschauen, um Vespucci zu zitieren. Matthias Ringmann kam die Schrift bekannt vor. Er ließ sich jedoch nichts anmerken.

«Ihr seid ja kaum zu bremsen, lieber Ilacomylus!»

«Ich weiß, wenn ich die Welt neu kartographiere, werden sie über mich herfallen wie die Wölfe. Die Menschen sind schon zu lange an ein anderes Bild des Globus gewöhnt. Vielleicht hat Vespucci deshalb noch keine eigene Karte veröffentlicht. Dabei ist seine letzte Reise schon eine Weile her. Vielleicht aber auch, weil er seinen Geldgebern verpflichtet ist und manche seiner Entdeckungen geheim halten muss. Denn wenn dort ein vierter Erdteil ist, dann geht es im Westen noch weiter. Dann locken dort noch andere Regionen, Reichtümer, Paradiese. Und wer zuerst kommt, dem fallen sie in den Schoß. Doch die Geheimnisse der Mächtigen sind mir egal.»

Matthias Ringmanns Gesicht war ernst geworden. «Verborgenes Wissen ist Macht für die Eingeweihten, jedermann zugängliches verliert diesen Zauber. Das Erscheinen einer solchen Karte würde nicht jedem recht sein. Erinnert Euch, der portugiesische König hat bereits verkünden lassen, er werde jeden ohne Gnade bestrafen, der die Welt der Meere und Küsten jenseits des südlichen 7. Breitengrades darstellt. Wahrscheinlich mit gutem Grund.»

Martin Waldseemüller senkte den Kopf. «Ich weiß, ich mache mir damit Feinde, zwangsläufig. Portugal erhofft sich große Reichtümer, neue Länder, neue Handelsplätze, den freien Weg über das Meer zu unermesslichen Schätzen und damit den

Aufstieg zu einer glänzenden Handels- und Seefahrernation, die alle anderen überstrahlt. Selbst den größten Konkurrenten in diesem Wettlauf, die Spanier. Diese hoffen wiederum, die Portugiesen zu übertrumpfen. Beide zusammen wollen sie alle anderen klein halten, die Stadtstaaten am Mittelmeer, die Franzosen, die Engländer. Manuel von Portugal kann angesichts dieser bereits heftigen Konkurrenz wohl nicht auch noch ein Heer von Abenteurern und Eroberern brauchen, die der Krone die Entdeckungen streitig machen. Aber was schert mich das! Was interessiert mich der Machterhalt der Mächtigen! Der Metzgersohn Ilacomylus will nicht das Wissen für die Regierenden erweitern, für die Krone von England, Frankreich, Portugal oder Kastilien. Ja selbst nicht für das Heilige Römische Reich, dessen Untertan ich bin. Ich will nicht die Hand reichen für ihre Gier, ihre Geschäfte und Expansionsgelüste. Das Wissen um die neue Welt muss jedem Menschen zugänglich sein. Und endlich ist dies auch möglich. Diese wunderbare Kunst des Buchdrucks, die Gutenberg vor nun rund 50 Jahren entwickelt hat, bietet die Voraussetzung dafür, dass die Herrschaft des Wissens der Mächtigen gebrochen wird. Das neue Land und das Wissen darum stehen allen Menschen zu. Jeder hat das Recht auf seinen Weg ins irdische Paradies. Vielleicht liegt es ja dort, jenseits des Atlantiks! Ich sehe sie schon aufbrechen, ihren Träumen folgen – Handwerker, Händler, Bauern. Vielleicht können Adam und Eva ja ins Paradies zurückkehren. Ich werde ihnen den Weg beschreiben. Denn es sind nicht die Mächtigen, sondern die einfachen Menschen, die diesen Garten Eden urbar machen werden, die dort ihre Kinder zur Welt bringen und dort sterben. Vielleicht dieses Mal in Freiheit.»

«Ihr wißt, dass das, was Ihr hier sagt, an Hochverrat grenzt?»

«Oh ja, das ist mir klar. Doch was ist der größere Verrat? Ist es nicht der, den Menschen dieses Wissen, diese Möglichkeiten vorzuenthalten?»

«Vielleicht solltet Ihr dennoch besser schweigen und nicht mit jedem darüber reden.»

«Meint Ihr, das weiß ich nicht? Trotzdem muss ich es einfach tun. Schnell tun. Ich muss diese Karte fertig haben, ehe mir jemand zuvorkommt. Denn auf Dauer lässt es sich nicht geheim halten. Außerdem denke ich, sobald die Karte erschienen ist, bin ich in Sicherheit. Dann kann niemand mehr den großen Aufbruch in den Garten Eden verhindern.»

«Nun, so viel ist sicher. Wenn Ihr die Karte so zeichnet, wie ich es Euren Skizzen entnehme, dann wird sie eine Sensation.»

«Und Ihr müsst mir helfen. Bitte. Es kann kein Zufall sein, dass wir uns getroffen haben. Ihr sprecht nicht nur Latein und Hebräisch, fließend Griechisch, Ihr wisst auch in der Sternenkunde, der Geographie und der Mathematik Bescheid. Und Ihr kennt *Mundus Novus*.»

Unwillkürlich musste Mattias Ringmann lachen. Er hatte schon lange nicht mehr so viel Begeisterung erlebt. Sie war ansteckend, wischte jene Schrunden, jene Schichten aus Enttäuschung einfach beiseite, die die Zeit über seine Hoffnungen gebreitet hatte.

«Also findet Ihr es doch lächerlich? Dabei bin ich durch Euch darauf gekommen, durch Eure *De ora Antarctica*, durch den Inhalt von Vespuccis Brief.» Martin Waldseemüller wedelte mit der Schrift durch die Luft, die er in der Hand hielt. «Ich gebe sie nie aus der Hand, viele meiner Notizen befinden sich darin. Ich habe genau gelesen, was Vespucci schrieb, seine Reiseroute nachvollzogen. Er ist Hunderte von Meilen die Küste entlang gefahren, spricht selbst von einer ‹Terra firma›, von festem Land. 400 Meilen waren es, wie er schreibt. Das übertrifft die Ausmaße einer Insel bei weitem. Sagt selbst, das kann doch kein Eiland mehr sein. Ich glaube nicht, dass Vespucci sich mit seiner Einschätzung irrt oder hier bewusste Fehler eingebaut hat. Er war schließlich Buchhalter, ein Mann mit Respekt vor

Zahlen also. Außerdem – die ganzen Tiere, die er beschreibt, die Menschen, die Natur? Es klingt so echt. Nichts davon ähnelt dem, was wir bisher aus den Beschreibungen der Reisenden kennen. – Dann ist da noch die Karte, die Alberto Cantino, der Lissabonner Agent des Herzogs Ercole I. d'Este, nach Genua gesandt hat. Ich hatte eine Kopie. Doch sie wurde mir gestohlen. Ihr erinnert Euch an den Einbruch? Außerdem habe ich Vespuccis Erkenntnisse mit denen von Kolumbus und all der anderen Seefahrer verglichen, soweit ich ihrer habhaft werden konnte, mit Fra Mauros Karte, Beheims Atlas und das Ganze dann mit der *Geographia* von Ptolemäus. Ich bin überzeugt, Vespucci hat mit seinen Vermutungen Recht, auch wenn er es noch nicht so deutlich zu sagen wagt, um nicht als Aufschneider wie Kolumbus zu gelten. Es gibt einen vierten Erdteil! Und wenn ich richtig liege, dann reicht er im Norden bis etwa zu den Inseln, die Kolumbus gefunden hat, also etwa vom 50. südlichen Breitengrad, über den Äquator hinweg. Es muss so sein, anders passen die geographischen Daten nicht zusammen, die ich bisher habe. Ach, könnte ich doch nur an Vespuccis originale Briefe kommen. Am besten wären natürlich Vespuccis Logbücher von seinen Reisen.

Doch ich wage nicht daran zu glauben, dass die Medici oder das Königreich Kastilien dieses wertvolle Dokument für einen unbekannten Kartographen wie mich zugänglich machen werden. Denn das sind die Daten, die wirklich zählen, die jedem Seefahrer den Weg weisen könnten. Nein, dazu haben sie zu viel investiert. Trotzdem. Ich brauche unbedingt die originalen Dokumente, die originalen Beschreibungen Vespuccis, weitere Karten und wenigstens noch die *Lettera*.»

Matthias Ringmann hob die Hand. «Die Soderini-Briefe wollt Ihr also.» – «Ihr habt mich überzeugt», wollte er noch anfügen. Doch Martin Waldseemüller ließ ihn kaum zu Wort kommen: «Nur so kann ich sicher ausschließen, dass mir ein

Irrtum unterlaufen ist. Ihr wisst selbst, Philesius, wie schnell sich in eine Übersetzung ein Fehler einschleicht. Doch ich komme momentan nicht mehr weiter. Ich habe vor Monaten an Vespuccis Familie in Florenz geschrieben mit der Bitte, meinen Brief an ihn weiterzuleiten. Es kam keine Antwort.»

«Das war ja ein regelrechter Vortrag, Ilacomylus. Nein, ich halte Euch nicht für verrückt. Alle Welt weiß, dass Ihr Euch auch in der Kunst des astronomischen Vermessens und der Geodäsie hervorragend auskennt. Außerdem beruhen Eure Erkenntnisse ja schließlich – zumindest indirekt – auch auf einem Werk von mir. Ihr wollt also wirklich tun, was Vespucci selbst nicht gewagt hat oder nicht tun wollte, nämlich Eure Berechnungen in Form einer Karte dem Urteil der ganzen Welt auszusetzen? Edepol, beim Pollux, Ihr habt Mut. Und wie kann ich Euch dabei helfen?»

Waldseemüller schaute seinen Freund hoffnungsvoll an. «Habt Ihr das Original, das *Mundus Novus* beziehungsweise *De ora Antarctica* zugrunde liegt? Wisst Ihr vielleicht sogar, woher ich die *Quatuor navigationes* bekomme? Eure 22 Verse in *De ora* zur Einführung sind übrigens ebenso hervorragend formuliert wie geistreich. Aber das sagte ich ja schon bei Amerbach. Habt Ihr da vielleicht Kontakte, kennt Ihr jemanden, über den Ihr die Dokumente besorgen könnt?»

Ringmann verneigte sich. «Ich danke Euch erneut für Euer Lob, geschätzter Ilacomylus. Ich muss Euch jedoch etwas von Eurer Begeisterung nehmen. Ich habe keine genaue Abschrift, geschweige denn die Originale von Vespuccis Briefen zur Verfügung. Meine *De ora Antarctica* entstand auf der Grundlage der ersten Edition von *Mundus Novus*, erschienen in Paris, also einer bereits editierten und damit veränderten Version. Ich bekam die Schrift während meines Studiums in die Hände. Hupfuff hat meinen Vorschlag sofort aufgegriffen, sie auch in der hiesigen Region herauszubringen. Der geschäftliche Erfolg gibt uns Recht, auch wenn inzwischen zahllose Raubkopien auf dem Markt sind. Dieses Schicksal droht übrigens auch Eurer Karte. Ihr werdet Raubdrucke nicht verhindern können. Dessen müsst Ihr Euch bewusst sein.»

Die Enttäuschung war Martin Waldseemüller anzusehen. Er wirkte völlig geknickt. «Es ist, als habe sich alles gegen mich verschworen.»

Ringmann legte ihm die Hand auf die Schulter. «So einfach gebt Ihr doch nicht auf, mein Freund, ich bin davon überzeugt, dass Ihr wisst, was Ihr tut. Ehrlich gesagt, ich bin regelrecht begeistert. Wenn ich schon nicht in Wirklichkeit in diese neue Welt reisen kann, so kann ich es dann wenigstens mit Hilfe Eurer Karte tun, in meinen Träumen. So, wie viele. Ich glaube daran, dass Eure Überlegungen und Berechnungen fundiert sind. Allerdings bin auch ich davon überzeugt, dass Ihr sicher gehen und sie auf der Grundlage der Originale noch einmal überprüfen müsst, wenn Ihr Euren Ruf nicht ruinieren wollt. Eigentlich hätte ich selbst auf die Idee kommen können. Seid versichert, ich lasse Euch nicht im Stich. Ich werde Euch helfen, Euren Plan zu verwirklichen. Mehr noch, ich werde ihn zu meinem eigenen machen, wenn Ihr erlaubt. Vielleicht fällt dann von dem Glanz Eures künftigen Ruhmes ein wenig auch für mich ab.»

Waldseemüller strahlte. «Das wollt Ihr tun? Trotz allem, was Ihr mit mir erlebt habt?»

Ringmann kam nicht mehr dazu zu antworten. Im Haus war ein lautes Krachen zu hören, dann polterten die Schritte mehrerer Männer die Holztreppe herauf. Es klopfte an der Tür von Waldseemüllers Kammer. Philesius reichte seinem Freund Ilacomylus mit vielsagendem Blick das Papier mit den Berechnungen. Dieser versteckte es hastig im Saum seines Rockes. Da flog auch schon die Türe auf. Zwei Männer drängten sich durch die Öffnung, der eine voraus, der andere hinterher. Zwischen sich trugen sie einen Sarg. Ein kleines Männchen mit Spitzbart wuselte hinterher und beäugte die Szene. «Wo ist hier der Tote?», krähte er, obwohl die Leiche auf dem Bett kaum zu übersehen war.

Stumm wies ihm Martin Waldseemüller mit dem Kopf die Richtung. Die beiden muskulösen Träger ließen den schmucklosen Fichtensarg zu Boden poltern, rissen den Deckel herunter, packten den Toten und beförderten ihn mit einem einzigen Schwung in die Holzkiste. Dabei entwich der Leiche ein dröhnender Furz.

Die Männer schienen nichts Bemerkenswertes daran zu finden. Ohne ein weiteres Wort verschwanden die drei mit dem Toten und dem Sarg.

Philesius fing an zu keuchen. Ilacomylus schaute besorgt zu ihm hinüber. Er fürchtete einen weiteren dieser schrecklichen Hustenanfälle. Das Gesicht des Freundes war hochrot. «Furcifer, Furzer», presste er zwischen zusammengebissenen Zähnen hervor. Dann konnte er sich nicht mehr beherrschen und brach in schallendes Gelächter aus. «Ich weiß, das ist nicht komisch», keuchte er, während ihm die Lachtränen die Wangen hinunterliefen und er sich auf die Schenkel schlug.

Ilacomylus betrachtete den Freund für einen Moment fassungslos, dann überwältigte auch ihn die Komik der Situation. «Furcifer!» Im nächsten Moment explodierte auch er in wildem Gelächter. Seine ganze Anspannung entlud sich in diesem Ausbruch.

Die Männer brauchten eine Weile, um sich wieder zu beruhigen. Beiden liefen die Tränen über die Wangen.

Ringmanns Lachen ging in Husten über. Er bekam kaum noch Luft. «Ihr müsst hier weg!», keuchte er zwischen Husten und einem erneuten Lachanfall. «Sonst werfen sie Euch noch ins Verlies, zusammen mit Räubern und Mördern. Oder Ihr werdet selbst ermordet. Vielleicht haben die Mörder ja eigentlich Euch gemeint, den Toten mit Euch verwechselt. Ihr müsst zugeben, das könnte durchaus so sein. Und nun, nachdem Ihr mir die ganze Wahrheit erzählt habt, wüsste ich sogar einen Grund. Vielleicht gibt es ja jemanden ganz Bestimmten, der verhindern will, dass Ihr diese vermaledeite, diese wunderbare Karte zeichnet. Möglicherweise Vespucci selbst!»

«Nie und nimmer Vespucci selbst!» Dieser Gedanke war Martin Waldseemüller überhaupt noch nicht gekommen. Doch er brachte ihn zur Besinnung. Es stimmte, was Ringmann sagte. Er musste fort. Sofort. Er konnte es ohnehin keinen weiteren Moment mehr in diesem Raum aushalten. Die Basler fackelten außerdem nicht lange mit Fremden, die unliebsam auffielen. Besonders dann, wenn sich kein anderer finden sollte, der für den Mord in Frage kam. Martin Waldseemüller hatte das Gefühl, dass der Mord an diesem Unbekannten in seiner Kammer genau solch ein Fall war. Hastig begann er, seine wichtigsten Habseligkeiten zusammenzuklauben – dabei immer bedacht darauf, dem Bett nicht zu nahe zu kommen.

Plötzlich hielt er inne. Langsam ließ er das Hemd auf den kleinen Haufen sinken, der sich inzwischen vor ihm auf dem Boden aufgetürmt hatte. «Und wo soll ich hin?»

«Das ist eine gute Frage», befand auch Ringmann. «Wie wäre es denn, wenn Ihr wieder nach Freiburg gehen würdet? Ihr könntet erneut mit Gregor Reisch zusammenarbeiten. Ja, je mehr ich darüber nachdenke, umso plausibler scheint mir diese Lösung. Vielleicht bietet er Euch in der Freiburger Kartause sogar Asyl. Reisch wäre ein guter Schutz vor unliebsamen Häschern aus Basel. Er würde Euch sicherlich nicht ausliefern, falls sie Euch finden.»

Waldseemüller dachte eine Weile nach. Das klang verlockend. Nein, nein, doch besser nicht. Er wollte zunächst nicht zurück nach Freiburg. Der noch immer ungesühnte Mord an seinem Vater, die verächtlichen Blicke für den Sohn des «Judenküng»

– die Erinnerungen ballten sich ihm zu einem Klumpen im Magen zusammen. Als ob die jetzige Situation nicht schon schlimm genug wäre. Er schüttelte den Kopf. «Nein, ich denke, das ist doch keine gute Idee. Ich will Reisch nicht mit meinen Angelegenheiten belasten.»

Philesius betrachtete seinen neuen Freund nachdenklich. Er kaute an seiner Unterlippe. «Ihr habt wahrscheinlich Recht. Außerdem würden sich die Häscher dann möglicherweise auf Euren Onkel stürzen.»

Ilacomylus wurde kalt bei diesem Gedanken. «Er darf auf keinen Fall wissen, wo ich bin. Das würde ihn und seine Familie nur unnötig in Schwierigkeiten bringen. Trotzdem muss ich ihm doch irgendwie eine Nachricht zukommen lassen, dass es mir gut geht. Ich kann doch nicht so einfach verschwinden.»

«Das wäre aber sicher besser, mein Freund», wandte Ringmann ein. «Außerdem könntet Ihr ihm ohnehin erst Nachricht geben, wenn Ihr wisst, wohin Ihr geht.»

«Das ist eine Logik, die sich mir durchaus erschließt», erwiderte Waldseemüller und fand selbst, dass dieser Scherz etwas mühsam klang. Der Freund versuchte sich trotzdem in einem kleinen Lächeln. Das erstarrte jedoch sofort, als sein Blick zufällig auf die Blutlache fiel, die auf der Bettstatt langsam eine hässliche braune Kruste bildete. «Eine neue Decke braucht Ihr auch. An dieser haftet der Geruch von Blut.»

Waldseemüller nickte unglücklich. Der leicht süßliche Geruch, den er erfolgreich verdrängt hatte, stieg ihm wieder in die Nase. «Ich kann mir jetzt aber keine neue Decke leisten. Mein Mantel wird genügen müssen. Wenn ich nicht bei meinem Onkel arbeite, bekomme ich auch keinen Lohn. Ersparnisse habe ich nicht.»

Ringmanns Gesicht hellte sich auf. «Ich habe eine Idee. Die Erwähnung Eures Onkels bringt mich darauf. Wie wäre es denn, wenn Ihr mit mir nach Straßburg kämt?»

In den braunen Augen Waldseemüllers leuchtete ein kleiner Hoffungsfunken auf, erlosch dann aber gleich wieder. «Ihr reist doch erst übermorgen mit Marie ab. Ich muss aber sofort hier weg.» Doch Philesius war nicht mehr aufzuhalten, so begeistert war er von seinem Plan. «Ich werde einfach sagen, dass ich dringende Nachrichten von Grüninger bekommen habe und früher nach Straßburg zurück muss. Und Marie wird sich freuen, ihren Verlobten schon einige Tage früher wieder zu sehen. Doch, so müsste es gehen.» Ein erneuter Hustenanfall schüttelte seine hagere Gestalt. «Aber wir müssen Amerbach sagen, dass Ihr mit mir reist. Wir können es ihm nicht verschweigen. Immerhin vertraut er mir Marie an», keuchte er.

Waldseemüller blickte den Freund zweifelnd an, sein Gesicht, das sich angesichts des Hoffnungsschimmers leicht gerötet hatte, war wieder grau geworden. «Nein, das geht nicht. Wir können diesen Mann nicht in eine solche Lage bringen. Er war sehr freundlich zu mir. Ich will ihm keine Schwierigkeiten bereiten.»

Ringmanns Eifer war nicht mehr zu bremsen. «Lasst mich nur machen. Ich werde ihm schon eine gute Geschichte auftischen. Außerdem hat er ohnehin bereits einiges von Euren Schwierigkeiten mitbekommen.»

In Martin Waldseemüllers Miene spiegelten sich noch immer die Zweifel. «Das könnt Ihr nicht machen. Amerbach soll Euch immerhin Marie anvertrauen. Außerdem, was sollte ich denn in Straßburg tun? Wie sollte ich es dort jemals schaffen, meine Pläne zu verwirklichen?»

Philesius lachte. «Das scheint typisch zu sein für Euch. Selbst wenn Ihr in den größten Schwierigkeiten steckt, denkt Ihr noch darüber nach, wie Ihr es schafft, eine neue Karte herauszubringen. Aber auch da habe ich eine Idee! Jean Grüninger, Maries Onkel, ist ein Mann, der Bilder liebt. Er liegt mir schon lange in den Ohren, ich solle ihm einen weiteren Künstler besorgen. Als Kartograph habt Ihr sicherlich eine künstlerische Ader. Außerdem könntet Ihr Eure Hand für das große Werk üben. Und Ihr bekommt gewiss einen guten Lohn, wenn Grüninger mit Euch zufrieden ist. Vielleicht bringt er Eure Seekarte sogar heraus, wenn Ihr ihn überzeugen könnt. Damit wäre dann auch dieses Problem gelöst.»

In die Augen Waldseemüllers kehrte erneut die Hoffnung zurück. In seinem Kopf überschlugen sich die Gedanken. Ein nicht unwesentlicher dabei war, dass er dann noch eine lange Zeit in Gesellschaft von Marie zubringen könnte. Doch den behielt er lieber für sich. «Meint Ihr denn, Grüninger würde mich nehmen, Philesius?»

Der Freund nickte überzeugt. «Wenn Ihr auf eine Empfehlung von mir kommt, ohne jeden Zweifel.»

«Er kennt meine Arbeiten doch überhaupt nicht», wandte Waldseemüller ein, wobei sein Widerspruch schon erheblich schwächer klang. In Ringmanns Augen blitzte wieder dieses amüsierte Funkeln auf, das er inzwischen schon recht gut kannte. Er begriff sofort, dass dieser ihn bei seinen geheimsten Gedanken ertappt hatte.

Doch Philesius ging nicht darauf ein. «Macht Euch darüber keine Gedanken. Euer Ruf als geschickter Kartograph und Gelehrter eilt Euch voraus. Nach einem Mann wie Euch müsste Grüninger sonst lange suchen. Er wird Euch mit Kusshand nehmen.»

«Und wo soll ich wohnen?»

«Jetzt macht Ihr Euch und mir das Leben aber wirklich schwer. Welche Frage! Bei mir natürlich. Was dachtet Ihr denn? Oder habt Ihr geglaubt, ich lasse Euch auf der Straße übernachten?»

Waldseemüller ging auf Ringmann zu und umarmte ihn.

«Außerdem muss ich ohnehin bald wieder abreisen. Ich habe einem Freund versprochen, ihm eine Abschrift der Werke von Pico della Mirandola in Italien zu besorgen. Grüninger unterstützt diese Fahrt. Er erhofft sich Material für eine neue Veröffentlichung.»

«Kommt Ihr auf Eurer Reise zufällig auch in Florenz vorbei?»

Matthias Ringmann schlug sich mit der Hand auf die Stirn. «Ja, natürlich, warum habe ich nicht selbst daran gedacht. Mirandola hat in Florenz gelehrt. Er war außerdem ein Protegé der Medici.»

Und nun war auch Martin Waldseemüller voller Elan. Plötzlich schien alles nicht mehr so schlimm zu sein. «Außerdem gibt es da die *Quatuor navigationes,* die Grundlage der Soderini-Briefe. Vielleicht bekommt Ihr in Florenz ja sogar diese *Lettera.* Das wäre himmlisch. Das wäre für meine, nein, für unsere Arbeit von unschätzbarem Wert.»

Matthias Ringmann lachte lauthals. «Ich sehe schon, ich habe Euch ein gehöriges Stück unterschätzt. Selbst in einer Lage wie dieser bewahrt Ihr einen kühlen Kopf, denkt an nichts als an Eure Ziele. Mein Freund, ich ziehe den Hut vor Euch. Symbolisch, da ich gerade keinen dabei habe.»

Martin Waldseemüller sparte sich den erneuten Widerspruch. Er wusste, dass seinem Gegenüber sehr wohl klar war, woran sein Herz außerdem hing. Doch diese unerwartete Wendung war ein Zeichen. Vielleicht konnte er Jean Grüninger ja wirklich dazu bringen, seine Seekarte zu drucken. Er galt als reich, wagemutig und Experimenten nicht abgeneigt. Es scherte ihn nicht, dass manche der Humanisten ihn deshalb nicht ganz ernst nahmen. Nun, man würde sehen. Jetzt musste er erst einmal fort aus Basel.

Martin Waldseemüller erfuhr nie, wie Matthias Ringmann es geschafft hatte, Johann Amerbach von der Dringlichkeit des Aufbruchs zu überzeugen. Er hatte sich die Nacht irgendwie um die Ohren geschlagen. Zu seinem Onkel konnte er nicht, in seine Bleibe wollte er nicht. Ersteres, um seine Fluchtpläne nicht vielleicht doch noch unbeabsichtigterweise zu verraten. Das Zweite, weil er es sich nicht vorstellen konnte, eine Nacht in einem Zimmer zu verbringen, das nach Blut und Tod roch. Es war Spätsommer, der Herbst nicht mehr fern, die Nächte wurden kühler. Waldseemüller schloss sich zunächst den Menschen ohne Obdach an, die sich in die Nischen und Ecken beim Münster gekauert hatten. Doch von dort wurden sie schnell vertrieben. Und so wanderte er schließlich hinunter an den Rhein, wo er eine Gruppe Männer traf – offenbar ebenfalls ohne ein Dach über dem Kopf –, die sich die Nacht warm tranken.

Am nächsten Morgen gabelte Ringmann einen übernächtigten, ziemlich angeheiterten Kartographen mit tiefen Augenringen auf. Doch Waldseemüller war guter Dinge – besonders, als er auf sein Pferd stieg und in der Person von Marie Grüninger den Farben des Sommers, nein, dem Sommer selbst begegnete. Heiß, schwül, verlockend. Er wurde schlagartig nüchtern, und die Ursache dafür war das Verlangen, das ihn wie ein Wolf überfiel. Er hatte alle Mühe, schnell die deutliche Auswölbung zu verbergen, die sich in seinem Schoß abzeichnete. Marie Grüninger gab sich den Anschein, als bemerke sie nichts. Doch Matthias Ringmann, der die Szene beobachtete hatte, sah das kleine Lächeln, das um ihre Mundwinkel spielte. Er machte sich Sorgen um den Freund. Wenn das so weiterging, dann brachte sie ihn noch um den Verstand.

4.

Ringmann behielt Recht. Sie brachte ihn fast um den Verstand. Zwei Tage lang ritt er neben ihr, versuchte ihre erregende Gegenwart auszublenden. Doch er sah die schmalen Knöchel, wenn der Wind ihr Reitkleid bauschte. Beobachtete, wie sie den Stoff in ihrem Schoß glatt strich, sich mit einem Spitzentaschentuch über die Stirn wischte, die kleine rosa Zunge, die immer wieder erschien und scheinbar unschuldig über die vollen Lippen strich, als habe sie Durst. Und dann, wenn er sie vom Pferd hob, wenn er sie roch, diesen unglaublichen Duft, eine Mischung aus Schweiß, Parfum und schierer Weiblichkeit, wenn sie vom Pferderücken hinab in seine Arme glitt, ihr Körper den seinen streifte, bevor ihre Füße den Boden erreichten – sein Leib schmerzte förmlich vor Begierde.

Am dritten Tag konnte er keinen klaren Gedanken mehr fassen, geschweige denn schlafen. Zwei Stunden lang wälzte er sich auf seinem Strohlager hin und her, gepeinigt von dem vergeblichen Versuch, das Bild von den prallen Rundungen ihrer Brüste zu verdrängen, von der milchigen Haut ihres Ausschnittes. Er erinnerte sich daran, welches Bild sie bot, wenn sie die Arme hob, um ihre Frisur wieder in Ordnung zu bringen, wie es sich anfühlte, wenn sie eine ihrer kleinen, etwas fleischigen Hände mit dem Grübchen am Handgelenk auf seinen Arm legte, ohne auch nur zu bemerken, dass ihm diese

Geste einen Schauer über den Rücken trieb. Er sah die kleinen Schweißperlen auf ihrer etwas schmalen Oberlippe wie durch ein Brennglas.

Das unrhythmische Schnarchen eines anderen Gastes drang in seine Wachträume und sorgte dafür, dass er vollends aus seinem Dämmerschlaf erwachte. Es war schwül in dem zum Nachtquartier umgebauten Schankraum, in dem mindestens zehn Reisende Unterkunft gefunden hatten. Und es stank, nach dem Schweiß der Reise, nach Darmwinden, nach Urin, nach den sauren Ausdünstungen des Alkohols und nach ranzigem Fett.

Waldseemüller wälzte sich hin und her. Schließlich gab er auf und erhob sich. Die Atmosphäre des Schlafraumes nahm ihm die Luft. Er musste nach draußen, sonst erstickte er.

Matthias Ringmann sah den Freund gehen – er wusste, was ihn trieb: ein Kater auf der Suche nach einer läufigen Katze. Er hoffte nur, dass Marie Grüninger klug genug war, die Sache nicht auf die Spitze zu treiben. Die Sache. Oh ja, er erinnerte sich gut. Er lächelte der Dunkelheit zu, stellvertretend für all die Frauen, die ihn in ihre warmen Arme aufgenommen, die ihm geholfen hatten, den Schmerz in der Brust für einige Zeit zu vergessen. Ringmann unterdrückte den Husten, schluckte ihn zurück in jene Stelle seiner Brust, die lebhaft protestierte. Doch er behielt sich eisern im Griff. Er konnte nie schlafen in diesen Gemeinschaftsunterkünften, immer in der Furcht, die anderen mit seinen Hustenanfällen zu stören. Er wusste, auch er würde nicht mehr lange in diesem Raum bleiben können. Er wollte dem Freund jedoch nicht nachgehen, nicht den Eindruck erwecken, als würde er ihm nachspionieren. Er sah eine Ratte durch das Zimmer huschen. Er hasste Ratten. Sie erinnerten ihn an die Zeit, in der sein Körper verrotten, seine Seele in der Hölle schmoren würde. Er hatte nicht mehr viele Jahre. Ge-

dankenverloren wischte er ein Kakerlake weg, die über seinen Arm lief.
Martin Waldseemüller reckte sich und sog die Nachtluft ein. Die Glieder taten ihm weh. Von der Reise und vom verkrampften Liegen auf schlecht aufgeschüttetem Stroh. Das Licht des Vollmondes zeichnete dunkle Schemen auf den Boden vor der Herberge. Es waren die Schatten der Äste einer Linde, die in der Nähe des Ziehbrunnens stand, die Umrisse des Hausdaches. Aus dem Stall drang das Rascheln des Strohs nach draußen, das gedämpfte Wiehern eines Pferdes, auf das ein leises Schnauben folgte. Die Welt wirkte friedlich. So, als gebe es keine Wegelagerer, keine Mörder, keine Kriege. Aus dem nahen Wald ertönte die Stimme eines Käuzchens, als wolle der Vogel ihn verspotten. Er streckte sich erneut, genoss die klare Luft dieser Spätsommernacht, die Stille, die über dem Land lag. Der Sturm seines Verlangens nach Marie legte sich langsam und er atmete wieder ruhiger.

«Konntet Ihr auch nicht schlafen, Ilacomylus?»

Er fuhr herum. Da stand sie vor ihm, die Frau seiner schwülen Träume, gebadet vom Mondlicht. Ihre großen Augen schimmerten. Er stöhnte auf. Erneut überfiel ihn die Begierde wie ein wildes Tier, er bekam einen Schweißausbruch. Das Ziehen in seinem Unterleib wurde übermächtig. Er hatte nichts mehr unter Kontrolle. Seine Hand bewegte sich wie von selbst, sein Arm legte sich um ihre Taille, er zog sie an sich. Erst in diesem Moment wurde ihm bewusst, dass sie sich nicht wehrte. Ihr Körper schmiegte sich an seinen. Durch den Stoff ihres Kleides konnte er ihre Brüste spüren, ihren Unterleib, dessen Hitze ihn fast verrückt machte.

Sie löste sich aus seinen Armen, trat einen Schritt zurück. Diese plötzliche Trennung, der Abstand zwischen ihnen fegte auch den letzten Rest seiner Vernunft hinweg. Er versuchte erneut, sie an sich zu ziehen. Doch dieses Mal spürte er Widerstand. Das brachte ihn halbwegs zur Besinnung. Erst dann begriff er, was sie tat. Sie schnürte ihr Mieder auf, zog das Hemd darunter über ihre linke Schulter und befreite eine dieser runden, weichen, großen Brüste, die er sich so oft schon nackt vorgestellt hatte. Der Mond schien auf ihre steife Brustwarze, und er sah die Lust auch in ihren Augen.

Marie Grüninger kannte keine Scham. Sie stand im Mondlicht und war sich des Anblickes sehr wohl bewusst, den sie bot. Eine Venus, eine Diana, eine Göttin der Jagd. Und ihr gegenüber dieser Mann, aus dessen Lust sich ihre Lust speiste. Sie sah in seinen Augen, welche Macht sie über ihn hatte. Sie genoss es. Das war es, was sie an der Liebe am meisten liebte. Die Macht, die eine Frau dann über einen Mann hatte. In der Liebe waren die Verhältnisse umgekehrt. Zumindest, so lange das Begehren regierte.

Er war unfähig, etwas zu tun, etwas zu sagen. Er starrte sie nur an. Marie Grüninger lachte leise, trat näher zu ihm. Ihre Finger, die mehr an die eines Kindes denn an die schmalen Hände einer erwachsenen Frau erinnerten, begannen damit, sein Wams aufzuschnüren. Es scherte sie nicht, dass sie beide im Licht des Vollmondes schon von weitem zu sehen waren. Sie streichelte seine Haut, fuhr in den Ausschnitt seines Hemdes.

Das war zu viel für ihn. Die leise Warnung seines Gewissens, die Bedenken, dass es ihm sein künftiger Gastgeber, Jean Grüninger, übel nehmen könnte, wenn er seine Nichte verführte, verloren sich vollends, weggeschwemmt von einem Verlangen, das mit einer Macht über ihn hereinbrach, die selbst einen Felsen fortgetrieben hätte. Er nahm sie auf seine Arme, trug sie unter das Vordach des Stalles, bettete sie auf das Stroh, das dort schon für den nächsten Morgen zur Verteilung an die Pferde bereit lag. Wieder lachte Marie leise. Ihr Mund schmiegte sich an seine Halsbeuge, er spürte ihren Atem auf seiner Haut.

Wenn er später an diese Momente dachte, dann kam es ihm vor wie ein Fiebertraum, Bilder wie aus einer anderen Welt. Er erinnerte sich kaum, wie er sie hastig entkleidet hatte, es fast nicht erwarten konnte, ihren nackten Körper in seinen Armen zu halten. Auch sie riss an seiner Kleidung, keuchte, als sie seine Hände auf ihren Brüsten fühlte, seinen Unterleib auf dem ihren. Sie war so wunderschön, ihr Körper, beschienen vom Mondlicht, so sinnlich, so sanft. Sie drängte sich ihm entgegen. Seine Hände strichen die weichen Innenseiten ihrer Schenkel entlang, tasteten sich zu jener feuchten Stelle vor, aus der die Hitze zu ihm strömte. Einladend, fordernd. Erneut stöhnte sie auf. Ihr Unterleib wölbte sich. Er versuchte, den Augenblick hinauszuzögern, ihn zu verlängern, die Zeit anzuhalten bis in alle Ewigkeit. Doch sein Körper hatte sich schon längst verselbständigt, er sah ihre gespreizten Schenkel, ihren weit geöffneten Schoß. Da nahm er sie. Zwei Körper zu einem verschmolzen. Zwei Verlangen, die zu einem einzigen Pulsieren wurden.

Erst später in dieser Nacht, als sie schon längst gegangen war, als er ihren Geruch wie ein Echo auf seinem Körper wahrnahm, wurde ihm bewusst, dass Marie Grüninger keine Jungfrau mehr gewesen war. Und dass sie nach den ersten Sätzen kein weiteres Wort miteinander gewechselt hatten.

Matthias Ringmann begriff sofort, was geschehen war, als er die beiden am nächsten Morgen erblickte. Marie Grüningers Gesicht trug den Ausdruck einer Katze, die an einem Sahnetopf geschleckt hatte. Ansonsten behandelte sie Martin Waldseemüller kühl. So, als hätte sie nicht in der letzten Nacht in seinen Armen gelegen und vor Lust gestöhnt. Er sah die Verwirrung und die Sehnsucht in den Augen des Freundes. Dieser begriff nicht, dass die Liebe für Marie Grüninger nichts als ein Spiel war, eine Möglichkeit, ihre Macht zu erproben. Er kannte solche Frauen und hatte sie immer gemieden. Frauen wie die

Sirenen, vor deren verführerischem Gesang Odysseus sich und seine Gefährten nur hatte retten können, indem er sich am Mast des Schiffes festbinden ließ und ihnen befahl, sich die Ohren mit Wachs zu verschließen. Matthias Ringmann wünschte sich, er hätte auch den Freund festbinden können. Doch dieser war der Verführung längst erlegen, sehnte sich sogar nach dem Schmerz, den die Sehnsucht nach diesem Mädchen mit sich brachte.

Martin Waldseemüller verstand nicht, was mit ihm geschah. Er wurde von Gefühlen heimgesucht, über die er keine Kontrolle mehr hatte. Je näher sie Straßburg kamen, umso kühler gab sich Marie Grüninger ihm gegenüber. Wann immer er versuchte, sich ihr zu nähern, flackerte in ihren Augen eine unmissverständliche Warnung auf. Trotz seiner fast übermächtigen Sehnsucht wagte er es nicht, diese zu ignorieren. Er fürchtete, dass sie ihn dann ganz aus ihrer Nähe verbannen würde. Das hätte er nicht ertragen. Philesius versuchte, seinen Freund aufzumuntern, hinter seinem verzweifelten Fiebern wieder jenen begeisterungsfähigen Menschen hervorzulocken, als den er ihn kennengelernt hatte. Jenen Mann, dessen brillanter Verstand und dessen Fantasie ihn von Anfang an beeindruckt hatten. Er erzählte ihm Näheres von den Menschen, die sie beide treffen würden. Etwa von dem Humanisten und Lehrer Jakob Wimpfeling, um den sich ein Kreis bedeutender Gelehrter versammelt hatte. Oder von Beatus Rhenanus, wie Wimpfeling ein gebürtiger Schlettstädter. Ja überhaupt von Schlettstadt, von der Lateinschule, an der er unterrichtet worden war und an der er unterrichtet hatte. Schlettstadt, das ihn geprägt hatte, dieser Ort mit seiner bewegten Vergangenheit, den Aufständen des Schlettstädter Bundschuh. Die Verschwörer hatten die Abschaffung aller Steuern und des geistlichen Gerichts fordert. Dafür waren sie hingerichtet worden. Diese Vergangenheit war in eine Gegenwart der Lehre, des Wissens, des Forschens auf den Grundlagen des Humanismus gemündet. Für ihn war die Gegenwart des forschenden, fragenden Geistes ohne die blutige Vergangenheit nicht denkbar. Manchmal hatte er das Gefühl, dass damit das Gleichgewicht der Kräfte, der zerstörerischen und der heilenden, wieder hergestellt werden sollte. Vielleicht lag das immanente Bedürfnis allen Seins, ein Gleichgewicht zu erreichen, ja auch dieser Entwicklung zugrunde.

Doch der Freund, der sich sonst für all diese Zusammenhänge zutiefst interessierte, blieb teilnahmslos. Er sprach noch nicht einmal mehr über seinen großen Plan, sein Lebenswerk, seine Karte. Seine gesamte Aufmerksamkeit war auf Marie Grüninger gerichtet. Seine Augen hingen an ihr, verfolgten jede ihrer Bewegungen. Den Rest der Welt schien er nur wie in einem Traum wahrzunehmen. Seine Wirklichkeit war auf diesen einzigen Menschen zusammengeschmolzen. Und Marie Grüninger genoss es. Wann immer sie das Gefühl hatte, dass Waldseemüllers Aufmerksamkeit nachließ, fesselte sie ihn erneut mit einer kleinen Geste, einem verführerischen Blick. Am Ende verstummte Matthias Ringmann. Er konnte nichts tun. So erreichten sie endlich Straßburg.

Wäre Martin Waldseemüller Herr seiner Sinne gewesen, diese Stadt auf der Insel, umarmt von den Wassern der Ill, hätte ihn begeistert. Das war eine Stadt im Aufbruch, eine, die nach den langen Jahren des Krieges gegen Burgund nach vorne strebte. Eine, die sich mit dem Schwörbrief von 1482 nicht nur die Grundlage für eine neue Verfassung gegeben hatte, sondern auch für eine neue Zukunft. Es war eine Stadt, die summte und brummte, eine, die Neues wagte, deren Bürger bereit waren, Risiken einzugehen. Der Drucker Jean Grüninger, Maries Onkel, war nur ein Beispiel für diesen Unternehmergeist, diesen Willen zum Aufbruch in eine neue Zeit, der an allen Ecken und Enden zu spüren war. Überall wurde gebaut, renoviert, restauriert. Allenthalben manifestierte sich der neue Wohlstand.

Doch da war auch noch die andere Seite: elende Gestalten in abgerissenen Kleidern, Armut, das Gesicht der schieren, ausweglosen Not. Gerade diese Gegensätze machten Straßburg für Matthias Ringsmann so anziehend. Besonders liebte er das Münster, aus schwerem Stein und doch filigran, erdverhaftet und doch in den Himmel stürmend mit seiner unendlichen steinernen Vielfältigkeit. Der Bau war Ausdruck der Kunst ganzer Generationen von Steinmetzen, bekannten und unbekannten, die nicht nur Gott ehrten, sondern sich mit ihrer Arbeit selbst zu einem Teil der Ewigkeit gemacht hatten. Einer von ihnen, der Baumeister Johann Hültz aus Köln, hatte vor noch nicht allzu langer Zeit, weniger als eine Generation, die Westfassade vollendet.

Doch Martin Waldseemüller nahm dies alles nur schemenhaft wahr. Er war gefangen von einem Traum, der niemals wahr werden würde, verstrickt in ein Verlangen, dessen Erfüllung nur diese eine Nacht vergönnt gewesen war. Es dauerte fast zwei Wochen, bis er wieder halbwegs zu sich fand. Wochen, in denen er aufgrund der kühlen Behandlung durch Marie eine innere Hölle durchwanderte. Erst allmählich, ganz langsam, drang die Welt um ihn herum wieder in sein Bewusstsein vor, in seine Sinne, in seine Gefühle. Er erinnerte sich noch genau an den Moment, in dem er zu sich gekommen war, in dem er zum ersten Mal bewusst wahrgenommen hatte, wo er sich befand. Dieses Bild prägte sich für immer in sein Gedächtnis ein.

Er erwachte in der Druckerei von Jean Grüninger durch den Geruch von Firnis, der ihm in die Nase stieg, in den Ohren die Stimmen vieler Menschen, ein Schnitzmesser in der Hand. Er saß an einem von mehreren grob gezimmerten Holztischen in einem Souterrain-Raum von etwa sieben mal sechs Metern. Durch zwei kleine Fensteröffnungen an der Querseite des Zimmers fiel fahl das Licht schräg auf seinen Tisch, außerdem brannten Kerzen. Es war ein diesiger Nachmittag. Er konnte trotz der dicken Mauern den Regen draußen prasseln hören. Die Spindel der Druckerpresse krächzte wie eine alte Frau. Vor ihm war ein Junge damit beschäftigt, die Bögen von Papier anzufeuchten, die das Monstrum gefräßig forderte. Jean Grüninger stand mitten im Raum, einen warmen Mantel mit pelzbesetztem Kragen um die Schultern, und gab dem Jungen zu seiner Rechten Anweisungen. Der Setzer am großen Fenster gegenüber war gerade mit der Herstellung des Schriftsatzes beschäftigt. Er reihte Letter an Letter in seinen Winkel, Reihe um Reihe, nach einer Vorlage, die er an einem Balken in Höhe seiner linken Schulter befestigt hatte. Martin Waldseemüller konnte nicht erkennen, was darauf stand. An einem Tisch hinter dem Setzer waren drei weitere Männer emsig bei der Arbeit, unter ihnen auch Matthias Ringmann. Er korrigierte offenbar gerade einen Probeabzug. Philesius spürte den Blick des Freundes und zwinkerte ihm lächelnd zu.

Die beiden anderen Männer waren in eine ziemlich lautstarke Auseinandersetzung verstrickt. Beide brüllten, um das Krächzen und Quietschen der Druckerpresse zu übertönen. Doch am lautesten war das Hämmern, mit dem ein Vierter gerade den Stempel mit einem Buchstaben in eine flache Kupferplatte trieb, um die Matrix für den Guss der Lettern vorzubereiten. Soweit Martin Waldseemüller ausmachen konnte, war der eine der Streithähne ein ziemlich erboster Autor, der sich mit einem weiteren Lektor wegen einer Druckfahne zankte. Der letzte der Männer im Raum ließ sich durch das Gebrüll und den Lärm keinen Moment aus der Ruhe bringen. Er zählte mit großer Langsamkeit die bereits bedruckten Bögen.

Jean Grüninger bemerkte, wie sich der abwesende Blick in den braunen Augen seines Gastes verlor, wie dieser erst neugierig wie ein kleiner Junge seine Umgebung betrachtete und dann fassungslos auf das Schnitzmesser in seiner Hand starrte.

So, als sähe er ein solches zum ersten Mal. Er ging zu ihm hin und legte ihm freundschaftlich die Hand auf die Schulter. «Magister, ich sehe, die Erde hat Euch wieder.»

Martin Waldseemüller blickte auf und schaute in grüne Augen, die zwischen mächtigen Brauen und nicht weniger feisten Wangen fast verschwanden. Augen von derselben Farbe, wie sie auch Marie hatte. Und doch ganz anders. Dieser Mann gab sich jovial, schien aber mit allen Wassern gewaschen und mit dem Instinkt eines Mannes gesegnet, der weiß, wie man ein gutes Geschäft macht. Jean Grüninger seinerseits begriff zum ersten Mal, was sein Lektor und Freund Matthias Ringmann an diesem Mann fand, den er ihm da so unverhofft ins Haus geschleppt hatte. Er erkannte den wachen Verstand in den Augen, die Sensibilität, aber auch die Kraft und Entschlossenheit in diesem Gesicht. Ringmann hatte ihm im Vertrauen von den Berechnungen Waldseemüllers erzählt, von diesem vierten Kontinent, einem völlig neuen Erdteil, den die Seefahrer entdeckt haben sollen. Er hatte es für die Idee eines Wahnsinnigen gehalten. Nun begann er zum ersten Mal, daran zu glauben, dass dieser Waldseemüller Recht haben könnte. Etwas im Blick seines Gastes sagte ihm, dass dieser mehr war als ein verschrobener Spinner, völlig außer Sinnen vor Liebe nach einem Mädchen, das demnächst einen anderen heiraten würde. «Verliebt wie ein räudiger Straßenköter», dachte er mitleidig.

Grüninger war kein Mann, der sich Illusionen machte, auch wenn er gerne seinen Fantasien nachhing. Schon gar nicht über Menschen. Er kannte seine Nichte Marie. Er war froh, sie bald unter der Haube zu wissen. Doch dieser Waldseemüller würde wohl trotzdem nicht der letzte Mann sein, den sie um den Verstand brachte. Er beneidete ihren Verlobten nicht, hoffte, dass dieser die Kraft haben würde, dieses wilde Mädchen zu zähmen. Aber er bezweifelte es. Maries künftiger Gatte war kein Schwächling, aber auch kein Mann, der einer Frau wie Marie gewachsen war. Er war jedoch ein guter Mensch, und seine Nichte konnte froh sein, einen solchen Gatten zu bekommen. Einen, der bereit war, sie zur Frau zu nehmen, obwohl sie keine große Mitgift in die Ehe brachte. Jean Grüningers jüngerer Bruder war kurz nach der Geburt Maries gestorben. Sie konnte sich an ihn nicht mehr erinnern. Der Drucker hatte sein Bestes getan, um die Vaterstelle bei ihr zu vertreten. Doch weil er seine eigene Familie hatte, war ihm dies nur unzulänglich gelungen. Und Maries Mutter, eine ehemalige Bedienstete der Familie, bekam ihre Tochter nicht wirklich in den Griff. Sie war ebenfalls früh gestorben. Auch wenn er nichts Genaues wusste, Grüninger ahnte, was zwischen Waldseemüller und Marie geschehen sein musste.

Martin Waldseemüller war sich dessen bald bewusst. Er blieb dem Straßburger Drucker Jean Grüninger für den Rest seines Lebens dankbar, dass dieser die Angelegenheit niemals erwähnte.

Er blickte hinunter auf das Stück Holz vor sich. Er sah die Spuren eines Schnitzmessers darauf. Doch sie ähnelten nicht im mindesten der Vorlage, derer er nun ebenfalls gewahr wurde. Das Motiv entstammte der Fantasie des jungen Albrecht Dürer. Martin Waldseemüller kannte den Kupferstich. Er zeigte eine geflügelte Gestalt, das Gewand und ein Zaumzeug lässig über den linken Arm geworfen, in der vorgestreckten Rechten einen wertvollen Pokal – ein Himmelsbote, oben offenbar Frau, unten gebaut wie ein Mann, auch wenn das Geschlecht nicht zu erkennen war. Das Wesen schwebte auf einer Kugel. Unter sich – klein und unbedeutend – die Welt. Das Werk trug den Titel «Nemesis». Es stellte die griechische Göttin des rechten Maßes und der Vergeltung dar, die aus Übermut begangenes Unrecht bestraft. Besonders die Hybris, die Selbstüberschätzung des Menschen. Für Hesiod, den Epiker des antiken Griechenland,

war sie die Göttin der Nacht. Waldseemüller fand diese Allegorie in Anbetracht seines Seelenzustandes überaus passend.
Grüninger ebenfalls. Aber aus anderen Gründen. Er liebte die Werke des jungen Dürer, hielt ihn für einen der größten Künstler des Jahrhunderts. Außerdem hatte er keinerlei Skrupel, die Gestalt als Vorlage in einen Druckstock schnitzen zu lassen. Er wollte sie in einem seiner späteren Werke unterbringen. Grüninger hatte überhaupt wenig Skrupel, zumindest was die Texte seiner Drucke anging. Sie waren nicht sonderlich sorgsam editiert. Es musste immer schnell gehen. Und er beschränkte sich auch keineswegs auf wissenschaftliche Schriften. Kleine populäre Geschichten um Raub, Mord und verkannte Liebe, zumeist in Anlehnung an die Dramen der alten Griechen, waren ihm ebenso lieb. Zumal sie quasi nach Bebilderungen schrieen. Grüninger liebte Bilder, je opulenter, umso besser.

Martin Waldseemüller starrte eine Weile betrübt auf den teuren Holzklotz. Er war sorgsam getrocknet, schien gut gelagert worden zu sein. Solches Holz war nicht leicht zu bekommen. «Ich fürchte, ich habe Euch ein gutes Stück Material zu Schanden geschnitten», brachte er schließlich heraus. Zu seiner Überraschung lachte Grüninger. «Da seid Ihr nicht der Erste, und Ihr werdet auch nicht der Letzte sein. Euer Freund Matthias Ringmann schwört jedoch Stein und Bein, Ihr hättet eine sensible Hand, wärt ein außergewöhnliches Talent, das nur noch ein wenig des Feinschliffs bedürfe, um wahre Kunstwerke zu schaffen. Er habe Arbeiten von Euch gesehen. Ich glaube ihm.»

«Ihr seid zu gütig», murmelte Waldseemüller mit rotem Kopf.

Grüninger klopfte ihm erneut gutmütig auf die Schulter. «Ich werde Euch ein anderes Stück Holz heraussuchen. Ich bin mir sicher, dass Euch die Schnitzarbeit künftig leichter von der

Hand gehen wird. Gute Holzschnitzer sind außerdem schwer zu finden.»

Zwei Tage später heiratete Marie Grüninger den Kaufmannssohn Andreas Schott. Er war ein weitläufiger Verwandter eines anderen Druckers: Martin Schott, ein gebürtiger Straßburger, der sich als Drucker im Elsass einen guten Namen gemacht hatte. Es war keine große Hochzeit. Aber groß genug, um den Status des Druckers Grüninger zu unterstreichen, der seine Nichte großzügig verheiratete.

Marie Grüninger konnte nicht umhin, sich an diesem Tag besonders intensiv an den sehnigen, kraftvollen Körper ihres letzten Liebhabers zu erinnern. Wenn sie ihren Gatten so betrachtete, versprachen seine weichlichen Hände und die blassblauen Augen alles andere als wilde Leidenschaft. Er war ein Mann der milden Gefühle. Die frisch verheiratete Marie Schott hatte aber auch noch einen anderen Grund, intensiv an den Kartographen zu denken. Sie befürchtete, dass sie schwanger sein könnte. Wenn sie zwischen diesen beiden Männern, dem leidenschaftlichen Liebhaber und ihrem lauwarmen Ehemann, hätte wählen können, dann wäre ihre Wahl auf Waldseemüller gefallen. Doch eine Verlobung war ebenso bindend wie eine Heirat. Außerdem war Waldseemüller nicht der Mann, der ihr Wohlstand und eine angesehene Stellung in der Gesellschaft hätte bieten können. Er hatte nichts und er war nichts. Ganz anders Andreas Schott. Die Truhen seines Vaters waren wohl gefüllt. Er gehörte zu jenen, die sich sogar den Luxus dieser neuen Druckerzeugnisse leisten konnten, mit denen ihr Onkel ein Vermögen verdiente. Egal, was die Druckerei Grüninger auch auf den Markt brachte – und das war einiges –, Andreas Schott der Ältere kaufte es. Ihr Kind würde in behüteten Verhältnissen aufwachsen, beschützt von der Macht des Geldes, die letztlich immer siegte.

Martin Waldseemüller sah Marie vorne neben ihrem Verlobten vor dem Altar des Straßburger Münsters knien. In ihrem prachtvoll mit Perlen bestickten und mit Glitzerfäden durchwebten Gewand wirkte sie wie ein vom Himmel gefallener Engel. Dieser Eindruck wurde durch die golden fluoreszierenden Lichter noch verstärkt, die durch die prachtvollen Kirchenfenster fielen. Die Straßburger Glasmacher waren bekannt für ihre besondere Kunst im Schaffen dieser Glanzlichter. Die Schleppe bauschte sich hinter der Braut, als hätte sie Flügel. Er wusste, dass sie kein Engel war. Und während sie im Angesicht des sterbenden Christus am Kreuz ihrem künftigen Gatten vor Gott die Treue schwor, nahm er Abschied von einer Hoffnung, die bis zuletzt nicht hatte sterben wollen.

Er war so beschäftigt mit sich selbst, dass er gleich mehrere Dinge nicht bemerkte: Die Augen von Margarete, Amerbachs Tochter, streiften ihn immer wieder. Einige Meter weiter, im nördlichen Kreuzflügel des Münster-Querschiffes, betrachtete ein Mann mit nicht besonders glücklichem Gesichtsausdruck angelegentlich die Motive der alten Fenster aus dem 12./13. Jahrhundert. Sie zeigten die beiden heiligen Johannes, ein Urteil des Salomon und eine kleine, betende Jungfrau. Ein Zweiter schien den mit Fabelwesen verzierten Fries des Taufbeckens zu studieren. Von Zeit zu Zeit versicherte er sich mit einem Blick ins Mittelschiff, dass Martin Waldseemüller noch auf seinem Platz verharrte.

Ein Dritter, streng gekleidet mit eher südländischem Aussehen, beobachtete alle drei: die Männer im Kreuzflügel und Martin Waldseemüller. Er hatte sich dafür im Schatten einer der Säulen des Mittelschiffes postiert, so dass seine Augen nicht zu sehen waren. Auf jeden zufälligen Beobachter musste er wie ein Mann wirken, der sich brennend für das Gehäuse der Orgel interessierte. Und das würde in Straßburg niemanden sonderlich erstaunen. Die bizarren Figuren der Orgel, bewegliche Puppen, waren weit über die Grenzen der Stadt hinaus bekannt. Insbesondere der berühmte brüllende Affe war bei jeder Ostermesse der große Anziehungspunkt für die Massen, die Bauern, die Handwerker, die Knechte und die Mägde. Denn er prangerte lauthals die Exzesse der Kirchenfürsten an. Kaum jemand ahnte, dass zu dieser Zeit im Inneren des Affen ein Kirchendiener steckte, der der Kirchenschelte mit seiner Stimme oft mehr Gehör verschaffte als seinen Oberen lieb war. Doch sie konnten wenig dagegen unternehmen. Sie hätten einen Aufstand der Straßburger riskiert, wenn dem Affen zu Ostern das Maul verboten worden wäre.

Einer der beiden Männer im Querschiff begab sich unauffällig in die Nähe Waldseemüllers, als dieser sich zusammen mit den übrigen Hochzeitsgästen anschickte, das Münster zu verlassen. Mit der Geschmeidigkeit einer Katze schlich er sich von hinten an ihn heran, als er nach draußen getreten war. Er zog geschickt einen Knüppel unter seinem Mantel hervor, hob ihn und schlug zu. Im selben Moment drehte sich Martin Waldseemüller um und blickte seinem Angreifer direkt in die Augen. Dann ging er zu Boden. Frauen schrien auf, beinahe wären einige der Nachfolgenden auf ihn getrampelt. Doch die korpulente Gestalt Grüningers wirkte wie ein Fels in der Brandung. Von all dem bekam Martin Waldseemüller zunächst nichts mit.

Die Braut betrachtete die Szene mit einer Mischung aus Besorgnis und Verärgerung. Als er leise stöhnte, gewann die Verärgerung die Oberhand. Nun hatte dieser Mann ihr auch noch den großen Tag verdorben, der angeblich der wichtigste und schönste im Leben eines Mädchens sein sollte.

Wieder einmal erwachte Martin Waldseemüller auf einem ihm fremden Kanapee, über der Stirn ein feuchtes kühlendes Leinentuch. Neben ihm stand Philesius. «Es scheint, als wolltet Ihr daraus eine Gewohnheit werden lassen, werter Ilacomylus.

Meint Ihr nicht, dass Euer Schädel das auf die Dauer übel nehmen könnte?»

Dem «werten Ilacomylus» war nicht nach Scherzen zumute. Ihm dröhnte der Kopf. Er hob die Hand und drückte vorsichtig auf die Stelle, die am meisten schmerzte. Das hätte er nicht tun sollen, der Schmerz stach wie ein Messer.

«Ihr habt großes Glück gehabt», meldete sich Jean Grüninger zu Wort. Offenbar habt Ihr Euch gerade in dem Moment umgedreht, als der Angreifer Euch eins überziehen wollte. Sonst hätte der Hieb leicht tödlich sein können. So hat er Euch nur gestreift. Außerdem scheint Ihr einen ziemlich widerstandsfähigen Schädel zu haben.»

Martin Waldseemüller richtete sich auf. Erneut verstärkte sich das schmerzhafte Klopfen im Kopf.

«Ich denke, Ihr seid mir eine Erklärung schuldig», meinte der Straßburger Drucker ruhig. «Habt Ihr Euren Angreifer erkannt?»

Waldseemüller erinnerte sich nur an einen dunklen Schemen und ein paar brennende dunkle Augen voller Hass. Doch beim besten Willen an kein Gesicht. «Nein, ich habe ihn noch nie gesehen», erwiderte er. «Aber ich denke trotzdem, dass Ihr wissen solltet, warum ich mit Matthias Ringmann nach Straßburg kam. Der Grund war keineswegs ausschließlich, dass ich in Eurer Druckerei meine Kunstfertigkeit im Holzschnitt verfeinern wollte. Das kommt mir zwar sehr gelegen, die Ursache aber ist in ähnlichen Vorfällen in Basel zu suchen. Ich bin schon einmal überfallen worden. Danach wurde meine Bleibe durchwühlt, eine für mich sehr wertvolle Karte ist verschwunden. Und dann fand sich in meiner Kammer, auf meinem Bett ein Ermordeter in seinem Blut. Jemand hatte ihn erstochen. Ich hatte diesen Mann noch nie zuvor gesehen. Philesius kann bestätigen, dass ich mit dem Tod dieses Menschen nicht das Geringste zu schaffen habe. Wenn ich nur wüsste, wo die Ursache von all dem zu suchen ist! Vielleicht ist es besser, ich gehe auch von hier fort. Sonst bringe ich vielleicht noch Euch und Eure Familie in Gefahr.»

Grüninger reichte ihm einen Becher Wasser. «Hier, trinkt.» Während Martin Waldseemüller mit langen Zügen den Becher leerte, beobachtete Grüninger ihn nachdenklich. Dann hellte sich das Gesicht des Druckers wieder auf. «Nein, Ihr werdet nirgendwo hingehen. Ich glaube Euch, dass Ihr unschuldig seid. Allerdings scheint es Menschen zu geben, die Euch ziemlich übel wollen. Ihr solltet den Vorfall melden. Leider ist Euer Angreifer außerdem bei der ganzen Panik um Euch herum im Gewühl der Menschen entkommen.»

«Nein, das geht nicht», meldete sich Matthias Ringmann zu Wort. «Wahrscheinlich sind Häscher aus Basel hinter unserem Freund her. Die Basler scheinen nämlich zu glauben, dass er durchaus etwas mit dem Tod dieses fremden Mannes zu tun hat. Aber ich versichere Euch, Meister Grüninger, das ist keineswegs der Fall. Ilacomylus war mit mir bei unserem gemeinsamen Freund Amerbach, als der Mord geschah. Da wollte ihm jemand etwas in seine – ohnehin schon ziemlich abgetragenen – Schuhe schieben. Das ist jedenfalls meine Meinung. Aus diesem Grund wäre es deshalb besser, wenn unser Freund hier nicht allzu viel Wirbel bei den Ämtern machte.»

Grüninger schob seinen wuchtigen Körper zum Fenster der kleinen Stube, in der Waldseemüller aufgewacht war, und schaute für einige Momente gedankenversunken auf die Straße hinunter. Dann drehte er sich wieder um. Auf die beiden anderen Männer wirkte er im Gegenlicht wie ein unüberwindlicher, dunkler Berg. «Ich bin froh, dass Ihr mit mir gesprochen habt. Mir schwante schon lange, dass hier etwas nicht in Ordnung ist. Mein Freund Amerbach hält große Stücke auf Euch, das schrieb er mir. Er glaubt, dass Ihr einmal einer der ganz großen Köpfe unserer Zeit werden könntet.»

«Aber nur, wenn er sich nicht dauernd eins über den Schädel ziehen lässt», witzelte Matthias Ringmann.

Martin Waldseemüller musste unwillkürlich in das Gelächter einstimmen. Was seinen malträtierten Kopf erneut schmerzhaft durcheinander schüttelte. Durch Ringmanns Scherz hatte sich die Atmosphäre im Raum merklich entspannt.

Grüninger schien sich jetzt seiner Entscheidung sicher zu sein. «Nein, Ihr werdet bleiben. Hier in Straßburg leben anständige Leute, und hier seid Ihr mindestens ebenso sicher wie anderswo.»

«Aber Ihr könntet selbst in Gefahr geraten», wandte Waldseemüller erneut ein.

«Den Mann möchte ich erst einmal sehen, der mir eins über den Schädel zieht. Da müsste er erst einmal an meiner Wampe vorbei, und das dürfte schwierig werden. Sie ist zu ausladend», dröhnte Grüninger und streichelte seinen beachtlichen Bauch. «Und was meine Familie betrifft: Babette, mein Weib, ist durch Männer nicht so leicht zu beeindrucken. Wer auch immer sie sein mögen. Sie hingegen ist mit ihrem christlichen Zorn durchaus in der Lage, auch den Stärksten in die Flucht zu schlagen. Meine Söhne Bartholomäus und Christoph lassen sich auch nicht so schnell ins Bockshorn jagen. Außerdem sind da noch die Bediensteten. Also, macht Euch keine Sorgen. An uns kommt so schnell niemand heran. Was mich auf einen Gedanken bringt: Wollt Ihr nicht in unser Haus ziehen? Da seid Ihr vor Übergriffen jedenfalls sicherer als in der ärmlichen Dachstube, in der Ihr zusammen mit Ringmann haust. Außerdem ist es gewiss bequemer.»

Martin Waldseemüller wollte widersprechen, doch Grüninger ließ ihn nicht zu Wort kommen. «Glaubt ja nicht, dass ich das aus purer Menschenfreundlichkeit tue. Nach allem, was ich bisher gehört habe, seid Ihr ein begnadeter Holzgraveur. Ich habe vor, tüchtig davon zu profitieren – bis Euch das Blut aus den Fingern schießt.»

«Und ich werde ohnehin in einigen Tagen nach Italien abreisen», erinnerte Ringmann seinen neuen Freund. «Ihr wisst doch, ich habe einen Botengang für einen Freund Wimpfelings zu besorgen. Ach, übrigens, ehe ich es vergesse – ich habe in der Sache der Vespucci-Briefe einige Botschaften an Freunde und Bekannte geschickt. Der eine sandte mir ein Einführungsschreiben an Kardinal Giovanni de' Medici in Florenz, das derzeitige Oberhaupt dieser mächtigen Florentiner Familie. Da Amerigo Vespucci als Agent lange Jahre in Diensten des Bankhauses der Medici und der Familie stand, ist sicher anzunehmen, dass sie Originalbeschreibungen Vespuccis zu seinen Reisen in die neue Welt besitzen. Wir haben ja schon darüber gesprochen. Die Aussichten stehen jedenfalls gut, dass ich vorgelassen werde. Vielleicht kann ich den Medici-Kardinal überreden, dass wir eine originalgetreue Abschrift bekommen. Das Versprechen, dass Ihr der Familie dafür Eure Karte als Erste zukommen lasst, könnte dabei hilfreich sein. Das Handelshaus der Medici kann von einer genauen hydro-geographischen Seekarte für spätere Reisen nur profitieren. Ich glaube wirklich, diese Aussicht könnte die Medici sehr interessieren und die Familie dazu bringen, Euch die Abschriften zu überlassen. Ihr müsst ihnen einfach hoch und heilig, bei Eurer Ehre und was auch sonst immer, zusagen, dass sie die ersten sein werden, die diese Karte zu Gesicht bekommen. Und danach lange niemand. Ein Geschäft gegen ein Geschäft, das verstehen sie. Ihr bekommt die Originale der Briefe, sie dafür das Original einer genauen Karte der Meere, der Winde, der Strömungen und damit Kenntnisse, die ihre Handelsschiffe schnell und sicher über die Meere geleiten, ihren Kapitänen einen Vorteil gegenüber allen anderen, einen Vorsprung vor den Konkurrenten sichern.»

Das klang überzeugend, Martin Waldseemüller nickte. «Ihr seid ein listiger Kopf, Philesius. Aber später sollte meine Karte auch anderen Handelshäusern zu Verfügung stehen. Ihr kennt meine Einstellung dazu.»

«Gemach, gemach. Brütet das Ei nicht aus, bevor die Henne es gelegt hat. Ein Versprechen kostet nichts. Die Zeit und die Ereignisse haben schon manche Zusage wertlos werden lassen. Wartet, bevor Ihr weiter redet, ich habe noch eine gute Nachricht: Ein anderer Freund, der sich im Umfeld von Piero Soderini, dem Regenten von Florenz, bewegt, will sich ebenfalls für Eure Sache einsetzen. Ihr wisst schon, die *Lettera* auf der Grundlage der *Quatuor navigationes*, der vier Reisen, die der Gonfaloniere veröffentlicht hat. Ihr solltet dem Regenten für originalgetreue Abschriften dasselbe Versprechen geben wie den Medici. Eine solche Karte könnte schließlich auch für ihn im Kampf um die Macht in Florenz von ungeheurer Bedeutung sein. Ihr wisst sicherlich, dass Giovanni de' Medici mit allen Mitteln zurück an die Herrschaft strebt. Und dass Piero Soderini ihn mit allen Mitteln daran zu hindern sucht? Übrigens, die beiden sollen einmal Studienfreunde gewesen sein. Da sieht man, was aus Studienfreunden werden kann. Vielleicht gelingt es uns ja, diese beiden gegeneinander auszuspielen.»

Martin Waldseemüller ging nicht auf die letzte Bemerkung von Ringmann ein. Ihn beschäftigte etwas anderes. «Aber das wäre ja Betrug.»

«Mein Freund, wollt Ihr wegen einer solchen Kleinigkeit der Menschheit das Wissen um einen vierten Erdteil vorenthalten?», meldete sich Grüninger zu Wort. «Lasst unseren Philesius nur machen. Er hat sich schon in kniffligeren Situationen befunden.» Der Drucker hatte dem Gespräch mit größtem Interesse zugehört. Vor seinem inneren Auge rollten bereits die Goldstücke in seine Börse.

Philesius hatte noch mehr zu berichten. «Stellt Euch vor, vielleicht besteht sogar die Aussicht, dem großen Seefahrer selbst zu begegnen. Er soll sich zur selben Zeit wie ich in Florenz aufhalten.»

In Martin Waldseemüllers Augen kehrte das Leuchten zurück. Er sprang auf und umarmte den Freund. «So gute Nachrichten! Ihr macht mir das Herz wieder leicht, das aufgrund Eurer nahenden Abreise schon schwer geworden ist!» Dann zögerte er. «Aber ich kann Euch die Kosten erst später erstatten, wenn die Karte veröffentlicht worden ist.»

Nicht nur in Waldseemüllers Augen glomm der Funke. Jean Grüningers untrüglicher Instinkt witterte sofort ein gutes Geschäft. Er sah sich schon in Verhandlungen mit dem reichen Florentiner Bankhaus der Medici. Oder mit Piero Soderini. Am besten mit beiden. Er strahlte.

«Macht Euch darüber keine Sorgen, Magister. Gegen das Versprechen, dass Ihr mir Eure Karte zum Erstdruck überlasst, bin ich bereit, die Summe vorzustrecken. Ihr werdet jede Gelegenheit haben, sie in meinem Gravur-Atelier abzuarbeiten. Hans Baldung Grien freut sich schon darauf, mit Euch zusammen zu arbeiten, ebenso der Wächteling.»

Martin Waldseemüller war so glücklich, dass er fast den Überfall und die dröhnenden Schmerzen im Kopf vergessen hätte. Endlich, endlich kam er dem großen Werk ein Stück näher. Bald konnte er sich anhand Vespuccis eigener Worte davon überzeugen, dass er mit seinen Berechnungen richtig lag. Der große Seefahrer musste doch gewusst haben, dass er auf einen neuen Erdteil gestoßen war. Es konnte nicht anders möglich sein. Angesichts dieser Aussichten waren seine Bedenken bezüglich der Versprechen wie weggewischt. Er strahlte und wirkte dabei wie ein Junge, der auszieht, ein aufregendes Abenteuer zu erleben. Grüninger, Philesius und Ilacomylus lächelten sich zu wie Verschwörer, die sich des Erfolges ihrer Mission sicher sind.

Sie lächelten nicht lange. Denn als sie die Dachkammer betraten, in der Waldseemüller und Ringmann gemeinsam hausten, bot sich ihnen ein ähnliches Bild wie damals in Basel. Jemand hatte das Unterste zuoberst gekehrt.

«Das wird langsam wirklich lästig», stellte Ringmann trocken fest. Fast hätte Waldseemüller lachen müssen. In diesem Moment war er dankbar, dass der Straßburger Drucker ihn zu sich in sein Haus eingeladen hatte. Ob Grüninger ihn wirklich würde schützen können? Sicher war er sich nicht.

5.

CONTESSINA DE' MEDICI betrachtete versonnen ihr schmales rechtes Handgelenk. Der mit Blumenmustern und Girlanden durchwebte, orangefarbene Brokat ihres Mieders fühlte sich steif an. Es war lange her, dass sie ein solch wertvolles Kleid getragen hatte. Sie saß aufrecht auf einem wertvoll geschnitzten Stuhl. Dem Betrachter bot sich das Bild einer aufmerksamen Gastgeberin, die mit einem schon fast scheuen Lächeln darauf achtete, dass es ihren Gästen an nichts fehlte. Ihr schmales Gesicht gab keinen ihrer Gedanken preis. Sie nickte einem Herrn huldvoll zu, dann wieder machte sie einer Dame an ihrer Seite ein Kompliment.

Sie war bestens geschult in dieser Art der Selbstbeherrschung. Seit damals, als Lorenzo der Prächtige noch gelebt, als ihr Vater uneingeschränkt wie ein König in Florenz geherrscht hatte, als die Welt für die kleine Contessina ein einziges rauschendes Fest zu sein schien. Damals, als sie die ersten Skulpturen von Michelangelo gesehen und mit seiner Hilfe die Schönheit entdeckt hatte. Damals. Dieses wunderbare, dieses beschwingte Damals, als die Welt noch klar und sicher gewesen war.

Doch dann war dieser geifernde Mönch Savonarola in ihr Leben eingebrochen, hatte das Volk gegen ihren Vater Lorenzo und die Medici aufgehetzt. Dabei war dieser Eiferer überhaupt erst durch ihren Vater nach Florenz gekommen. Sie hatte den

Mönch vom ersten Moment an verabscheut, als sie ihm vorgestellt worden war. Mit seiner riesigen Hakennase und dem düsteren Gewand wirkte er wie ein Geier, der sich gleich auf seine Beute stürzen würde. Nun, das hatte er auch getan. Diese Schlottergestalt hatte mit ihren Hasstiraden gegen den Adel und den Klerus alle Leichtigkeit gemeuchelt, alle Schönheit getötet.

Doch auch Girolamo Savonarola war nun schon mehr als zehn Jahre tot. Erst hatte man den Dominikanermönch zusammen mit zwei Freunden gehängt. Danach war sein Leichnam noch verbrannt worden. Sie liebte diese widerwärtigen Hinrichtungsspektakel nicht. In diesem Fall aber hatte sie mit Vergnügen zugeschaut. Manchmal gab es doch so etwas wie eine himmlische Gerechtigkeit.

Ja, damals. Bevor Lorenzos ältester Sohn, ihr Bruder Piero, die Macht der Medici durch seine Eitelkeit und Selbstherrlichkeit verspielt hatte. Bevor Piero Soderini von der Signoria zum Gonfaloniere, zum ersten Mann des Stadtstaates gewählt worden war. Bevor die Florentiner Signoria sie, ihren Mann Piero Ridolfi und die Kinder aus Florenz vertrieben hatte, ihrem Florenz. Bevor sie alles verloren hatten. Jetzt lebten sie in bescheidenen Verhältnissen auf einem Bauernhof in der Nähe der Stadt.

An diesem Tag, bei dieser Begegnung, stand ihre Zukunft auf dem Spiel, das wusste sie. Ihr Bruder Giovanni, der Heuchler, hatte es ihr unmissverständlich klar gemacht. Ihr Bruder, der Kardinal – die feinen Linien, die die Bitterkeit um ihre Mundwinkel gegraben hatte, wurden tiefer. Seit Pieros Tod war Giovanni das Oberhaupt des Hauses Medici. Zurzeit betrieb er in Rom seinen Aufstieg in der Hierarchie der Kirche. Er wollte auf den Stuhl Petri. Dafür scheute er vor keiner Intrige zurück, scharwenzelte um jeden herum, der ihm dabei helfen konnte. Mindestens ebenso wichtig war ihm jedoch etwas anderes, und hierin konnte sie ihn verstehen. Er wollte die politische Macht der Familie über Florenz zurück.

Um seine ehrgeizigen Ziele zu erreichen, benötigte er Unsummen. Sein Netz von Günstlingen und Agenten verschlang unglaubliche Mittel. Reichtümer, die ihm das Bank- und Handelshaus der Medici zur Verfügung stellen musste. Doch inzwischen waren die Flügel beschnitten, die die Familie noch unter Cosimo dem Alten bei ihren Geschäften von Erfolg zu Erfolg getragen hatten. Viele Hoffnungen bezüglich des künftigen Reichtums ruhten auf den Entdeckungen des Amerigo Vespucci.

Dieser war insgeheim noch immer der Diener, der Agent der Medici. Ohne die Familie wäre er niemals nach Spanien gekommen, niemals an Bord eines Schiffes. Oh, er hatte das Angebot gerne angenommen, trotz des hohen Preises. Es war schon zu lange Amerigos Traum gewesen, die Anker zu lichten und über den Atlantik zu segeln. Er war kein junger Mann mehr gewesen, damals. Die Medici hatten es dennoch für ihn möglich gemacht. Sie hatten ihn offiziell von seinen Aufgaben im Bankhaus entbunden, hatten ihm die richtigen Kontakte vermittelt, hatten geschoben, hatten bestochen. In gewisser Weise, Amerigo, habt Ihr den Pakt mit dem Teufel geschlossen, dachte sie. Für einen Traum habt Ihr Eure Seele verkauft. Denn der Teufel holt sich die Seinen immer.

Deshalb gehörten Vespuccis wichtigste Entdeckungen den Medici. Nur den Medici. So war es beschworen. Deshalb enthielt der Brief des Entdeckers an den Vetter des Vaters, Pierfrancesco de' Medici, verabredungsgemäß nur einen Teil von Amerigos Erkenntnissen, den unwichtigeren. Pierfrancesco, ein Spross der zweiten Medici-Linie, der Leiter des Bankhauses, hatte dafür gesorgt, dass diese Reisebeschreibungen erst veröffentlicht wurden, nachdem er sie noch einmal zensiert hatte.

Die geheimen Papiere, ja alle wirklich wichtigen Dokumente lagerten sicher in einem Versteck in Pierfrancescos Haus.

Giovanni tat als graue Eminenz im Hintergrund auch jetzt noch alles, um sicherzugehen, dass die Welt von den Entdeckungen des Amerigo Vespucci nur das erfuhr, was den Medici genehm war. Er traute niemandem. Nach dem Tod von Pierfrancesco vor zwei Jahren hatte ihr Bruder sofort reagiert, dessen gesamten Haushalt durchsuchen lassen, jede Kammer, jeden Winkel. Giovanni wusste, wie man solche Aktionen schnell in die Wege leitete.

Und nun waren auch die geheimen Teile des Berichtes, jene, die niemals veröffentlicht worden waren, in seinem Besitz. Dazu das so wertvolle Logbuch, Vespuccis sorgsam geführte Tabellen, vor allem aber Notizen und Skizzen, in denen es um ein Verfahren zur Messung der Längengrade ging. Das vermutete sie zumindest. Wenn diese Überlegungen stimmten, wäre es eine Sensation, was der ehemalige Buchhalter da entwickelt hatte. Zum ersten Mal wäre es möglich, den Kurs eines Schiffes nicht nur über die Breite, sondern auch über die Länge zu bestimmen. Das versprach mehr Sicherheit, weniger Schiffswracks auf dem Meeresgrund, neue Entdeckungen. Damit erst gehörte die neue Welt wirklich den Medici.

Giovanni hatte es ihr immer und immer wieder erklärt, um ihr die Wichtigkeit ihrer Mission in Straßburg einzubläuen. Sie erinnerte sich genau an die schneidende Stimme. Als Kinder hatten sie sich gut verstanden. Doch er war schon längst ein anderer geworden, ein Fremder. Er benutzte die Menschen seiner Umgebung, zog an den Fäden, an denen sie zappelten, um seine Ziele zu erreichen. Er war beharrlich wie eine hungrige Viper, ebenso giftig und absolut skrupellos.

«Wenn du willst, dass ich meine Beziehungen einsetze, dass ich deinen Mann und dich aus der Verbannung hole, dann kann ich dir nur raten, Erfolg zu haben», hatte er gesagt. «Da gibt es einen Freiburger, Martin Waldesmuller – oder so ähnlich –, der plant offenbar eine neue Seekarte nach den Angaben Vespuccis zu veröffentlichen. Aber das ist noch nicht alles. Er geht davon aus, dass es einen weiteren Erdteil gibt. Ja, du hast recht gehört, Schwesterlein. Einen neuen Erdteil. Eine neue Welt – die uns gehört. Uns, den Medici.

Selbst dir dürfte klar sein, dass wir das Erscheinen dieser Karte deshalb um jeden Preis verhindern müssen. Es würde jeglichen Wissensvorsprung unseres Hauses vor anderen Handelsunternehmen zunichte machen. Du verstehst, hier geht es um mehr als nur ein gutes Geschäft, ein verlorenes Schiff. Hier geht es um unermessliche Reichtümer, um ein Unternehmen, das die Medici zu einem der größten Fürstenhäuser der bekannten Welt machen wird. Könige und Kaiser werden gegen uns wie kleine Vasallen wirken. Und wenn ich erst auf dem Stuhle Petri sitze … Nun, das ist ein anderes Thema.

Vespucci bindet ein Schwur, über gewisse Dinge zu schweigen. Er hat seine ‹offiziellen› Schreiben an uns dementsprechend verfasst. Es ist mir völlig schleierhaft, wie dieser Waldesmuller überhaupt auf den Gedanken mit dem neuen Erdteil kommen konnte. Also, sorge dafür, liebes Schwesterlein, dass diese Karte niemals erscheint. Sorge dafür, dass diesem Mann der Mund gestopft wird und die Hand abgehackt wird, mit der er das Schnitzmesser führt. Erkaufe sein Schweigen. Und wenn es sein muss … Aber vorher horch ihn aus. Wir müssen wissen, mit wem er zusammenarbeitet, wen er vielleicht von seinem Vorhaben unterrichtet hat, was er eigentlich genau plant.»

Sie fror innerlich in Erinnerung an dieses Gespräch. Sie wusste, was das hieß, «wenn es sein muss». Giovanni de' Medici hatte damit ein Todesurteil gefällt. Er kannte keine falschen Rücksichten auf die Moral. Er machte sich seine eigene. Sie hoffte, dass dieser Kartograph sich kaufen ließ. Giovanni hatte es im Übrigen nicht für notwendig gehalten, sie darüber aufzuklären, woher er von «diesem Waldesmuller» und seinen Plänen wusste.

Ihre linke Hand nestelte nervös am geschnürten Brusteinsatz ihres Mieders. Der ebenfalls mit Seide durchwirkte, gebrochene Samt der Ärmel bauschte sich dabei. Doch die sorgsam in kleine Löckchen gebrannten Schläfenhaare bewegten sich nur ganz leicht. Über dem Scheitel war das Haar straff zu beiden Seiten des Kopfes gekämmt und mündete in einem großen, geflochtenen Knoten am Hinterkopf. Um den etwas matt wirkenden, dunkelblonden Haaren Glanz zu geben, hatte der Frisör Goldstaub darauf gesprüht. Sie reiste mit großem Gefolge. Geld spielte keine Rolle, wenn es um Giovannis Ziele ging. Sein Ehrgeiz war maßlos und wurde nur noch von einem übertroffen: seiner Vergnügungssucht.

Nun, sie hatte sich auch ein Vergnügen gegönnt, ein ganz bescheidenes. In Straßburg nannte sie sich de' Simoni. Das war ihre kleine Rache, ihr heimlicher Gruß an jenen Mann, dessen Kunst das Gesicht der Welt veränderte. Auf andere Weise zwar als Vespucci, aber doch ebenso grundlegend. Giovanni war immer eifersüchtig auf ihn gewesen, denn sein Vater, Lorenzo der Prächtige, hatte dieses junge Genie in sein Haus aufgenommen. Mehr noch, er hatte ihn seinen leiblichen Kindern gleichgestellt, manchmal sogar vorgezogen. Es hatte ihr nichts ausgemacht. Er war die große Liebe eines kleinen Mädchens gewesen: Michelagniolo di Ludovico di Buonarroti Simoni. Die Welt kannte ihn meist nur als Michelangelo.

Langsam wurde sie unruhig. Warum kamen sie nicht? Sie ließ den Blick durch den Saal des Gasthauses «Zum Raben» schweifen. Sie hatte sich die beste Herberge Straßburgs nennen lassen und diese kurzerhand komplett in Beschlag genommen. Offiziell war sie eine reiche Dame aus Genua, die inkognito reiste. Doch Contessina war nicht umsonst Lorenzos Lieblingstochter gewesen. Sie wusste, wie man elegant Gerüchte und Halbwahrheiten streut. Sie hatte dafür gesorgt, dass jeder Mann und jede Frau in Straßburg wusste, wer sie wirklich war. Niemand wagte es jedoch, der offiziellen Version zu widersprechen. So weilte sie in Straßburg und war doch nicht hier.

Sie schaute in die Runde und lächelte freundlich. Glücklicherweise konnte niemand ihre Gedanken lesen, ihre Verachtung für all diese Menschen spüren, die eilfertig um sie herumscharwenzelten und buckelten. Die Magie des Namens Medici wirkte noch immer. Besonders auf alle diese Aufsteiger und Neureichen.

Sie hatte jeden eingeladen, der zur so genannten guten Straßburger Gesellschaft gehörte. Natürlich auch diesen Drucker, Grüninger, mit seiner Frau und seinen beiden älteren Söhnen, der Tochter, der Nichte und ihrem Mann. Die beiden letzteren waren bereits anwesend, natürlich viel zu früh gekommen. Sie fand das Mädchen ordinär, zu drall, zu pralle Farben, sie lachte zu laut und schäkerte schamlos mit jedem männlichen Wesen, das in ihre Nähe kam. Ihr Mann stand blass und unscheinbar daneben. Er tat so, als bemerke er das skandalöse Verhalten seiner Frau nicht. Nein, diese Marie Schott hatte entschieden keinen Stil.

Contessina waren ihre Gefühle äußerlich nicht anzusehen. Auch nicht die Unruhe, die immer mehr von ihr Besitz ergriff. Wo bleiben nur diese Grüningers, wo blieb dieser Waldseemüller? Sie hatte ihn ausdrücklich in die Einladung mit einbezogen, konnte sich – allerdings nur vage – vorstellen, welchen Aufruhr die parfümierte Karte im Haus des Druckers ausgelöst haben musste. Die ganze Stadt gierte danach, einen Blick auf die Fremde zu erhaschen. Kaum vorstellbar, dass Grüninger mit seiner Familie nicht kommen sollte. Selbst falls er nicht wollte, seine Frau Babette würde ihm die Hölle heiß machen, um auf dem Ball der Contessina de' Medici zu tanzen. Sie kannte die Frauen.

Äußerlich wirkte sie gelassen, vornehm bleich in ihrem gelborange-farbenen Brokat, schmal, fast wie ein junges Mädchen, obwohl sie schon eine reife Frau von 27 Jahren war.

So sah Martin Waldseemüller Contessina de' Medici zum ersten Mal. «Sie ähnelt einem gefangenen Vögelchen», war sein erster Gedanke. Er ahnte nicht, wie Recht er auf eine gewisse Weise damit hatte.

«Ich bin sehr erfreut, Eure Bekanntschaft zu machen», ihre Hand flatterte ein wenig in der seinen, als er sie nach der Verbeugung zu einem förmlichen Handkuss bis kurz vor seine Lippen führte. Sie rührte ihn, obwohl er nicht ganz verstand, warum.

Er machte erneut eine höfliche Verbeugung. «Und ich danke für die überaus freundliche Einladung zu einem so großen Fest. Ich bin mir der Ehre bewusst, die Ihr mir damit so unverdientermaßen erweist.» Er machte eine kurze Pause und sah sich um. Beim Anblick von Marie zuckte er leicht zusammen. Dann wandte er sich wieder seiner Gastgeberin zu.

Contessina lächelte ihm zu. Es war ein strahlendes, ein helles Lächeln. Sie mochte diesen Mann auf Anhieb. Er war etwa vier bis fünf Jahre älter als sie, sah gut aus, fast südländisch mit seinen dichten Locken, die bis auf den weiß gestärkten Kragen fielen. Er war nicht sonderlich groß, dennoch wirkte er sehr männlich, mit einem energischen Kinn und einer leicht gebogenen Nase. Sein Körper war sehnig, die Schultern breit, die Hüften schmal. Er machte eine gute Figur in seinem gefältelten Rock, der bis zu den bestrumpften, muskulösen Oberschenkeln reichte. Der Stoff war hervorragend verarbeitet, aber einfach geschnitten. Contessina de' Medici hatte keine Ahnung, dass er sich dieses Gewand von Bartholomäus Grüninger hatte ausleihen müssen, weil sein eigenes Wams zu fadenscheinig war.

Waldseemüller lächelte offen zurück, seine braunen Augen schauten in ihre blassblauen. Kurz fragte er sich, ob er sie zum

Tanzen auffordern dürfe. Doch eine Medici tanzte wohl nicht mit einem Metzgersohn.

Sie überraschte ihn erneut. Sie wandte sich an die Dame gleich neben sich, offensichtlich so etwas wie eine Kammerzofe. «Überlasst unserem Gast doch für eine kurze Weile Euren Stuhl, meine Liebe. Ich habe schon so viel von ihm gehört, dass ich gerne ein wenig mit ihm plaudern würde. Es macht Euch doch nichts aus?»

«Wirklich, Ihr bedenkt mich mit zu viel der Ehre» – Martin Waldseemüller war völlig verblüfft. Er hätte selbst in seinen kühnsten Träumen nicht damit gerechnet, dass diese Fremde sich für ihn interessieren könnte. Am liebsten wäre er überhaupt nicht mitgekommen. Nur die Gewissheit, dass Marie ebenfalls auf dem Ball sein würde, hatte ihn am Ende dazu bewegen können. Wenn er sie schon nicht für sich haben konnte, dann wollte er sie wenigstens von ferne sehen. Und nun zeichnete ihn diese Fremde, ein Spross der mächtigen Medici, mit ihrer Freundlichkeit vor allen anderen aus. Hoffnung keimte in ihm. Ob er sie wohl auf die Briefe Vespuccis ansprechen durfte? Ob sie überhaupt etwas davon wusste? Sie war schließlich eine Frau. Frauen befassten sich gemeinhin nicht mit solchen Angelegenheiten.

Marie Grüninger beobachtete mit wachsender Eifersucht, wie Martin Waldseemüller und diese hochmütige Fremde zwanglos miteinander plauderten. Jetzt lachten sie sogar. Plötzlich erschien er ihr in einem anderen Licht. An einem Mann, der sogar die Aufmerksamkeit einer solchen Dame erregte, musste mehr sein, als sie bisher in ihm vermutet hatte.

Waldseemüller sah die Eifersucht in Maries grünen Augen, und er genoss die Situation in vollen Zügen. Endlich konnte er ein wenig von jenem Schmerz zurückgeben, den sie ihm zugefügt hatte.

Er bot seinen ganzen Charme auf. «Ihr seht mich verwirrt, Herrin. Ich bin bei weitem nicht der große Gelehrte, für den Ihr mich haltet.»

«Aber Ihr habt doch an der berühmten Universität Freiburg studiert, nicht wahr? Ihr kennt Gregor Reisch, Brant, Wimpfeling, alle die gelehrten Geister, die unsere Zeit so aufregend machen.»

Er hatte Mühe, sein Erstaunen zu verbergen. «Ihr habt Euch über mich erkundigt?»

Sie lachte herzlich. «Nein, das war nicht nötig. Der Name des Humanisten, Theologen und Kartographen Martin Waldseemüller, dem Magister aus Freiburg, der gerade bei dem bekannten Drucker Jean Grüninger seine Kunst verfeinert, ist in Straßburg ein Begriff. Ich musste mich nur nach den klügsten Köpfen dieser Stadt erkundigen. Ilacomylus nennt Ihr Euch, nicht war?»

Martin Waldseemüller war nicht gerade glücklich darüber, für die Gesellschaft von Straßburg ein Begriff zu sein. Außerdem vermochte er auch nicht so recht daran zu glauben. Also wechselte er lieber das Thema. «Ich weiß, Ihr kennt viele der großen Künstler unserer Zeit, Menschen wie Michelangelo Buonarotti. Wie ist er, was ist er für ein Charakter? Bitte, erzählt mir von ihm. Ich verehre ihn und seine Werke zutiefst. Dieser Mann ist ein Genie, sein David von unglaublicher Schönheit.»

Er brauchte die Begeisterung nicht vorzutäuschen.

Sie lächelte ihn erneut an, ihre Wangen hatten sich leicht gerötet. Er ahnte warum. Es gab Gerüchte, dass diese Frau die große, die unerfüllte Liebe dieses überragenden Künstlers sein sollte. Sie kannte den Maler, den Bildhauer, den Dichter Michelangelo, seit sie ein kleines Mädchen gewesen war.

Sie wurde lebhaft, die Erinnerung rötete ihre Wangen. «Und stellt Euch vor, er hat den David aus einem einzigen Marmorblock gehauen. Dazu noch aus einem, an dem ein anderer hervorragender Künstler, Agostino d'Antonio, rund vier Jahrzehnte zuvor gescheitert ist.» Ihre Augen leuchteten jetzt glücklich.

«Ich habe sagen hören, dass Michelangelo bei seiner Arbeit an der Skulptur niemanden zu sich gelassen hat. Er scheint völlig abgeschirmt gearbeitet zu haben.»

«Ja, das ist richtig. Es gab nur wenige Menschen, die zu ihm Zutritt hatten …»

Sie vollendete den Rest des Satzes nicht. Es war klar, dass sie zu jenen Wenigen gehört hatte.

«Lieber Freund, ich darf Euch doch so nennen, seid nicht böse, wenn ich mich jetzt ein wenig um meine anderen Gäste kümmere» – sie hielt es plötzlich in der Nähe dieses Mannes nicht mehr aus, der eine schon fast vergessene Saite in ihrem Inneren zum Klingen gebracht, der sogar die fröhlichen Tage in Florenz wieder zum Leben erweckt hatte. Und der zum Tode verurteilt war, falls er sich nicht kaufen ließ. Sie hoffte es und hoffte es gleichzeitig nicht, um keine Enttäuschung zu erleben. Sie mochte ihn wirklich. Er schien ein kluger Kopf zu sein, ein Mann, der sich noch etwas von der ungekünstelten Begeisterung und Offenheit des kleinen Jungen von einst bewahrt hatte. Mit der Hellsichtigkeit einer Frau, die selbst unglücklich war, spürte sie auch die Verletzlichkeit in ihm.

Martin Waldseemüller traf dieser Stimmungsumschwung überraschend. Er erhob sich jedoch sofort und verneigte sich tief. Contessina de' Medici beeindruckte ihn.

Nie hätte er sich jedoch träumen lassen, was zwei Stunden später geschah, kurz bevor die Familie Grüninger sich anschickte, den Ball zu verlassen. Ein Bediensteter näherte sich ihm und drückte ihm verstohlen ein kleines Stück Papier in die Hand. Er wagte es erst in seiner Kammer im Hause Grüninger, einen Blick darauf zu werfen. «Kommt morgen Nachmittag in den ‹Raben›. Ich suche nach einem Begleiter für einen Spaziergang.»

Nach der ersten Freude keimte Misstrauen in ihm. Was wollte eine Frau wie sie von einem Mann wie ihm? Eine Medici von einem Metzgersohn? Kurz streifte ihn der Verdacht, es könne etwas mit Amerigo Vespucci, seinen Reisen in Diensten der Medici und der Karte zu tun haben, die er plante. War ihre Anwesenheit in Straßburg vielleicht gar kein Zufall? Und war das jetzt ein gutes oder ein schlechtes Zeichen? Sein Instinkt tendierte zu Letzterem. Nun, er würde es nie erfahren, wenn er nicht zu ihr ging. Aber er beschloss, wachsam zu sein.

Er war pünktlich zur Stelle. Contessina de' Medici nahm sich die halbe Stunde Verspätung, auf die jede Frau von Rang Anspruch hatte. Es gehörte sich für eine Dame nicht, einem Mann das Gefühl zu geben, dass sie darauf brannte, ihn zu treffen. Und es gehörte sich für einen Mann nicht, das einzuplanen und eine halbe Stunde zu spät zu kommen. Martin Waldseemüller kannte diese Spielregeln. So setzte er sich im «Raben» auf eine der Eichenbänke und beobachtete die bunte Gesellschaft, die sich dort eingefunden hatte. Da waren zum einen zwei Kaufleute, zumindest vermutete Martin Waldseemüller, dass sie Händler sein mussten. Denn im Hof der Herberge waren einige Karren abgestellt. Unter den Stoffplanen zeichneten sich allerlei Kisten und Kästen ab. Sie wurden von zwei mürrisch aussehenden, bis an die Zähne bewaffneten Männern bewacht. Eigene Bewacher und diesen offensichtlichen Reichtum an Waren konnten sich nur wohlhabende Leute leisten. Der Pelzbesatz ihrer weiten Umhänge, die sie lässig neben sich über die Bank geworfen hatten, der wertvolle Stoff ihres gegürteten Wams, kündeten ebenfalls von beachtlichem Wohlstand. Die Männer blickten kurz auf, als Waldseemüller in die Schankstube kam, vertieften sich dann aber wieder ins Gespräch. Sonst war nur noch die Schankmagd im Raum.

Kurz nach Waldseemüllers Ankunft betrat ein weiterer Gast den «Raben». Er setzte sich in eine Ecke, direkt neben den Kamin und nickte der Schankmagd zu, die ihn zu kennen schien. Jedenfalls brachte sie ihm kurze Zeit später einen Krug mit schäumendem Bier. Über Martin Waldseemüller sah sie geflissentlich hinweg. Seine Kleidung zeigte, dass er nicht zu der gehobenen Kategorie von Gästen gehörte, die im «Raben» abzusteigen pflegten. Das Gasthaus war über Straßburg hinaus bekannt. Jedermann wusste, dass die Betten sauber und das Essen gut war. Doch das hatte seinen Preis. Hierher verirrten sich keine armen Leute.

Die Schankmagd hatte bei Waldseemüllers Eintreten nur ungläubig eine Augenbraue gehoben. Er sollte wieder gehen, mochte dies wohl bedeuten, ein Mann wie er, der ohne Zweifel nur über eine schmale Börse verfügte, hatte hier nichts verloren. Doch er tat so, als bemerke er die stille Ablehnung nicht. Umso verblüffter war sie, dass er sich erhob, als sich die Türe zum Schankraum öffnete, und der reichen Witwe de' Simoni entgegenging. Sie konnte es nicht fassen, dass sich auf deren Gesicht keineswegs eisige Ablehnung abzeichnete, als dieser Mann ihr galant die Hand küsste, sondern dass sie leicht ihren Kopf zum Gruß neigte und ihn anlächelte. Die Dame musste ein gutes Herz haben, da sie Bittsteller – denn etwas anderes konnte dieser Mann kaum sein – so freundlich behandelte. Wie alle in Straßburg wusste sie natürlich, wer diese Frau wirklich war. Die ganze Stadt sprach von ihr. Ihre Zofe verzog keine Miene. Der Dienstmann, der sie immer begleitete, hielt sich im Hintergrund.

Contessina de' Medici war zwar keine ganz junge Frau mehr, doch auf der Höhe ihrer Schönheit. Sofern Schönheit das richtige Wort war. Sie wirkte zwar zerbrechlich und sehr zurückhaltend, war dennoch eine Persönlichkeit, die man nicht übersah. Sie hatte eine besondere Würde, eine Ausstrahlung, der sich niemand entziehen konnte. Sie gab sich beherrscht, doch Martin Waldseemüller ahnte, dass sich in diesem zierlichen, ja schon fast schmächtigen Körper, ein leidenschaftliches Herz verbarg.

Sie machten den Eindruck von Komplizen, als sie sich begrüßten. Der Mann am Kamin beobachtete die beiden interessiert. Als Contessina zu ihm hinüberschaute, wandte er schnell den Blick ab. Die beiden Händler hatten sich nur für wenige Momente in ihrem Gespräch stören lassen. Das kurze, anerkennende Funkeln in ihren Augen machte jedoch klar, dass sie die Stellung dieser Frau sehr wohl einzuschätzen wussten. Sie war niemand, der für ein Abenteuer in Frage kam.

Die Schankmagd, die immer noch halb damit rechnete, dass die gute Dame diesen armen Schlucker wegschicken würde, erkannte überrascht, dass er weder fortgeschickt wurde noch eine ablehnende Antwort erhielt. Im Gegenteil, die beiden lachten miteinander. Dann gingen sie nebeneinander zur Tür hinaus auf den Straßburger Marktplatz beim Münster. Sie plauderten, als wären sie alte Freunde. Die Zofe und der Bedienstete warfen sich vielsagende Blicke zu. Dann folgten sie in einigem Abstand. Der Mann am Kamin legte ein Geldstück auf den Tisch und verließ die Schankstube des «Raben» ebenfalls.

Martin Waldseemüller hatte noch nie mit einer so hochstehenden Persönlichkeit wie Contessina de' Medici zu tun gehabt. Trotzdem gab sie ihm auch dieses Mal keinen Moment das Gefühl, unter ihr zu stehen. Sie behandelte ihn wie ihresgleichen, ungezwungen, freundlich. Sie plauderten eine Weile über das Wetter (es war ein wunderschöner Herbsttag), über die Straßburger (Contessina fand sie reizend) und über diese neue, faszinierende Kunst des Buchdrucks. Er bemerkte die Begeisterung in ihren Augen, als sie ihm erzählte, wie gerne sie las, wie glücklich sie war, nun all das nachlesen zu können, was sie schon immer interessiert hatte.

Da konnte Waldseemüller nicht mehr anders. Er sprach wie nebenbei, gab sich den Anschein, als habe erst sie ihn überhaupt auf diesen Gedanken gebracht. «Habt Ihr schon *Mundus Novus* gelesen? Ja natürlich! Welch dumme Frage! Amerigo Vespucci» – er hielt gerade noch rechtzeitig inne, erinnerte sich, dass er offiziell nicht wissen durfte, wer sie war. «Die Seefahrten von Amerigo Vespucci kennt ja inzwischen jedes Kind.»

Contessina de' Medici begriff sehr wohl, dass Martin Waldseemüller sich beinahe versprochen hätte. Sie lächelte ihm zu, tat, als habe sie es nicht bemerkt. «Ja, natürlich, wer kennt diese bemerkenswerten Schilderungen eines fremden Paradieses nicht!» Sie machte eine kleine Pause. Das sollte die folgenden Worte umso wirkungsvoller machen. «Habt Ihr eigentlich schon einmal etwas von einem Matthias Ringmann gehört?»

Sofort wurde er wachsam, er verstand selbst nicht so recht, warum. «Wieso fragt Ihr?»

«Hat er nicht vor einiger Zeit *Mundus Novus* unter dem Titel *De ora Antarctica* herausgebracht? Ich meine mich jedenfalls zu erinnern, denn er hatte 22 köstliche Verse vorangestellt. Ich habe mir sagen lassen, dass er auch als Lektor bei Grüninger, Eurem Gastgeber, arbeitet. Ihr habt ihn also sicher einmal getroffen. Es hätte mich gefreut, diesen begabten Dichter einmal kennenzulernen, und ich hatte gehofft, Ihr könntet mir diesen Kontakt vermitteln. Er soll ja noch recht jung sein. Ein vielversprechender Geist.»

Martin Waldseemüller war jetzt vollends hellhörig geworden. Sollte sie aus Florenz etwas von Philesius gehört haben? Hatte dieser vielleicht seine Bitte vorbringen können? Wollte sie ihm möglicherweise andeuten, dass die Medici ihm helfen würden? Beinahe hätte diese Hoffnung ihn mit der brennenden Frage herausplatzen lassen, die ihn beschäftigte: mit der Bitte um die Einsicht in die Original-Briefe und Reisebeschreibungen Vespuccis. Doch da war diese warnende innere Stimme. Trotzdem, er musste es einfach wissen. Er suchte nach den richtigen Worten. «Ich bin untröstlich. Ich kenne Philesius in der Tat. Er ist sogar ein guter Freund. Wir haben übrigens zusammen immer wieder von den Möglichkeiten geschwärmt, die diese unbekannten neuen Paradiese einem Mann mit etwas Vermögen und Mut bieten könnten. Wie gerne würde ich sie sehen. Wenn ich doch nur einmal mit Amerigo Vespucci selbst sprechen oder wenigstens die Originale seiner Briefe an die Medici lesen könnte! Sicher gibt es noch weitere Beschreibungen seiner Reisen über den Atlantik. Doch die Mitglieder dieser mächtigen Familie werden wohl ebenso wenig mit mir reden wie ein berühmter Mann wie Vespucci.»

Seine Pläne, eine neue Karte der Welt zu zeichnen, erwähnte er nicht.

Contessina musste sich ein Lachen verkneifen. Deutlicher konnte er ihr kaum zu verstehen geben, dass er wusste, wer sie war. Nun, das war ja auch so gewollt. Sie begriff, dass er seinen Enthusiasmus nur mühsam zügeln konnte. Das rührte sie. Entgegen ihrem Auftrag beschloss sie, ihn zu warnen. Dieser Mann, das hatte sie inzwischen verstanden, war zu ehrlich und zu geradlinig, um sich zu verkaufen. Wenn er eine Karte mit einem neuen Kontinent darauf schaffen wollte, dann würde er es tun. Er tat es um des Wissens willen, ein wenig vielleicht auch wegen des Ruhmes. Aber nur zum geringsten Teil, weil er erhoffte, damit ein Vermögen zu machen. Sie mochte ihn wirklich. Sie musste wenigstens versuchen, ihn auf die Gefahr aufmerksam zu machen, in der er schwebte. «Da habt Ihr wohl Recht. Die Medici haben Vespucci nicht ganz uneigennützig bei seinen Reisen unterstützt. Ein Handelshaus wie dieses ist auf sichere Routen für seine Schiffe angewiesen. Doch sie sind nicht die Einzigen. Seit die Reconquista abgeschlossen ist, die Muselmanen von der Iberischen Halbinsel vertrieben sind, geht die Jagd nach den Schätzen Indiens und den besten Plätzen an den Futtertrögen umso heftiger weiter. Spanien, Portugal, Venedig, Genua – sie alle, nicht nur Florenz und nicht nur die

Medici, suchen ihren Vorteil, brauchen möglichst sichere Seewege und Stützpunkte auf diesem Weg nach Westen.»

Sie stockte, erinnerte sich plötzlich daran, dass ihr geliebter Vater, Lorenzo de' Medici, 1492 gestorben war. Genau in jenem Jahr, als Kolumbus zu seiner ersten großen Reise aufgebrochen war. Jene Fahrt, die die Medici veranlasst hatte, zu handeln, einen eigenen Mann in den Wettlauf um unentdeckte Küsten zu schicken. Bis heute behauptete Christoph Kolumbus, den Seeweg nach Indien entdeckt zu haben. Nun, dank Vespucci wussten die Medici es besser.

Die Sehnsucht nach ihrem Vater überkam sie, nach der heilen, beschützten Welt, in der sie aufgewachsen war. Sie war diese Spielchen so müde.

Martin Waldseemüller sah in ihr nachdenkliches Gesicht und beschloss, die Frage zu wagen. «Warum seid Ihr denn so sicher, dass nur die Medici von Vespucci informiert worden sind? Erst fuhr er mit Hojeda auf spanischen Karavellen, dann unter portugiesischer Flagge. Meines Wissens hatte damals Lorenzo di Pierfrancesco de' Medici die Geschäfte des Bankhauses der Medici längst an Gonzalo Berardi übergeben. Warum also sollte ausgerechnet die Medicifamilie über das ultimative, das eigentliche Wissen verfügen? Vespucci hat schließlich seine Reisen beschrieben, hat auch Piero Soderini, dem Gonfaloniere von Florenz, Briefe geschickt.»

Sie hob leicht eine Augenbraue und lächelte. «Habt Ihr schon vergessen, dass ich nur eine Frau bin. Woher soll ich wissen, was Vespucci denkt? Eines weiß ich aber. Auch ein Mann wie er, ein Nomade des Meeres, ein Getriebener, braucht einen Anker. Und wo lässt ein Mann sich am Ende nieder? Dort, wo er sein Leben beschließen will, dort, wo er sterben will. Vespuccis Heimat ist Florenz. In dieser Stadt lebt seine Familie. Und seine ersten Loyalitäten gehörten wie die seiner Familie den Medici. So etwas vergisst ein Mann von Ehre nicht, schon gar kein

Geschäftsmann. Vergesst nicht, Amerigo Vespucci hat einst die Bücher der Medici geführt, ihre Geschäfte verwaltet. Er weiß, worum es geht, welcher unermessliche Preis am Ende dem Sieger dieses Wettlaufes winkt.» Sie machte eine Pause.

Martin Waldseemüller wollte etwas sagen, doch sie bedeutete ihm zu schweigen. «Spanien und Portugal haben die Welt bereits unter sich aufgeteilt», fuhr sie dann fort. «Umso wichtiger sind jetzt die genauen nautischen Daten für die besten Routen über den Atlantik. Es geht aber nicht nur um die Richtung alleine. Natürlich hat Vespucci darüber geschrieben. Doch Route ist nicht gleich Route, Wind ist nicht gleich Wind, Strömung nicht gleich Strömung. Wer die schnellste Strecke westwärts kennt, die genauen Positionen der besten Stützpunkte, hat einen unermesslichen Vorteil bei diesem Wettlauf, ebenso wie jeder Kapitän, der seine Route genau vorausberechnen kann. Die Medici werden sich also hüten, die Empfehlungen ihres einstigen Dieners Vespucci, seine Tabellen, seine Beobachtungen auf dem Weg in die neue Welt in allen Einzelheiten bekannt werden zu lassen und sich damit selbst diesen Vorteil zu nehmen. Ich glaube außerdem, dass jeder, der irgendwie an diese Daten gekommen ist und der versucht, sie zu veröffentlichen, möglicherweise nicht mehr sicher ist. Ach, wusstet Ihr eigentlich, dass Manuel II., der König von Portugal, es erst im letzten November unter Strafe für Leib und Leben untersagt hat, nautische Karten zu zeichnen, die die Meere und die Küsten jenseits des 7. südlichen Breitengrades zeigen?» Deutlicher konnte sie nicht werden.

Natürlich wusste er das. Martin Waldseemüller verstummte. Er hatte es geahnt. Was ihm in den letzten Wochen widerfahren war, musste etwas mit seinen Überlegungen zu tun haben, die Karte dieser Welt neu zu zeichnen. Er schaute forschend zu ihr hinüber. Doch das Gesicht von Contessina de' Medici blieb unverändert freundlich, wirkte völlig harmlos. Sie war trotz allem zu sehr eine Medici, um sich von ihren Vorlieben leiten zu lassen. Sie hatte für diesen Mann getan, was sie konnte. Das Wort Karte war in ihrem ganzen Gespräch niemals erwähnt worden. Sollte er sich dennoch daran machen, diese Seekarte zu zeichnen, von der Grüninger jedem, der es hören wollte, so begeistert erzählte, dann war das sein Todesurteil.

Doch sie hatte das Gefühl, dass er sich auch durch diese kaum verhüllte Warnung nicht würde davon abhalten lassen. Es war besser, sie brach die Unterhaltung jetzt ab, bevor sie sich durch ihre Sympathie für diesen Mann noch zu weiteren Äußerungen hinreißen ließ, die sie später vielleicht bedauern würde.

Wieder wurde Martin Waldseemüller durch diesen Stimmungsumschwung überrascht.

«Verzeiht, wenn ich Euch jetzt verabschiede, werter Ilacomylus. Aber ich habe noch Geschäfte zu besorgen, bei denen eine Frau allein sein sollte.» Sie warf ihm einen neckischen Blick zu, den er als aufgesetzt empfand. Diese Frau entstammte einer mächtigen Familie, war das Befehlen gewohnt, besaß Geist und Verstand. Doch kapriziös, nein, das war sie nicht. Er begriff sofort, dass sie nach einer höflichen Ausrede gesucht hatte, um ihn loszuwerden. Mehr würde er heute nicht von ihr erfahren. Er hatte die Warnung verstanden.

Erneut verneigte er sich höflich und küsste die schmale Hand, die sie ihm zum Abschied reichte. «Es war mir eine große Ehre, mit Euch plaudern zu dürfen, Signora de' Simoni. Schon fast zu viel der Ehre für einen einfachen Mann wie mich. Bleibt Ihr noch länger in Straßburg?»

Sie verstand, dass er gegen alle Einsicht hoffte, sie würden sich wieder begegnen. Gab dieser Mann denn nie auf? Nein, er gab nie auf. Er würde für seine Träume durch die Hölle gehen, eher sterben als kapitulieren.

Sie schüttelte den Kopf. «Ich weiß es noch nicht genau, lieber Magister Waldseemüller. Doch wahrscheinlich werde ich in den nächsten Tagen abreisen.»

Es schien so zu sein. Er würde sie nicht wiedersehen.

Für alle Außenstehenden sah es so aus, als verabschiedeten sich gute Bekannte. Der Mann, der am Kamin des «Raben» gesessen hatte, beobachtete die Szene aufmerksam. Ebenso interessiert bemerkte er, dass sich zwei Männer an die Fersen Martin Waldseemüllers hefteten, als dieser den Münsterplatz in Richtung des Hauses von Grüninger entlangschlenderte.

Waldseemüller ging absichtlich langsam. Er musste erst eine Zeit lang über dieses Gespräch nachdenken, das alle seine Hoffnungen zerstört hatte. Eines war jetzt mehr als klar. Von den Medici und damit auch ganz sicher von Amerigo Vespucci selbst hatte er keine Unterstützung zu erwarten. Wenn alles nichts mehr half, so hatte er immer wieder geträumt, dann würde er einfach zu diesem berühmten Mann reisen, ihn stellen, ihn ausfragen. Das konnte er sich jetzt aus dem Kopf schlagen. Dabei wäre es gerade jetzt so wichtig gewesen. Sie hätten zusammenarbeiten können. Vespucci war nicht nur ein begnadeter Seefahrer und Mathematiker, sondern auch selbst ein guter Kartograph. Es hieß, er habe seine Entdeckungen in einer Karte festgehalten. Aber falls es eine solche Karte gab, dann würde er sie bestimmt nicht zu Gesicht bekommen, kein Außenstehender würde sie sehen können. Die Verzweiflung drohte ihn zu überwältigen.

Er riss sich zusammen. Er hatte immer gewusst, dass es nicht leicht werden würde. Noch gab es da ja Piero Soderini, den florentinischen Gonfaloniere, den «Bannerträger der Gerechtigkeit». Vielleicht würde es Ringmann ja schaffen, mit ihm in Kontakt zu treten und Abschriften der Originale der *Quatuor navigationes* zu bekommen. Martin Waldseemüller drückte die Schultern durch. Nein, er würde nicht aufgeben. Seine

Karte war die Hoffnung für viele, die der Not der alten Welt entrinnen, die ihr Glück in der neuen Welt suchen wollten. Er arbeitete auch für sie. Dieses Ziel behielt seine Gültigkeit. Dieser neue Erdteil, dieses unbekannte Paradies, war von Gott geschaffen, ebenso wie die ganze Erde. Und deshalb gehörte auch der Weg dorthin allen Menschen.

6.

MARTIN WALDSEEMÜLLER LAS die Stelle immer und immer wieder. Worte, von denen er glaubte, dass sie aus der Feder von Amerigo Vespucci stammten, entscheidende Worte für seine Berechnungen. Vespucci hatte ursprünglich die Straße von Catigara gesucht. Schon bei seiner ersten Reise hatte er angenommen, dass er dem Kap sehr nahe gekommen war, das in die Straße von Catigara führte. Für ihn und viele andere war dieser Schifffahrtsweg das Ziel aller Wünsche. Denn dann war der Weg zu den Schatztruhen gefunden, dort lag nach der Karte des Ptolemäus auf einer großen Landmasse mit Catigara die erste, die östlichste Stadt Asiens. Damals hatte Vespucci dem spanischen Königshaus auch geschrieben, dass er glaube, dem Ziel sehr nahe gewesen zu sein. Waldseemüller war davon überzeugt, dass der große Seefahrer schon damals geahnt haben musste, dass die Karte des Ptolemäus eine Schimäre zeigte, eine Fata Morgana, die es nicht gab. Zumindest nicht an dieser Stelle.

Im Mai 1501 war Vespucci mit drei der wendigen und vergleichsweise stabilen portugiesischen Karavellen im Dienste Portugals erneut aufgebrochen, um endlich doch noch die Straße von Catigara zu finden und damit einen Seeweg nach Indien.

Doch gefunden hatte er etwas ganz anderes: eine neue Gewissheit.

«Wir verließen also diesen Ort und schiffen itzo zwischen Ost und Ostsüdost, denn so geht das Gestade fort. Nämlich sind wir eins geworden, es niemals aus dem Gesicht zu lassen.

Ich habe berechnet, dass dieses neuerfundene Land von einem äthiopischen Vorgebirge siebenhundert Meilen weit abgelegen ist, ungeachtet glaube ich, dass wir über 800 Meilen gesegelt sind, ehe wir auf das Gestade stießen. Dieses aber rührte her von dem grausamen Ungewitter, den Wirbelwinden und von der Ungewissheit des Schiffers; welche Umstände insgesamt die Reise sehr verlängerten.

Unter anderen kamen wir an einen Ort, da unser Lebenslauf unfehlbar zu Ende gewesen wäre, wenn ich keine Kenntnis von der Weltbeschreibung gehabt hätte, denn es war kein einziger von unseren Steuerleuten, der auf fünfzig Meilen wusste, wo wir waren. Wir fuhren in der Irre und Ungewissheit herum, und hätte ich nicht mit den astronomischen Werkzeugen, dem Astrolabium und dem Quadranten, für die Erhaltung meines und meiner Gefährten Leben gesorgt, so wäre niemand imstande gewesen, zu sagen, wo wir aus und an sollten.»

Vespucci hatte es gewusst. Und er hatte eine Methode gefunden, die Position eines Schiffes genauer zu berechnen als andere Kapitäne vor ihm. Da war er sich inzwischen ebenfalls sicher. Er war sich nur noch nicht im Klaren darüber, wie er es angestellt hatte. In den anschließenden Zeilen hatte es der große Seefahrer jedenfalls nicht geschafft, sein Licht unter den Scheffel zu stellen, und geprahlt wie ein kleiner Junge.

> «Durch diese Sache erwarb ich mir keinen geringen Ruhm, so dass ich von der Zeit an bei Ihnen in eben der Hochachtung stehe, als die Gelehrten bei vornehmen Leuten gehalten werden. Ich unterrichtete dieselben in den Seekarten und brachte es soweit, dass sie gestanden, die gemeinen Schiffer wären ganz unwissend in der Weltbeschreibung und verständen von alledem, in Vergleichung zu mir, so gut als nichts.»

Er begriff gut, was Contessina de' Medici gemeint hatte, als sie von jenen sprach, denen Vespucci diente, dienen musste, um weiter zur See fahren, seine Entdeckungsreisen fortsetzen zu können. Jene, die seine genauen nautischen Berechnungen kannten. Aber er würde nicht aufgeben, trotz aller Ungenauigkeiten und vagen Schilderungen. Es musste doch möglich sein, die Daten auch aus diesen Beschreibungen herauszufiltern. Wenn er sie Punkt für Punkt durchging, sie dann mit dem Ptolemäus verglich, den Karten von Alberto Cantino, Nicolo Caverio und den anderen, die es in Portugal geben sollte, dann hatte er möglicherweise genügend Anhaltspunkte, um seine These vom vierten Erdteil zu untermauern. Vielleicht gab es in den Soderini-Briefen ja noch genauere Hinweise. Wenn er sie doch nur bekommen könnte!

Dann stutzte er. Verbarg sich möglicherweise noch mehr hinter Vespuccis Eigenlob als genauere Tabellen und exaktere Beobachtungen? Steckte hinter diesen Worten, zwischen diesen Zeilen etwa eine zweite, eine verborgene Botschaft? Eine, die er eigentlich nicht mitteilen durfte, die er aber allzu gerne mitgeteilt hätte? Vielleicht weil es um eine umwälzende Entdeckung für die Seefahrt ging? Noch einmal las er die Stelle:

> «Ich unterrichtete dieselben in den Seekarten und brachte es soweit, dass sie gestanden, die gemeinen Schiffer wären

ganz unwissend in der Weltbeschreibung und verständen von alledem, in Vergleichung zu mir, so gut als nichts.»

Waren diese Worte vielleicht gar keine Aufschneiderei, sondern weit mehr als die verzeihliche Eitelkeit eines Mannes, der Unglaubliches geleistet hatte? Was, wenn Vespucci tatsächlich einen ganz neuen Weg gefunden hatte, Kurs und Position eines Schiffes genauer zu bestimmen als alle anderen vor ihm? Was, wenn er ... Martin Waldseemüller stockte der Atem. Er wagte es kaum, diesen Gedanken zu Ende zu denken. Die Schlussfolgerung war einfach zu fantastisch. Angenommen, Vespucci wäre gelungen, was alle anderen vor ihm schon so lange vergeblich versucht hatten. Konnte es sein, dass er imstande war, die Zeit exakter zu bestimmen, als es mit dem Stundenglas möglich war? Konnte es sein, dass dieser geniale Mann, der einstige Buchhalter der Medici, nicht nur in der Lage war, den Breitengrad der Position eines Schiffes genauer zu berechnen, sondern auch den Längengrad?

Ja, das war es! Die Erkenntnis traf ihn wie ein Blitz. Er verstand selbst nicht mehr, wieso er nicht schon längst darauf gekommen war. Das wäre wahrhaftig eine Revolution für die gesamte christliche Seefahrt und würde viele Schiffe vor Irrfahrten retten, die schon manchen Seemann das Leben gekostet hatten. Ach, wenn er doch nur mit diesem Mann sprechen könnte, einmal nur! Vespucci bewahrte also vielleicht ein großes Geheimnis. Eines, auf das er so stolz war, dass er es am liebsten der ganzen Welt verkündet hätte. Doch er durfte nicht.

Ja, das ergab einen Sinn. Es ging hier also um zwei Dinge. Die Welt sollte nicht erfahren, dass es einen vierten Erdteil gab. Und ebenso wenig, dass die Möglichkeit gefunden worden war, den Weg dorthin genau vorauszuberechnen. Jetzt verstand er. Deshalb die Anschläge auf ihn. Das waren durchaus Geheimnisse, für die ein Mensch sterben konnte.

Ob Vespucci wirklich hinter den Anschlägen steckte? Martin Waldseemüller schüttelte den Kopf. Nein, nicht ein Mann wie er, ein Forscher, einer, der Wissen suchte. Einer wie er selbst. Er wusste schon jetzt, tief in seinem Innersten, dass er alle Warnungen in den Wind schlagen und weiter versuchen würde, mit dem Florentiner in Kontakt zu kommen. Selbst wenn es sein Leben kosten sollte, er konnte nicht anders. Erstaunlicherweise fühlte er nicht die geringste Angst.

Er seufzte und las weiter.

Ein anderer Satz, ein weiterer Hinweis, der ihm half, Vespuccis Fahrt nachzuvollziehen:

«Wir sind itzo schon sechshundert Meilen an diesem Gestade hingefahren, und da es sich so weit erstreckt, dass man kein Ende davon sehen kann, so halte ich dafür, dass es kein Eiland ist, sondern es festes Land zu sein scheint.»

Danach beschrieb er einen Fluss, fruchtbares Land und wie sie durch den *«Wendezirkel des Winters kamen und noch siebzehn und einen halben Grad weiter.»*

«Na, mein Freund, seid Ihr wieder in Eure Berechnungen versunken? Ich dachte, unser Jean Grüninger hätte Euch mit genügend Arbeit eingedeckt, um auch einen Ochsen zum Schwitzen zu bringen. Und nun sitzt Ihr da in der Werkstatt, das Schnitzmesser müßig in der Hand, statt es eifrig zu gebrauchen, und träumt!»

«Philesius! Welche Freude, Euch zu sehen! Ihr seid endlich zurück! Ich schulde Euch unendlichen Dank, dass Ihr mir diesen Auszug aus den Soderini-Briefen besorgen konntet. Und dass Ihr ihn geschickt habt. Sagt, wo ist der Rest? Ach ja – und habt Ihr das Manuskript der Werke von Mirandola in Florenz bekommen? Wart Ihr an der Platonischen Akademie des Marsilio Ficino, wo Pico della Mirandola einst lehrte? Wenn ich mich recht erinnere, haben die Medici den Aufbau dieser Akademie unterstützt! Und Vespucci – ach, ich rede zu viel!» Er sprang auf und umarmte den Freund begeistert. Durch den Mantel hindurch spürte er die Knochen dieses hageren Körpers, der ihm noch ausgezehrter erschien als vor der Reise; er hörte das Rasseln bei jedem Atemzug.

Ringmann begann zu husten, worauf Martin Waldseemüller ihn sofort losließ. «Ihr habt Euch überanstrengt. Verzeiht, Ihr müsst müde sein. Wann seid Ihr denn eingetroffen?»

Matthias Ringmann hielt sich ein Tuch vor den Mund, er keuchte. Doch der Anfall dauerte nur einen kurzen Moment. «Wenn Ihr mich aber auch drückt, als wolltet Ihr mir die Lunge aus dem Leib quetschen ... Ja, ich habe das Manuskript Mirandolas bekommen.» Er hustete erneut.

«Verzeiht, es war die Freude ...»

«Das war ein Scherz, mein werter Ilacomylus. So gut müsstet Ihr mich eigentlich kennen, dass niemand es schafft, mir die Lunge aus dem Leib zu pressen.»

«Es sei denn, es sind acht, dann lauft Ihr Euch die Lunge aus dem Leib, sogar ohne Kleider», unkte Waldseemüller in Erinnerung an jenen Überfall in Freiburg, den Philesius ihm bei ihrer ersten Begegnung geschildert hatte.

«Di immortales, Eure Zunge ist noch immer so spitz wie früher, Ilacomylus. Und falls es Euch trotz aller Eurer Träumereien noch interessiert – ich bin soeben erst eingetroffen und, wie Ihr Euch denken könnt, etwas müde. Aber nur etwas.»

«Ich weiß, Ihr seid stark wie ein Bär und ausdauernd wie ein Luchs!» Waldseemüller klopfte Philesius kräftig auf die Schulter. Das hatte einen erneuten Hustenanfall zur Folge.

Martin Waldseemüller wusste inzwischen, dass der Freund es hasste, auf diese Hustenanfälle angesprochen zu werden. «Ihr solltet Euch ausruhen», erklärte er deshalb nur.

Doch Matthias Ringmann hatte andere Pläne: «Madame Grüninger schickt mich, ich soll Euch zum Essen holen. Als ich meine Bagage in die Kammer brachte, da passte sie mich ab. Madame Grüninger widerspricht man nicht. Also bin ich hier. Und so muss ich die Geschichte meiner Reise nicht zehnmal erzählen, sondern nur einmal am Esstisch. Außerdem gibt es saure Lunge. Mein Lieblingsessen.» Martin Waldseemüller hätte Ringmann für dessen Selbstironie am liebsten noch einmal umarmt. Doch er unterließ es. Der Freund mochte keine Überschwänglichkeiten. Es sei denn vom weiblichen Geschlecht.

Ringmann schien seine Gedanken lesen zu können. «Kommt, lasst uns gehen», forderte er ihn auf, bereits im Hinausgehen begriffen. «Ach, übrigens, Eure Marie ist mit ihrem Gatten ebenfalls anwesend», erklärte er nach einer kurzen Pause und wandte sich zum Gehen.

«Sie ist nicht meine Marie, wie kommt Ihr überhaupt darauf?», knurrte Waldseemüller in seinen Rücken hinein.

Philesius lachte. «Ich erkenne einen verliebten Gockel, wenn ich einen sehe. Ich war selbst oft genug in diesem Zustand. Also, vielleicht solltet Ihr es vermeiden, wieder Glubschaugen wie ein geiler Bock zu bekommen, mein lieber Ilacomylus.»

«Ich habe keine Glubschaugen und mache auch keine», protestierte dieser betont pathetisch. «Schließlich bin ich Magister der Theologie und Gelehrter, also ein Mann mit einer gewissen Würde. Kein Bock. Meine Augen glubschen nicht.»

«Ach so, ein Mann von Würde, ich vergaß.» Das gemeinsame Lachen tat beiden gut. Waldseemüller stellte fest, dass er den Freund mehr vermisst hatte als gedacht. Obwohl sie sich eigentlich noch nicht so lange kannten. Ringmann erging es ähnlich.

Jean Grüninger wartete schon auf sie. Er wirkte bedrückt. «Da seid Ihr ja endlich. Meine Hausfrau zieht schon ein recht unzufriedenes Gesicht, weil ihre Pastete bereits zu lange im

Ofen ist und zu misslingen droht.» Der lockere Tonfall gelang ihm heute nicht so recht, wirkte aufgesetzt. Der Drucker schien etwas auf dem Herzen zu haben. Doch aus irgendeinem Grund wollte er nicht damit herausrücken. Vielleicht noch nicht. Waldseemüller hatte ihn inzwischen gut genug kennengelernt, um zu wissen, dass dieser Mann sich nicht so schnell Sorgen machte. Es musste etwas Ernstes sein.

Im Gegensatz zu ihrem Mann wirkte Babette Grüninger völlig unbeschwert. Sie zog keineswegs ein mürrisches Gesicht, als sie mit der dampfenden Pastete in den Raum kam, gefolgt von einer Dienstmagd, die Fladenbrot und eine Suppenterrine, der ein köstlicher Duft entströmte, auf einem Tablett vor sich her trug. In der Küche führte Madame Grüninger das Regiment, auch wenn es für eine Bürgersfrau ihres Standes eigentlich nicht üblich war, den Kochlöffel zu schwingen. Aber wie ihr Mann war sie den guten Dingen des Lebens zu sehr zugetan, um eine solch wichtige Angelegenheit wie eine Mahlzeit fremden Händen anzuvertrauen.

Es war ihr anzusehen, dass sie auch selbst gerne aß. Sie machte sich nichts daraus. Sie war ebenso rundlich wie ihr Gatte, aber ein ganzes Stück kleiner. Dennoch bewegte sie sich behände, fast anmutig angesichts ihrer Körperfülle. Durch die Hitze in der Küche hatte sie feuerrote Wangen und eine Strähne hing ihr aus dem ansonsten fest um den Kopf gewundenen, geflochtenen Haarkranz, über den sie – um die Gäste zu ehren – noch schnell eine Haube gestülpt hatte. Diese saß etwas schief. Ihr Oberkleid aus blauem Samt wies einen kleinen Fleck unterhalb der linken Brust auf. Martin Waldseemüller hätte sie dafür küssen mögen.

Diese fröhliche Frau, ein Mensch voller Lebenslust und Sinn für Schönheit, war die ideale Ergänzung zu Jean Grüninger. Und sie schaffte es einfach immer wieder, dass sich jedermann in ihrer Umgebung wohl fühlte. Die Straßburger hatten nichts von der manchmal fast lähmenden Steifheit mancher Basler. Basel war eine prüde Stadt, eine, die offenherzig erschien und doch die Grenzen eng zog, in der es schon fast ungehörig war, zwischen Eheleuten Liebe zu zeigen. Jean Grüninger hatte damit jedoch keineswegs ein Problem. Er zwickte seine Frau kräftig in den runden Hintern, als sie mit der Pastete an ihm vorbei marschierte. Sie quietschte, wurde feuerrot wie ein junges Mädchen: «Jean Grüninger, benehmt Euch. Eine solche Frechheit geziemt sich nicht gegenüber einem treu sorgenden Eheweib.»

Mit diesem Worten zwinkerte sie ihm verliebt zu. Der Gescholtene lachte dröhnend. Doch dann streifte sein Blick Martin Waldseemüller und seine Miene wurde wieder ernst.

Babette Grüninger hatte noch eine Eigenschaft, die ihr Mann besonders schätzte. Sie konnte zuhören. Aber wenn sie sprach, dann nahm sie kein Blatt vor den Mund.

So war es auch an diesem Abend. Sie wartete jedoch, bis ihr Mann, die beiden Söhne Bartholomäus und Christoph, sowie der Maler Hans Baldung Grien, der als Graveur in Grüningers Werkstatt arbeitete, und Gervaise Sopher, der neben Matthias Ringmann als Lektor in der Druckerei tätig war, zufrieden und satt auf ihren Stühlen saßen. Bei den Grüningers gab es immer Gäste zu den Mahlzeiten. Die Runde war sogar recht klein an diesem Tag. Martin Waldseemüller war sich der Gegenwart Maries sehr bewusst. Sein ganzer Körper erinnerte sich an sie. Er hatte alle Mühe, sich zu beherrschen und sie nicht immer anzustarren. So beschäftigte er sich angelegentlich mit dem Essen, machte der Hausfrau ein Kompliment nach dem anderen.

Babette hatte Martin Waldseemüller den ganzen Abend über genau beobachtet. Und dann ihre Entscheidung gefällt. Sie hatte sich entschlossen, diesem Mann zu trauen. Sie mochte ihn. Er war zwar etwas schüchtern, was vielleicht seiner mangelnden Erfahrung mit Frauen zuzuschreiben war, doch genau das weckte ihre mütterlichen Instinkte. Natürlich hatte sie von seiner unglücklichen Liebe zu ihrer Nichte Marie Wind bekommen. Doch Martin Waldseemüller war für sie der Inbegriff des Ritters, der seine Liebste aus der Ferne anbetet. Sie liebte solche Geschichten, auch wenn sie mit dem provozierenden Verhalten ihrer Nichte keineswegs einverstanden war. Dass die Romanze in einer glühenden Liebesnacht gemündet hatte, hätte sie im Traum nicht vermutet. Babette Grüninger glaubte an das Gute im Menschen. Zumindest bis zum Beweis des Gegenteils.

Und sie war eine Frau mit Instinkt. Genau dieser Instinkt schlug jetzt Alarm. Über diesem Mann braute sich etwas zusammen, eine diffuse Bedrohung, die schwer zu greifen war. Eine Gefahr, die vielleicht auch ihrer Familie Unheil bringen konnte. An diesem Punkt endete für Babette Grüninger jegliche Bereitschaft zur Toleranz. Sobald sie das Gefühl hatte, ihre Familie werde bedroht, wurde sie zur Löwin. Es war klar, dass sie mit Ilacomylus reden mussten. Ihr Mann hatte vergeblich versucht, sie von dieser Meinung abzubringen.

«Was wollen diese Männer von Euch? Seit Tagen lungern sie nun vor unserem Haus herum, streichen um die Ecken, machen die Nachbarn und unsere Dienstboten nervös.»

Martin Waldseemüller starrte seine Gastgeber völlig verblüfft an. Matthias Ringmann war offensichtlich beunruhigt, schwieg aber.

«Weiber! Sie fürchten sich sogar vor ihrem eigenen Schatten!», der Versuch von Jean Grüninger, die plötzlich angespannte Situation aufzulockern, scheiterte.

Babette Grüninger ließ sich nicht zurückhalten. « Ich meine die beiden Männer, die eine Woche nach Eurem Auftauchen plötzlich ständig in der Nähe des Hauses unserer Druckerei gesehen wurden. Zunächst dachte ich ja, unsere neue Dienstmagd hätte sich gleich zwei Liebhaber angeschafft. Doch sie hat es entschieden abgestritten, und ich glaube ihr. Auch niemand sonst kennt diese Männer. Mein Mann hat sich überall nach ihnen erkundigt. Keiner wusste etwas. Ich werde den Verdacht nicht los, dass sie etwas mit Euch zu tun haben.»

«Wo sind diese Männer?», in Martin Waldseemüller keimte ebenfalls ein Verdacht.

«Kommt, ich zeige sie Euch.» Jean Grüninger schob den geschnitzten Eichenstuhl nach hinten und ging zum Fenster. Dort zog er den schweren Vorhang vorsichtig zur Seite. «Seht Ihr, dort bei der Hirsch-Apotheke steht einer, dort im Schatten, wegen seiner dunklen Kleidung kaum auszumachen. Den anderen kann ich gerade nicht entdecken.»

Martin Waldseemüller musste nur einmal kurz hinschauen, um zu begreifen. Die Häscher aus Basel hatten ihn gefunden. Noch wagten sie es nicht, aber es war wohl nur eine Frage der Zeit, wann sie sich seiner bemächtigen und ihn der Gerichtsbarkeit überantworten würden. In den Augen der Basler musste er ja schuldig sein. Seine Flucht wirkte auf jeden Außenstehenden wie ein Schuldeingeständnis.

«Kann ich Euch alleine sprechen?»

Jean Grüninger nickte. «Babette, meine Liebe, bringt doch derweil noch etwas Wein und Bier. Wir sind bald zurück. Dieser junge Mann hier und ich haben etwas zu bereden.»

Babette Grüninger nickte. Doch der Blick, den sie ihrem Gatten zuwarf, machte klar, dass er ihr später alles bis ins Letzte würde erzählen müssen. Grüninger nickte fast unmerklich zurück.

«Es wäre mir sehr recht, wenn Philesius mit uns kommen könnte», bat Martin Waldseemüller. «Er kann Euch die Angelegenheit vielleicht noch besser schildern als ich.» Er schaute bittend zu Matthias Ringmann, glücklich, dass dieser zurückgekommen war. Gerade in einem solchen Moment konnte er sich auf den Freund verlassen, das wusste er. Philesius war in der Lage, diese ganze unangenehme Geschichte wesentlich unvoreingenommener zu schildern als er selbst. Außerdem kannten Grüninger und er sich gut. Der alte Grüninger vertraute dem jungen Gelehrten, den er sich da als Lektor in seine Druckerei geholt hatte – zu schon fast ausbeuterischen Konditionen. Ringmann war ständig klamm, er brauchte die Arbeit dringend.

«Gut, also. Worum geht es hier?»

Jean Grüninger unterbrach Philesius kein einziges Mal, als dieser ihm die Geschichte erneut erzählte, viel ausführlicher als Martin Waldseemüller beim ersten Mal. Danach stellte er eine Frage nach der anderen, interessierte sich für jedes noch so kleine Detail. Am Ende musterte der Drucker Martin Waldseemüller einige Augenblicke stumm, dann kehrte das Lächeln in seine Augen zurück. Er nickte bedächtig und strich sich über den nicht unerheblichen Bauch. «Ich glaube Euch. Und ich denke, ich kann etwas für Euch tun. Jean Grüninger gilt etwas in dieser Stadt, auch wenn er einst in Markgröningen in Württemberg geboren worden ist. Meine Beziehungen zu den Obrigkeiten sind nicht die schlechtesten. Und auch in der Kooperation der Stelze – die Gilde, zu der neben den Druckern auch die Goldschmiede gehören – bin ich nicht ohne Einfluss. Da wäre es doch gelacht, wenn wir diese Männer nicht vertreiben könnten, die den Straßburgern in ihre Gastfreundschaft hineinpfuschen wollen. Diese Suppe werden wir ihnen versalzen. Basler Häscher haben in dieser Stadt nichts zu suchen. Wir sind in der Lage, unsere Gerechtigkeit selbst in die Hand zu nehmen.»

Danach sprach im Hause der Grüningers mit Martin Waldseemüller niemand mehr über diese Männer. Meister Jean Grüninger hatte sein Urteil gefällt. Das galt. Nicht nur in seinem eigenen Haus, auch in der Stadt, die er zu seiner Heimat gemacht hatte.

Gleich am nächsten Tag wartete jedoch eine große Enttäuschung auf Martin Waldseemüller. Außer diesem kleinen Auszug aus den so genannten Soderini-Briefen, die Piero Soderini, der Regent von Venedig, angeblich auf der Grundlage von Vespuccis *Quatuor navigationes*, den vier Reisen, herausgegeben hatte, war Ringmann an keine weiteren Papiere oder Original-Schriften des florentinischen Seefahrers mehr gekommen. Überall hatten ihm die Menschen anfangs mit großer Freundlichkeit zugehört, als er sein Anliegen schilderte. Sobald er dann aber erklärte, wofür er die Manuskripte benötigte – für eine «kleine Komposition», eine Seekarte, die jene Regionen des Globus zeigen sollte, die neu entdeckt worden waren – endete jegliches Entgegenkommen. Spätestens an diesem Punkt hatten sich die lächelnden Gesichter in verschlossene Mienen verwandelt.

Natürlich versprach jeder wortreich, sein Bestes zu tun. Der Verwalter der florentinischen Besitzungen von Giovanni de' Medici ebenso wie der Sekretär des Bankhauses der Medici und der Diener Soderinis. Sie überboten sich auch weiterhin in Höflichkeiten. «Leider, nein, der Herr weile im Moment nicht in Florenz, sei beschäftigt, er bitte vielmals um Entschuldigung, habe in dringenden Angelegenheiten eine Sitzung einberufen müssen.»

«Sie wollen nicht, dass Ihr die Originale bekommt, mein Freund. Da ist eine Wand, durch die ich nicht hindurchkam. Ich bin inzwischen überzeugt, dass Amerigo Vespucci mehr geschrieben hat, als veröffentlicht wurde. Jedenfalls musste ich mich am Ende geschlagen geben. Meine Mittel waren aufgebraucht.»

Um Martin Waldseemüllers Mund lag ein bitterer Zug. Er schaute auf seine Schuhe. «Ich könnte neue brauchen», schoss es ihm durch den Kopf. Dann sammelte er sich. In der Stunde einer seiner größten Enttäuschungen dachte er an neue Schuhe! Er begriff sich selbst nicht mehr. Er hatte alle Mühe, nicht in Tränen auszubrechen.

Philesius sah den verdächtigen Schimmer in den braunen Augen des Freundes. Sie wirkten dadurch noch dunkler. Doch irgendwo in diesem Dunkel bildete sich ein Funkeln, eine Entschlossenheit, so hart wie eine gut geschmiedete Damaszener Klinge. «Nun, dann werde ich diese Dokumente eben auf andere Weise bekommen. Sie werden mich nicht aufhalten. Verzeiht mir, dass ich Euch so viel Mühe gemacht und solche Kosten verursacht habe.»

«Mein werter Ilacomylus, es war die Mühe auf jeden Fall wert. Ich kann eine kleine Edition der Papiere herausbringen, die ich mitgebracht habe. Der Verkauf wird die Kosten mehr als ausgleichen, Grüninger streckt mir die erforderlichen Mittel vor. Ich habe bereits mit ihm verhandelt. In weniger als einem Monat haben wir den Druck fertig. Aber seid Ihr Euch auch sicher, dass Ihr diesen Weg weitergehen wollt? Es könnte gefährlich werden. Oder besser, es ist schon gefährlich. Es gibt leichtere Arten, berühmt zu werden. Schaut Euch Meister Grüninger an. Er hatte die geniale Idee, sich der Druckkunst zu widmen, ein Werk nach dem anderen verlässt sein Haus. Gut, manche sind voller Fehler, aber er macht trotzdem ein Vermögen. Und die Bilder, die sind wirklich gut. Auch wenn sie sehr oft eigentlich nichts mit dem Text zu tun haben. Ich bin übrigens gespannt, wofür er Eure Nemesis verwenden wird. Sie ist hervorragend. Er hat sie mir gezeigt. Warum wollt Ihr nicht bei solchen Bildern bleiben? Muss es denn unbedingt die Welt sein? Ihr seid ein Künstler mit dem Schnitzmesser, Ilacomylus. Mit Holz könnt Ihr offenbar sehr viel besser umgehen als mit den Frauen. Von unserer Frau Babette einmal abgesehen. Ach ja, und einer gewissen Margarete Amerbach, wie ich hörte.»

«Margarete Amerbach? Was soll das jetzt?»

«Wusstet Ihr das nicht? Ich habe gehört, sie hofft auf ein Zeichen von Euch. Und auch der alte Amerbach scheint einem Mann als Schwiegersohn nicht abgeneigt zu sein, der sich so gut in der Druckkunst auskennt wie Ihr. Ihr könntet eine schlechtere Partie machen. Als Amerbachs Schwiegersohn wärt Ihr in Basel außerdem wieder sicher.»

Vor Waldseemüller erschien das Bild eines schüchternen, mageren Mädchens, das kaum ein Wort geäußert hatte. Neben Marie wirkte sie völlig bedeutungslos, ein Schatten neben einer strahlenden Sonne. Er konnte sich kaum noch an ihre Züge erinnern, nur an ein streng und züchtig gekleidetes Etwas. Er hatte niemals an sie gedacht wie an eine Frau. Schon gar nicht wie an eine mögliche Ehefrau.

«Ich werde niemals heiraten, mein Herz gehört Gott und der Wissenschaft, keiner Frau.» Martin Waldseemüller konnte nicht verhindern, dass sich die Bitterkeit in seine Stimme schlich.

«Das wäre aber schade für die Damenwelt», versuchte Matthias Ringmann zu scherzen. Er hätte dieser Marie Grüninger den Hals umdrehen können. Sie hatte dem Freund das Herz gebrochen. Vielleicht konnte ein so leidenschaftlicher Mann wie Ilacomylus auch nur eine Liebe haben, nur einen Traum. Er hatte sich der Wissenschaft verschrieben. Sein Ziel, sein großer Traum war es, eine neue Karte des Weges in die neue Welt zu schaffen.

«Männer wie Ihr haben die Welt verändert», sagte er nachdenklich. Dann schmunzelte er. «Aber schade ist es doch. Die Liebe kann sehr angenehm sein, wenn man sie nicht allzu ernst nimmt. Und was Eure vermaledeite Seekarte anbetrifft, so werden wir eben wirklich eine andere Möglichkeit finden müssen, sie zu verwirklichen.»

«Ihr bleibt an meiner Seite?»

Ringmann musterte den Freund schon fast gekränkt – ich habe mir Euretwegen ganze Wagenladungen voll Abfuhren und Ausreden eingehandelt. Glaubt Ihr wirklich, dass ich jetzt aufgebe? Ich weiß auch nicht wie, aber wir werden einen Weg finden. Grüninger hat nicht übertrieben, als er sagte, dass er gute Beziehungen hat. Und dann wären da auch noch unsere Freunde Gregor Reisch, Wimpfeling, Brant. Sie alle halten viel von Euch. Reisch hat geradezu Lobeshymnen auf Euch gesungen. Sebastian Brant und Jakob Wimpfeling waren allerdings schon etwas enttäuscht, dass Ihr sie kein einziges Mal besucht habt, seit Ihr in Straßburg angekommen seid. Wimpfeling war sogar extra hier, obwohl er zurzeit in Heidelberg lebt und lehrt. Habt Ihr seine Nachricht nicht bekommen?»

«Ich hatte zu tun», wandte Martin Waldseemüller lahm ein. Er kämpfte noch immer mit seiner Enttäuschung.

«Nun, das werden wir nachholen. Unser Kreis korrespondiert mit Gelehrten und Humanisten in ganz Europa. Es wäre doch gelacht, wenn die Suche der Mitglieder der ‹sodalitas litteraria› Straßburg nicht irgendwann von Erfolg gekrönt würde. Schließlich ist Wimpfeling der Autor des bedeutendsten – und ersten – Geschichtswerkes in deutscher Sprache. Wir könnten zudem die Söhne von Amerbach bitten, in Paris zu forschen, wenn sie an ihre Universität, die Sorbonne, zurückkehren. In Paris ist ja auch *Mundus Novus* zum ersten Mal erschienen. Vielleicht sprudelt aus der Quelle, aus der dieses Manuskript stammt, noch mehr. Wir sollten bald einen Brief nach Basel schreiben, am besten auch mit Grüßen an den weiblichen Teil des Haushaltes. Vielleicht überlegt Ihr es Euch ja anders.»

«Da gibt es nichts zu überlegen», knurrte Martin Waldseemüller, in dem aber wieder etwas Hoffnung keimte.

Es kam nicht mehr zu den Besuchen und Gesprächen mit den Männern, die zu dem Kreis der berühmten Straßburger Humanisten und zu Ringmanns Freunden zählten.

Auch der Brief wurde nie geschrieben.

Am übernächsten Tag waren die Männer verschwunden, die das Haus und die Druckerei Grüninger beobachtet hatten. Weitere zwei Nächte später hätte ein Feuer fast alles vernichten können, was Grüningers Existenz ausmachte. Doch glücklicherweise hatte Bartholomäus Grüninger die Flammen entdeckt, als er von einem heimlichen nächtlichen Ausflug zurückkehrte. Die wertvolle Druckerpresse konnte gerettet werden, nur einige der für künftige Holzschnitte sorgsam getrockneten und ausgesucht teuren Hölzer waren angekokelt. Aber das ließ sich noch verschmerzen.

Da waren Brandstifter am Werk gewesen, das wurde schnell klar. Alles deutete darauf hin, dass das Feuer absichtlich am Fuß der Holztreppe gelegt worden war, die zu Waldseemüllers Kammer führte. Das konnte kein Zufall sein. Jemand wollte Waldseemüller töten, ohne Frage. Denn wenn der Plan gelungen wäre, dann hätte es für den Kartographen keinen Ausweg mehr aus der Flammenhölle gegeben. Die Häuser mit den Holzbalken in der Schlauchgasse brannten wie Zunder. Wer immer den Brand auch gelegt hatte, scherte sich nicht darum, dass das Feuer auch auf die angrenzenden Gebäude übergegriffen hätte, dass auch andere Menschen in den Flammen hätten umkommen können. Normalerweise hätte Bartholomäus von seiner Mutter für seinen heimlichen nächtlichen Ausflug eine gehörige Standpauke kassiert. Doch nun hatte er sich als großer Glücksfall erwiesen. Allerdings machte dieser Brandanschlag endgültig allen klar: Waldseemüllers Anwesenheit brachte die Familie Grüninger in akute Gefahr. Niemand in der Runde glaubte nur für einen Moment, dass die Brandstifter ein anderes Ziel gehabt haben könnten, als den Kartographen zu töten.

Und wieder einmal sagte Matthias Ringmann den schon bekannten Satz: «Ihr müsst fort von hier, mein Freund.»

Viele Jahre später dachte Martin Waldseemüller einmal über jene Tage nach. Es schien ihm, als sei dies alles Fügung gewesen, als habe sich eine höhere Macht eingemischt, als sei ihm aus der bösen Absicht, aus den Anschlägen auf seine Habe und auf sein Leben immer wieder Gutes erwachsen.

Sie waren gerade dabei, die Druckwerkstatt vom Löschwasser zu befreien, als wie durch ein Wunder der Mann bei Grüninger auftauchte, der ihn mitnehmen würde. Gauthier Lud, Astronom und Geograph, Kanonikus von Saint-Dié, Verwalter reicher Blei- und Silberminen, Ratgeber und Vertrauter von René II., dem Herzog von Lothringen und Bar, kam nach Straßburg zu seinem guten Bekannten Jean Grüninger, weil er in Saint-Dié eine Druckerei einrichten wollte. Im Schlepptau hatte er Pierre Jacobi, seines Zeichens Priester und Buchbinder. Ihr Anliegen: Unterstützung für den Aufbau der geplanten *officina liberaria*. Welches das erste Druckwerk sein würde, stand für Gauthier Lud bereits fest: Die komplett überarbeitete Neuauflage der ptolemäischen Geographia, ein Atlas der bekannten Welt auf der Grundlage einer völligen Neuübersetzung der Originale der antiken Handschrift. Und deswegen war es Luds zweites Anliegen, Matthias Ringmann für dieses Vorhaben zu gewinnen. Denn schließlich sprach dieser nicht nur perfekt Latein, sondern dazu noch Griechisch und Hebräisch. Lud wusste auch bereits, wo er eine Abschrift des originalen Ptolemäus bekommen würde. Von seinem Freund Jean Pélerin, genannt Viator, einst Kirchendiplomat im Dienste des Hauses Anjou, bis zu dessen Tod enger Vertrauter des verstorbenen König Ludwig XI. von Frankreich, Kanonikus von Toul und sein Seelenbruder, mit dem er am Gymnasium Vosagense von Saint-Dié so manche Stunde über den Studien der Astronomie und der Geographie zugebracht hatte.

Als Lud von den Plänen Waldseemüllers hörte, eine Seekarte mit den Regionen der neuen Welt herauszubringen, war er hellauf begeistert. «Das wäre die ideale Ergänzung! Ein Kartograph, der sich mit den neuen Territorien auskennt, ein Gelehrter, der sich auf die Sternenkunde, die Geographie, die Kosmographie und auch noch auf die Fertigkeit des Holzschnitts versteht. Und dazu noch ein Magister der Theologie. Eure Karte im überarbeiteten Ptolemäus, die neue Welt als Teil der alten. Ein neuer Erdteil, sagt Ihr? Welche Perspektiven das eröffnet! Es ist fantastisch! Ihr seid genau der Mann, den wir bei uns so dringend brauchen», rief er aus und umarmte den Verblüfften.

Matthias Ringmann lachte. «Ich hatte Euch als einen eher ernsten Menschen kennengelernt, Lud. Ihr seid ja ganz aus dem Häuschen.»

«Ich werde Euch nie vergessen, dass Ihr mir Ilacomylus vorgestellt habt, Philesius.»

«Nun, ich werde die Schulden schon noch eintreiben», erwiderte der so Gelobte in seiner trockenen Art.

So hörte Magister Martin Waldseemüller, genannt Ilacomylus, der Metzgersohn aus Freiburg, zum ersten Mal Näheres von jener Runde Gelehrter, die im Schutz des Herzogs von Lothringen in einem kleinen lothringischen Flecken im Tal von Galilée am Fluss Meurthe dabei waren, die Welt auf der Grundlage der ptolemäischen Erkenntnisse neu zu sortieren und neu zu beschriften.

Und das alles in einer eigenen Druckerei. Pierre Jacobi, der Pfarrer und Schriftsetzer, der Lud begleitete, hatte im Auftrag des Herzogs von Lothringen bereits eine *officina liberaria* in Saint-Nicolas-de-Port installiert. René von Lothringen beauftrage nur Menschen, denen er bezüglich dieser neuen Technik vertraue, mit der es so einfach geworden war, Informationen, auch gefährliche, zu multiplizieren, wurde ihm erklärt.

Aufregende Aussichten taten sich vor Martin Waldseemüller auf, Visionen von Legionen von Karten, Manuskripten, Atlanten, von gelehrten Diskussionen. Menschen, mit denen er über seine Ideen, seine Vermutungen, seine Gewissheiten sprechen konnte. Auch Lud war schließlich ein bekannter Kosmograph und Geograph. Das waren Männer, die seine Sehnsüchte teilten. Endlich würde er nicht mehr allein sein – abgesehen von Philesius natürlich.

Dann fiel ihm etwas ein: «Jean Pélerin, also Viator, der glückliche Besitzer eines ptolemäischen Originalmanuskriptes – ist das nicht der Mann, der erst in diesem Jahr die *Artificali Perspectiva* herausgebracht hat? Ich habe von dieser aufregenden Veröffentlichung über die Perspektive gehört. Es soll eine Schule des Messens und des Sehens, von Verhältnissen und Entfernungen, von der Theorie des Goldenen Schnitts sein. Ich muss sie unbedingt lesen. Ein solches Werk ist unschätzbar auch für die Kartographie, wo so vieles eine Frage der rechten Perspektive ist, wo die kleinste Verzerrung ein Schiff unweigerlich in den Untergang führen kann. Dieses Werk wird auch die Kunst verändern. Sagt, ist das derselbe Pélerin? Ich würde meine rechte Hand darum geben, diese Abhandlung einmal lesen, ihn einmal treffen zu dürfen.»

Martin Waldseemüller wäre vor lauter Aufregung beinahe wie ein kleiner Junge von einem Bein auf das andere gehüpft.

Gauthier Lud musste angesichts dieses Enthusiasmus lächeln. Oh ja, er kannte diese Erregung, die zur Sucht werden konnte, die ebenso sicher besoffen machte wie ein starker Wein. Diese unnachahmliche Mischung aus Neugier und dem Gefühl, dass irgendwo am Horizont des Verstandes, am Ende des Regenbogens etwas völlig Unbekanntes lag, etwas, das noch nie jemand gedacht hatte, eine Erkenntnis, die die Welt verändern würde. Oder besser, die half, sie zu sehen, wie sie wirklich war, die half zu begreifen. Das fühlte auch dieser Martin Waldseemüller mit seiner festen Überzeugung, es gebe einen weiteren, bisher unbekannten Erdteil. Weil es einfach nicht anders sein konnte. Dieser Mann mit seinem unbedingten Willen, das zu beweisen, dieser Dickschädel mit seiner messerscharfen Intelligenz, der bereit war, Mauern niederzureißen, um ans Ziel zu kommen, das war ein Mann wie er. Einer mit derselben Sehnsucht im Herzen, demselben inneren Feuer, einer Raserei, die gleichzeitig wärmte und verbrannte. Denn mit jeder neuen Erkenntnis wurde die Gewissheit größer, dass ein Leben nicht ausreicht, um alles Wesentliche zu erforschen, ja, noch nicht einmal einen Bruchteil davon. Und jedes Mal wurde das Fieber stärker, dieses Getriebensein dringlicher, ebenso die Sucht zu wissen. Oh ja, Gauthier Lud kannte diese Besessenheit, die einen Mann nicht mehr losließ, ihn mitten in der Nacht aus dem Bett trieb, die ihn ebenso krank machen konnte wie die unerfüllte Lust nach einem Weib. Waldseemüller war einer, der in die Runde der Gelehrten nach Saint-Dié passte. Er fasste sich an den sorgsam gestutzten Vollbart, der schon einige graue Strähnen aufwies, und seine klugen grauen Augen blitzten.

«Ihr könnt Eure Hand behalten. Ihr werdet sie noch dringend benötigen. Ich habe ein Exemplar der *Perspectiva*. Ja, es ist genau dieser Jean Pélerin», bestätigte er. «Die Grundlagen haben wir übrigens bei unseren gemeinsamen Forschungen in Saint-Dié gelegt. Ich freue mich auf die Arbeit mit Euch. Ein Mann wie Ihr, der bei Gregor Reisch die Sieben Künste studierte, ist für uns wie von Gott gesandt. Ein Magister der Theologie, ein Mann, der sich nicht nur auf die Druckkunst bestens versteht, sondern auch auf die Mathematik, die Kosmographie, die Geographie, die Kartographie, der den Baum der Philosophie in Reischs *Margarita philosophica* erklommen hat bis ins oberste Geäst! Aber das sagte ich ja bereits.»

«Ihr macht mich verlegen», winkte Martin Waldseemüller ab.

«Unser Freund Gauthier Lud stellt sein Licht außerdem etwas unter den Scheffel», mischte sich Philesius ein. «Wir lernten uns bei den Vorbereitungen für seine Kosmographie *Spe-*

culi Orbis kennen. Ihr müsst Euch dieses geniale Werk einmal von ihm erläutern lassen. Er versteht sich nicht nur darauf, sein Vermögen zu vermehren, er versteht auch den Lauf der Welt und der Gestirne. Aber nicht nur das, er hat zudem einen Weg gefunden, das anschaulich zu machen. Schon bevor er die Texte Vespuccis kannte – ja, auch er ist ein Freund unseres großen Seefahrers –, hat er eine *stereographische* Projektion einer Weltkugel erdacht, müsst Ihr wissen. Aber das ist jetzt nicht die Zeit für lange Ausflüge in Himmels- und andere Sphären, lasst es Euch am besten ein anderes Mal von ihm selbst erklären.»

Martin Waldseemüller verkniff es sich, Lud von seiner guten Meinung abzubringen. Die schon fast kindliche Begeisterungsfähigkeit dieses Mannes für jede Form des Wissens zog ihn unwiderstehlich an. Von der ersten Sekunde war für ihn klar, dass das auch für ihn die ersehnte Antwort des Himmels auf seine Gebete war. Bei Lud in Saint-Dié würde er die Unterstützung und die geistige Atmosphäre finden, die er brauchte, um sein großes Werk zu vollenden.

Selbst wenn er in Straßburg nicht in Gefahr gewesen wäre, er wäre nach Saint-Dié gegangen. Er konnte sich nichts Schöneres vorstellen, als mit einem Mann wie diesem zu studieren, zu forschen, den eigenen Geist mit dem seinen zu messen, zu schärfen.

Gauthier Lud nahm ihn gleich am nächsten Tag mit. Grüninger hatte aufgrund der tragischen Umstände ohnehin keine Zeit, sich mit ihm über den Aufbau einer Druckerei zu beraten. Er umarmte Martin Waldseemüller herzlich und ließ ihn ziehen. Jean Grüninger wusste, es war besser so, auch wenn mit den Arbeiten des talentierten Künstlers Ilacomylus möglicherweise gute Geschäfte zu machen gewesen wären. Immerhin hatte sein Gast eine ausgezeichnete Nemesis gefertigt. Er hatte sich auch schon ausgemalt, in welches Druckwerk er sie einzufügen gedachte. Wenigstens das würde ein guter Handel werden.

Matthias Ringmann hatte noch Arbeit bei Grüninger zu erledigen. Er versprach jedoch, sobald als möglich nachzukommen und auch beim Aufbau der neuen Druckerei von Saint-Dié mitzuhelfen. Spätestens, wenn der originale Ptolemäus vorlag, würde er kommen, um die Übersetzung vom Griechischen ins Lateinische zu besorgen.

In der Nacht vor der Abreise zogen Ilacomylus und Philesius Arm in Arm von einer Straßburger Schenke in die andere. «Ich finde, wir sollten endlich auf du und du anstoßen», erklärte Martin Waldseemüller schließlich mit schwerer Zunge. Er war schon längst nicht mehr ganz nüchtern. Das galt aber auch für Ringmann. «Mein lieber Ilacomylus, das ist eine besonders gute Idee», konstatierte dieser und schwankte heftig. Waldseemüller konnte ihn für einen kurzen Moment noch halten. Doch da er selbst nicht mehr ganz sicher auf den Beinen stand, fanden sich beide plötzlich auf dem feuchten Straßburger Pflaster wieder. Es hatte zu nieseln begonnen. Da saßen sie nun und keuchten vor Lachen. Zwei oder drei Nachtschwärmer machten einen weiten Bogen um die beiden Männer, die mitten im Straßendreck hockten, wie die Verrückten lachten und sich dabei gegenseitig abwechselnd auf die Schulter und dann klatschend auf die Schenkel klopften.

«Hoppla, ich hatte nicht gedacht, dass dich dieser Vorschlag so umwerfen würde, Philesius», keuchte Martin Waldseemüller stockend zwischen mehreren Lachanfällen hervor.

«Du bist auch nicht gerade fest auf den Beinen, also mach mir keine Vorhaltungen. Dabei bist du der Ältere, Ilacomylus, du solltest ein Vorbild für mich sein», entgegnete Ringmann betont würdevoll. Dann prustete er erneut los.

«Oh, da hast du vielleicht Recht», meinte Ilacomylus gespielt zerknirscht. «Ich sollte wirklich besser auf dich aufpassen. Und wenn wir jetzt nicht bald aufstehen, dann könnte es uns noch übel bekommen, weil uns der Arsch abfriert. Am Ende werden wir noch krank. Also, mein Freund, steh auf. Wir sollten schnellstens in die nächste Schenke und uns aufwärmen.»

Das fand Philesius auch. Gemeinsam rappelten sie sich irgendwie hoch. Die nächste Schenke war nicht weit. Und dort schworen sie sich bei mehreren weiteren Bechern Bier ewige Freundschaft. «Ich komme, ich komme bald nach Saint-Dié. Darauf schwöre ich jeden Eid», versprach Philesius bierselig immer wieder.

Es dauerte viele Monate, bis er sein Versprechen wahr machte. Kurz nach dem Aufbruch von Waldseemüller und Gauthier Lud nach Saint-Dié begann es zu schneien. Die Passstraße, die über die Vogesenkette bis in den Kessel führte, in dem Saint-Dié lag, war zugeschneit. Die im Sommer grauen, nun mit Schnee bedeckten Felsen wachten wie kantige Monster über der Stadt, in der René II., Herzog von Lothringen und Bar, Graf von Vaudémont, durch seine Mutter Yolande Abkömmling des Hauses Anjou, Enkel des guten Königs René, einige der kreativsten und gebildetsten Geister Europas zusammengeholt hatte. Bis der Frühling kam, der Schnee abtaute und die Passstraße wieder frei war, würden sie keinen durchlassen, der von Osten aus über die Berge wollte. Das galt auch für die Verfolger Martin Waldseemüllers.

Als diese endlich herausgefunden hatten, wo er sich aufhielt, da war der Weg schon unpassierbar. Doch sie würden nicht aufgeben. Damals wusste Martin Waldseemüller noch nicht, dass es für einen Mann mit seinen Plänen in diesem Teil der Welt keinen sicheren Ort mehr gab.

7.

«Seht Ihr, die Erde ist eine Kugel. Sicher ist sie das. Wer anderes behauptet, ist ein Idiot. Hier, auf dieser beweglichen Scheibe sind die wichtigsten Orte zu Wasser und zu Land markiert. Und da ist Europa, auf dem 30. Breitengrad zwischen dem Pol und dem Äquator. Doch schaut weiter: Diese Scheibe dreht sich nun unter einem festen Kreis, auf dem die Stunden eingezeichnet sind. So wird deutlich, wie sich diese Kugel bewegt. Aber das muss noch verfeinert werden, alles ist noch zu grob. Betrachtet das hier ...»

«Erklärt Ihr unserem Magister Ilacomylus nicht schon zum zehnten Mal Eure Sicht des Himmels und der Erde, werter Onkel?» Nicolas Lud war in den Raum gekommen, ohne dass einer der beiden Männer es bemerkt hatte.

«Ach, ich wollte, Euer Onkel hätte noch viel mehr Zeit dafür», erwiderte Martin Waldseemüller.

«Nun, das, was ich von Euch zu lesen bekomme, ist ja auch bemerkenswert. Ich habe unseren Vespucci noch einmal genau durchgearbeitet. Wartet, hier, die beiden Absätze mit den wollüstigen Frauen. Die gefallen mir besonders:

Die Eingeborenen wissen weder von Tuch noch Leinwand. Wolle oder Flachs gibt es daselbst nicht. Weil sie allesamt nackt gehen, haben sie auch gar keine Kleider nötig. Sie nehmen soviel Weiber als es ihnen beliebt, und ganz ohne Rücksicht auf die Nähe der Verwandtschaft. Ein Sohn scheut sich nicht, seine Mutter zu umarmen und ein Bruder seine Schwester. Und solches tun sie öffentlich, wie das unvernünftige Vieh: nämlich an allen Orten und mit jeder Weibsperson, wenn diese ihnen auch nur von ungefähr begegnet, schreiten dieselben zu fleischlichen Vermischungen.

Ach, und dann kommt meine Lieblingsstelle:

Die Frauen haben eine abscheuliche Gewohnheit, die jeder menschlichen Sitte zuwider ist. Weil sie über alle Maßen wollüstig sind, so haben sie diesen grausamen Gebrauch, dass sie ihren Männern den Saft von einem gewissen Kraut zu trinken geben. Sobald sie diesen zu sich genommen haben, so bläht sich die männliche Rute auf. Wenn dieses nicht helfen will, so setzen sie ihnen giftige Tiere an das Glied, die dasselbe beißen, bis es steif wird. Daher geschieht es, dass viele von ihnen den Verschnittenen ähnlich werden.

Gut, dass sie Menschenfleisch essen sollen, das gefällt mir nicht. Und das mit den giftigen Tieren müsste wohl auch nicht sein. Aber was hier über die Frauen steht – hm. So mancher alte Bock mit einem jungen Weib würde für einen solchen Kräutersaft seinen linken Arm geben. Es klingt nach paradiesischen Zuständen – nachdem Adam und Eva vom Baum der Erkenntnis gegessen hatten.»

«Nicolas, kannst du denn niemals ernst sein?» Gauthier Lud sagte dies in einem ärgerlichen Tonfall. In seinen Augen aber blitzte der Schalk.

«Das klingt nicht nach Paradies. Das ist Gotteslästerung!» Ein weiterer Mann war ins Zimmer gekommen. Jean Basin, Magister der Künste, Pfarrer von Wisembach. Sein Doppelkinn zitterte vor Empörung. Basin hielt sich für einen Berufenen, das hatte Nicolas Lud ihm erzählt. Er machte sich Hoffungen auf die Vikarsstelle an der Kirche Notre Dame in Saint-Dié und auf den Posten eines Hofnotars des Kapitels.

Nicolas, der trotz seiner Jugend hoch gebildete und in Geschäften beschlagene Neffe von Gauthier Lud, und Ilacomylus, der Magister aus Freiburg, hätten unterschiedlicher nicht sein können. Trotzdem – oder vielleicht gerade deshalb – mochten sie sich. Sie hatten sich auf Anhieb verstanden. Der jüngere Lud war nämlich nicht nur ein guter Geschäftsmann, sondern ebenso getrieben, ebenso begeistert von den Wissenschaften wie sein Onkel Gauthier, aber sehr viel unkomplizierter. Gauthier Lud war eine Respektsperson. Nicolas Lud schon bald so etwas wie ein Freund, jemand, der Martin Waldseemüller das Gefühl gab, Saint-Dié könnte vielleicht eines Tages eine Heimat für ihn werden, nicht nur ein Ort, an dem er lebte. Zum ersten Mal, seit er aus Freiburg fortgezogen war, empfand er wieder so.

Er freute sich auf den Frühling. Der weite Kessel, durch den die Meurthe floss, die wiederum von den Flüssen Fave und Robach gespeist wurde, hatte eine besondere Atmosphäre, versprach den Duft von Grün, Sonne und Wiesenblumen. Im Osten wurde das Tal von der Kette der Vogesen bewacht. Das Tal von Galilée bildete gleichzeitig die Grenze des Herzogtums Lothringen. Die Ansiedlung Saint-Dié, benannt nach dem heiligen Deodat, genoss auch aufgrund ihrer strategischen Lage die besondere Aufmerksamkeit des Herzogs von Lothringen. Der Ort war seit dem 13. Jahrhundert eine sorgsam befestigte Stadt, um mögliche Eroberungsgelüste gleich von Anfang an zu entmutigen. Aus gutem Grund. Denn von dort aus kontrollierten die Herzöge von Lothringen die «Route d'Alsace», die alte Straße ins Elsass. Die Mitglieder des Kapitels der großen Stiftskirche von Saint-Dié lebten dank der Großzügigkeit des Herzogs nicht schlecht und konnten sich daher ganz ihren Forschungen widmen.

Dem Stift flossen beachtliche Einkünfte zu: aus dem Land, der Köhlerei, von den Mühlen im Tal von Galilée. Auch die Weinreben an den Abhängen der Berge und der Hügel trugen zum guten Leben bei. Eine halbe Tagesreise entfernt lagen die Minen. Sie lieferten Silber und Blei, die für die Prägung der Münzen des Staatsgebildes Lothringen unverzichtbar waren. Den Kanonikern von Saint-Dié ging es vergleichsweise gut. Der Herzog von Lothringen ließ ihnen auch jede gewünschte geistige Freiheit, förderte das Denken und die Forschung, indem er für das leibliche Wohl sorgte. Die Pfründe, die ihnen als Stiftsherren der großen Kathedrale vom Herzog von Lothringen verliehen worden waren, bescherten den Dichtern und Literaten, den Malern, den Gelehrten und den Humanisten, die er in diesen Kreis aufgenommen hatte, ein sorgenfreies Leben im Dienste der Kunst und der Wissenschaft. Zurzeit arbeitete die Gemeinschaft an einem monumentalen Werk, einer wunderbar ausgestalteten Handschrift, dem Chorgraduale, einer Sammlung religiöser Gesänge auf Pergament. Viele der Stiftsherren trugen mit Mitteln aus ihrer Schatulle zur Verwirklichung dieses Projektes bei. Da waren große Künstler am Werk, die wunderbare Miniaturen schufen. Die Hauptarbeit leisteten Jean Herbins, der Organist von Saint-Dié, und Octavien le Maires, der Musikmeister. Sie alle hatten den Magister aus Freiburg je nach Charakter und Temperament mehr oder weniger herzlich in ihrem Kreis aufgenommen.

Jean Basin allerdings wirkte im Moment nichts weniger als begeistert.

Nicolas Lud ließ sich durch die Schelte des Geistlichen nicht aus der Ruhe bringen. «Ihr seid doch ein Mann der wohlgesetzten Rede, einer, der des richtigen Briefeschreibens kundiger ist als viele. Ist das keine wohlgesetzte Rede und kein gut geschriebener Brief, wenn uns Vespucci sodann mitteilt:

Die Weibspersonen haben einen sehr wohlgebildeten Leib und sind auch nicht von der Sonne verbrannt, wiewohl vielleicht einige dies glauben mögen; und ob sie gleich sehr dick und fett sind, so sind sie deswegen doch nicht ungestaltet oder übel gewachsen.

Ich meine unlängst gehört zu haben, die gute Frau, die Euren Haushalt versieht, ist auch recht üppig und wohlgestaltet.»
«Nicolas!» So sehr Gauthier Lud seinen Neffen und dessen Witz auch schätzte, das ging nun doch zu weit.
Jean Basin de Sandaucourt, Magister der Philosophie und der Künste, wurde puterrot. «Ich dachte, ich komme hier in die Gesellschaft vernünftiger Männer, und finde doch nichts als Gotteslästerei und Unzucht. Und von Euch, Waldseemüller, einem Magister der Theologie, hätte ich auch anderes erwartet, als dass Ihr solcherlei Reden noch unterstützt!»
Martin Waldseemüller fühlte sich ein wenig unwohl in seiner Haut. Ihm war nicht daran gelegen, sich die Feindschaft dieses Mannes zuzuziehen, der ihm ohnehin seit seiner Ankunft schon recht reserviert gegenübergetreten war. Manchmal hatte er sich des Eindrucks nicht erwehren können, dass Basin eifersüchtig sein könnte, weil Gauthier Lud ihm, dem Neuankömmling, so viel Aufmerksamkeit widmete.
Er versuchte daher, den Pfarrer zu besänftigen. «Oh, werter Basin, das ist nur eine Stelle in dieser Abhandlung Vespuccis, die zu viel wesentlicheren Passagen führt. Zum Beispiel die-

se über den Regenbogen, die von großer Gelehrsamkeit zeugt. Hört selbst:

Auf dieser Halbkugel habe ich einige Sachen erblickt, welche den Meinungen der Weltweisen widersprechen, indem sie gerade das Widerspiel davon und denselben gänzlich entgegen sind. Zum Exempel: Ich habe um Mitternacht einen weißen Regenbogen am Himmel gesehen. Nach meiner Ansicht bekommt derselbe seine Farbe von den vier Elementen: nämlich die rote Farbe vom Feuer, die weiße von der Luft, die grüne von der Erde und die blaue von dem Wasser. Allein Aristoteles ist ganz anderer Meinung. Er sagt: Der Regenbogen sei eine Zurückprallung der Strahlen in den Dünsten der Wolken, die denselben gegenüberstehen. Durch seine Zwischenkunft mäßigt derselbe die Hitze der Sonne; durch seine Auflösung in einen Regen macht er die Erde fruchtbar; und durch seine anmutige Gestalt ziert er den Himmel. Er zeigt an, dass die Luft mit Feuchtigkeit angefüllt sei; daher wird derselbe vierzig Jahre vor dem Ende der Welt nicht mehr erscheinen, welches ein Zeichen von dem Verdorren der Elemente sein wird ...»

«Das ist höchst seltsam. Ist der Regenbogen doch nichts weiter als eine Schöpfung Gottes» – Jean Basin war nicht dumm, er hatte begriffen, dass er sich eher lächerlich machte als Respekt verschaffte, wenn er sich weiter als Spielverderber präsentierte.

«Ja, nicht wahr? Zwischen der Bibel und den Erkenntnissen der Menschen klaffen so einige Lücken», auch Gauthier Lud war daran gelegen, die Atmosphäre wieder etwas zu entspannen.

«Hier, es geht noch weiter», mischte sich jetzt erneut Nicolas Lud in das Gespräch:

«Plinius hinwiederum sagt von den Regenbögen: Man sieht niemals mehr als zwei beisammen. Unterdessen habe ich in diesem Punkte abweichende Beobachtungen gemacht, wie auch noch andere Dinge gesehen, die ich für würdig halte, dass man sie wisse, so: Dass in diesem Lande alle Nacht Dünst und feurige Flammen durch den Himmel fahren. Auch war ich Zeuge, als der Neumond mit der Sonne Zusammenkunft hielt.»

An diesem Punkt hielt er inne. «Per mercurium, beim Merkur, jetzt habe ich doch über all dem Disputieren völlig vergessen, weshalb ich eigentlich gekommen bin. Onkel, hier ist ein Schreiben von unserem allergnädigsten Herrn, dem Herzog von Lothringen für Euch. Wenn ich mich richtig erinnere, wartet Ihr schon lange auf eine Antwort. Habt Ihr nicht dem Herzog über die Situation in den Minen von La Croix und Chipal berichtet, ihn über den Fortgang der Arbeit dort in Kenntnis gesetzt und auch darüber, wie es mit Euren Plänen weitergegangen ist, einen Weltatlas zu drucken?» Bei diesen Worten grinste er zu Martin Waldseemüller hinüber, der sofort begriff, dass in diesem Brief möglicherweise ebenfalls etwas darüber stehen könnte, was René II. von diesem Neuankömmling in der Runde seiner Gelehrten hielt.

Gauthier Lud erbrach das Siegel bedachtsam. Auch beim Lesen ließ er sich betont viel Zeit. Martin Waldseemüllers Augen klebten förmlich an Luds Gesicht, doch dessen Miene blieb unbewegt. Dann lächelte er. «Der Herzog von Lothringen wünscht Euch zu sehen, Ilacomylus. Er bittet mich in diesem Schreiben, Euch an den herzoglichen Hof nach Nancy zu begleiten. Er schreibt:

Und sollte mein Eindruck von der Tüchtigkeit, der Gelehrsamkeit und der untadeligen Persönlichkeit dieses

Magisters Waldseemüller ebenso günstig ausfallen wie Euer Urteil, dann bin ich bereit, ihm im Gymnasium Vosagense von Saint-Dié den ihm gebührenden Platz zuzuweisen. Umso mehr, als Ihr mir versichert, dass er für die Herausgabe des neuen ptolemäischen Atlasses nicht nur unentbehrlich sei, sondern ein so herausragender Gelehrter, dass er selbst den Ptolemäus noch verbessern könne.»

Martin Waldseemüller wurde leicht verlegen, als er diese Zeilen hörte. «Dieses Lob ist zu viel der Ehre», murmelte er. Aber an dem Leuchten in den Augen des Freiburgers erkannte Gauthier Lud, wie sehr dieser darauf brannte, endlich mit der Arbeit an seiner Karte beginnen zu können. Die Waldseemüller-Portolankarte über die westliche Hemisphäre mit den Seefahrtsrouten zu neuen Welten würde das Herzstück dieses epochalen Werkes werden – der ersten Arbeit aus der Presse der geplanten Druckerei von Saint-Dié. Einer Arbeit, die dem Herzog, Saint-Dié und allen Gelehrten, die daran mitgearbeitet hatten, zu ewigem Ruhm gereichen konnte.

René II., Herzog von Lothringen und Bar, Beschützer und Mäzen des Gymnasiums Vosagense, betrachtete Martin Waldseemüller eingehend. Er wusste nicht so recht, was er von ihm halten sollte. Seine Informanten hatten ihm eine Warnung hinterbracht: Dieser Mann war offensichtlich dabei, sich mit mächtigen Männern anzulegen, deren Verbindungen bis zum Heiligen Stuhl reichten. Nun, er war nicht daran interessiert, sich durch diesen Ilacomylus neue Feinde zu machen. Er hatte an den alten genug. Andererseits konnte es von großem Vorteil sein, einen solchen Kopf in den Reihen seiner Gelehrten zu wissen. Vielleicht war dieser Mann ja wirklich imstande, wozu sich bisher noch nicht einmal Vespucci selbst verstiegen hatte – eine neue Karte der Welt zu schaffen, gar den Ptolemäus umzuschreiben. Sollte stimmen, was dieser Mann behauptete, dann wäre eine solche Seekarte von großem Wert. Auch für den König von Frankreich. Nun gut, dieser Waldseemüller war Untertan des deutschen Kaisers Maximilian, aber offensichtlich wusste dieser den Mann nicht zu schätzen. Und das, obwohl sein Lehrer, der Kartäuserprior Gregor Reisch, der Beichtvater und Vertraute Maximilians war. Außerdem vertraute René II. dem Urteil von Gauthier Lud, der seine Hand für diesen Freiburger ins Feuer legte.

«Willkommen an meinem Hof in Nancy, werter Lud. Ich sehe, Ihr habt den versprochenen Gast mitgebracht.»

Martin Waldseemüller verneigte sich stumm. Er hatte das kurze Aufflackern des Misstrauens in den Augen des Herzogs bemerkt.

Dieser winkte ihn huldvoll näher zu sich. Er saß auf einem kostbar geschnitzten Armsessel mit vergoldeter Lehne, drei Stufen höher als seine Gäste. Doch nun erhob er sich und ging ihnen entgegen. René II. war mittelgroß, zumindest im Vergleich zu Gauthier Lud. Der Enkel eines Königs, der Bezwinger von Karl dem Kühnen von Burgund in der legendären Schlacht von Nancy, in der er dem König von Frankreich in gewisser Weise sein Reich gerettet hatte, sah eher durchschnittlich aus. Die glatten Haare waren kinnlang und gerade geschnitten, die Waden in den Strumpfhosen wölbten sich prall wie bei einem kräftigen Bauernsohn. Waldseemüller wusste, dass René sein Anjou-Erbe der Krone Frankreichs verkauft hatte – mehr oder weniger gezwungenermaßen. Das hatte der damalige König Frankreichs, Charles VII., vertraglich so geregelt. Es war der Preis für den Erhalt und eine zumindest einigermaßen stabile Lage im Herzogtum Lothringen gewesen, das immer wieder zum Zankapfel zwischen Burgund und Frankreich geworden war. Damit unterstand das Erbe des Hauses Anjou jetzt der

Herrschaft Ludwigs XII., einst Ludwig von Orléans aus dem Hause Valois. Lothringen selbst war nominell Teil des Heiligen Römischen Reiches, auch wenn dort französisch gesprochen wurde und nicht deutsch.

Und nun war der Herzog von Lothringen ein Mann, der aufgrund des Zusammenschmelzens seiner Hausmacht über genügend Zeit verfügte, um sich ausgiebig den eigenen Interessen zu widmen. Er hatte eine beachtliche Zahl junger Universitätsabsolventen um sich versammelt. Sie kamen aus Frankreich, aber auch aus dem Elsass, aus Basel, aus dem Heiligen Römischen Reich. René war stolz darauf, dass es ihm gelang, die Begabten und Gelehrten aus halb Europa zusammenzuführen.

Viele der Wissenschaftler und Künstler, nicht nur jene in Saint-Dié, hatte er mit einem Lehensbrief als Kanonikus der großen lothringischen Kirchen bedacht, die ihren Reichtum ihm verdankten – so wie Nancy, Toul, Bar-le-Duc. Der Herzog von Lothringen galt nicht ohne Grund als überaus großzügiger Fürst, kultiviert und intelligent, als ein freigebiger und aufgeschlossener Mäzen der Wissenschaften und der Künste.

Martin Waldseemüller hielt sich im Hintergrund, während der Herzog mit Gauthier Lud plauderte und ihn über die Minen und die sonstigen Angelegenheiten des Kapitels sowie des Gymnasiums Vosagense ausfragte. Er hatte dem Größeren leutselig die Hand auf die Schulter gelegt. Die Art, wie sie einander anschauten, miteinander umgingen, deutete auf gegenseitiges Vertrauen, wenn nicht sogar Freundschaft hin – zumindest soweit ein Fürst und sein Untergebener Freunde sein konnten. Sie respektierten einander.

«Und wie weit seid Ihr mit den Plänen für die Einrichtung einer Druckerei?»

Waldseemüller horchte auf. Das war ein Thema, das auch ihn brennend interessierte. «Es gibt noch viel zu tun, Euer Gnaden. Allein für die Anschaffung einer Presse und beweglicher Lettern bedarf es großer Summen. Zudem sind die notwendige Einrichtung und die richtigen Leute für eine Druckerei nicht leicht zu finden. Ich selbst bin in der Ausübung der Druckkunst zu wenig bewandert. Eigentlich hatte ich gehofft, Matthias Ringmann schnell bei Grüninger in Straßburg abwerben zu können, doch er ist momentan zu beschäftigt. Und Grüninger selbst steckt zurzeit in einigen Schwierigkeiten, weil Unbekannte versucht haben, seine Druckerei niederzubrennen. So musste ich – zumindest was diese beiden Vorhaben anbetrifft – unverrichteter Dinge wieder abreisen. Dennoch komme ich nicht unverrichteter Dinge zu Euch. Denn mit Magister Martin Waldseemüller hier, Freund und Schüler des großen Gregor Reisch und Vertrauter des Kreises um Wimpfeling, Brant und Geyler, bringe ich Euch einen Mann, der auf wundersame Weise die Antwort auf viele unserer Nöte bildet. Es ist, als habe der Herr ihn geschickt.»

Der Herzog von Lothringen blickte interessiert zu Martin Waldseemüller hinüber, hakte dann aber zunächst einmal bei Gauthier Lud nach. «Gibt es Hinweise darauf, wer versucht hat, die Werkstatt unseres guten Meisters Grüninger zu zerstören?»

Martin Waldseemüller wunderte sich über das Interesse Renés an dieser Sache. Was scherte ihn ein Drucker in Straßburg? Es beschlich ihn das Gefühl, dass es etwas mit ihm zu tun haben könnte.

Gauthier Lud schüttelte den Kopf. «Nein, das ist eine ganz und gar rätselhafte Angelegenheit. In den Tagen zuvor hat man zwei Männer gesehen, die die Werkstatt beobachtet haben, aber sie waren bereits verschwunden, als das Feuer ausbrach. Außerdem ist glücklicherweise nicht viel geschehen. Alles Wichtige konnte gerettet werden.»

«Ach ja, wie erfreulich. Das ist schon eine seltsame Sache», erwiderte der Herzog von Lothringen gedankenverloren. Er hing noch einige Augenblicke seinen Überlegungen nach, dann wandte er sich Waldseemüller zu.

«So, Ihr seid also die Antwort des Himmels auf unsere Gebete – so scheint es jedenfalls unser guter Gauthier Lud hier zu sehen. Er schrieb mir, der Magister Waldseemüller sei nicht nur Theologe und von untadeligem Leumund, sondern auch noch Humanist, Kosmograph, Geograph, Mathematiker, ein begabter Kartograph und durch seinen Onkel Jakob, Drucker in Basel, auch noch in die Kunst des Buchdrucks eingeweiht. Darüber hinaus sollt Ihr in hohem Maße die Fähigkeit des logischen Denkens besitzen. Alles in allem, so wurde mir berichtet, wärt Ihr deshalb ein wertvoller Mitarbeiter nicht nur für die neue Druckerei in Saint-Dié, sondern auch für das erste große Werk, das die Presse verlassen soll: ein neuer Weltatlas auf der Grundlage der Originale der ptolemäischen *Geographia*. Was habe ich da gehört, Ihr glaubt, Vespucci hat einen neuen Erdteil entdeckt? Ist das nicht etwas kühn?»

Martin Waldseemüller war es für einen kurzen Augenblick unwohl in seiner Haut, denn noch hatte er die Originale der Vespucci-Briefe nicht in der Hand, auf die er sich hätte berufen können. Doch dann riss ihn die Begeisterung mit, die ihn nun schon so lange trug. Es konnte nicht anders sein. Er zog sein abgenutztes und mit zahllosen Eselsohren versehenes Exemplar von *De ora Antarctica* aus der Rocktasche, jenen Nachdruck von *Mundus Novus*, den Matthias Ringmann mit Versen ergänzt und redigiert hatte.

«Hier, Euer Hoheit, hört selbst – es muss so sein. Wenn man von den beschriebenen Sternbildern ausgeht, von der Entfernung und von der Strecke, die Vespucci die Küste entlanggesegelt ist – da steht es, in Vespuccis eigenen Worten, ich lese Euch gleich die entsprechenden Stellen vor. Und dann gibt es als Ergänzung ja noch die portugiesischen Portolankarten, in denen die neu entdeckten Regionen verzeichnet sind. Allerdings sehr unvollständig und als Insel. Doch Vespucci hat keine Insel gefunden, sondern Festland. Das sagt er selbst. Außerdem hat der große Seefahrer meiner Überzeugung nach noch eine andere geniale Entdeckung gemacht. Er hat eine Methode gefunden, die Route und Position eines Schiffes genauer zu berechnen.» Er stockte. «Mit Hilfe der Längengrade», hatte er sagen wollen. Nein, vielleicht sollte er sich doch nicht weiter vorwagen. Dass er auch ahnte, wie der Florentier das machte, behielt er besser für sich. «Ich bin mir inzwischen ziemlich sicher», fügte er deshalb nur an.

René II. fragte glücklicherweise nicht nach, im Gegenteil. Er hob abwehrend die Hand und lachte. Dieser Magister aus Freiburg gefiel ihm. Er war kein eingetrockneter Gelehrter, sondern ein wissbegieriger Forscher, einer, der quer dachte, der es noch wagte, kühne Träume zu haben. Nun, er hatte wohl auch nicht viel zu verlieren, soweit er informiert war. Außer seinem Leben vielleicht. Und er schien sich wirklich sehr sicher zu sein. «Haltet ein, werter Magister, Ihr müsst mir hier keine Vorlesung halten. Auch wenn es mich noch so sehr interessiert. Das verschieben wir auf ein anderes Mal. Gauthier Lud habt Ihr überzeugt. Das zählt für mich. Ich vertraue auf seine Empfehlung.»

Lud lächelte und machte einen angedeuteten Diener.

«Aber sagt, Ilacomylus, so nennt Ihr Euch doch, könntet Ihr mit Eurem Wissen auch eine Seekarte zustande bringen, eine umfassende *carta marina*, auf der die Seefahrer erkennen können, welche Route sie mit ihren Karavellen und Handelsschiffen segeln müssen? Ich meine alle Routen über die Weltmeere, nicht nur jene zu dieser Terra incognita, die ja dem Vernehmen nach ein wahres Paradies und voller Schätze sein soll?»

«Natürlich, Euer Gnaden. Ich könnte die Daten, die es bisher gibt, ohne weiteres zusammentragen, abgleichen und daraus eine solche Karte fertigen. Es gibt, wie gesagt, inzwischen einige Portolankarten – Kolumbus und Vespucci sind ja nicht die Einzigen, die über den Atlantik der untergehenden Sonne entgegengesegelt sind. Allerdings entsprechen sie meiner Ansicht nach alle nicht den tatsächlichen Gegebenheiten. Um mich an die Arbeit zu machen, bräuchte ich jedoch dringend noch weitere Vorlagen – und Eure Hilfe, um diese zu bekommen. Alle portugiesischen Portolankarten, derer Ihr habhaft werden könnt. Die Karte, die Juan de la Cosa nach den Ergebnissen der ersten beiden Entdeckungsfahrten von Kolumus zeichnete, die Karte, die aufgrund der Vermittlung von Alberto Cantino entstanden ist, das Werk von Nicolo Caverio, die Darstellung der Küsten nach den jüngsten Entdeckungen der Brüder Corte-Real und Cabrals, all das sind Vorlagen, die ich für Vergleiche dringend benötige ...» Er brach ab.

Der Herzog von Lothringen betrachtete den Magister Waldseemüller abwägend. «So, aha, eine Seekarte mit den Wegen zu einem neuen Kontinent und über die Meere der Welt könntet Ihr schaffen», meinte er in Gedanken. «In Ordnung, schreibt mir eine Liste all dessen, was Ihr an Vorlagen und Manuskripten benötigt.»

Dann lächelte er ihm zu. «Ich denke, Gauthier Lud hat nicht so Unrecht, wenn er Euch als Geschenk des Himmels bezeichnet. Obwohl ich sagen muss, etwas übertrieben fand ich diese Äußerung anfangs schon. Nun, jedenfalls seid Ihr ein besonderer Kopf. Einer, wie ich ihn unter den Gelehrten noch selten gefunden habe. Seid also willkommen. Ihr könntet ja nach der Seekarte außerdem mit einer des Herzogtums Lothringen beginnen.

Kurz, Wir bieten Euch Obdach in unserem Stift in Saint-Dié, alles Nötige für Euren Unterhalt – und vielleicht, falls Ihr Euch bewährt, eine Pfründe als Kanonikus auf Lebenszeit. Ach ja, und natürlich Unseren Schutz. Ist das in Eurem Sinne?»

Die Worte «Unseren Schutz» hatte er besonders betont. Dabei blickte er Martin Waldseemüller scharf an.

Der zuckte zusammen. Was wollte der Herzog ihm damit sagen? Wusste er über die Einbrüche und Anschläge auf sein Leben Bescheid? Woher? Von Lud? Hatten Philesius oder Grüninger hinter seinem Rücken mit Gauthier Lud gesprochen? Nein, das konnte er sich nicht vorstellen.

Doch Martin Waldseemüller beschloss, nicht nachzufragen. Er hatte vor allem noch einen wichtigen Wunsch. «Euer Hoheit, es heißt, Ihr seid aus gemeinsamen Studienzeiten in Florenz sogar mit dem großen Amerigo Vespucci bekannt. Könntet Ihr ihn nicht bitten, uns seine Unterlagen zukommen zu lassen?» Waldseemüllers Stimme wurde flehend. «Ich bin mir bewusst, dass sie schwer zu bekommen sein werden und sehr wertvoll sind. Doch Ihr geltet als ein Fürst, dem im Dienste der Wissenschaften und der Forschung nichts unmöglich zu sein scheint...» Wieder brach er ab. War er zu weit gegangen?

René von Lothringen verzog keine Miene. «So, meint Ihr? Nun, wir werden sehen. Man kann jedenfalls nicht gerade sagen, dass Ihr zu den Bescheidensten im Kreise meiner Gelehrten gehört, werter Magister.» Jetzt schmunzelte er.

Martin Waldseemüller fiel ein Stein vom Herzen. Er hatte schon befürchtet, es sich mit diesem Förderer der Künste und der Wissenschaften verscherzt zu haben, dessen Hilfe er so dringend brauchte, um endlich an sein Ziel zu kommen, nämlich seine These über den vierten Erdteil zu untermauern.

Als die beiden gegangen waren, klingelte René von Lothringen nach seinem Schreiber. Er musste dem König von Frankreich Mitteilung machen, dass er ihm womöglich eine wertvolle Seekarte beschaffen konnte, die ihm, und damit Frankreich, den Weg zu den Schatztruhen einer neuen Welt wies. Ludwig XII. würde sich für dieses besondere Geschenk gewiss dankbar erweisen. Denn seine Staatskasse war ewig leer, die Früchte der

Möchtegern-Entdecker in französischen Diensten bisher jedoch eher kärglich. Frankreich war in diesem Punkt weit hinter Portugal und dem Königreich von Kastilien zurückgefallen.

Er wusste auch schon, wer dem König von Frankreich diese Botschaft überbringen sollte. Jean Pélerin, erfahren in den Erfordernissen der Geheimdiplomatie und als ehemaliger Vertrauter von Ludwig XI. in den Angelegenheiten des Hofes bewandert. Er war der richtige Mann. Dass er außerdem selbst ein hoch geachteter Gelehrter und langjähriger Freund von Gauthier Lud war, würde der Botschaft noch größere Glaubwürdigkeit verleihen. Denn die Sache mit einem völlig neuen Erdteil war schon eine Sensation.

Falls sie stimmte. Aber etwas am Auftreten dieses Magister Waldseemüller hatte René II. das Gefühl gegeben, dass sie stimmte. Er regierte schon zu lange, war ein zu guter Menschenkenner, um sich derart zu täuschen. Ein Mann, wie dieser Magister Waldseemüller einer war, griff eine solche Behauptung nicht einfach aus der Luft. Der Tag, an dem dieser Ilacomylus in Saint-Dié eingetroffen war, war offensichtlich wirklich ein guter für das Herzogtum Lothringen. Seine Karte würde den Ruhm des Gymnasiums Vosagense in alle Welt tragen. Es war deshalb auch ein guter Tag für den Mann, der diese Wissenschaften förderte.

In den nächsten Tagen und Wochen wurden – teilweise unabhängig voneinander – viele Nachrichten auf den Weg gebracht. Alle betrafen sie den Magister Martin Waldseemüller, seine Karte und den Atlas von Saint-Dié.

Contessina de' Medici war die Verfasserin eines der Schreiben. Sie hatte lange überlegt, wie sie ihrem Bruder die Begegnung mit Waldseemüller so schildern könnte, dass er vom Erfolg ihrer Mission überzeugt war. Sie sehnte sich so sehr danach, nach Florenz zurückzukehren. Noch immer kämpfte ihr Mann darum, den alten Status wiederzuerlangen und seine Ehre reinzuwaschen. Kardinal Giovanni de' Medici schätzte kein Versagen, wenn es um seine Interessen ging. Er würde sie niemals bei der Rückkehr unterstützen, wenn er vom Sinn ihrer Reise nicht überzeugt war. Im Gegenteil. Giovanni, der einst so lustige, unbeschwerte Giovanni, den früher nichts zu scheren schien, als in den Tag hinein zu leben, war sehr nachtragend geworden. Nun, vielleicht wurde ein Mann der Kirche so, musste so werden, um voranzukommen.

An meinen liebwerten Bruder, den erlauchten Kardinal Giovanni de' Medici,
ich schreibe, ohne Namen zu nennen. Es ist immer möglich, dass ein solcher Brief in die falschen Hände gerät, auch wenn ich ihn einem besonders vertrauenswürdigen Boten übergebe. Der Weg von Florenz nach Rom ist weit und von vielen Gefahren gepflastert. Gedungene Räuber sind nur eine davon.
Wie geplant, traf ich mich mit einem gewissen Magister W. Er scheint ein Mann zu sein, der sich der Wichtigkeit seines Vorhabens durchaus bewusst ist, vor allem aber einer, der genau weiß, was er tut. Außerdem kam er mir vor wie jemand, der von einem Ziel nicht leicht abzubringen ist, wenn er es einmal ins Auge gefasst hat. Wohl aufgrund Deiner Intervention hat er die notwendigen Papiere und die Berechnungen von V. bisher noch nicht in der Hand, die er unbedingt benötigt, um den letzten Beweis zu führen und seine These zu untermauern, dass unser gemeinsamer Freund V. eine außerordentlich bedeutsame Entdeckung gemacht hat.
Er wird sich auch durch Geld nicht davon abhalten lassen, diese Karte zu zeichnen.
Andererseits ist er verständig genug, auch seinen eigenen Vorteil im Auge zu haben. Eine solche Karte, wie er sie

plant, besonders eine carta marina, *die man den Kapitänen unserer Schiffe mit auf den Weg über den Atlantik gibt, könnte für das Haus der Medici ebenfalls entscheidende Vorteile bringen – sofern sie niemand anderem in die Hände fällt. Dieser W., so mein Eindruck, ist weniger am Ruhm interessiert als daran, sein Vorhaben zu verwirklichen. Davon können die Medici profitieren, wenn es uns gelingt, einen der vortrefflichsten Kartographen dieser Zeit auf unsere Seite zu ziehen.*

Es gäbe viele Gründe für ihn, sich in den Dienst des Hauses Medici zu stellen. Einmal kann er nur durch uns an die Originale der Briefe von V. sowie an dessen genaue Berechnungen herankommen. Du könntest W. sogar ein Treffen mit V. in Aussicht stellen. Das hätte für uns den Vorteil, dass die carta marina *noch genauer würde – und diese Aussicht würde W. sicher dazu bewegen, unserem Vorschlag näher zu treten. Das Versprechen, die Karte auf unsere Kosten drucken zu lassen, sowie ein Salär, das seinen Lebensunterhalt sichert, könnten diese Neigung noch verstärken.*

Außerdem sehe ich eine weitere Möglichkeit, ihn auf unsere Seite zu ziehen, eine, die fast immer wirkt: die Liebe. W. ist zwar ein Magister der Theologie, aber meinen Informationen nach gibt es mindestens zwei Frauen in seinem Leben. Einmal ist der Basler Drucker Johann Amerbach offenbar nicht abgeneigt, ihm seine Tochter Margarete zur Frau zu geben. Zudem soll W. eine heftige Liaison mit einer gewissen, ziemlich koketten Marie Schott gehabt haben. Ich traf sie auf meinem Empfang. Diese hat jedoch inzwischen einen anderen Ehegatten. Wie es heißt, war W. über diese Hochzeit sehr betrübt. Ich konnte bei meinem Empfang in Straßburg selbst beobachten, dass er sie kaum einen Moment aus den Augen

ließ. Sie ihn übrigens auch nicht. Das verwundert mich nicht weiter, ihr Mann ist langweiliger als ein Stockfisch. Die Aussicht, diese Frau vielleicht doch noch zu der Seinen machen zu können, wäre mit Sicherheit ein weiterer Anreiz für unseren Kosmographen.
Ich weiß, werter Bruder, dass Du in Liebeshändeln sehr findig bist. Du könntet W. in dieser Angelegenheit bestimmt behilflich sein.
Es gibt also sehr viele Möglichkeiten, das Wissen und Können dieses Mannes für die Medici zu erschließen. W. könnte unserem Haus in vielem unschätzbare Dienste leisten. Deshalb denke ich, dieser Weg wäre allen anderen Überlegungen vorzuziehen.
Ich hoffe, werter Bruder, Du nimmst es mir, einem unbedarften Weib, nicht übel, dass ich Dir einen Rat gebe. Ich versuche nur, die mir übertragene Aufgabe zum Wohl unseres Hauses zu erfüllen.

In Liebe immer Deine Schwester
Contessina de' Medici-Ridolfi

Postscriptum: Hast Du etwas von Michelangelo gehört? Er soll sich ja gerade in Rom aufhalten. Wie mir zugetragen wurde, hat Papst Julius eine angemessene Beschäftigung für ihn ersonnen und ihn beauftragt, ein Grabmonument für ihn zu errichten.

Giovanni de' Medici runzelte die Stirn, als er das Schreiben seiner Schwester las. Bilder der gemeinsamen Kindheit zogen an seinem inneren Auge vorbei. Dann seufzte er. Gefühle dieser Art konnte sich ein Mann nicht leisten, der einmal auf den Stuhl Petri wollte. Seine Kindheit war an dem Tag vorbei gewesen, als Lorenzo der Prächtige seinem 13-jährigen Sohn den Kardinalspurpur gekauft hatte. Natürlich nur, damit er der Familie dienen konnte. Nun, er würde der Familie dienen. Auf seine Weise.

Die Antwort von Giovanni de' Medici an seine Schwester bestand in einem Satz, ohne weitere Anrede. Er kritzelte die Worte einfach auf den Rand von Contessinas Schreiben und versiegelte den Brief dann wieder. Der Satz lautete: *«Ich werde es mir überlegen. G.»*

«Er hat noch immer die ungelenke Schrift des kleinen Jungen von damals», dachte Contessina de' Medici, als sie die Worte las. Doch aus dem liebenswerten Jungen war ein Mann mit Macht geworden, einer, bei dem ein Leben nicht viel zählte. Sie dachte an ihre Begegnungen mit Martin Waldseemüller – und hoffte sehr, dass er auf den Vorschlag der Medici einging.

Eine andere Botschaft wurde von Jean Pélerin überbracht. Sie war an Ludwig XII., König von Frankreich, gerichtet. René von Lothringen berichtete darin von einem gewissen Waldseemüller, einem offenbar begnadeten Kartographen. Dieser behaupte aufgrund der Schriften dieses Seefahrers Vespucci, dass es einen weiteren Erdteil gebe. Ob der König von Frankreich an einer *carta marina* interessiert sei? Außerdem plane er, in Saint-Dié eine Druckerei einzurichten und eine komplett überarbeitete Ausgabe des ptolemäischen Atlasses herauszugeben, was sich mit der geplanten *carta marina* dieses Waldseemüller ja aufs Trefflichste ergänze.

Ludwig reagierte sofort. Er ließ Pélerin zu sich holen. Sie kannten sich aus jener Zeit, als Pélerin noch seinem Vor-Vorgänger gedient hatte. Der treue Pélerin, der immer bemühte Pélerin, der Kanonikus von Toul, dem das Wohl Frankreichs mehr am Herzen lag als sein eigener Vorteil.

«Dank für die Nachricht aus Saint-Dié, alter Freund. Sie ist sehr wichtig. Es ist nicht das erste Mal, dass Ihr Frankreich einen bedeutsamen Dienst erwiesen habt. Aber sagt, was hat es mit dieser Druckerei auf sich? Soll diese Karte auch dort erscheinen?»

Pélerin sah das Stirnrunzeln des Souveräns sehr wohl, nickte aber dennoch. «Herzog René und sein Sekretär Gauthier Lud sind bereits auf der Suche nach einer guten Druckerpresse und nach diesen neuen beweglichen Lettern – Ihr wisst schon …»

Ludwig winkte ab, sein Gesicht hatte sich noch mehr verfinstert. «Wie Ihr sehr wohl wisst, haben wir hier in Paris ebenfalls eine Druckerei. An der Sorbonne. Ich muss sagen, mir wäre es sehr viel lieber, wenn besagte *carta marina* dort erscheinen würde. Die Angelegenheit ist zu delikat, eine solche Karte könnte die Begehrlichkeiten der verschiedensten Personen wecken. Es wäre besser, das hier in Paris unter Kontrolle zu haben. Wie sieht es denn mit dem Erwerb der Druckerpresse aus – hat er die Mittel?»

«Ich weiß es nicht, Sire», musste Pélerin einräumen. Außerdem fehlt es noch am Übersetzer.»

«Übersetzer?»

«Mein Freund Lud plant, den gesamten Ptolemäus für den neuen Weltatlas auf der Grundlage der Originale noch einmal übersetzen zu lassen. Es haben sich im Laufe der Jahrhunderte und der Ausgaben einfach zu viele Kopisten und Lektoren mit ihrer Sicht der Dinge darin verewigt. Er will die Originalfassung haben, sie mit Hilfe dieses Waldseemüllers überarbeiten und dann um den neuen Erdteil ergänzen.»

«Und wo bekommt Lud diese Originalausgabe her? Soweit ich weiß, gibt es nur noch wenige Exemplare. Und wer soll den Ptolemäus übersetzen?»

«Lasst mich die letzte Frage zuerst beantworten, Sire. Ein gewisser Matthias Ringmann, ein Elsässer, hat sich gefunden. Er spricht fließend Griechisch, Hebräisch und natürlich Latein. Er hat übrigens an der Sorbonne, der Universität Eurer Majestät, studiert. Erinnert Ihr Euch an die Schrift *Mundus Novus Al-*

bericus Vespucius Laurentio Petri de' Medicis salutem plurimam dicit, die in Paris bei Denis Roce und Gilles de Gourmont erschienen ist? Der berühmte Architekt Giovanni di Verona, auch Fra Giocondo genannt, hat den Text ursprünglich vom Italienischen ins Lateinische übersetzt. Jener Mann, der derzeit damit beschäftigt ist, die wunderschöne Brücke Notre Dame de Paris neu aufzubauen.»

«Jaja, ist schon gut. Ihr müsst mir nicht erklären, wer Fra Giocondo ist. Und Ihr müsst mir auch nicht den ganzen lateinischen Titel von *Mundus Novus* aufsagen. Was ist damit?»

«Ringmann war derjenige, der die Schrift unter dem Titel *De ora Antarctica* noch einmal herausgebracht hat.»

Das Gesicht Ludwigs verfinsterte sich noch mehr. «Also nichts als ein Plagiator.»

Pélerin erschrak. «Nein, Sire, verzeiht, wenn ich Euch widerspreche. Es ist absolut üblich, die Drucke anderer etwas verändert neu aufzulegen, das wisst Ihr sehr wohl. Die Druckerei Eurer Majestät hat des Öfteren selbst von dieser Möglichkeit Gebrauch gemacht. Ringmann hat der Schrift außerdem einige sehr wohlgesetzte Verse hinzugefügt. Durchaus lesenswert, Sire, durchaus lesenswert, ein kluger Kopf.»

«So. Das beruhigt mich jedoch nicht im Mindesten. Gerade wenn es um eine so heikle Sache wie in diesem Fall geht, braucht es weniger kluge Köpfe als weitsichtige Denker. Und was ist nun mit dem Ptolemäus? Wo will Euer Freund Lud eine solche wertvolle Ausgabe herbekommen?»

«Ich schätze mich glücklich, der Besitzer eines solchen Manuskripts zu sein.»

«So. Aha. Seid Ihr.»

«Sire?»

«Ich wünsche, dass Ihr dieses wertvolle Stück gut hütet. Wenn Ihr es aus den Augen lasst, könnte es Euch möglicherweise abhanden kommen.»

«Sire?»

«Nun, das wäre doch ein großer Verlust, nicht wahr, Pélerin? Ihr solltet die Angelegenheit noch einmal eingehend überdenken. Übrigens, fühlt Ihr Euch wohl unter dem Schutz des Herzogs von Lothringen und als Mitglied des Kapitels von Toul? Es ist gut für einen Mann, einen Ort zu haben, an dem er ohne Sorgen seinen Studien nachgehen, alt werden und seinen Kopf einmal zur letzten Ruhe betten kann, nicht wahr? Ich hörte von Eurer Arbeit zur Perspektive. Man sagte mir, es sei ein wahrhaft außergewöhnliches Werk. Habt Ihr schon an eine weitere Auflage gedacht?»

Jean Pélerin gab auf, so zu tun, als verstehe er nicht. Er hatte dem vorherigen Ludwig und der Kirche zu lange als Diplomat gedient, um nicht zu begreifen, was das heißen sollte. Der erste Satz bedeutete im Klartext: Lud bekommt Euren Ptolemäus nicht. Falls doch, könnte es gut sein, dass Ihr bald keine Dienste mehr für den Herzog von Lothringen übernehmen könnt und Euch auch in Toul nicht mehr so wohlfühlen werdet. Ludwig war sich noch nicht einmal zu schade, ihm eine Bestechung anzubieten. In Form einer Neuauflage seiner *Perspectiva*. Das zeigte, für wie wichtig er diese Karte hielt.

Dennoch – dieser Valois war um einiges sympathischer als sein Schwiegervater Ludwig XI. Der hatte ihn einst gezwungen, seine behinderte Tochter Johanna zu heiraten. Die arme kleine Johanna, hässlich und schüchtern. Sie war ihrem Gatten in keiner Weise gewachsen. «Ich habe mich entschlossen, die Vermählung meiner kleinen Tochter Johanna mit dem kleinen Herzog von Orléans zu betreiben, weil es mir scheint, dass die Nachkommenschaft aus dieser Ehe wenig Kosten verursachen wird», hatte Ludwig XI. damals gesagt. Er erinnerte sich, als wäre es gestern gewesen. Zweiundzwanzig Jahre hatte die Ehe diese beiden aneinander gekettet, zwei Menschen, die sich gegenseitig verabscheuten.

Karl VIII. folgte Ludwig XI. auf dem Thron nach. Nun ja, auch das war vorbei. Karl war kinderlos geblieben und damit die königliche Linie ausgestorben. So herrschte mit dem «kleinen Herzog von Orléans» nun ein Valois der jüngeren Linie über Frankreich. Papst Alexander hatte die Ehe mit Johanna längst für nichtig erklärt. Ludwig, der sich nun der XII. nannte, hatte Anne de Bretagne, die Witwe Karls des Kühnen von Burgund, zur Frau genommen. Die verkrüppelte Johanna hielten die Menschen inzwischen schon fast für eine Heilige. Sie hatte sich ins Herzogtum Berry zurückgezogen und galt als überaus fromm und wohltätig.

Pélerin betrachtete seinen Souverän – sie waren beide älter geworden. Ludwig hatte ein Doppelkinn angesetzt. Nun, eckig männlich war sein Kinn nie gewesen. Das milderte etwas den Eindruck, den seine lange, fleischige Nase hinterließ, die das Gesicht beherrschte. Um die blaugrauen Augen hatten sich Fältchen gebildet.

Das Volk liebte ihn. Er senkte die Steuern. Sie nannten ihn bereits den «Vater des Volkes».

Jean Pélerin verneigte sich. Er war es so müde zu kämpfen. Ludwig hatte Recht. Er brauchte einen Ort, wo er in Ruhe seinen Studien nachgehen konnte. Das Gymnasium de Vosagense in Saint-Dié war lange Zeit ein solcher Ort gewesen. Er dachte gerne an die Tage und Nächte, die er mit seinem Freund Gauthier Lud zugebracht hatte, als sie noch offen miteinander sprechen konnten, ihre Gedanken austauschten, ihre Studien und Erkenntnisse besprachen. Dieser Ort, an dem er Viator hieß und nicht Pélerin.

Er seufzte innerlich. Nun, er würde seinen Freund Gauthier anlügen, sich eine Ausrede einfallen lassen müssen.

«Ihr habt Recht, Sire. Ich sollte das alles noch einmal überdenken. Und sicherlich wäre ein solches Werk wie die Karte dieses Waldseemüller auch besser in den Händen erfahrener

Drucker wie jenen in Paris aufgehoben. Soll ich dem Herzog von Lothringen eine diesbezügliche Botschaft übermitteln?»

«Nun, ich denke, auch das ist eine Angelegenheit, über die Wir zunächst nachdenken müssen. Bis Wir uns eine Meinung gebildet haben, wäre es vielleicht opportun, die Einrichtung einer Druckerei in Saint-Dié nicht allzu sehr zu forcieren.»

Und das wiederum hieß: René von Lothringen sollte mit Unterstützung sparsam sein. Wie er gehört hatte, war bereits ein Priester ausgeschickt worden, um nach einer geeigneten Presse und dem Werkzeug zu suchen, das man für eine Druckerei benötigte. Vielleicht sollte er sich auch diesen Mann einmal vornehmen und ihm klar machen, dass er besser nicht so schnell etwas finden sollte? Wie hieß er denn nur? Ach ja, Pierre Jacobi, Priester, Schriftsetzer und Buchbinder.

«Ich denke, ich werde Euch eine Botschaft für den Herzog von Lothringen mitgeben», erklärte Ludwig nach einer Pause.

Jean Pélerein erfuhr nie, was darin stand.

Als René II. von Lothringen das Schreiben Ludwig XII. gelesen hatte, schickte er seine Agenten auf die Suche. Er hatte sich entschlossen, Waldseemüller die Karten und die Unterlagen zu verschaffen, auf die er so dringend hoffte. Sie alle trugen Empfehlungsschreiben bei sich, in denen der Herzog die eine oder die andere Gefälligkeit für den Empfänger erwähnte. Ganz am Rande natürlich. Einer dieser Agenten reiste auch nach Florenz.

Und noch eine Botschaft war unterwegs. Marie Grüninger schrieb sie an Matthias Ringmann. Auch sie betraf auf eine gewisse Weise Martin Waldseemüller. «*Ich muss Euch sprechen. Es ist wichtig. Findet Euch morgen Abend nach Hereinbrechen der Nacht am östlichen Portal des Straßburger Münsters ein.*» Wie üblich ging sie keinen Moment davon aus, dass ein Mann, den sie zu sich bestellte, ihrem Ruf nicht folgen könnte.

Matthias Ringmann war nicht begeistert. Seit der gemeinsamen Reise mit Marie von Basel nach Straßburg war er ihr aus dem Weg gegangen.

Sie war schon da, als er kam. Und sie war allein. Trotz der Dunkelheit glitzerte sie im Licht des Mondes, das hin und wieder durch die Wolkendecke fiel, wie ein Paradiesvogel. Das kam von den feinen Silberfäden in ihrem Umhang. Ihr Gesicht war von einem dünnen Schleier verborgen. Doch er erkannte sie sofort. Nur Marie Schott, geborene Grüninger, hatte dieses Lachen. Es erinnerte ihn zugleich an das Gurren einer Taube und das Schnurren einer Katze.

«Ich sehe, Ihr seid noch immer so unhöflich unpünktlich wie früher, mein lieber Philesius.» Sie versuchte, ihrer Stimme einen unverbindlichen Klang zu geben, doch er erkannte die Anspannung darin.

«Was wollt Ihr?», erkundigte er sich schroff. In seinem Inneren stellten sich alle Stacheln auf. Er kannte sie zu gut.

«Ihr habt mir schon liebenswürdigere Sachen ins Ohr geflüstert, damals, als Ihr mich von Straßburg nach Basel führtet. Und auch davor, in Basel. Erinnert Ihr Euch nicht? Nun, das ist nicht sehr schmeichelhaft für eine Frau, wenn ein Mann solche ‹Begegnungen› so schnell vergisst.»

Matthias Ringmann musterte sie. Kein Mann vergaß eine solche «Begegnung», wie sie es nannte, mit dieser Frau. Ihren Körper, so weich, der sich so rund in die Hand schmiegte, von den prallen Brüsten bis zu den festen Pobacken, ihren Geruch, ihren Geschmack, ihren Schoß, der sich so willig öffnete, feucht, gierig, das Lachen und die leisen Gluckser, die ihren Höhepunkt ankündigten ... Nein, das vergaß kein Mann.

Er machte eine abwehrende Handbewegung.

Sie lachte leise. «So erinnert Ihr Euch also doch noch. Versucht nicht, es zu verleugnen. Ich sehe es am Glitzern Eurer

Augen, trotz der Dunkelheit. Vergesst nicht, ich kenne Euren Gesichtsausdruck, wenn Ihr mich begehrt. So wie jetzt.»

Er riss sich zusammen. «Es ist vorbei. Und es ist besser, wir erinnern uns nicht mehr daran. Ihr seid jetzt eine verheiratete Frau.»

«Nun weist mich nicht so schnöde zurück. Ich wurde zu dieser Ehe gezwungen. Gezwungen, mich einem Mann zu geben, der so viel von der Liebe versteht wie ein Felsbrocken.»

«Niemand hat Euch gezwungen. Das hätte Euer Onkel Jean Grüninger niemals getan. Wenn Ihr ihm deutlich gesagt hättet, dass Ihr Euch nicht mit Schott verheiraten wollt, dann hätte er Euch niemals gezwungen.»

«Oh, nicht er hat mich gezwungen. Vergesst nicht, ich war keine Jungfrau mehr, als ich in diese Ehe ging. Ich brauchte einen Mann, der sich leicht täuschen lässt.»

«Weiß Gott, Ihr wart keine Jungfrau mehr», entfuhr es ihm.

«Nun, soweit ich mich erinnere, habt auch Ihr davon profitiert, nicht wahr?» In das Gurren ihrer Stimme schlich sich Stahl.

«Und soweit ich mich erinnere, habt Ihr Euch keineswegs sonderlich standhaft gewehrt.»

«Warum sollte ich? Ich hatte Lust auf Euch.»

Er spürte, wie sich ein bestimmter Körperteil an seinem Unterleib regte, wie der unselige Kreislauf des Begehrens aufs Neue begann. Nein, nicht noch einmal. Sie war es nicht wert. Und trotzdem, an dieser Frau war etwas, an ihrer Art zu sprechen, zu lachen, sich zu bewegen, das sie unwiderstehlich machte. Außerdem kannte sie keinerlei Schamgefühl.

«Was wollt Ihr von mir?» Durch einen Hustenanfall brachte er die Worte nur bruchstückhaft heraus.

Sie lachte erneut. «Ah, ich sehe, Ihr habt mein Tüchlein noch. Ich war ganz gerührt, als ich damals bei Amerbach sah, wie Ihr es aus der Tasche gezogen habt.»

«Ihr hättet uns beinahe verraten», knurrte er.

«Ach, nun seid doch nicht so humorlos. War es nicht lustig, unser kleines Geheimnis? Aber gut, Ihr habt Recht. Es ist vorbei. Dennoch müsst Ihr mir helfen. Im Gedenken an alte Zeiten.»

Er schaute sie nur fragend an.

«Ich sehe schon, Ihr seid noch unhöflicher als früher. Ich gedenke, mich neu zu verheiraten.»

Er hätte sich fast verschluckt. «Seid Ihr etwa Witwe geworden?»

«Schön wäre es. Nein, ich werde diesen Mann verlassen. Er langweilt mich zu Tode.»

«So, und was habe ich damit zu tun?» Ihm wurde langsam unbehaglich. Sie hatte es doch wohl nicht auf ihn abgesehen?

Sie entdeckte die Abwehr in seinen Augen, hob die Hand und streichelte ihm leicht über das Gesicht. Sein Unterleib machte ihm unmissverständlich klar, dass er mehr wollte. Sein Verstand schrie Zeter und Mordio.

«Nein, keine Angst, mein Lieber. Ich will nur, dass Ihr ein gutes Wort für mich einlegt.»

Gegen seinen Willen war er schon fast enttäuscht. «Und bei wem?»

«Oh, bei Eurem Freund Martin Waldseemüller.» Sie sagte es leichthin, als wäre es nichts Besonderes.

Er hätte sich fast verschluckt. «Seid Ihr verrückt? Ihr habt diesem armen Jungen schon genug angetan!»

Sie brach in schallendes Gelächter aus. «Er ist sehr viel älter als Ihr, mein Lieber. Nun, ich gebe zu, trotzdem auch sehr viel unerfahrener. Aber lieb», setzte sie treuherzig hinzu. «Ich gedenke ihn zu heiraten.»

«Das könnt Ihr nicht von mir verlangen. Ihr seid eine Hexe, Ihr würdet diesen Mann nur zugrunde richten. Außerdem ist er ein Habenichts. Was wollt Ihr also von ihm?»

«Ich erwarte ein Kind», erklärte sie trocken.

«Nun behauptet nicht, dass es von Waldseemüller stammt. Das könnt Ihr gar nicht wissen. Es könnte genauso gut von mir sein. Oder von Eurem Gatten.»

«Stimmt, das könnte es», erklärte sie ruhig. Sie schien sich keineswegs zu schämen.

«Ich werde nicht zulassen, dass Ihr meinem Freund ein Wechselbalg unterschiebt.» Er brüllte jetzt fast.

Ihre Stimme wurde dadurch noch sanfter. «Oh doch, das werdet Ihr. Außerdem spürt eine Frau, wer der Vater ihres Kindes ist.»

«Ihr habt nur eine Nacht nach mir mit Waldseemüller geschlafen. Ihr könnt es nicht wissen.»

«Er hatte eine so große Sehnsucht in den Augen, ich konnte einfach nicht widerstehen. Nun gut, vielleicht seid auch Ihr der Vater. Aber Ihr würdet mich nie nehmen. Außerdem …»

«Oh ja, ich weiß, meine Krankheit. Das macht mich als Ehemann recht unattraktiv, nicht wahr?» In seiner Stimme schwang Bitterkeit mit.

Sie gab sich nicht die Mühe zu lügen. «Da habt Ihr wohl Recht. Außerdem liebt Ilacomylus mich mehr als Ihr. Zudem würde es mir schon ein wenig Vergnügen bereiten, ihn der armen Margarete Amerbach vor der Nase wegzuschnappen. Und noch etwas kommt hinzu. Wie ich höre, hat er große Pläne. Es gibt – Kreise –, die sich dafür sehr interessieren. Er wird nicht mehr lange arm bleiben.»

«Ihr seid eine Teufelin. Ich denke nicht daran, bei ihm ein gutes Wort für Euch einzulegen.» Matthias Ringmann schaffte es nicht mehr, die Ruhe zu bewahren. Dieses Weib gehörte…

Sie unterbrach seine Gedanken. Ganz langsam schob sie den Schleier zurück, der über ihrem Gesicht lag. Der Mond streichelte diese zarte Haut, die Wangen, den sinnlichen Mund, das Grübchen in ihrem Kinn. Die grünen Augen blickten groß und mit einem undefinierbaren Ausdruck zu ihm auf. «Oh doch, das werdet Ihr», entgegnete sie ruhig.

«Und warum sollte ich das tun?» Er spuckte ihr die Worte förmlich ins Gesicht, zusammen mit seiner ganzen Verachtung.

«Weil ich ihm sonst erzählen werde, dass Ihr mich vergewaltigt habt.»

Er hätte sie am liebsten geschlagen. Doch er hielt sich mühsam zurück. «Das ist eine verdammte Lüge. Das könnt Ihr nicht tun!»

Sie lächelte ihn an. «Warum nicht? Er wird mir glauben und nicht Euch. Selbst wenn Ihr es noch so lange abstreitet.»

Das konnte durchaus sein. Er nahm Zuflucht zu einem letzten Argument. «Ihr könnt es ihm nicht erzählen. Auf der Passstraße über die Vogesen nach Saint-Dié liegt Schnee.»

«Oh, macht Euch nicht lächerlich. Es wird auch wieder Frühling. Also, ich baue auf Euch.»

Ihr Samtkleid raschelte leise unter dem Umhang aus fein gesponnener, kostbarer Wolle, als sie sich umwandte und ging. Es dauerte nicht lange, dann hatte die Dunkelheit sie verschluckt. Matthias Ringmann spuckte aus. Er hatte einen bitteren Geschmack im Mund.

Marie Grüninger lächelte. Sie dachte an die überraschende Begegnung mit Contessina de' Medici. Warum war sie nur nicht als Mann geboren! Doch sei's, wie es sei, auch eine Frau konnte eine Gelegenheit beim Schopf ergreifen, wenn sie sich bot. Sie musste ihr einen Brief schreiben. Marie Grüninger war sehr zufrieden mit sich.

8.

«... und so lange segelten wir vor dem Wind Richtung Südsüdwest, bis wir am 64. Tag auf ein unbekanntes Land stießen, das wir aus vielen Gründen, die im Folgenden sichtbar werden, für Festland hielten: dieses Land durchzogen wir über 800 Meilen in einer Richtung, nämlich ein Viertel Südwest gegen West, und wir fanden es dicht bewohnt, und ich sah wunderbare Dinge Gottes und der Natur...
Dieses Land ist sehr anmutig; es ist von zahllosen grünen und gewaltigen Bäumen bewachsen, die nie ihr Laub abwerfen, einen süßen und aromatischen Duft verbreiten und zahllose Früchte hervorbringen, von denen viele wohlschmeckend und gesund sind; das offene Land ist voller Kräuter und Blumen und Wurzeln, die sehr süß und wohlschmeckend sind, so dass ich mich manchmal über den süßen Duft von Kräutern und Blumen, den Geschmack von Früchten und Wurzeln so sehr wunderte, dass ich dachte, in der Nähe des irdischen Paradieses zu sein.»

Martin Waldseemüller schob den Text Vespuccis zur Seite. Es hielt ihn nicht mehr an seinem Platz in der großen Bibliothek von Saint-Dié. Die Frühlingssonne draußen lockte.

Die Bücherei war inzwischen zu seinem Lieblingsort geworden. Er mochte den etwas staubigen, manchmal muffigen Geruch alter Manuskripte, die sich vor ihm zu einem hohen Haufen stapelten. Von den Fenstern des Turmes aus, in dem die Bibliothek untergebracht war, konnte er auf den begrünten Innenhof und auf den Kreuzgang des Stiftes hinunterschauen. Die Bögen des Ganges waren mit großblumigen, geschwungenen Sandsteinornamenten verziert, die grob behauenen Brüstungen der Vorhalle trugen verzierte Säulen, der etwas ungeschickt gebaute Gang – er fand, er ähnelte ein wenig einer Wurst – betonte die seltsame Leichtigkeit des Kreuzgewölbes. Er war schon sehr oft dort entlanggeschlendert, in Gedanken versunken, voller Hoffnung, dass die ersehnten Karten und Dokumente endlich einträfen. Der Herzog von Lothringen hatte sie bereits angekündigt. Sein Blick fiel auf das flechtwerkartige Dekor direkt gegenüber, das die erste Etage unter dem Dach krönte. In Saint-Dié gab es schon lange eine stark befestigte Kirche mit Klosteranlage. Der Komplex war wahrscheinlich eine romanische Gründung. Manche Teile hatten dem Feuer der Kriege und der Überfälle getrotzt. Und der Turm erhob sich noch immer wie ein Bergfried über die hohe Mauer hinweg, die das Areal vor Überfällen schützen sollte.

Heute umfasste das Stiftsgelände zwei Kirchen. Eine kleinere Kapelle direkt gegenüber dem Bibliotheksturm, der Jungfrau gewidmet, die wohl aus dem 12. Jahrhundert stammte: Das Schiff und die Seiten waren dank der Freigebigkeit der Herzöge von Lothringen ebenfalls mit einem imposanten Kreuzgewölbe ausgestattet worden. Es ruhte abwechselnd auf dicken und dann wieder fast zierlichen Halb-Säulen und Pfeilern. Drei Apsiden verlängerten und begrenzten das Haupt- und die Seitenschiffe. Es war keine prunkvolle Kirche, doch sie wirkte in ihrer Bescheidenheit harmonisch und ansprechend. Ihr gegenüber thronte die große Stiftskirche wie ein wachsamer Adler in seinem Horst.

In der Mitte des östlichen Kreuzgangs, der den Innenhof zwischen den beiden Gotteshäusern und dem Gebäude der ehemaligen Benediktiner-Abtei umrahmte, befand sich noch eine Besonderheit – eine steinerne Prediger-Kanzel auf einem hochgemauerten Sockel. Zu bestimmten Gelegenheiten fanden in diesem Innenhof auch Gottesdienste statt. Das erschien Martin Waldseemüller sehr passend. Es erinnerte ihn an jene Zeiten, als die ersten Christen zu einer verfolgten Minderheit gehörten, als der Himmel noch das einzige Dach war, das sie für ihre Kirchen brauchten.

Die Sonne lag über dem Stift und seinem Innenhof, er fühlte den Frühling kommen, spürte ihn in allen Gliedern. Er ging die steilen Stufen des Turms hinunter, passierte das große Tor und stand auf dem Vorplatz. Die Sonne schien ihm ins Gesicht und er kniff die Augen zusammen. Dem Stand nach musste es früher Nachmittag sein. Er brauchte Bewegung, schon zu lange, zu viele Stunden, zu viele Tage hatte er in der Bibliothek gesessen, gewartet, gehofft und immer und immer wieder dieselben Stellen gelesen, während es draußen schneite, regnete, stürmte oder während sich der Nebel zusammenzog, Saint-Dié in dunkle Schwaden hüllte und sich wieder auflöste. Er hatte gelesen, immer wieder gelesen, mit den anderen diskutiert, hin- und her gerechnet. Die Berichte der großen Weltensegler und Entdecker auf jedes noch so kleine Detail abgeklopft, das ihm vielleicht einen zusätzlichen Hinweis liefern könnte, von Kolumbus, von den Brüdern Real, von Vasco da Gama, natürlich von Vespucci. So lange, bis er sie auswendig konnte.

Die Bibliothek hatte die wunderbarsten astrologischen, kosmographischen, mathematischen und geologischen Manuskripte zu bieten. Marco Polos Reisebericht lag hier, Ovid, Cicero, die alten griechischen Dichter, Sappho, Euripides, dann Aristoteles, Demosthenes, Pythagoras, Sokrates ... Dieser interessierte, belesene und kultivierte Herzog war ein Segen für die Wissenschaft. Nichts war für ihn unmöglich zu beschaffen, hieß es. René hatte den Ruf, ein geschickter Diplomat und harter Verhandlungspartner zu sein, eine Art graue Eminenz und dazu von hohem Geblüt. Er gehörte zu den Edlen Europas, hatte manchem einen Gefallen erwiesen, einen kleinen hier, einen größeren dort. Seinen Lohn bekam er immer wieder in Form eines wertvollen antiken Manuskripts oder der Abschrift einer Veröffentlichung über neueste wissenschaftliche Erkenntnisse. Die künftige Druckerei von Saint-Dié würde auf einen reichen Schatz an Vorlagen zurückgreifen können. Die Bibliothek stand jener der Kartause in Basel um nicht viel nach. Natürlich war unter den Werken auch eine Ausgabe der ptolemäischen *Geographia*, wunderbar von Hand geschaffen, reich verziert. Doch sie entsprach in vielen Teilen nicht dem Original. Davon war Gauthier Lud überzeugt. Immer und immer wieder hatten sie abends bei Kerzenschein darüber diskutiert. Und Vespucci war immer noch der Einzige, der bei seinen Entdeckungen von «Festland» sprach. Er musste sich sehr sicher sein.

Saint-Dié war eingemauert wie eine Festung. Die Klosteranlage mit der großen Kathedale und der kleineren Kirche Notre Dame befanden sich im Nordosten. Dort, innerhalb einer eigenen, zweiten Mauer lebte er, zusammen mit jenen Gelehrten des Gymnasiums Vosagense, die bereits den Status von Domherren innehatten. Die große Hauptstraße mit dem Wassergraben in der Mitte verlief in Richtung Süden, zur Meurthe. Im Norden teilte sich die Pflasterung wie ein Fluss und gab einer weiteren Häusergruppe Raum. Im Westen, entlang der Stadtmauer, folgte ebenfalls wieder eine Häuserreihe an der anderen – jeweils quergestellt wie Riegel, die eine Flut aufhalten sollten. Ganz Saint-Dié war von Wasser umschlossen. Im Süden, bei der Meurthe, begann an der Brücke über den großen Fluss die alte Straße Richtung Colmar. Im Nordwesten führten ein Torbogen und eine Brücke hinaus auf die Wiesen und Felder. Er beschloss, diesen Weg zu nehmen. Das Wandern in der Natur besänftigte die innere Unruhe, die ihn trieb.

Die Sonne wärmte sein Gesicht und lockerte die steifen Glieder. Er hielt inne, um die beeindruckende Kulisse zu betrachten, dieses weite Tal. Direkt neben seinem rechten Fuß schob sich ein Schneeglöckchen durch den Harsch, der den Boden noch überall bedeckte. Er bückte sich, um die weiße Blüte zu betrachten, dieses Wunder der Natur, das mit seinen zarten Blättern und Blüten selbst den Winter überwand. Die Blätter erinnerten ihn an die Smaragdaugen von Marie Grüninger. Oder Schott, wie sie jetzt hieß. Warum nur konnte er sie nicht vergessen? Immer und immer wieder schoben sich die Bilder und die Gefühle jener einen Nacht in seine Gedanken, lenkten ihn von seinen Studien ab. Es gab unzählige Dinge, die ihn jeden Tag an sie erinnerten, so wie diese kleine Blume. In der Nacht waren es die Sterne. Eigentlich sprach alles von ihr, erzählte von einer Leidenschaft, die einfach nicht aufhören wollte zu brennen.

Erneut versuchte er entschlossen, sich abzulenken. Da hörte er eine Stimme seinen Namen rufen. Er schaute auf, überrascht, wie weit er schon gegangen war. Er drehte sich um. Es war Pierre de Blarru, einer der Dichter in Saint-Dié, Magister der Philosophie und Verfasser von 5000 lateinischen Versen, die von dem großen Sieg des Herzogs von Lothringen bei Nancy über Karl den Kühnen von Burgund berichteten, die Dichtung *Liber Nanceidos*. Der Sieg war lange her, 1477, um genau zu sein. Doch er hatte die Expansionsgelüste von Karl dem Kühnen gestoppt. Das war ebenfalls ein Manuskript, das die Druckerei von Saint-Dié herausbringen konnte. Blarru rühmte sich immer wieder mit einem Augenzwinkern, dass er in Paris François Villon kennengelernt hatte, ja sogar mit ihm befreundet war. Villon, ein berühmt-berüchtigter Mörder, Dichter und Vagant, dessen Lieder und Balladen überall vom Volk gesungen wurden und von einem abenteuerlichen Vagabundenleben zwischen kriminellem Milieu und Fürstenhöfen kündeten. Mit seinem beißenden Spott für Adel und Klerus hatte sich der einstige Priester-Schüler viele Feinde gemacht. Dieser runde, bieder wirkende Dichter, schon jenseits der 60, der mit Schweiß auf der Stirn hinter ihm her schnaufte, und Villon, der erklärte Feind des französischen Königs? Er musste schmunzeln.

«Bleibt doch endlich stehen», japste Blarru. «Habt Ihr mich denn nicht rufen hören? Diese Rennerei ist einfach nichts mehr für mich. Doch ich wollte Euch unbedingt die Nachricht bringen, ich weiß, wie sehr Ihr darauf wartet.» Blarrus runde Bäckchen ähnelten aufgrund ihrer roten Farbe in diesem Moment noch mehr kleinen Äpfelchen als sonst.

Martin Waldseemüller blieb stehen und schaute dem Dichter erwartungsvoll entgegen. Nicht alle am Gymnasium Vosagense hatten ihn so offen und vorurteilsfrei aufgenommen wie Blarru. «Pélerin ist angekommen, mit einer dicken Tasche voller Dokumente. Er sagt, es ist auch einiges für Euch dabei, mit den besten Grüßen unseres großmütigen Beschützers und Mäzens, des Herzogs von Lothringen.»

Ehe Blarru sich wehren konnte, hatte Martin Waldseemüller ihn umarmt. «Verzeiht, wenn ich nicht auf Euch warte! Danke für die Nachricht. Das vergesse ich Euch nie.» Mit diesen Worten spurtete er zurück in Richtung Saint-Dié.

«Sie sind in der Bibliothek». Jean Blarru blickte Ilacomylus kopfschüttelnd nach. Eigentlich war dieser Kartograph doch gar nicht mehr so jung. Dennoch benahm er sich wie ein Füllen, das zum ersten Mal aus dem Stall auf eine sonnenbeschienene Wiese gelassen wird. Und während er dem davonstürmenden

Waldseemüller nachsah, überlegte er, wie er selbst in dessen Alter gewesen war. Nein, er konnte sich nicht daran erinnern, jemals freiwillig so schnell gelaufen zu sein. Glücklicherweise. Sonst hätte er vielleicht auch als Verbrecher geendet wie François Villon. Ja, um ein erfolgreicher Verbrecher zu sein, musste man schnell laufen können. Pierre de Blarru war sich im Übrigen durchaus klar darüber, dass ihm die Verbindung zu Villon niemand so recht zutraute. Er glaubte es selbst ja kaum.

Martin Waldseemüller war völlig außer Atem, als er endlich die Stufen zur Bibliothek des Stiftes von Saint-Dié emporgestiegen war. Jean Pélerin musterte ihn mit Interesse. So sah also der Mann aus, der auf dem besten Wege war, einige der einflussreichsten Potentaten Europas in Aufregung zu versetzen. In seinem momentanen Zustand machte er nicht viel her. Er war etwa mittelgroß, die schulterlangen, lockigen Haare zerzaust vom Laufen, der Gürtel seines Rocks hatte sich halb gelöst, die Strümpfe und Schuhe waren von Dreckspritzern übersät. Doch dann entdeckte er das energische Kinn, den Mund, der von Sinnlichkeit, aber auch Entschlossenheit kündete. Vor allem aber beeindruckten ihn der Ausdruck der braunen Augen dieses Mannes. In ihnen glomm ein Funke, den er einst auch gekannt und den das Leben ihm inzwischen ausgetrieben hatte. Jener Funke, der einem Mann das Gefühl gab, lebendig zu sein, zu fühlen, zu streben, die Wirklichkeit des Lebens und der Dinge nicht nur hinzunehmen, sondern sie zu verstehen, zu durchdringen, sie sich zu Eigen zu machen, um sie dann zu gestalten, zu prägen und zu verändern. Er sah den Forscher, den Abenteurer, für den kein Hindernis zu hoch und kein Weg zu weit war, um sein Ziel zu erreichen. Er lächelte ihm zu.

«Ihr seid etwas derangiert, Magister Waldseemüller, aber es ist mir ein Vergnügen, Euch kennenzulernen. Wollt Ihr nicht etwas verschnaufen, ehe ich Euch zeige, was ich mitgebracht habe?»

«Mein lieber Viator, ich flehe Euch an, tut unserem Ilacomylus diesen Tort nicht an. Er wartet schon so lange. Es fehlte nicht viel und er hätte mit seinen eigenen Fingernägeln vor lauter Ungeduld Rillen in die Steine dieser Bibliothek gekratzt.» Jetzt erst sah Martin Waldseemüller, dass sich auch Gauthier Lud im Raum befand. Die Art, in der er mit Pélerin sprach, ihn ansah, machte schnell deutlich, dass sich diese beiden Männer schon lange kannten, sich mochten und einander vertrauten. Es war ein Verhältnis, wie es nur durch unzählige durchdiskutierte Nächte zustande kommt.

Martin Waldseemüller verbeugte sich, noch immer schwer atmend. «Verzeiht meinen Aufzug und mein Auftreten, aber Gauthier Lud hat Recht, ich warte schon so lange. Ich flehe Euch an, habt Erbarmen und zeigt mir, was Ihr in diesem ledernen Portefeuille verborgen habt, das da auf dem Tisch liegt.»

Pélerin wandte sich lachend an Lud. «Ich sehe schon, auch wenn er völlig außer Atem ist, scheint unser Magister hier ein guter Beobachter zu sein. Nun, Ihr habt das Lied seiner Fähigkeiten ja ohnehin schon in den höchsten Tönen gesungen. Und auch René von Lothringen ist sehr von ihm angetan. Ihr habt etwas an Euch, mein Lieber, das die Menschen überzeugt. So will ich denn auch nicht länger zögern.»

Gauthier Lud hob die Hand. «Halt, zunächst lassen wir etwas Wein und einige Speisen kommen. Ihr müsst hungrig und durstig sein nach der Reise von Toul hierher.»

Pélerin nickte. Er verkniff sich die Bemerkung, dass er geradewegs aus Paris kam und deshalb einen wesentlich weiteren Ritt hinter sich hatte, als Lud glaubte. Nachdem er diesem Ilacomylus nun begegnet war, begriff er, warum dessen Vorhaben für so viel Aufsehen sorgte. Das war kein Spinner, sondern ein Mann mit einer besonderen Gabe. Er konnte nicht nur in Wenn-Dann-Kategorien denken, sondern, wenn es sein musste, auch quer zum Strom der Logik. Aus diesem Stoff waren große

Künstler und Ausnahmetalente geformt. Wenn der Herzog von Lothringen mit seiner Einschätzung richtig lag – und das tat er meistens –, dann war dieser Ilacomylus beides.

Er öffnete das Portefeuille und zog einige Karten hervor, auf die sich Martin Waldseemüller sofort stürzte. Seine Hände zitterten, so glücklich war er, sie endlich in Händen zu halten. Da waren sie, die Karten, auf die er so lange gehofft hatte. Sogar noch mehr. Er stieß einen Freudenruf aus. «Welche Schätze, hier ist sogar die Portolankarte von Pedro Reinel. Hier, seht Ihr, hier zeigen sie einen Teil des Südostens der neuen Welt jenseits des Atlantiks. Die Entdeckungsreisen der Brüder Miguel und Kaspar Corte-Real müssen bis jenseits des 60. nördlichen Breitengrades geführt haben! Wie hat René von Lothringen das nur wieder geschafft?» Waldseemüllers Gesicht glühte vor Aufregung.

«Ihr seht, Viator, dieser Mann ist sehr begeisterungsfähig», meldete sich Lud zu Wort.

«Oh, ich denke, das lief über den Herzog de Montmorency, genauer über dessen Patensohn», antwortete Pélerin. «Es ist allerdings nur eine eiligst gefertigte Kopie.»

Martin Waldseemüller war schon längst für jede Antwort verloren. «Schaut Euch diese schrägen Meridiane an, diese schiefen Breitengrade Reinels. In den nördlichen Breiten haben sie eine Neigung von, nun, sagen wir, geschätzten gut zweiundzwanzig Grad. Das ist ein völliges Novum. So etwas habe ich noch niemals gesehen! Wenn ich das richtig verstehe, dann ist das betreffende Gebiet so weit nach links zu drehen, bis diese Linie vertikal steht. Seht Ihr, dann verläuft die Generalrichtung der Küste vertikal nach Nord-Nord-West. Ein genialer Schachzug. Früher musste man dafür zwei Breitenskalen gegeneinander verschieben, Claudius Clavius hat das 1427 gemacht. Erinnert Euch, auch die Verdoppelung von Äquator und

Wendekreis auf der Karte des Spaniers Guitérrez dienten dem Versuch, mehr perspektivische Genauigkeit zu erzielen.

Jean Pélerin lächelte. «Nun, vergesst nicht, dass auch ich eine Arbeit über die Perspektive verfasst habe. Ich bin mir sicher, Gauthier Lud hat Euch davon berichtet.»

Martin Waldseemüller blickte ihn erschrocken an. «Verzeiht, ich verliere vor lauter Freude noch meinen Kopf. *De artificiali perspectiva* ist ein herausragendes Werk. Niemand, der sich mit einer Form der Darstellung befasst, kann künftig daran vorbei. Unser Freund Lud hat mir erlaubt, einen kleinen Einblick zu nehmen in jene Kapitel, die Ihr ihm habt zukommen lassen. Eure Abhandlung ist dazu angetan, das Verhältnis von Kunst und Raum zu revolutionieren. Ihr werdet nicht nur die Art der Darstellung für alle Zeiten verändern, sondern auch die Art der Wahrnehmung. Schon allein deshalb ist diese Schrift so unglaublich wertvoll für mich. Denn eine Karte lebt von der richtigen Darstellung der Perspektive. Stimmt diese nicht, führt sie den Betrachter und den Seefahrer in die Irre. Keine der bisherigen Karten hat meines Erachtens das Problem der Darstellung der Erdkrümmung zufriedenstellend gelöst. Allein das Kapitel zwei Eures Werkes: Ihr seid der Erste, der den Begriff des Horizontes in seiner aus der Astronomie entlehnten Bedeutung in die Perspektivtheorie einführt. Besonders wichtig ist das, was Ihr zu der Linie sagt, die durch Hauptpunkt und Distanzpunkte gezogen werden kann, im perspektivischen System die ‹linea pyramidalis›. Ihr bezeichnet sie als ‹linea orizontalis›, «weil sie die aufgehende Sonne zeigt und die untergehende verbirgt. Und immer entspricht sie dem Auge des Menschen, wo er sich auch gerade befinden mag, ob er auf einen hohen Turm klettert oder auf den Gipfel eines Berges. Sofern ich mich an Eure Ausdrucksweise richtig erinnere.»

Pélerin verbeugte sich. «Es ist ein perfektes Zitat. Ich danke Euch für Euer Lob. Es sollte mich freuen, wenn sich Eure und meine Arbeit gegenseitig befruchten. Hoffentlich haben wir in den nächsten Tagen noch oft Gelegenheit, uns auszutauschen.»

Martin Waldseemüller nickte. Er entrollte schon die nächsten Dokumente. Am Ende standen ihm Tränen in den Augen. Da waren die Beschreibungen der Reisen John Cabots. Da war die Kopie der Karte, die Kolumbus persönlich 1498 herausgebracht hatte, dazu die Kopie der ersten Weltkarte, die Juan de La Cosa anhand der ersten beiden Fahrten von Kolumbus auf Rinderhaut geschaffen hatte, außerdem die so genannte Cantino-Karte von 1502 über Vespuccis Fahrt, dann die Karte eines anonymen Italieners, die nach dem Stand der Eintragungen offenbar 1502/1503 gefertigt sein musste. Sogar eine Kopie der Karte des Vesconte de Maggiolo, von der er so viel gehört hatte, war dabei. Und hier die Planisphäre von Nicolo Caverio; er fasste es kaum, denn sie konnte erst kürzlich entstanden sein. Waldseemüller musste sich setzen, seine Knie zitterten.

Dann nahm er ein Glas mit Rotwein und trank es in einem Zug leer. «Grüßt diesen wunderbaren Mann, den Herzog von Lothringen, sagt ihm, er ist ein Zauberer und kann sich meiner Ergebenheit bis ans Ende seines Lebens gewiss sein. Ich bin sein Diener für ewig.» Er schaute sich suchend um. «Aber die *Quatuor navigationes*, wo habt Ihr sie?»

«Ich sehe, Ihr seid ein Mann, der nie genug bekommt. Ist das nicht schon einmal eine veritable Arbeitsgrundlage? Die *Lettera* konnte ich Euch noch nicht mitbringen. Doch Gauthier Lud hatte Recht, ich verspüre nun wirklich Hunger. Setzen wir uns zu unserem Freund hier.»

Martin Waldseemüller hielt es kaum an seinem Platz. Ungeduldig rutschte er hin und her. Es drängte ihn mit allen Fasern, die wertvollen Karten in seiner Kammer in aller Ruhe zu betrachten. Er gab sich jedoch alle Mühe, höflich zu bleiben und seine tiefe Enttäuschung bezüglich der *Quatuor navigationes* nicht zu zeigen. Der Herzog von Lothringen hatte dem Neuen im Kreis seiner Gelehrten jetzt schon ein fürstliches Geschenk gemacht, mehr als er jemals zu hoffen gewagt hätte.

«Ihr habt Recht, nun kann ich mich an die Arbeit machen und zumindest schon einmal die groben Umrisse skizzieren», räumte er ein.

«Es tut gut, Euch wieder einmal hier bei uns zu wissen, werter Viator», wendete sich nun Gauthier Lud an den Freund: «Ich habe die Dispute mit Euch schmerzlich vermisst. Habt Ihr noch andere gute Nachrichten für uns? Und wie lange könnt Ihr bleiben? Ihr seid immer noch Kanonikus von Saint-Dié, und wir brauchen Euch hier.»

«Es ehrt mich, dass ich hier so gerne gesehen bin. Ich bin aber auch Domherr von Toul. Ich muss übermorgen wieder aufbrechen. Bedauerlicherweise habe ich sonst keine guten Neuigkeiten mitgebracht. Unser lieber Pierre Jacobi hat leider noch keine geeignete Druckerpresse für Saint-Dié gefunden, auch bei den beweglichen Lettern war ihm bisher kein Glück beschieden. Doch Ihr habt bei der Seekarte ja die Möglichkeit, mit Druckstöcken aus Holz zu arbeiten. Leider habe ich noch eine schlechte Nachricht. Sie betrifft die Originalausgabe des Ptolemäus, um die Ihr mich gebeten habt. Ich hatte sie einem Freund ausgeliehen. Er hat sie mir bisher noch nicht zurückgegeben. Ich ließ ihm aber mitteilen, dass die Angelegenheit drängt. Ist Philesius denn bereits in Saint-Dié?»

Lud zog ein enttäuschtes Gesicht. «Das wirft unsere Pläne entschieden zurück. Wir hatten gehofft, den neuen Atlas noch dieses Jahr herauszubringen. Ihr wisst ja, wir sind nicht die Einzigen, die sich mit dem Thema beschäftigen. Es wäre schön, wenn die Druckerei von Saint-Dié die erste sein könnte, die einen überarbeiteten Weltatlas veröffentlicht. Weil Ihr es ansprecht: Nein, Ringmann ist bisher auch noch nicht eingetroffen. Was mich etwas wundert. Er hatte mir verbindlich zugesagt, den Ptolemäus aus dem Griechischen ins Lateinische zu übersetzen, sobald das Manuskript hier eintrifft. Ich hatte fest damit gerechnet, dass es sich in Eurem Gepäck befindet, zumal Ihr mir nichts davon mitgeteilt hattet, dass Ihr diese wertvolle Schrift verliehen habt.» Dann hellte sich seine Miene wieder auf. «Hauptsache ist, Ihr seid wieder einmal bei uns.»

«Und was ist nun mit den Soderini-Briefen?» Martin Waldseemüller konnte sich nicht mehr länger zurückhalten.

«Ich fürchte, bester Ilacomylus, darauf werdet Ihr noch eine Weile warten müssen. Der Herzog von Lothringen lässt derzeit seine Verbindungen spielen. Ich bin absolut gewiss, dass es ihm gelingen wird, sie zu bekommen. Vielleicht ist es ihm sogar möglich, die genauen nautischen Daten Vespuccis zu beschaffen. Vertraut ihm nur. Wenn einer es zustande bringt, dann er.»

«Da bin ich mir ebenfalls sicher», bestätigte Gauthier Lud.

Martin Waldseemüller blieb nichts anderes übrig, als sich damit abzufinden. Der Höflichkeit halber blieb er noch eine Weile sitzen, während Lud und Pélerin Erinnerungen an alte Zeiten austauschten. Er hatte das Gefühl, tausend Ameisen in den Beinen zu haben. Am liebsten wäre er hochgeschossen, um endlich in Ruhe diese wunderbaren neuen Schätze betrachten zu können. Er schreckte auf, Lud und Pélerin lachten schallend über einen Scherz, den Waldseemüller überhaupt nicht mitbekommen hatte.

«Lieber Viator, da habt Ihr etwas angerichtet. Unser Freund Ilacomylus ist schon nicht mehr von dieser Welt, er schwebt geistig längst über den Wassern des großen Meeres und dem Land im Westen des Atlantiks. Ich denke, wir sollten ihn entschuldigen.»

Martin Waldseemüller erhob sich glücklich. Die beiden Männer waren schnell wieder ins Gespräch versunken; sie bemerkten gar nicht mehr, wie er die Bibliothek verließ.

Als er am nächsten Morgen aufwachte, wusste er, wie er anfangen würde. Die Feder flog über das Papier, eine flüchtige Skizze entstand. So in etwa könnte der neue Kontinent aussehen. Dann starrte er auf das, was er da gezeichnet hatte: eine einzige Landmasse, die sich über den Äquator hinweg von Nord nach Süd zog. Er schüttelte den Kopf. Es sah unmöglich aus. Hastig fuhr er die Linien erneut nach. Dieses Mal trennte eine Meerenge die beiden Teile des vierten Kontinents.

Er legte das Papier zur Seite und begann von neuem. Er würde über die gesamte Seekarte ein Raster legen, ein Netz gekreuzter Linien, die die Winde andeuteten. Sie halfen den Schiffsführern, den Seeweg vorzubereiten und ihm dann zu folgen. Er hoffte, dass die beweglichen Lettern bald kamen. Dann könnten die Orte auf diese Weise gedruckt werden, während die Karte selbst ein Holzschnitt war.

Sie würde als erstes Werk den gesamten nordöstlichen Teil jener Territorien enthalten, die Vespucci entdeckt hatte. Einige feste Striche und schon schaute er auf die Umrisse. Und vielleicht ... Nein, die Sache mit der Darstellung des neuen Erdteils würde er später entscheiden. Er war sich einfach noch nicht sicher genug. «Ilacomylus, du bist ein Feigling, du hast zu große Angst, dich lächerlich zu machen», schalt er sich. Doch was, wenn er es trotzdem wagte?

Nun, zunächst würde er die Größe der Seekarte festlegen: einer und ein Drittel Fuß mal anderthalb. Das entsprach den Möglichkeiten der Druckerpresse, um die sich Pierre Jacobi gerade bemühte. Zumindest hatte er das so geschrieben. Wenn alles gut laufe, könne er sie bald nach St. Dié bringen, hatte der Priester außerdem mitgeteilt. Er wandte sich wieder seiner Skizze zu. «Orbis Typus Universalis Juxta Hydrographorum Traditionem» schrieb er darüber. Ja, das war ein guter Titel.

Er hielt inne, ihm war kalt. Auch wenn er sich trotz der neuen Erkenntnisse noch immer nicht sicher war: Er konnte doch nicht einfach so tun, als gäbe es die Möglichkeit des neuen Erdteils nicht. Trotz des Feuers im Kamin strahlten die Steinquader des Scriptoriums der Bibliothek von Saint-Dié noch Kälte aus. Es half auch nichts, dass sie teilweise mit Teppichen verhängt worden waren. Martin Waldseemüller beugte sich wieder über die Kartenskizze und bemerkte nicht, wie sein erster Entwurf dabei zu Boden segelte. Er zeichnete erneut eine große Landmasse. Es war ja nur eine Skizze. Die endgültige Entscheidung würde fallen, wenn er sich daran machte, den Holzschnitt zu fertigen. Das Problem war die Perspektive. Wenn er doch nur eine Möglichkeit fände, auch bei einer zweidimensionalen Karte die Perspektive noch genauer darzustellen …

«So, mein lieber Ilacomylus, ich sehe, Ihr geht mit Euren Ansichten über diesen neuen Erdteil noch weiter, als ich es bisher dachte. Ein einziger Kontinent zwischen dem 50. südlichen und dem 60. nördlichen Breitengrad? Das ist, lasst es mich so sagen, außergewöhnlich? Könnt Ihr das beweisen?» Jean Pélerin war in den Raum gekommen, ohne dass er es bemerkt hatte.

Martin Waldseemüller zog den Umhang enger um die Schultern und schüttelte den Kopf. «Nein, das kann ich nicht. Aber schaut Euch diese Portolankarten an. Wäre es nicht möglich? Könnt Ihr es ausschließen?»

Pélerin nickte. «Ihr habt womöglich Recht. Es ist vielleicht nicht auszuschließen. Aber gibt Euch das auch eine Handhabe, dieses neue Land nicht nur als eigenen Erdteil, sondern auch als eine einzige, von Süden nach Norden durchgehende Landmasse darzustellen?»

Martin Waldseemüller schaute seinen Gesprächspartner unglücklich an. «Wahrscheinlich nicht. Und dennoch: «Haben wir das Recht, diese Möglichkeit einfach außer Acht zu lassen, verehrter Viator?»

«Spart Euch die Förmlichkeiten, Ilacomylus, hier in Saint-Dié hat jeder das Recht, auch Unmögliches zu denken. Das ist es, was diesen Kreis aus Humanisten und Gelehrten zu etwas so Besonderem macht. Wohl nirgends sonst – oder zumindest nur an wenigen Orten in Europa – ist das Denken so frei wie hier. Auch wenn die Welt außerhalb es vielleicht manchmal übel nimmt. Aber lasst uns morgen weiter darüber disputieren. Es wäre meiner Ansicht nach von Vorteil, wenn auch Gauthier Lud und sein Neffe Nicolas dabei wären. Mehrere Augenpaare sehen mehr als eines. Ach, sagt, wie habt Ihr Euch das eigentlich mit der Perspektive im zweidimensionalen Raum gedacht?»

«Da habt Ihr Recht», bestätigte Waldseemüller. «Das ist ein Problem, das noch gelöst werden sollte. Ich dachte an die Zwiebelform.»

«Dann geht Ihr also von der Erde als Kugelform aus?»

Martin Waldseemüller schaute ungläubig zu Viator hinüber. «Das fragt Ihr mich doch nicht im Ernst, oder? Ihr, der Ihr so Grundlegendes über die Perspektive geschrieben habt, wollt mir doch nicht auf die Nase binden, dass Ihr an die Erde als Scheibe glaubt? Das tun doch nur weltfremde Narren.»

«Wollt Ihr manche der Gelehrten in den Mönchszellen als Narren bezeichnen?», erkundigte sich Pélerin aufgeräumt.

Waldseemüller war erleichtert, als er das Augenzwinkern Viators sah. «Und ich dachte schon ...»

«Bereits die alten Griechen haben berechnet, dass die Erde eine Kugel sein muss, lasst Euch nicht von mir ins Bockshorn jagen.»

«Das war also ein Test?»

«Verzeiht Ihr mir, geschätzter Ilacomylus?»

«Hat der Herzog von Lothringen Euch beauftragt, mir auf den Zahn zu fühlen?», erwiderte der «geschätzte» Ilacomylus gekränkt.

Pélerin kicherte. «Nein, ich bin ganz alleine auf diese Idee gekommen. Nehmt es mir nicht krumm. Übrigens bin ich davon überzeugt, dass wir bald auch den tatsächlichen Beweis für die Kugelform der Erde haben werden. Die Umsegelung des Erdballs liegt förmlich in der Luft. Es gibt viele fähige Seeleute, die dafür in Frage kämen.»

Martin Waldseemüller nickte. «Ich finde, Ihr schuldet mir etwas für Eure Hinterlist», erklärte er dann.

Jetzt schaute Pélerin etwas verschnupft. «Nun, das Wort Hinterlist scheint mir doch etwas zu hoch gegriffen zu sein. Sagen wir, es war ein kleines Täuschungsmanöver. Trotzdem, was kann ich für Euch tun?»

«Ihr könntet mir Zugang zu Amerigo Vespucci verschaffen. Ich muss ihn einfach sprechen. Auf irgendeine Weise, die ich noch nicht genau verstehe, ist es ihm anscheinend gelungen, die Position seiner Schiffe sicherer zu bestimmen, als dies nach den bisherigen nautischen Erkenntnissen möglich war. Das Wissen darüber ist für meine Beweiskette unerlässlich. Wenn ich recht vermute, wird er die exakten nautischen Daten nur jenen mitgeteilt haben, die ihm die Mittel für seine Reisen zur Verfügung gestellt haben. Aber ich muss es genau wissen. Leider hat er auf meine bisherigen Botschaften mit der Bitte um ein Treffen niemals geantwortet. Ich hörte nun, dass unser allseits verehrter Mäzen René II. von Lothringen gute Kontakte zu Vespucci beziehungsweise seiner Familie pflegt. Könntet Ihr ihn nicht bitten, in dieser Sache mein Fürsprecher zu sein? Ich habe es zwar schon einmal getan, aber bisher ohne Wirkung. Vielleicht habt Ihr mehr Fortune?»

Pélerin musterte sein Gegenüber nachdenklich. Der Herzog würde nicht glücklich darüber sein, dass dieser sturköpfige Magister nicht locker ließ. Oder vielleicht doch? Zum Beispiel, wenn dieser Ilacomylus wirklich mit neuesten Erkenntnissen nach Saint-Dié zurückkäme, die er in seinem Sinne verwenden könnte. Um auf diese Weise also weiteres Wissen einzuhandeln, mit dem er den Zirkel der Gelehrten und Forscher «füttern» könnte, die er in seinem Reich versammelt hatte. René

II. war kein Dummkopf. Er hatte längst begriffen, dass Land und Reichtum zwar die Machtfaktoren der Gegenwart waren, dass die eigentliche Macht über die Zukunft aber in den Händen jener lag, die mehr wussten als andere und die es verstanden, dieses Wissen zu ihrem Vorteil zu verwenden. Ländereien und Herrschaftsgebiet konnte man verlieren, da war selbst ein Mann wie der Herzog den Wechselfällen des Schicksals ausgeliefert. Das hatte er am eigenen Leib erfahren. Doch das Wissen im Kopf, das, was Generationen gelernt hatten, was sie noch lernen und erforschen würden, das war schwer zu stehlen und gut aufzubewahren. Außerdem machte es die neue Kunst des Buchdrucks möglich, dieses Wissen schnell und einfach zu vervielfältigen.

Damit wurde sie jedoch auch zu einer Gefahr für die Wissenden. Und gleichzeitig zu einer wirkungsvollen Waffe. Wer die Erkenntnisse des Gegners verbreitete, der nahm ihnen viel von ihrer Macht und dem Feind damit einen Teil seiner Kraft. Wer sie jedoch für sich behielt, konnte die eigene Position bei Verhandlungen äußerst wirkungsvoll stärken. Wie wirkungsvoll, das hing jedoch immer von der Tragweite des «Geheimnisses» ab.

Das, was Ilacomylus erkundete, war von beachtlicher Tragweite. Ein Mann wie er, einer, der bereits so viel wusste, der sich mit Geographie, Kosmologie, Mathematik, Astronomie, Navigation und Nautik auseinander gesetzt hatte, der damit neben dem Humanismus und der Theologie die neuesten Erkenntnisse der Wissenschaft in sich vereinigte, konnte besser als viele andere einschätzen, wie haltbar die These vom neuen Erdteil wirklich war.

«Also gut, ich werde mich für Euch einsetzen», antwortete er schließlich und klopfte Martin Waldseemüller freundschaftlich auf die Schulter. Der schaute ihn dankbar an, und Jean Pélerin fragte sich nicht zum ersten Mal, ob sich dieser Mann der Bedeutsamkeit seiner Thesen überhaupt bewusst war?

«Aber kommt, ich habe Euch ursprünglich aufgesucht, um Euch zum gemeinsamen Abendessen zu holen, das Ihr sonst vielleicht noch versäumen könntet. Nicht zum ersten Mal, wie mir Gauthier Lud erzählte. Er meinte, vielleicht könnte Euch der Umstand, dass ich morgen abreisen muss, dazu bewegen, sich für eine Weile von Eurem Platz im Scriptorium zu trennen.»

«Oh, verzeiht, es war mir ganz entfallen, dass Ihr uns morgen bereits verlassen werdet.» Martin Waldseemüllers Miene ähnelte so sehr der eines schuldbewussten kleinen Jungen, dass Jean Pélerin in schallendes Gelächter ausbrach. Als sie den Speisesaal betraten, boten die beiden Männer ein Bild fröhlichen Einverständnisses. Gauthier Lud strahlte ihnen entgegen. «Da seid Ihr ja endlich», begrüßte er sie. Es freute ihn, zu sehen, dass Waldseemüller und Pélerin sich so gut verstanden. Er hatte aber eigentlich auch nichts anderes erwartet.

Alle langten herzhaft zu. Die Mahlzeit war zwar einfach, aber nahrhaft, auch wenn es der Jahreszeit gemäß nur eingelegte und gekochte Früchte gab. Martin Waldseemüller begriff außerdem, warum Matthias Ringmann das elsässische Sauerkraut so lobte. Es gab unzählige Rezepte, jeder Koch nahm für sich in Anspruch, das einzig richtige zu besitzen. In diesem Fall war es kräftig mit Speck angereichert und mit Wachholderbeeren versetzt. Dazu gab es eingesalzenes Fleisch, weiteren Speck, dampfende Blut- und Leberwürste im Tierdarm. Fladenbrot, eine Pastete und eine köstliche Brühe ergänzten das Mahl. In letzterer waren offensichtlich das Fleisch und die Würste erhitzt worden, denn es schwammen noch kleine Stücke von Würsten darin herum, bei denen der Darm offensichtlich geplatzt war. Martin Waldseemüller löffelte sie mit Behagen aus dem großen Topf in der Mitte des Tisches. Die Brühe wärmte wunderbar. Ein herber Weißwein von den Rebhängen des Kapitels im Tal von Galilée glitzerte im Schein des Feuers in den Gläsern.

Mit steigendem Weinkonsum wurden die Wangen röter, die Gespräche ausgelassener. Martin Waldseemüller schenkte sich ebenfalls nach. In seinem Kopf breitete sich eine angenehme Dämmrigkeit aus.

Er beobachtete die anderen Männer am Tisch. Einige hatte er schon ganz gut kennengelernt, andere weniger. Manche hatten sich zu Ehren Pélerins eingefunden. Da war zum Beispiel Didier de Bistrof, Probst der großen Kathedrale von Saint-Dié, ein Mann mit Bischofsrang. Er war einst der Erzieher des jetzigen Herzogs von Lothringen gewesen, und er hatte die strengen Gesichtszüge eines Menschen, der sich die Leidenschaften des Lebens unter größten Mühen fortgegeißelt hatte. Die tiefen Linien um die Mundwinkel und die dünnen Lippen kündeten von der Heftigkeit des Kampfes. Martin Waldseemüller hatte während seiner Zeit im Dienste des Bistums Konstanz schon mehrere dieser Tugendhaften gesehen, die dem Leid huldigten anstatt den Wundern des Lebens. Nun, er war nicht von diesem Schlag. Die Zeiten im Dienste der Diözese erschienen ihm in diesem angenehm schläfrigen Zustand ein ganzes Menschenleben lang her zu sein. Was hatte er noch über Bistrof gehört? Ach ja, er sollte den größten Teil der bekannten Werke des heiligen Jérôme auf Pergament kalligraphiert haben. Das passte. Bistrof trank kaum etwas und aß auch nichts.

Neben dem hageren Probst saß der korpulente Pierre Blarru, der zwar nur halb so groß wirkte wie sein Banknachbar, dafür aber doppelt so rund. Er scherte sich nicht um die Abstinenz Bistrofs und langte bei allem kräftig zu. Sein Kirschenmund glänzte fettig, seine Apfelbäckchen waren noch roter als sonst. Er strich immer wieder mit einem Tuch über die Stirn und seine runde Glatze. Augenscheinlich war ihm von Essen, Trinken und Plaudern heiß geworden. Martin Waldseemüller mochte ihn sehr. Und in diesem Moment konnte er sich durchaus vorstellen, wie der junge Blarru einst mit François Villon über die Sitten der Feinen und Reichen gespottet hatte.

An Blarrus Seite zappelte Henri Grand. Die Menschen in Saint-Dié kannten den einstigen Kämmerer des Herzogs von Lothringen als Maler der Minen von Saint Croix. Er hatte den Auftrag, ein Album mit Bildern über den Bergbau dort anzufertigen. Martin Waldseemüller hatte schon einige der ersten Entwürfe zu den einzelnen Arbeiten gesehen, die in Saint Croix zu bewerkstelligen waren. Er fand sie bemerkenswert. Umso bemerkenswerter, als die Hände Grands beständig zitterten. Doch sobald er einen Stift, eine Feder oder einen Pinsel in der Hand hielt, wurden sie ganz ruhig. So, als gewänne dann ein anderer die Kontrolle über diesen fähigen Mann, der nie zur Ruhe kam.

Jean Herbin, der Organist von Saint-Dié, schien sich offenbar nur über seine Orgel ausdrücken zu können – neben dem großen Chorgraduale, an dem er arbeitete, natürlich. Er war so klein und dünn, dass er beim Spielen hinter dem Manual seiner Orgel fast verschwand. Auf jeden Fall hatte er den ganzen Abend noch nichts gesagt. Dafür sprach Musikmeister Octavien Le Maires umso mehr. Er war der stolze Besitzer einer Sammlung von Manuskript-Kopien aus dem 15. Jahrhundert mit Abhandlungen von bekannten Männern wie Jean de Garlande und Jean de Muris. Er schwärmte jedem davon vor, der auch nur den leisesten Anschein erweckte, als würde er sich dafür interessieren. Und wenn er nicht davon erzählte, dann war das Graduale sein nicht enden wollendes Thema.

Nicolas Lud gab sich Mühe, höflich zu bleiben. Er hatte von all den Schwierigkeiten, die Le Maires schilderte, schon mehr als einmal gehört. Aber sein herzhaftes Gähnen verriet, dass er sich tödlich langweilte. Nicolas war ein Mann, mit dem es sich trefflich disputieren ließ. Wirklich trefflich. Ein kluger Kopf, dachte Martin Waldseemüller nicht zum ersten Mal und ergab sich willig dem trägen Strom seiner Gedanken.

Jean Tislin rettete den offensichtlich inzwischen ziemlich verzweifelten Nicolas und sprach ihn an. Seine Tage verbrachte Tislin selbstvergessen zwischen den Manuskripten mit Abschriften der Werke Ciceros. Doch wenn er dann abends, zumeist schniefend aufgrund des Staubes und mit zerzaustem Schopf, wieder aus der Vergangenheit auftauchte, war er ein sehr umgänglicher Gefährte mit einem Wissen, das weit über das Lesen des Cicero hinausging, und einem herzlichen Lachen.

Martin Waldseemüller hörte die Worte der Gespräche am Tisch wie durch einen Nebel, dumpf und unverständlich, obwohl der Verfasser mehrerer wissenschaftlicher Werke über Cicero fast neben ihm saß. Nur Jean Basin thronte zwischen ihnen. Er wandte den Kopf. Basin blickte ihn feindselig an. «Warum lehnt mich dieser Pfarrer so ab?», fragte er sich noch. Dann kippte er von der Bank.

Er erwachte von einigen kräftigen Klatschern aufs Gesicht und fand sich in seiner Schlafstatt im Haus von Gauthier Lud wieder. Er konnte sich beim besten Willen nicht mehr daran erinnern, wie er dort hingekommen war. «Ihr solltet vielleicht nicht ganz so tüchtig dem Wein zusprechen, mein lieber Ilacomylus», flachste Nicolas Lud. «Übrigens, Viator lässt Euch grüßen. Er bedauert es sehr, dass es nicht mehr zum versprochenen Gespräch gekommen ist. Doch er konnte nicht mehr warten, bis Ihr aufwacht.»

«Wieso? Welche Tageszeit haben wir denn?»

«Oh, keine Tageszeit. Es ist bereits Abend.»

«Satin tu sanus es – das geht doch nicht mit rechten Dingen zu. Nun ist es zu spät, um mit meiner Arbeit an der Karte weiterzumachen.»

«Hadert nicht mit mir, Ilacomylus, sondern mit Euch selbst», erwiderte Nicolas Lud grinsend. «Nun, mir scheint, Ihr liegt nicht mehr im Koma, und ich kann Euch also beruhigt Euch selbst und der notwendigen Erholung überlassen.»

Martin Waldseemüller brauchte einige Zeit und viel kaltes Wasser, bis sein Kopf wieder klar war. Er beschloss, sich die Kartenskizzen noch einmal genau anzusehen, die er bisher entworfen hatte.

Doch er konnte sie nicht finden. Sie waren spurlos von ihrem Platz im Scriptorium verschwunden.

9.

Es roch bereits nach Frühling, die Vögel zwitscherten, im Innenhof des Stiftes blühten Gänseblümchen und Buschwindröschen. Sie hatten sich auf Wunsch von Martin Waldseemüller dort getroffen. Doch keiner der drei Männer hatte einen Blick für die erwachende Natur. Gauthier Lud runzelte die Stirn. «Ihr seid wirklich ganz sicher, dass Ihr die Skizzen dort gelassen habt, Ilacomylus?»

Martin Waldseemüller nickte. «Ich lasse sie immer dort, zusammengerollt, ein wenig versteckt neben dem Schemel. So ist auf den ersten Blick nicht zu erkennen, worum es geht.»

«Habt Ihr denn Grund zu der Annahme, es könnte sich ein Unbefugter für Eure Arbeit interessieren?» Die Stimme Luds klang jetzt angespannt.

Martin Waldseemüller nickte unglücklich. «Ja. Ich denke doch. Zumindest häufen sich die seltsamen Ereignisse, seit ich mich mit dem Thema Karte und der These eines vierten Kontinentes beschäftige.»

«Und wie kommt Ihr darauf?»

Wieder einmal erzählte Ilacomylus, was ihm in den letzten Monaten widerfahren war. «Das kann kein Zufall sein», beendete er seinen Bericht.

«Das kann es wohl nicht», stimmte Gauthier Lud ihm zu. «Aber wie kommt Ihr darauf, dass es mit der Karte zu tun hat?»

«Es begann einige Zeit, nachdem ich einen Brief an Amerigo Vespucci mit der Bitte um ein Treffen geschrieben hatte. Dieser Zusammenhang war auch mir lange nicht klar. Philesius hat mich darauf gebracht. Und nun bin ich mir ziemlich sicher. Denn immer, wenn ich mich gerade an die Arbeit machen will, dann werden wichtige Unterlagen zerstört, jemand versucht mich zu ermorden oder ich gerate sonst auf irgendeine Weise derart in Schwierigkeiten, dass ich Gefahr laufe, meine Pläne nicht verwirklichen zu können. Manchmal denke ich, es klebt ein Stigma an mir, fest wie das Pech, ein Fluch – ach, ich weiß auch nicht. Immer, wenn ich glaube, ich bin in Sicherheit, immer, wenn ich hoffe, ich kann mich endlich ungestört meiner Arbeit widmen, dann geschieht so etwas. Nun sind die Skizzen verschwunden.»

«Habt Ihr einen Verdacht, wer das gewesen sein könnte?»

Martin Waldseemüller schaute Gauthier Lud unglücklich an. Ja, den hatte er. Aber konnte er es auch sagen? Es betraf schließlich Luds guten Freund. Nein, lieber doch nicht. Es war nichts als ein Verdacht, dass Pélerin die Blätter an sich genommen haben könnte. Und er brauchte die Unterstützung Viators noch. Dieser musste sich unbedingt bei René von Lothringen dafür einsetzen, dass er seine Verbindungen zu den Vespuccis spielen ließ.

«Nein, keinen konkreten Verdacht. Aber da ist noch etwas anderes», antwortete er schließlich.

Gauthier Lud blickte ihn fragend an. «Ich glaube, mir hat jemand etwas in den Wein geschüttet, ein Schlafpulver oder jedenfalls etwas Ähnliches. Meiner Erinnerung nach habe ich mir höchstens einmal nachgeschenkt. Ich war also keineswegs so bezecht, wie Ihr anzunehmen scheint.»

Gauthier Lud wurde bleich. «Seid Ihr da sicher?»

Martin Waldseemüller nickte.

Lud setzte sich neben seinen Neffen Nicolas auf die Bank, die schräg gegenüber der steinernen Predigtkanzel vor der Brüstung des Kreuzganges stand.

«Jetzt verstehe ich einiges», meldete sich Nicolas Lud zu Wort.

Die beiden anderen Männer schauten ihn erwartungsvoll an.

«Nun, ich meine», er zögerte etwas, so, als suche er nach den richtigen Worten. Dann brach es aus ihm heraus. «Ist das nicht seltsam, sagt selbst, Onkel. Erst scheint alle Welt begeistert zu sein von der Idee, in Saint-Dié eine *officina libraria* zu gründen. Und davon, dass das erste Werk der neuen Druckerei von Saint-Dié ein überarbeiteter Atlas des Ptolemäus ist. Unser Gönner, der Herzog von Lothringen, verspricht die nötigen Mittel und dass er seine Verbindungen nutzen will, damit wir schnell die zum Drucken notwendigen Gerätschaften finden. Er beauftragt sogar Pierre Jacobi, sich auf die Suche zu machen, und stattet ihn mit dem Nötigen aus.

Doch plötzlich scheint sich alles zum Schlechten zu wenden. Es begann mit Euch, Ilacomylus. Verzeiht, ich meine es nicht böse, aber wir müssen den Dingen ins Gesicht sehen. Als Ihr dann mit Jacobi nach Straßburg reist, Onkel, findet Ihr einen Drucker Grüninger vor, dem seine Druckerei fast abgebrannt wäre, und einen Kartographen, der Euch erzählt, er könne eine Karte zeichnen, die die Welt erschüttern wird. Viator sagt uns fest zu, dass er uns seine Ausgabe des Ptolemäus überlassen wird. Doch sie kommt nie hier an. Alles zieht sich hin und verzögert sich, hier eine kleinere Schwierigkeit, dort eine größere. Es ist, als wolle jemand verhindern, dass diese Karte und der überarbeitete Ptolemäus jemals gedruckt werden.»

«Und was sollte jemand mit meinen Skizzen anfangen wollen, sie sind noch völlig unfertig?»

«Auf jeden Fall gibt es eine erneute Verzögerung, nicht wahr, denn jetzt müsst Ihr neue Skizzen anfertigen, bevor Ihr Euch an die Schnitzarbeit machen könnt. Vielleicht will auch jemand wissen, was genau Ihr herausgefunden habt. Vielleicht gibt es jemanden, der selbst daran interessiert ist, eine solche Weltkarte herauszubringen wie Ihr sie plant, jemand, der uns zuvorkommen will. Dem es vielleicht darauf ankommt, ‹seine› Version der neu entdeckten Gebiete unter die Leute zu bringen, damit Eure unglaubwürdig wird. Dem es wichtig ist, bestimmte Dinge nicht veröffentlicht zu sehen. Zum Beispiel, weil Ihr geheime Atlantik-Routen verraten könntet, bestimmte Landstriche zeichnen, die besser noch ‹unentdeckt› bleiben sollten, um die Eroberung und Besetzung nicht zu stören …» Nicolas Lud zuckte die Schultern und machte eine Pause, um seine Worte wirken zu lassen.

Martin Waldseemüller und Gauthier Lud hielt es nicht mehr auf ihrem Sitz. «Jovis te perdat, das kann sein. Das ergibt einen Sinn. Vielleicht hat ja Vespucci etwas von meinen Briefen erzählt, ich selbst habe auch kein Geheimnis daraus gemacht. Und dann diese Dame Simoni in Straßburg …»

«Simoni?»

«Ja, ich hatte sie noch nicht erwähnt, glaube ich. Sie heißt eigentlich nicht Simoni, sondern Contessina de' Medici. Das haben die Leute zumindest gemunkelt. Ich war mehr als überrascht, wie viel Aufmerksamkeit sie mir gewidmet hat. Dieser Empfang, auf den auch ich eingeladen worden bin.»

Martin Waldseemüller schlug sich mit der flachen Hand gegen die Stirn. «Natürlich, so muss es zusammenhängen. Ich hatte von Anfang an ein so seltsames Gefühl. Amerigo Vespucci, ja seine ganze Familie, steht bekanntlich seit Jahrzehnten im Dienste der Medici. Glücklicherweise habe ich nichts Genaues zu meinen Plänen gesagt. Vielleicht bereiten ja auch die Medici ein solches Werk vor. Ich habe davon gehört, dass Vespucci selbst angekündigt haben soll, er werde ausführliche Berichte über seine Reisen schreiben und auch Karten zeichnen. Amerigo Vespucci muss es ihnen gesagt haben. Deshalb hat er mir niemals geantwortet. Dabei hat Contessina de' Medici mich unmissverständlich gewarnt. Ich war nur zu stur, ich habe Ihre Worte in den Wind geschlagen. Ich wollte sie nicht hören.»

Gauthier Lud schüttelte den Kopf. «Es klingt plausibel, dass die Medici hinter all dem stecken – und doch wieder nicht. Die Medici sind zu klug, um sich derart zu exponieren und dazu noch im Gebiet eines anderen Herrschers. René von Lothringen würde sich zu wehren wissen.»

«Vielleicht haben sie ja jemanden beauftragt», wandte Nicolas Lud ein. «Jemanden bestochen. Und wenn dem so ist, dann muss es jemand aus unserem Kreis sein.»

«Nicolas! Wie kannst Du so etwas sagen!» Trotz dieses Protestes wirkte Gauthier Lud sichtlich betroffen. Er war bleich geworden.

«Denkt doch nur, Onkel – wenn man alle diese Ereignisse zusammenfasst, dann ergibt sich eine logische Kette. Das kann kein Zufall mehr sein. Und es muss jemand aus unserem Kreis sein, jemand, der wusste, wo er die Skizzen von Ilacomylus finden kann. Wie hätten sie denn sonst so spurlos verschwinden sollen? Und wer sonst hätte Gelegenheit gehabt, ihm ein Schlafpulver in den Wein zu schütten?»

Dieser Gedanke war so ungeheuerlich, dass die drei Männer eine ganze Weile schwiegen. Sie sahen sich nur an. Ihre Illusion von der heilen Welt, der Welt des Wissens jenseits dieser schnöden Sphäre des bloßen Machtstrebens, der Intrigen und der Gier hatte plötzlich Risse bekommen.

«Ich sollte Euch verlassen. Ich bringe Euch hier nur auch noch in Gefahr!», meinte Martin Waldseemüller schließlich.

Die Männer schwiegen eine Weile, jeder hing seinen Gedanken nach. Gauthier Lud schob das bärtige Kinn vor und drückte die Schultern nach hinten. Dann äußerte er fast dasselbe, was einst auch Jean Grüninger in Straßburg gesagt hatte. «Den Teufel werdet Ihr tun, Ilacomylus. Die Suppe werden wir Ihnen versalzen. Wir müssen einfach schneller sein. Und besser. Wie weit seid Ihr? Wie schnell könntet Ihr Eure Karte fertig haben?»

«Oh, ich bin mit der Seekarte schon ein gutes Stück vorangekommen.»

Lud schüttelte den Kopf. Seine Miene war entschlossen. «Ich spreche nicht von der Seekarte. Mir scheint, wir sind im Krieg. In der letzten Zeit haben wir so manche Schlacht verloren. Doch jetzt erst kommt die entscheidende. Wir werden den Gegner überraschen, etwas tun, womit er nicht rechnet. Ich meine nicht die Seekarte, an der Ihr arbeitet, ich spreche von einer Karte der gesamten bekannten Welt. Einem großen, nein, einem monumentalen Werk. Einem, das auch die neue Welt zeigt in einer Form, bei der den Menschen der alten Welt der Atem stocken wird. Eine Karte, die allen klar macht, dass es auf dieser Erde einen vierten bekannten Erdteil gibt. Der Atlas, den wir planten in Form einer einzigen Karte, wenn Ihr so wollt. Sagt, seid Ihr dazu fähig, Ilacomylus? Und wie lange werdet Ihr dazu brauchen?»

Nicolas Lud schaute seinen Onkel fassungslos an. «Und was ist mit der *Geographia*, dem überarbeiteten Ptolemäus, dem großen Atlas, den wir geplant haben?»

«Wir werden ihn verschieben. Wir werden alle unsere Gegner mit dieser Weltkarte frappieren – und unsere Freunde auch, jedermann. Ha, Ihr werdet sehen, das gibt eine Sensation. Den Ptolemäus ziehen wir nach. Und Ringmann wird zur Weltkarte von Saint-Dié eine Einführung schreiben, in der er die These vom vierten Erdteil allen erläutert und die Beweise darlegt. Er kennt sich in dem Thema aus. Schließlich hat er *De ora Antarctica* herausgebracht. Also, Ilacomylus, könnt Ihr eine solche Karte fertigen? Ich dachte an eine Holzschnitt-Arbeit. Und wann könntet Ihr mit dieser Aufgabe fertig sein? Denkt daran, ich spreche nicht von der üblichen Größe, sondern von einem wahrhaft monumentalen Werk.»

Nicolas Lud hatte den Atem angehalten, während sein Onkel redete. Nun atmete er langsam, aber hörbar aus und schaute Gauthier Lud voller Bewunderung an. Genau das war es, was ihn auszeichnete. Er mochte ein Gelehrter sein, den Kopf oft in den Wolken wie sie alle. Aber er war auch ein Realist und ein Geschäftsmann, allerdings kein bloßer Buchhalter, sondern ein Mann mit Visionen. Der künftige Druckereibesitzer Gauthier Lud war nicht gewillt, anderen das große Geschäft zu überlassen. Er war entschlossen, dass es die Druckerei in Saint-Dié sein würde, die der Welt die große Sensation bescherte. Martin Waldseemüller konnte es jedoch zunächst kaum glauben. «Seid Ihr sicher, dass Ihr das wollt? Und wenn meine These von diesem vierten Erdteil sich nun als die Ausgeburt eines verwirrten Geistes herausstellt?»

«Natürlich bin ich sicher. Also, ich warte auf Eure Antwort, Magister. Glaubt Ihr an Euch selbst, an Eure Berechnungen, oder nicht?»

Martin Waldseemüller blickte ihn kurz an. Die Begeisterung dieses Mannes riss ihn mit. Dann war die Entscheidung also gefallen, vor der er sich so lange gedrückt hatte. Er atmete tief durch und nickte. «Ja, ich glaube an mich. Und ich kann eine solche Karte schaffen.»

Gauthier Lud wirkte sehr zufrieden. «Uns allen ist klar, dass sich unter den Neidern ein Sturm der Kritik erheben wird. Doch zusammen stehen wir das durch. Also, wie lange braucht Ihr? Ich meine, für eine große, eine wirklich große Karte.»

«Ich denke, etwa acht Monate. Doch dann ist da noch die Introductio. Wenn Ringmann sie schreiben soll, muss er schnellstens nach Saint-Dié. Ich verstehe sowieso nicht, warum er nicht schon hier aufgetaucht ist. Oder habt Ihr ihm mitgeteilt, dass wir den Ptolemäus noch nicht erhalten haben?»

«Nein, wir erwarten seine Ankunft eigentlich auch jeden Tag», erklärte Nicolas Lud.

«Ich werde ihm einen Brief schreiben», erwiderte Martin Waldseemüller.

Nicolas Lud musterte ihn versonnen. Die Begeisterung des Onkels hatte auch ihn angesteckt. «Das reicht nicht.»

«Was reicht nicht?», erkundigte sich Gauthier Lud.

«Nun, die monumentale Karte.»

«Was, noch mehr? Wir müssen jetzt schnell sein», erwiderte sein Onkel. «Ich werde jedenfalls alles daran setzen, diesen Ringmann hierher zu bekommen, und dafür sorgen, dass die Druckerpresse von Saint-Dié in acht Monaten arbeitet.»

«Wir müssen uns aber zusätzlich noch etwas ausdenken, eine weitere Überraschung, mit der unsere Gegner nicht rechnen. Eine, die ein für alle Mal klar macht, dass wir keine Spinner und Träumer sind, sondern genau wissen, was wir tun. Ich jedenfalls bin überzeugt von dem, was Ilacomylus vorhat.»

«Danke. Danke, dass Ihr an mich glaubt. Und auch Dank dafür, dass ich bleiben kann.»

Gauthier Lud schlug ihm so kräftig auf die Schulter, dass Martin Waldseemüller zusammenzuckte. «Dafür ist kein Dank notwendig. Ihr seid einer der besten Köpfe, die mir je untergekommen sind. Euer Wissen und Können zusammen mit den Möglichkeiten und dem Schutz, den wir, das Gymnasium, Saint-Dié und der Herzog von Lothringen Euch bieten – es müsste doch mit dem Teufel zugehen, wenn wir es nicht schaffen würden. Wir alle hier glauben an Euch. Aber Nicolas hat Recht. Wir müssen noch eine weitere Überraschung bereit halten. Habt Ihr denn gar keine Idee, Ilacomylus?»

«Doch. Ich hätte schon eine. Aber so etwas wurde noch niemals gemacht. Ich weiß nicht, ob es möglich ist.»

«Redet schon, heraus mit der Sprache!»

«Nun, Ihr erinnert Euch sicher an die unzähligen Male, als wir darüber diskutiert haben, wie die Perspektive einer Karte verbessert werden könnte? Wie man sie so zeichnet, dass trotz der gerundeten Erdoberfläche auf einem zweidimensionalen Druck nicht zu große Verzerrungen entstehen.»

«Ja, nun sagt schon, spannt uns nicht so lange auf die Folter», dröhnte nun auch der Bariton von Gauthier Lud.

«Ich wüsste einen Weg, um Verzerrungen fast gänzlich auszuschließen, allerdings bräuchte ich dazu noch etwas mehr Zeit …»

«Per Mercurium, rückt endlich mit der Sprache heraus!»

«Ein Globus. Man müsste einen Globus machen. So, wie das Ei von Martin Behaim, dem Nürnberger. Aber wir müssten eine einfachere Lösung finden. Erinnert Ihr Euch? Ihr habt sicher davon gehört. Im selben Jahr, als Kolumbus zu seiner ersten Reise aufbrach, hat Behaim seinen Globus vorgestellt. Er hat einen Dreifuß auf einen Sockel gesetzt, und – gehalten von zwei Holzkreisen – eine bewegliche Kugel. Darauf hat er die Welt gemalt.»

«Und jedermann hat ihn ausgelacht», grinste Nicolas Lud. «Doch uns wird niemand auslachen.» Dann zögerte er. «Wir können unmöglich Hunderte von Holzkugeln bemalen. Denn wenn wir so etwas machen, dann gehört zu jeder Karte neben der Introductio auch ein solcher Globus. Man müsste drucken können …»

«Natürlich! Nicolas, mein Neffe, du bist ein Genie», Lud packte seinen etwas kleineren Verwandten und drückte ihm einen Kuss auf die Stirn. «Wir liefern keinen fertigen Globus, sondern zerlegen die Welt in Segmente, so dass jeder, der dies möchte, sich selbst seinen Globus damit bekleben kann. Damit würde die große Leistung unseres Ilacomylus noch sehr viel anschaulicher. Und wir haben zwar keinen Ptolemäus, aber dennoch ein Abbild der Welt.»

«Und die Perspektive! Endlich wäre das Problem der Perspektive gelöst! Ich könnte – ja, wenn ich den Holzschnitt für zwölf Segmente schnitzen würde. Wartet, sie müssten aussehen wie Schiffchen, die hinten und vorne zusammenlaufen. Zusammengesetzt ergeben sie dann eine Kugel. Man müsste sie dann einfach auf eine Holzkugel oder einen Papierball kleben. Das kann jedes Kind. Der Globus von Saint-Dié sollte einen handlichen Durchmesser haben, auch handlicher sein als die Karte, vielleicht gerade so, dass zwei große Männerhände ihn umfassen können. Dann hätte der jeweilige Besitzer keine Probleme, ihn mit auf Reisen zu nehmen, hätte einen Anhaltspunkt, während die genauere Karte in seinem Kontor an der Wand hängen bleiben könnte. Bei dieser Größe müsste ich die Darstellung der Welt allerdings ein wenig vereinfachen, trotzdem, wenn ich …»

Martin Waldseemüller war so begeistert, dass er gar nicht gemerkt hatte, wie er während dieser Rede vor den beiden anderen hin- und herspaziert war, wild gestikulierend und schließlich die Hände in die Luft werfend. Erschrocken brach er ab. Es war plötzlich so still, den beiden anderen schien es die Sprache verschlagen zu haben.

Onkel und Neffe saßen auf der Bank und strahlten. In ihren Augen glitzerte dieselbe Begeisterung wie in seinen. Gauthier Lud erhob sich als erster. «Vielleicht sind wir ja größenwahnsinnig. Aber wir werden es schaffen. Euer Enthusiasmus ist ansteckend, Ilacomylus.» «Fürwahr, das ist er», bestätigte Nicolas Lud.

Gauthier Lud rieb sich die nicht gerade kleine Nase. Jedenfalls war sie das hervorstechendste Merkmal in seinem Gesicht.

Von den aufmerksamen grauen Augen einmal abgesehen, die viel mehr zu sehen schienen, als er preisgab. «Sie juckt», erklärte er. «Und wenn meine Nase juckt, dann winkt ein gutes Geschäft. Tausend Exemplare. Wir werden von allem tausend Exemplare herstellen.»

«Das ist unglaublich viel, Onkel», widersprach Nicolas Lud. «Ihr geht ein großes Risiko ein für eine Druckerei, die noch nicht einmal fertig gestellt ist.»

«Du wirst sehen, sie werden uns die Karte, die Introductio und die Globensegmente aus den Händen reißen! Die Waldseemüller-Karte, die Segmente und die Introductio Ringmanns werden der neuen *officina libraria* von Saint-Dié einen prächtigen Einstand verschaffen.»

Ehe Martin Waldseemüller reagieren konnte, hatten ihn die beiden Männer gepackt. Zu dritt führten sie mitten auf dem Hof des Kreuzgangs des ehrwürdigen Kapitels eine Art Veitstanz auf.

Jean Basin beobachtete sie, sah, wie sie lachten, sich gegenseitig auf die Schulter klopften. «Di immortales, das ist großartig, wir werden es schaffen», hörte er Nicolas Lud rufen. Und sein Onkel, der sonst so besonnene Gauthier Lud, beteiligte sich an diesem wilden Geschrei, als wäre er ein unvernünftiger Knabe. Sie taten ja gerade so, als hätten sie die neue Welt selbst entdeckt. Die Falte über seiner Nase wurde steiler. Es war einfach widerwärtig, wie sich dieser Waldseemüller anbiederte.

Gauthier Lud war der Erste, der innehielt. «Angesichts der Umstände wäre es wohl besser, wir behielten unsere Pläne für uns. Selbst wenn uns jemand mit einer Karte zuvorkommen sollte, wird es uns mit dem neuen Globus gelingen, ihn zu übertrumpfen. So etwas hat die Welt noch nicht gesehen. Ein Globus, den sich jedermann selbst herstellen kann. Wer hat jemals davon gehört?»

«Ja, und dann gehört die Welt endlich allen!», ergänzte Martin Waldseemüller.

«Oha, hier haben wir ja nicht nur einen begnadeten Kartographen und Künstler, hier haben wir ja auch noch einen wahrhaften Menschenfreund», witzelte Nicolas Lud. Gleich danach wurde er wieder ernst. «Ihr habt Recht, Onkel. Offiziell arbeitet Ilacomylus an seiner Seekarte weiter. Das solltet Ihr im Übrigen auch wirklich tun. Für alle Fälle. Denn falls stimmt, was wir vermuten, dann haben unsere Gegner vielleicht die Skizzen. Aber mit unserem Globus werden wir sie alle schlagen.»

«Die Skizzen haben übrigens jetzt schon eine Besonderheit», meldete sich Martin Waldseemüller zu Wort. «Ich zeigte sie bereits Viator. Der neue Erdteil ist dort in Umrissen eingezeichnet.»

Gauthier Lud hielt inne. «Ihr habt die Skizzen Pélerin gezeigt?»

«Ja. Und er bestätigte meine Ansicht, dass die Möglichkeit eines vierten Erdteils, vielleicht sogar eines, der sich über den Äquator hinwegzieht, zumindest nicht auszuschließen sei.»

«Aha», erwiderte Gauthier Lud nur. Mehr sagte er nicht dazu.

«Aber ich muss Vespucci sprechen. Unbedingt. Ich bin überzeugt, da ist noch mehr an seinen nautischen Daten, ein Navigations-Geheimnis, das er nicht öffentlich gemacht hat. Ich muss einfach mit ihm reden. Könntet Ihr Euch nicht beim Herzog von Lothringen dafür verwenden, dass dieser ein Treffen in die Wege leitet? Ich habe schon Viator darum gebeten, aber vielleicht, wenn zwei …»

«Habt keine Sorge, mein Freund, ich werde tun, was ich kann, das schwöre ich Euch.» Das Gesicht von Gauthier Lud wirkte plötzlich grimmig.

«Außerdem brauche ich für diese Arbeit Ringmann und seine Kenntnisse. Er muss einfach endlich kommen.»

«Schickt ihm eine Botschaft», erwiderte Gauthier Lud, in Gedanken halb abwesend. Die beiden anderen konnten ihm ansehen, dass er über etwas nachgrübelte, das ihn sehr beunruhigte. «Ich denke, Ihr solltet ab sofort in einer abschließbaren Kammer arbeiten, Ilacomylus», erklärte er schließlich.

Noch am selben Tag zog Martin Waldseemüller mit seinen Arbeitsgeräten, den Karten und Büchern in einen Raum um, der schlecht einzusehen war. Vormittags arbeitete er weiter am Holzschnitt der ursprünglich geplanten, kleineren Seekarte – sichtbar für jedermann. Nachmittags und manchmal bis spät in die Nacht im Geheimen an den Skizzen seiner monumentalen Karte der Welt. In seinem ganzen Leben hatte er noch nie so viele Kerzen gebraucht.

Er zeichnete wie ein Besessener. Jeden Tag hoffte er aufs Neue, dass endlich die Abschrift der *Quatuor navigationes* eintreffen würde. Vergeblich. Auch die Einladung zu einem Treffen mit Amerigo Vespucci blieb aus. Gauthier Lud setzte zur gleichen Zeit alles daran, endlich eine brauchbare Druckerpresse aufzutreiben. Doch alle Agenten, die er lossandte, ob nach Straßburg, nach Freiburg, sogar bis nach Paris, kamen achselzuckend zurück. Der Markt schien wie leergefegt zu sein.

Matthias Ringmann beobachtete Marie Schott, geborene Grüninger, beim Ankleiden. Sogar jetzt noch, mit dem bereits runden Bäuchlein des fortgeschritteneren Stadiums der Schwangerschaft, wirkte sie begehrenswert. Ihre Büste waren schwerer geworden, größer, offenbarten die Erwartung ihres Körpers, das Sehnen nach den saugenden Lippen eines Neugeborenen. Sie wirkte reifer, damit aber umso verführerischer. Er hasste sich für das, was er tat.

Marie Grüninger verkniff sich ein zufriedenes Lächeln. Sie hatte zunächst befürchtet, die Schwangerschaft könnte sie unattraktiv machen. Doch das Gegenteil war der Fall. Sie wusste sehr wohl, dass Matthias Ringmann immer wieder versuchte, von ihr loszukommen. Doch er hatte sich längst fest im Netz ihrer Verlockung und seiner eigenen Begierden verstrickt. Bald hatte sie ihn da, wo sie ihn haben wollte. Bald würde er sie mit nach Saint-Dié nehmen. Sie verkniff sich gerade noch ein zufriedenes Lächeln, während sie betont langsam ihre Strümpfe über die Füße zog. Dann stellte sie das linke Bein auf einen Schemel und schürzte den Rock, bis ihre nackten Pobacken aus der Masse des Stoffes auftauchen. Möglichst langsam rollte sie den linken Strumpf nach oben und befestigte ihn mit einem Band. Dieselbe Prozedur wiederholte sie mit dem rechten.

Matthias Ringmann erhob sich vom Bett. Er konnte nicht anders. Erneut forderte sein Geschlecht die Vereinigung mit diesem Körper. Er packte sie an den nackten Hinterbacken und drang von hinten in sie ein. Marie Grüninger stöhnte wohlig. Sie liebte es, ihn zu reizen, bis er nicht mehr widerstehen konnte. Seine fast unstillbare Gier nach ihrem Körper stachelte auch ihr eigenes Verlangen an.

Trotz ihrer Schwangerschaft nahm er wenig Rücksicht. Hastig und hart stieß er in sie, bis endlich der erlösende Moment kam. Er stöhnte auf. Er sah nicht, dass Marie Schotts Augen keineswegs geschlossen waren, sondern triumphierend glitzerten. Der Smaragdton war noch dunkler als sonst. Langsam richtete sie sich auf, band auch den rechten Strumpf fest, ließ die Röcke fallen, drehte sich um und lächelte. «Ihr seid heute aber wieder stürmisch, mein Freund. Ach, übrigens, wann reist Ihr nach Saint-Dié?»

Sein Blick wurde wachsam. Jetzt, wo er sie genommen hatte, konnte er wieder klarer denken. Zum Beispiel an den Brief, der in seiner Truhe lag. Den Brief von Ilacomylus, der ihn darin dringend aufforderte, endlich nach Saint-Dié zu kommen. Waldseemüller hatte es allerdings nicht gewagt, Philesius von der Änderung ihrer Pläne zu schreiben, sondern beließ den

Freund im Glauben, er plane noch immer eine Seekarte, allerdings erweitert um eine Einführung. Er, Ringmann solle der Verfasser sein.

«Ich brauche Dich, mein lieber Philesius, als Mann der Wissenschaften, aber auch als der Vertraute und Freund, der Du mir seit unserer ersten Begegnung immer mehr geworden bist. Ich rechne fast täglich mit dem Eintreffen des Manuskriptes der Quatuor navigationes. *Das könnte die Grundlage für die Einführung werden. Und unser gemeinsamer Freund Gauthier Lud tut alles, was in seiner Macht steht, um die neue Druckerei von Saint-Dié voranzubringen und ein Originalmanuskript der ptolemäischen* Geographia *aufzutreiben. Bei all diesen Vorhaben benötigen wir dringend Deine Hilfe und Dein Wissen. Du wirst im Gymnasium Vosagense sehnlichst erwartet. Das lässt Dir auch Gauthier Lud ausrichten. Der Schnee auf den Pässen ist längst geschmolzen. Du hast also keine Ausflüchte mehr.»*

Er konnte nicht, er konnte Martin Waldseemüller einfach nicht unter die Augen treten. Es war so schäbig. Da kopulierte er wie ein Tier mit der Frau, die Ilacomylus liebte. Denn mehr war es zwischen ihnen nicht, nur fleischliche Begierde. Doch Ilacomylus liebte Marie Schott nun einmal. Seine Gefühle für diese Frau hatten ihn vollkommen blind gemacht für das, was sie wirklich war. Schamlos und vollkommen ohne Skrupel, wenn es um die Verwirklichung ihrer Ziele ging.

Er wusste allzu genau, was sie wollte. Sie hatte zwar niemals mehr versucht, ihn zu erpressen, doch sie suchte noch immer einen Mann, der sie von Schott befreite. «Dieser Mann ist von einer tödlichen Langeweile. Außerdem sabbert er im Bett wie ein kleines Kind», hatte sie ihm unumwunden erklärt. Sie machte keinerlei Hehl daraus, dass sie ihren Gatten verachtete. Sie hielt ihn für einen Schwächling, während er sie anbetete. Ringmann hatte ihr nichts zu bieten außer der körperlichen Vereinigung. Er wusste, dass sie ihn benutzte wie einen Schuh, ihn wegwerfen würde, wenn sie hatte, was sie wollte. Sie wollte Martin Waldseemüller, einen Mann mit einer vielversprechenden Zukunft. Er würde reich sein, wenn seine Karte erst einmal veröffentlicht war, davon war sie überzeugt. Und er betete sie an. Sie konnte ihn kontrollieren.

Marie Grüninger betrachtete das mürrische Gesicht ihres Liebhabers von der Seite. Sie war nicht dumm. Sie wusste, dass er wusste, was sie wollte. Doch er ahnte noch nicht einmal ansatzweise, warum sie so darauf erpicht war, nach Saint-Dié zu kommen. Welches Angebot sie Martin Waldseemüller zu überbringen hatte. Wenn Ilacomylus das hörte, dann musste er einfach zustimmen. Sie lächelte. In Gedanken sah sie sich schon in wunderbaren Roben am Hof der Medici tanzen, umschwärmt von mächtigen Männern. Waldseemüller musste einfach mitmachen. Sie würde schon dafür sorgen.

Und wenn sie dann erst einmal dort war, wo sie hinwollte ... Nun, gab es nicht genug Männer auf dieser Welt, junge und alte, besonders aber reiche und von Adel, für die es sich lohnte, schön zu sein? Marie von Soundso, das würde ihr gefallen. Ein Haus voller Dienstboten, die auf ihren kleinsten Wink hin alles erledigten, was sie erledigt zu haben wünschte. Was machte es schon, falls der Mann, der dies alles finanzierte, alt war? Oder hässlich? Umso besser. Sie konnte sich immer noch einen Liebhaber nehmen. «Marie, du bist eine Metze», sagte sie sich. Ja, das war sie. Und sie genoss es. Manche Mätresse eines vornehmen Mannes wurde besser gehalten als die eigene Ehefrau. Warum also nicht? Sie gehörte nicht zu den Frauen, die sich Illusionen darüber machten, dass sie sich verkauften, um ein sicheres Auskommen zu haben. Eine andere Möglichkeit als eine vorteilhafte Ehe gab es für eine Frau nicht, um gesellschaftlich aufzusteigen. Und Marie Schott, geborene Grüninger, wollte nach oben. Ganz nach oben. Ihr hübsches Gesicht würde nicht ewig halten, irgendwann würde auch sie verhunzelt und faltig aussehen. Bis dahin musste sie es geschafft haben. Wieso blieb einer Frau nur immer so wenig Zeit für das Erreichen ihrer Ziele?

Sie spürte das Ungeborene in ihrem Bauch. Sie hasste es schon jetzt. Es war der ungünstigste Moment, um sich mit einem Balg zu belasten. Außerdem verunstaltete es ihren Körper. Aber gut, sie musste das Beste daraus machen. Martin Waldseemüller würde dahinschmelzen und sofort um ihre Hand anhalten, wenn sie ihm erzählte, dass das Kind von ihm war. Sie machte sich nicht die mindesten Gedanken darüber, dass sie ja bereits verheiratet war. Das würde sich finden. Es gab für eine Frau mit Fantasie immer Wege, einen überflüssigen Ehemann loszuwerden. Es würde schon reichen, Schott zu erklären, dass er nicht der Erzeuger des Kindes war, auf das er sich so unmäßig freute. Ehrlich gesagt, sie hatte keine Ahnung, wer ihr das Kind gemacht hatte. Es konnte von Ringmann sein, von Waldseemüller oder von Schott. Woher sollte sie das wissen? Sie konnte ja niemanden fragen. Sie würde sich jedenfalls den Vater aussuchen, der ihr am besten zupass kam. Und das war momentan ohne Zweifel Martin Waldseemüller.

«So, ich muss jetzt gehen», erklärte sie knapp und warf ihrem Liebhaber eine Kusshand zu. Dann war sie auch schon zur Türe hinaus.

Matthias Ringmann sah ihr nach. Wieder quälte ihn das schlechte Gewissen. Für den Moment war er erleichtert, dass sie draußen war. Doch er wusste genau, beim nächsten Mal würde er ihren Reizen wieder erliegen. Bei Gott, wie er sich dafür hasste. Er konnte Martin Waldseemüller einfach nicht unter die Augen treten. Erst musste er sich aus dieser unseligen

Verstrickung befreien, von dieser Frau loskommen. Denn eines würde er mit Sicherheit nicht tun. Sie nach Saint-Dié mitnehmen. Er ahnte nicht, dass Marie Schott noch andere Möglichkeiten hatte.

Martin Waldseemüller war zutiefst enttäuscht, als er das Antwortschreiben von Philesius schließlich in Händen hielt.

«Lieber Freund, werter Ilacomylus, zu meinem großen Leidwesen werde ich weiter hier in Straßburg aufgehalten. Jean Grüninger beschäftigt mich pausenlos. Zurzeit bin ich damit befasst, die Werke des Julius Cäsar auf Deutsch zu übersetzen, was nicht gerade eine leichte Aufgabe darstellt. Doch sobald ihr die Quatuor navigationes habt, schickt mir eine Abschrift. Ich kann ja auch schon hier in Straßburg damit beginnen, die Introductio zu Deiner Karte zu verfassen. Vielleicht hast Du auch Gelegenheit, mich wieder einmal hier aufzusuchen, dann könnten wir unser gemeinsames Projekt besprechen. Verzeih, mein Freund, so gerne ich es auch wollte: Ich schaffe es bei all der Arbeit im Moment einfach nicht, über die Vogesen zu reisen. Dennoch werde ich Dich nicht im Stich lassen. Das Versprechen gilt.
Dein Dir in unverbrüchlicher Freundschaft verbundener Philesius»*

Noch ein anderer war enttäuscht: Gauthier Lud. Pélerin hatte ihm einen bedauernden Brief geschrieben, erneut mitgeteilt, dass er zurzeit nicht an die Originalausgabe des Ptolemäus komme. Im hintersten Winkel seines Herzens hatte Lud wohl doch noch gehofft, dass Viator sie schicken würde. Das musste er sich eingestehen, nachdem er das Schreiben gelesen hatte. Sein Bekannter habe die Handschrift einfach weiter verliehen und ihm zunächst eine Abschrift geschickt, teilte Pélerin ihm mit. Diese leite er nun an den Freund in Saint-Dié weiter in der Hoffnung, damit dienlich gewesen zu sein. Die Abschrift war schlampig und schlecht. Sie war nicht zu gebrauchen.

Damit begann die Suche nach einem originalgetreuen Manuskript der ptolemäischen *Geographia* erneut. Martin Waldseemüller schrieb an seinen Onkel in Basel. Einmal, um ihm endlich mitzuteilen, wo er nun lebte und dass es ihm gut ging. Außerdem bat er ihn darum, sich umzuhören und herauszufinden, wer noch etwas von einer möglichst originalgetreuen ptolemäischen Handschrift wissen, vielleicht sogar eines der seltenen Werke besitzen könnte. Als Drucker pflegte er weitreichende Verbindungen und gute Kontakte in halb Europa. Er musste sie haben, wie anders hätte er sonst an Manuskripte kommen sollen, die es sich zu drucken lohnte. Diese Kontakte waren das wichtigste Kapital eines jeden, der es in der neuen Kunst des Buchdruckes zu etwas bringen wollte. Auch der Herzog von Lothringen versprach erneut, sich einzusetzen.

Die Einrichtung für die Druckerei war ebenfalls noch lange nicht komplett. Langsam machte sich Verzweiflung in Saint-Dié breit. Es ging einfach zu viel schief. Die Zeit lief ihnen davon. Spätestens bis zum Frühling 1507 sollte das erste große Werk der neuen Druckerei in Saint-Dié vorliegen, darüber hatten sie sich inzwischen geeinigt. Allerspätestens.

Doch je mehr Tage vergingen, je mehr sich auch die Fertigstellung der *officina libraria* in die Länge zog, desto mehr ging die Stimmung von Begeisterung in Nervosität über. Noch immer war keine Druckerpresse in Sicht. Pierre Jacobi begann davon zu sprechen, eine Weinpresse nach dem Muster Gutenbergs umzubauen. Doch die Runde verwarf den Vorschlag. Es dauerte zu lange. Und auch die Soderini-Briefe, die *Lettera*, auf deren Grundlage die große Karte gezeichnet und die Introduction geschrieben werden sollte, waren noch immer nicht eingetroffen. Dabei hatte der Sommer längst Einzug gehalten.

Und mit ihm kamen viele Gäste, auch überraschende. Zu diesen zählte zweifellos Johann Amerbach, der unangekündigt in Saint-Dié auftauchte. Gauthier Lud empfing den berühmten Drucker mit großem Vergnügen. Die beiden Männer waren sich auf Anhieb sympathisch. Sie teilten vieles, auch den Sinn fürs Geschäft, und vereinbarten sofort einen Austausch von Manuskripten. Johann Amerbach versprach außerdem, sich nach einer geeigneten Druckerpresse für Saint-Dié umzuhören.

«Dabei hätte ich diese Karte am liebsten selbst herausgebracht», brummte er beim gemeinsamen Abendessen des zweiten Tages mit Martin Waldseemüller sowie Gauthier und Nicolas Lud. «Aber Ihr seid ja so überstürzt davongefahren, Ilacomylus. Ach, fast hätte ich es vergessen, ich habe auch noch einen Brief Eures Onkels Jakob dabei. Wenn mich nicht alles täuscht, dann teilt er Euch darin mit, dass Ihr gefahrlos nach Basel zurückkommen könnt. Auch er hofft übrigens auf Eure künftige Mitarbeit. Ach ja, und dann wäre da noch etwas. Das sollten wir aber …»

Später hatte Martin Waldseemüller das Gefühl, Amerbach hatte Lud vorgewarnt, ihm erklärt, dass er etwas Privates mit Ilacomylus zu besprechen habe. Überhaupt, sowohl Gauthier als auch Nicolas Lud hatten ihn seit dem Erscheinen des Druckers in Saint-Dié schon die ganze Zeit so seltsam angeschaut.

«Äh. Mein Neffe und ich hätten noch dringende Geschäfte zu erledigen. Ihr gestattet doch, verehrter Amerbach, dass wir Euch jetzt für eine Weile allein lassen. Unter alten Freunden, wie Ihr und Magister Waldseemüller es seid, dürfte es sicherlich kein Problem sein, ein Gesprächsthema zu finden.»

Amerbach lachte dröhnend. «Gewiss nicht», bestätigte er mit seinem sonoren Bariton.

«Kommt, trinkt erst einmal einige Schlucke Wein aus Eurem Becher. Das, was ich zu sagen habe, ist ein wenig – nun ja, delikat. Ich habe nicht viel Übung in solchen Angelegenheiten.

Und Ihr werdet sicherlich ein wenig überrascht sein», hob er an, nachdem die beiden Luds den Raum verlassen hatten.

Die Anspannung Amerbachs war fast mit Händen zu greifen. Verwundert tat Martin Waldseemüller, was der Drucker ihn geheißen hatte. Dann schaute er den unerwarteten Gast fragend an. Der zögerte, schien irgendwie die richtigen Worte nicht zu finden.

«Lasst uns erst auf Du und Du trinken, Ilacomylus. Das heißt, wenn Ihr einverstanden seid. Ich dachte ohnehin schon daran, als Ihr noch in Basel wart. Und jetzt – nun, das macht es einfacher ...» Er stockte.

Martin Waldseemüller war nun vollends verblüfft. Er hatte ohnehin nicht verstanden, warum Amerbach nach Saint-Dié gekommen war. Um ihm den Brief des Onkels zu bringen? Wohl kaum. Das hätte auch ein Bote übernehmen können. Oder war die Nachricht, die Jakob Waldseemüller seinem Neffen geschickt hatte, so brisant? Was hatte er nur auf dem Herzen?

Johann Amerbach schien seine Gedanken erraten zu können. «Wollt Ihr nicht zuerst einmal lesen, was Euer Onkel geschrieben hat. Hm, ja. Vielleicht muss ich dann nicht mehr so viel erklären», ergänzte er hoffnungsvoll. Der berühmte und selbstbewusste Drucker wirkte auf Martin Waldseemüller in diesem Moment fast schüchtern. «Doch zuerst lasst uns auf Du und Du trinken.»

Die Becher stießen aneinander, und beide taten einen tiefen Schluck. Danach küsste Amerbach «seinen lieben neuen Freund» Ilacomylus herzhaft auf beide Wangen. Dann überreichte er ihm das Schreiben seines Onkels.

«*Mein lieber Neffe*», las Martin Waldseemüller.
«*Nach Deinem plötzlichen Verschwinden aus Basel haben wir uns große Sorgen um Deinen Verbleib und Dein Befinden gemacht. Glücklicherweise hatte Johann Amer-*

bach, der Dir diesen Brief überbringt, unlängst eine gute Nachricht. Wie es scheint, sind die Vorwürfe gegen Dich dank seines Einsatzes und seiner Fürsprache aus der Welt geräumt. Der Magistrat von Basel lässt nicht länger nach Dir suchen.
Wie das kam, vermag ich nicht zu sagen, aber es hat sich herausgestellt, dass sich der Tote, der auf Deinem Bett lag, im Namen geirrt haben musste. Einem Schreiben in seiner Tasche war zu entnehmen, dass er nicht aus der Gegend, sondern aus Florenz stammte, Du ihn also nicht gekannt haben konntest. Ich habe es jedenfalls auf meinen Eid genommen, dass Du niemals in Florenz gewesen bist. Und Johann Amerbach hat liebenswürdigerweise bestätigt, dass Du Dich an besagtem Abend, an dem der Mord geschah, in seiner Gesellschaft befunden hast.
Das heißt, Du bist jetzt frei, jederzeit nach Basel zurückzukehren, wo ich Dich auch gut brauchen könnte. Johann Amerbach und ich haben besprochen, unsere Zusammenarbeit zu intensivieren. Er hat in den höchsten Tönen von Dir geschwärmt und will Dir wohl auch ein Angebot machen. Ich möchte ihm jetzt nicht vorgreifen, Dich aber dennoch bitten, seinem Vorschlag ein geneigtes Ohr zu schenken. Du hast seiner Fürsprache viel zu verdanken. Ich würde mich freuen, wenn Du sein Angebot annehmen würdest.
In verwandtschaftlicher Zuneigung,
Dein Onkel Jakob Waldseemüller»

Martin Waldseemüller atmete tief durch. «Das ist wirklich eine gute Nachricht», erklärte er schließlich. «Die Gewissheit, wie ein Verbrecher und Mörder gesucht zu werden, hat seitdem wie ein Alp auf meinem Gemüt gelastet. Nun kann ich endlich wieder mit erhobenem Kopf wie ein aufrechter Mann durchs

Leben gehen. Ich danke Euch – ich danke dir von ganzem Herzen, Johann, dass du das für mich getan hast.»
Johann Amerbach strahlte. «Das war das Wenigste. Ich konnte es doch nicht zulassen, dass ein Gast in meinem Hause eines solchen Verbrechens angeklagt wird. Ich bin froh, dass sich die Angelegenheit nun doch noch so einfach hat lösen lassen.»
«Auch wenn es einfach gewesen sein mag. Nicht jeder hätte sich für einen fast Fremden derart exponiert. Ich danke dir, dass du an mich geglaubt hast. Es hätte ja auch sein können, dass ich wirklich der Unhold bin, als den mich der Magistrat von Basel gesucht hat. Und das hätte dann womöglich auch deinen guten Leumund in der Stadt beschädigt. Nur, weil du dich für mich eingesetzt hast.»
Johann Amerbach schüttelte den Kopf. «Was Recht ist, muss Recht bleiben. Wo kämen wir sonst hin. Dann wäre ja niemand mehr vor Ungerechtigkeit sicher. Außerdem war ich immer überzeugt, dass du unschuldig bist. Auch, wenn einige Umstände zunächst gegen dich sprachen. Du – du hast übrigens noch einen weiteren glühenden Fürsprecher in meiner Familie …»
«Das ist aber freundlich von Bruno und Basilius», erwiderte Martin Waldseemüller.
«Ich habe nicht von meinen Söhnen gesprochen – ach, es ist nicht einfach. Ich bin so etwas nicht gewohnt. Und eigentlich ist es auch ziemlich ungewöhnlich. Denn du hast niemals Anlass gegeben, anzunehmen, dass sich eine gewisse junge Dame aus meiner Familie gewisse Hoffnungen machen könnte …»
Martin Waldseemüller war fassungslos. Alles hatte er erwartet, nur das nicht. Nein, das konnte nicht sein. Er wurde feuerrot.
Amerbach lächelte. «Ich sehe schon, Ilacomylus, du ahnst, worum es geht. Jetzt mach es mir doch nicht so schwer. Ich weiß, du bist Theologe, aber du bist doch kein Mönch! Meine

Tochter Margret ist keine schlechte Partie, meine Familie würde dich gerne als Eidam aufnehmen und ich könnte dich gut in meiner Druckerei gebrauchen. Dein Onkel Jakob hat keine eigenen Kinder. Er hat zugesagt, dass du nach seinem Tod seine Druckerei erbst. Auf diese Weise kämen dann auch zwei gut eingeführte Betriebe zusammen. Also, jetzt sag schon etwas. Du bist ja stumm wie ein Fisch. So sprachlos habe ich dich in meinem Hause nie erlebt! Sei mehr als ein Freund. Werde mein Sohn und meiner Margret ein guter Gatte. Sie ist ein liebes Mädchen. Ich wüsste sie gern in deinen guten Händen. Denn du bist nicht nur ein großer Gelehrter, du bist auch ein anständiger Mensch. Und falls jetzt noch keine Liebe da ist, so wird sie sicher kommen.»

Martin Waldseemüller nahm einen tiefen Schluck aus seinem Becher, um Zeit zu gewinnen. Währenddessen überlegte er fieberhaft, wie er seine Worte so wählen konnte, dass Amerbach nicht verletzt war. Er mochte diesen Mann, schätzte ihn über die Maßen, nicht nur als Gastgeber und Fürsprecher, sondern auch als geistreichen, gebildeten Menschen. Es war nichts Geringes, dass ein Mann von seinem Stand und Ansehen bis zu ihm nach Saint-Dié reiste, um ihm die Hand seiner Tochter anzutragen. Es war eine große Ehre. Und Margarete Amerbach war wirklich eine gute Partie. Wohl erzogen, von ihrer Mutter Barbara gut auf ihre Pflichten als Hausfrau vorbereitet. Sie würde eine fügsame Gattin sein. Und vielleicht würde die Liebe im Laufe der Zeit noch kommen. Aber nein, es ging nicht. Er beschloss, ehrlich zu sein.

«Johann, das, was du mir anbietest, ehrt mich mehr, als du dir vorstellen kannst. Ich wäre nichts lieber als dein Eidam, dein Sohn …»

Jetzt nahm Johann Amerbach einen großen Schluck Wein. Die Situation begann, ihm peinlich zu werden. Er war kein Mann, der sich anbiederte. «Aber?»

«Ich könnte jetzt sagen, dass ich mit ganzem Herzen Theologe bin und dazu noch einer mit guten Aussichten auf eine Pfründe als Kanonikus hier in Saint-Dié. Ich könnte anführen, dass meine wissenschaftlichen Studien mir keine Zeit für eine Frau und eine Familie lassen ...» Martin Waldseemüller brach verzweifelt ab. Wie sollte er es nur erklären?

Johann Amerbach schaute ihn einfach nur an und wartete ab.

«Ich schätze deine Familie, ich schätze und verehre dich. Ich wäre mehr als geehrt, wenn ich dich meinen Freund nennen könnte. Aber, bei meiner Ehre, ich bin kein anständiger Mann. Ich bin deine Tochter nicht wert. Ich – ich liebe eine andere Frau. Eine, die ich niemals haben kann, weil sie bereits verheiratet ist. Sag selbst, wie soll ich deiner Tochter da ehrlichen Herzens meine Hand zum Ehebund reichen? Ich würde sie im Geiste betrügen, noch bevor unsere gemeinsame Zukunft überhaupt angefangen hat. Bitte, Johann, bleibe mein Freund und verzeih mir. Ich will weder dich noch deine Familie kränken ...»

Er brach ab. Die ganze Verzweiflung, seine ganze Liebe zu Marie Grüninger, die er in den letzten Wochen immer wieder beiseite geschoben hatte, brach sich jetzt Bahn, spiegelte sich in seinem Gesicht, schwang im Klang seiner Stimme mit. Beim letzten Satz hatte Martin Waldseemüller fast geschluchzt und sich gerade noch beherrscht.

Es kehrte Stille ein im Raum. Jeder der beiden Männer hing für einige Momente seinen eigenen Gedanken nach. Schließlich nickte Johann Amerbach. «Du armer Tor. Ich denke, ich weiß, welches Weib du meinst. Ich hätte es wissen müssen. Und du eigentlich auch. Du bist alt genug, um den Wert eines Weibes einschätzen zu können. Die, die du meinst, ist es nicht wert. Schön anzuschauen, charmant, liebenswürdig, mit einem Gesicht wie ein Engel. Aber sie ist ein eiskalter Engel, egoistisch und selbstsüchtig. Nein, lass nur. Ich werde keinen Namen nennen. Und du musst dich auch nicht weiter rechtfertigen. Ich weiß selbst, wie die Liebe einem Mann das Herz zerreißen kann. Glücklicherweise habe ich meine Barbara gefunden. Sie hat mich geheilt. Doch du bist zu tief verstrickt, das sehe ich jetzt. Ich hätte dich gerne als meinen Sohn in meinem Hause begrüßt. Ich weiß auch nicht, wie ich deine Antwort meiner Margret beibringen soll. Ich kann ihr unmöglich die Wahrheit sagen. Dennoch, es ehrt dich, Ilacomylus, dass du sie mir gesagt hast. Ich schätze dich umso mehr dafür. Gut, sei's drum. Also, wenn es denn nicht so sein soll, dann lass uns Freunde bleiben. Du bist immer in meinem Hause willkommen. Und wenn du meine Hilfe brauchst, dann sage es mir. Auf unser Wohl.»

Martin Waldseemüller fühlte, dass er rot wurde, so sehr bewunderte er diesen Mann für seine Haltung, seine Großzügigkeit. Und sein großes Herz. Ein anderer hätte beleidigt reagiert. Johann Amerbach war wahrhaft ein besonderer Mann.

«Ich danke dir, Johann, ich danke dir von ganzem Herzen für dein Verständnis. Wenn ich jemals in die Lage gekommen wäre, mir einen Vater zu wählen, wenn ich mir jemals einen Freund gewünscht habe, so hatte er deine innere Größe …» Wieder konnte Martin Waldseemüller nicht weitersprechen.

«Sag nichts mehr, mein Freund, sonst wird die Lage nur noch peinlicher für uns beide», entgegnete der Drucker herzlich. »Lass uns einfach zusammen trinken, auf die Welt, auf die Frauen und auf die große Aufgabe, die du noch zu erfüllen hast. Wenn ich dich richtig verstehe, dann wirst du auch nicht mit nach Basel kommen. Sowohl dein Onkel als auch ich hätten deine geplante Karte nämlich allzu gerne in unserer Druckerei herausgebracht. Und ich denke, auch mein Freund Jean Grüninger würde sich alle zehn Finger danach lecken. Doch wie ich dich einschätze, ziehst du die Ruhe hier am Gymnasium Vosagense der Hektik der Basler vor. Komm, lass uns kräftig einen trinken. So jung kommen wir nicht mehr zusammen. Und eine Freundschaft zu feiern haben wir allemal, mein Freund Ilacomylus.»

Nun, niemand konnte die Basler mit gutem Gewissen als hektisch beschreiben. Doch Martin Waldseemüller widersprach nicht. Er war Johann Amerbach dafür zu dankbar, zu erleichtert, dass dieser ihn verstanden hatte.

Am nächsten Morgen hatten beide Männer furchtbares Schädelweh. Johann Amerbach versprach, dass er sich nicht nur nach einer brauchbaren Druckerpresse, sondern auch nach einer möglichst originalgetreuen ptolemäischen *Geographia* umschauen werde.

«Das Ruckeln wird meinem Schädel sicherlich nicht gut tun», meinte Amerbach noch, bevor er schließlich sein Pferd bestieg, ein schwerer Halbblüter. Er winkte seinem Diener, der das Gepäckpferd führte.

Gauthier Lud und sein Neffe Nicolas schauten dem Drucker zusammen mit Martin Waldseemüller lange nach, hörten, wie das Geräusch der Pferdehufe leiser wurde, sahen, wie sich Menschen und Rösser aus dem Stadttor hinaus über die südliche Brücke bewegten und die Straße gen Colmar einschlugen.

«Wir hatten schon Sorge, wir würden Euch verlieren», sagte Nicolas Lud schließlich.

«In diesem Mann habt Ihr einen einflussreichen und einen guten Freund, Ilacomylus. Wie heißt es so schön? Den Wert eines Mannes erkennt man an seinen Feinden. Und davon habt Ihr ja wohl einige, wie ich Euren Erzählungen entnehme. Aber auch an seinen Freunden.»

Martin Waldseemüller blickte die beiden Männer offen an, die er in den Wochen in Saint-Dié immer mehr schätzen gelernt hatte. «Nein, ich plane nicht, Saint-Dié zu verlassen. Denn auch hier gibt es Männer, die ich inzwischen meine Freunde nenne. Und hier wartet eine Aufgabe auf mich, für die es sich zu leben und zu arbeiten lohnt.»

Am übernächsten Tag hatte er eine weitreichende Entscheidung getroffen: Er würde wirklich ein wahrhaft monumentales Werk schaffen, eine Weltkarte, mehr als siebeneinhalb mal vier Fuß groß. Das schien ihm für ein Paradies angemessen zu sein – und für einen neuen Erdteil. Er würde wohl zwölf Druckstöcke dafür schnitzen müssen.

Er kannte auch bereits die Überschrift: *Universalis Cosmographia Secundum Ptholemanaei Traditionem et Americi Vespucii Aliorumque Lustrationes.*

Die Kartenkrone sollte jene beiden Männer zeigen, die die beiden Teile der Erde verkörperten, die Vorstellung von der alten und der neuen Welt, jene beiden Hälften, die zusammen ein wunderbares Ganzes ergaben. Ptolemäus, der für die alte Welt stand, würde auf den östlichen Teil des Globus blicken, auf seine *Geographia*, ein Astrolabium in beiden Händen. Nur getrennt durch den Gott des Windes, der seinen kalten Hauch auf das Eismeer des Nordens blies, wollte er sodann den westlichen Teil der Welt darstellen, Terra incognita, den neuen Kontinent. An dessen westlicher Seite würde die Karte ein weiteres Meer zeigen, eines, von dem Ptolemäus noch nichts geahnt hatte. Dort stand Amerigo Vespucci, mit dem Zirkel in seinen Händen. Denn er war der Mann, der all diesen Entdeckungen mit seinen Berichten erst die Form gegeben hatte. Die Form eines vierten Erdteils, an dessen westliche Küste die Wellen eines neuen, eines unbekannten Ozeans brandeten.

Wieder studierte er die Karten, die Pélerin mitgebracht hatte.

Wie im Fieber rollte er erneut eine nach der anderen aus. Und was, wenn er die unbekannten Territorien in der südlichen Halbkugel und jene neu entdeckten Gebiete im Norden wirklich nun doch als eine zusammenhängende Landmasse darstellte? Selbst Pélerin hatte zugegeben, dass diese Möglichkeit durchaus bestand: dass die Terra Ulteri Incognita zwischen dem 50.

und dem 60. nördlichen Breitengrad mit den Territorien südlich des Äquators bis hinunter zum 50. südlichen Breitengrad wirklich eine einzige, große Landmasse bilden könnten.

Wenn er sich doch nur sicherer wäre! Er bekam die Idee trotzdem nicht mehr aus dem Kopf. Es gab jedenfalls keine Beweise für das Gegenteil. Eine einzige Landmasse. Er sprang auf, ging ans Fenster und starrte hinaus, ohne wirklich etwas zu sehen. Sollte er diese Möglichkeit einfach unter den Tisch fallen lassen, nur weil er sich nicht sicher war? Durfte er das? Was, wenn er den neuen Erdteil wenigstens in der kleinen Karte Vespuccis in der Krone der Weltkarte trotz aller Unsicherheiten so darstellte? Zumindest als Möglichkeit, als Blick in die Zukunft, in der weitere große Entdeckungen zu machen sein würden.

Er ging zurück an den Arbeitstisch. Mit fliegenden Händen fertigte er erneut eine grobe Skizze, wie dieser Erdteil aussehen könnte. Er dachte an die Papiere, die zusammen mit Pélerin verschwunden waren. Der Stift in seiner Hand zitterte, als er absetzte. Es sah noch immer ungeheuerlich aus. Und war doch so logisch.

Es klopfte an die Kammertüre. Er runzelte die Stirn, er wollte jetzt nicht gestört werden. Nicht ausgerechnet jetzt. Hastig rollte er die Blätter zusammen, die sich auf seinem Tisch befanden, die ausgemusterten Entwürfe, die den Boden pflasterten, fegte er mit dem Fuß unter seine Bettstatt.

Es war Gauthier Lud. Er trug eine Schale dampfende Erbsensuppe. «Ich dachte, ich bringe Euch etwas zu essen, sonst fallt Ihr noch vollends vom Fleisch. Was ist es denn, was Euch so sehr hier festhält, dass Ihr Euch gar nicht mehr sehen lasst?»

Waldseemüller zögerte, sein Blick wanderte von der Papierrolle zu Gauthier Lud und zurück. Dann entrollte er den Bogen, an dem er zuletzt gearbeitet hatte. «Das ist die vergrößerte Skizze des linken Teils der Kartenkrone, des westlichen, um genau zu sein. Ihr müsst wissen, ich habe zunächst die östliche und die westliche Hemisphäre in einer kleineren Ausführung gezeichnet und sie Ptolemäus und Vespucci zugeordnet, jenen Männern, die man mit Fug und Recht als ihre ‹Väter› bezeichnen kann. Außerdem habe ich alle neu entdeckten Gebiete jenseits des Atlantiks zu einem Erdteil zusammengefasst», erklärte er ruhig, so, als wäre dies völlig selbstverständlich. Dabei schlug ihm das Herz bis zum Halse. Was würde Lud wohl dazu sagen? Er war nach Pélerin sein zweiter Prüfstein.

Gauthier Lud blickte ihn entgeistert an. «Was wollt Ihr damit sagen? Wie – zusammengefasst?»

«Erinnert Ihr Euch an die Papiere, die verschwunden sind, und was ich Euch damals erzählte? Nun, ich hatte darauf eine einzige Landmasse gezeichnet, die sich im Norden kurz oberhalb des Äquators verjüngt und sich zwischen dem 60. nördlichen und dem 50. südlichen Breitengrad erstreckt.»

«Soll das heißen, Ihr glaubt wirklich, dass die Gebiete im Norden über eine Art Landbrücke mit jenen Territorien zusammenhängen, die Portugal und Spanien für sich beanspruchen?»

«Ja, das glaube ich.»

«Das ist ja fantastisch. Seid Ihr Euch wirklich sicher?»

«Nein, das bin ich nicht. Noch immer nicht. Doch diese Überzeugung hat sich verfestigt. Lacht mich nicht aus – ich spüre, dass es so sein muss. Mein ganzer Sinn für Proportionen, für Geographie, alles, was Vespucci und die anderen über die Territorien mitgeteilt haben – ach, nein ich kann es nicht beweisen. Aber ich kann es auch nicht ausschließen.»

«Edepol, wie Ihr immer zu sagen pflegt, mein Freund Ilacomylus, das ist kühn», befand Gauthier Lud. Er machte eine Pause, dann gab er sich einen Ruck. «Aber Ihr seid hier der Kartograph. Ich denke, wir sollten auch diesen Weg mit Euch gehen. Dennoch!» – er zögerte. «Nein, Engherzigkeit bringt uns jetzt nicht weiter. Trotzdem, was haltet Ihr davon, in der

Kartenkrone die Möglichkeit anzudeuten und in der Karte selbst zwischen den Landmassen die Meerenge einzuzeichnen, von der Ihr ursprünglich spracht?»

Martin Waldseemüller nickte. «Ihr habt Recht. So lassen wir beide Möglichkeiten offen, bleiben in der großen Karte auf der sicheren Seite.»

Wieder stürzte sich der Kartograph von Saint-Dié in die Arbeit. Die Wochen vergingen. Er hatte inzwischen schon den fünften Holzschnitt für die große Weltkarte fertig, einen weiteren für den östlichen Teil der Welt. Die Arbeit an der westlichen Hälfte der Welt hatte er zurückgestellt, immer in der Hoffnung, dass die *Lettera* Soderinis endlich eintreffen würden. Er konnte schließlich nicht mit allen Druckstöcken bis zur letzten Minute warten und hielt sich deshalb zunächst an jene Bereiche der Weltkarte, die unstrittig waren.

Der Sommer des Jahres 1506 war schon beinahe vorbei, der zeitliche Druck wuchs. Manchmal wurde die Anspannung, das Gefühl, sich unbedingt beeilen zu müssen, in seinem Inneren schon fast unerträglich. Denn irgendwo gab es jemanden, der sich ebenfalls mit diesem Thema beschäftigte. Dessen war er sich zu jeder Stunde, an jedem Tag bewusst. Noch immer hatte er die Soderini-Ausgabe der *Quatuor navigationes* nicht, noch immer gab es keine Aussicht auf eine Zusammenkunft mit Amerigo Vespucci. Dabei hatte er Vespucci bereits drei weitere, immer drängendere Schreiben mit der Bitte um ein Gespräch geschickt. Und Gauthier Lud hatte bereits mehrere Male bei Herzog René von Lothringen nachgefragt, ob er denn schon etwas erreicht habe. Immer war die Antwort negativ. Inzwischen schien der sonst so liebenswürdige Herzog schon recht enerviert zu sein. Seine Botschaften in dieser Angelegenheit klangen jedenfalls immer mürrischer.

10.

Piero Soderini, Gonfaloniere von Florenz, faltete den Brief zusammen. Er hatte Mühe, seine Panik unter Kontrolle zu bekommen. Er war kreideweiß vor mühsam unterdrücktem Zorn. «Ich hatte gedacht, die leidige Angelegenheit ist längst erledigt und das Projekt dieses Kartographen, wie heißt er noch – ach ja, Ilacomylus – gehört endgültig der Vergangenheit an.»

Der Mann, der mit gebeugtem Kopf vor dem gewaltigen, mit Gold- und Perlmutt-Intarsien verzierten Schreibtisch des mächtigsten Mannes von Florenz stand, wurde womöglich noch kleiner, als er es ohnehin schon war.

«Also, wie kommt es dann, dass er dauernd diese Bettelbriefe an die Vespuccis schreibt? Ihr hattet mir geschworen, der Mann sei völlig in die Enge getrieben und werde mit Sicherheit nicht daran denken, seine Pläne weiter zu verfolgen.» Piero Soderini, der «Bannerträger der Gerechtigkeit», oberster Priore der florentinischen Signoria, war eigentlich für seine stoische Ruhe und Sachlichkeit bekannt. Sein Mienenspiel, seine Gestik und seine Art, sich auszudrücken, verrieten selten, was er dachte. Doch dieses Mal war seine Stimme sehr leise, gefährlich leise. Er zischte fast.

Soderini hob den Brief hoch und warf ihn ärgerlich auf den Tisch. Seine schmale Linke knallte auf das Holz, der Zeigefinger seiner Rechten deutete auf die Zeilen. Dadurch ähnelten seine schmalen Finger noch mehr den Beinen einer Spinne. «Hier. Er will die *Quatuor navigationes*. Er erdreistet sich sogar, nach näheren nautischen Angaben zu fragen, sich zu erkundigen, ob Vespucci nicht vielleicht eine zusätzliche Möglichkeit entdeckt habe, die es ihm ermöglichte, die Position eines Schiffes genauer zu bestimmen, als dies bisher möglich war.»

Piero Soderini räusperte sich und rückte seinen linken Ärmel zurecht. Beinahe hätte er zu viel gesagt. Er hatte alle Paläste der Medici auf den Kopf stellen lassen auf der Suche nach Papieren mit genau diesen Angaben. Amerigo Vespucci hatte sich glattweg geweigert, ihm diese Auskünfte zu geben. Er berief sich auf das Schweigeversprechen, das er seinen Auftraggebern gegeben hatte, ohne sich jedoch dazu zu äußern, wer diese waren. Er konnte es sich denken. Die Medici steckten dahinter.

Die Medici – hatte nicht die Vergangenheit zur Genüge gezeigt, welche Gefahr sie für die Republik Florenz darstellten! Doch ihnen hatte Amerigo geschrieben, von seinen Reisen berichtet, nicht ihm, dem Regenten von Florenz, dem Mann, den er einst als seinen Freund bezeichnet hatte! Einen anderen hätte er auf die Streckbank geholt und die Geheimnisse aus ihm herausgefoltert. Aber Vespucci war viel zu berühmt – und außerdem nicht greifbar. Er weilte nicht in seiner Heimatstadt. Es war lächerlich, ein Gonfaloniere von Florenz, der von nichts wusste, der eigentlich mit der Schulter zucken musste, wenn es um eine der bedeutsamsten Entdeckungen dieses Jahrhunderts ging.

Aber er hatte sich zu helfen gewusst. Piero Soderini hätte beinahe gelächelt in Erinnerung daran, wie begeistert seine *Lettera* in der Welt der Wissenschaft im Norden Europas aufgenommen worden waren. Sie hatten ihm gratuliert, versucht, sich bei ihm einzuschmeicheln. Er hatte natürlich sorgfältig darauf geachtet, dass die meisten Exemplare jenseits der Alpen kursierten, weitab von Florenz, weitab von Spanien und Portugal. Es war besser, keine schlafenden Hunde zu wecken. Er hatte aber auch dafür gesorgt, dass in Florenz bekannt wurde, welche wichtigen Informationen Vespucci ihm hatte zukommen lassen. Sie hatten es ihm geglaubt.

Florenz brauchte die Aussichten, die die *Lettera* implizierten, auch wenn es vielleicht nur eine vergebliche Hoffnung war. Die Menschen mussten glauben, dass ihr Gonfaloniere in der Lage war, die Republik wieder in die Reihe der mächtigen Handelsnationen zurückzuführen. Nicht nur das, sie mussten überzeugt sein, dass er ihnen den Weg in neue Paradiese zu großen Reichtümern weisen konnte. Vor allem aber, dass Florenz und die Florentiner die Medici nicht dazu brauchten. Piero Soderini war sich bewusst, wie unsicher der Stuhl war, auf dem er saß, und wie schnell man als Regent von Florenz sein Leben verlieren konnte. Dieses Schicksal hatte auch den Mönch Girolamo Savonarola ereilt. Er war daran nicht ganz unschuldig gewesen.

Es kannte einige, von denen er wusste, dass sie gerne selbst auf seinem Stuhl gesessen hätten. Andere sehnten einfach nur die alten Zeiten zurück, in denen die Medici die Stadt wie absolutistische Könige beherrscht hatten, in denen Lorenzo der Prächtige die Florentiner mit dem ganzen Pomp, dem ganzen Reichtum des Medici-Clans geblendet hatte. Die Familie hatte noch immer einen großen Kreis von Anhängern unter den Patrizierfamilien der Stadt. Und das einfache Volk hängte seine Fahne nach dem Wind. Erst hatten sie die Medici gepriesen, dann waren sie in Massen zu den Predigten Savonarolas geströmt und später hatten sie gejubelt, als er hingerichtet worden war. Nun, auch Lorenzo de' Medici war tot. Sein arroganter Sohn Piero hatte die Macht jämmerlich verspielt. Jetzt war Giovanni der Herr des Hauses, ein skrupelloser Opportunist im Kardinalspurpur. Diesen Gegner durfte er nicht unterschätzen. Er hatte sicherlich keine der Demütigungen vergessen, die seine Familie nach dem Sturz hatte hinnehmen müssen.

Auch Lorenzo di Pierfrancesco de' Medici, der Herr des Bankhauses und ursprüngliche Empfänger der Nachrichten Vespuccis, war gestorben. Die Schergen der Signoria, seine Schergen, hatten dessen Palast ebenfalls sofort nach Pierfrancescos Tod von oben bis unten durchsucht, alles auf den Kopf gestellt. Nichts. Giovanni de' Medici, dieser heuchlerische Kardinal von Papas Schatulle Gnaden, war ihm zuvorgekommen, hatte dafür gesorgt, dass alle wichtigen Unterlagen bereits verschwunden waren. Auch an ihn kam er nicht heran. Er war zum Vertrauten des Papstes aufgestiegen, während er an dessen Sessel sägte. Doch die *Lettera*, seine *Lettera*, würden Bestand haben. Die Menschen glaubten, dass die Briefe von den *Quatuor navigationes* erzählten, dass sie auf Berichten beruhten, die Vespucci über seine Reisen verfasst und nur an ihn, den Gonfaloniere von Florenz, geschickt hatte. Jedermann dachte, sie seien gute Freunde. Schließlich hatten sie zusammen studiert. Doch die Loyalitäten des Seefahrers gehörten nicht ihm, sondern den Medici. Das hatte Vespucci unmissverständlich klar gemacht. Wenn das bekannt wurde, konnte die Partei der Medici sehr schnell wieder Oberwasser bekommen. Er hatte einfach handeln müssen.

In Wahrheit hatte er die Reisebeschreibungen des Seefahrers nie vollständig zu Gesicht bekommen, nur Teile davon, die kursierten. Auf eine gewisse Weise waren die ganzen *Quatuor navigationes* eine geniale Erfindung. Er hatte sie nie gesehen, niemand, den er kannte, hatte sie je in Händen gehalten. Dennoch waren die Erzählungen über weitere sensationelle Schilderungen aus Vespuccis eigener Feder durch Florenz gegeistert, seit Juan Vespucci, der großmäulige Neffe des Seefahrers, einmal im Rausch damit angegeben hatte, dass noch andere, streng geheime Reisebeschreibungen seines Onkels existierten. Er hatte sofort seine Chance gesehen und sie ergriffen. Kolumbus war vier Mal auf Entdeckungsfahrt gegangen. Dann waren es wohl bei Vespucci ebenso viele Fahrten gewesen, also *Quatuor navigationes*. Er war noch immer zufrieden mit diesem Titel.

Die Vespuccis würden ihn nicht verraten, schließlich kam die Indiskretion von ihnen. Außerdem wollte die Familie in Florenz ungestört ihren Geschäften nachgehen. Amerigo und seine Sippe wussten genau, dass er viele Möglichkeiten hatte, ihnen Steine in den Weg zu legen.

Alles war in bester Ordnung gewesen und jedermann glücklich. Bis dieser Waldseemüller auftauchte. Er konnte das ganze sorgsam erdachte Trugbild zum Einsturz bringen. Ein Mann, der plante, eine Seekarte mit den Wegen zur neuen Welt zu schaffen, der von einem vierten Erdteil sprach, musste mehr wissen. Dieser Kartograph konnte möglicherweise den ganzen Schwindel auffliegen lassen.

Nein, niemand durfte erfahren, dass die *Lettera* – nun, dass er Vespuccis bekannte Beschreibungen zusammen mit seinem Sekretär ein wenig ergänzt hatte. Vor allem: Waldseemüller durfte Vespucci niemals begegnen. Er konnte dabei womöglich Dinge erfahren, die noch nicht einmal der Gonfaloniere von Florenz wusste. Dann stand sein eigener Ruf als redlicher Mann auf dem Spiel. Die Florentiner hatten eigentlich nichts gegen Lügner und Betrüger, sie waren Geschäftsleute. Sie hatten nur etwas gegen dumme Lügner und Betrüger, solche, die sich erwischen ließen. Selbst, wenn sie Piero Soderini hießen und das Amt des Gonfaloniere bekleideten. Bei diesem Gedanken zog sich in ihm alles zusammen.

Noch einmal tippte er mit seinem Spinnen-Zeigefinger auf die Zeilen Waldseemüllers. «Woher habt Ihr überhaupt diesen Brief? Wie kann ich sicher sein, dass es nicht noch mehr dieser Schreiben gibt?»

Der Mann verneigte sich tief. «Wie Ihr wisst, haben wir einen Spion bei den Vespuccis, ein braver Mann. Er weiß, was er Euch, der Signoria und Florenz schuldig ist.»

Piero Soderini nickte zufrieden. Es war immer gut, ganz sicher zu gehen. Das bewahrheitete sich jetzt wieder einmal. Wie alle hatten die Vespuccis versichert, sie würden mit ihm zusammenarbeiten, doch sie taten gerade so viel, wie sie mussten. Er konnte ihnen nicht viel anhaben, sie eigentlich nicht dazu zwingen, die Geheimnisse des Seefahrers herauszurücken. Und das wussten sie. Die Familie hatte Gewicht in Florenz, das Wort eines Vespucci galt etwas. Wahrscheinlich konnten sie ihm ebenso viele Schwierigkeiten bereiten wie er ihnen. Deswegen hatten sie sich stillschweigend auf eine Art Burgfrieden geeinigt. Amerigo Vespucci stammte aus einer der kultiviertesten Patrizierfamilien der Stadt. Sein Vater hatte sogar den berühmten Domenico Ghirlandaio beauftragt, ein Familienbildnis zu malen. Es hatte für Furore gesorgt. Amerigo Vespucci selbst hatte seine Sippschaft ebenfalls nie im Stich gelassen. Seit dem Tod des Vaters trug er mit seinen Einnahmen zum Unterhalt der Familie bei.

Der kleine Mann sah, dass der Gonfaloniere etwas gelöster wirkte. Seine letzte Antwort schien Soderini gefallen zu haben. Der Agent vor seinem Schreibtisch entspannte sich etwas. Allerdings nur für wenige Augenblicke. Dann kam die Frage, vor der er sich schon die ganze Zeit gefürchtet hatte.

«Und wieso ist dieser Waldseemüller überhaupt in Saint-Dié? Warum haben die Basler ihn nicht festgesetzt? Schlimm genug, dass Euer Mann diese Fehler gemacht hat. Wie konnte es überhaupt so weit kommen?»

Der Angesprochene sank wieder in sich zusammen. «Mein Mann wusste nicht, wie dieser Waldseemüller aussah. Wie hätte er ahnen sollen, dass derjenige, den er in dessen Kammer antraf, gar nicht der Gesuchte war? Er wollte ihn doch nicht töten, aber es blieb ihm keine andere Wahl, als der andere ihn angriff.»

«Ich bin von lauter Unfähigen umgeben. Ich hoffe, dieser Dummkopf hat bekommen, was er verdient. Doch die Angelegenheit hätte wenigstens zu etwas gut sein können. Ihr hattet mir hoch und heilig versichert, es werde Euch gelingen, den – äm… Unfall – diesem Waldseemüller in die Schuhe zu schieben. Warum also ist er nicht schon längst festgesetzt und wartet auf seine Hinrichtung?»

«Er ist geflohen, Euer Gnaden, bevor die Häscher ihn fassen konnten.»

«Weshalb haben ihn dann Eure Leute nicht erwischt?» Die Stimme des Gonfaloniere hatte einen stählernen Klang bekommen, was sein Zischen noch fürchterlicher machte. «Und warum macht Ihr mir erst jetzt Mitteilung von der ganzen Angelegenheit?»

Der Angesprochene war immer bleicher geworden. Man sah ihm an, dass er sich am liebsten im nächsten Mauseloch verkrochen hätte. Piero Soderini war nicht bekannt dafür, dass er Fehler leicht verzieh. Er konnte sich keine Fehler leisten.

«Nun, wir haben ihn zunächst ebenfalls aus den Augen verloren, konnten allerdings schließlich herausfinden, wohin er geflohen war. Wir haben dann den Schergen des Basler Magistrates auf diskrete Art einen Hinweis zukommen lassen, wo sie den Gesuchten finden könnten. Damals hielt er sich in der Druckerei von Jean Grüninger in Straßburg auf. Wir haben außerdem dafür gesorgt, dass Waldseemüller seine Karte dort nicht drucken lassen kann.» Er machte eine Pause und senkte den Kopf. Dann verwarf er den Gedanken schnellstens wieder, dem Gonfaloniere zu gestehen, dass das Feuer kaum Schaden angerichtet hatte, dafür aber Waldseemüller gewarnt haben musste.

«Nun, weiter. Ich höre.» Das klang nicht sehr nachsichtig, der Kloß im Hals des kleinen Mannes wurde größer. Er räusperte sich.

«Nun, Euer Gnaden, es ist so ...»

«Also wie?»

«Plötzlich war dieser Waldseemüller auch aus Straßburg verschwunden. Wir dachten, so lange er auf der Flucht ist, wird er wohl kaum daran denken, eine Karte der neuen Welt zu zeichnen. Und nun ...»

«Was, und nun?»

«Die Basler verfolgen ihn nicht länger. Johann Amerbach, der Drucker, der in der Stadt ein äußerst angesehener Mann ist, hat sich mit der ganze Kraft seiner Beziehungen für ihn eingesetzt.»

«Und wie zum Teufel gerät dieser Kartograph nach Saint-Dié? Ausgerechnet nach Lothringen, ausgerechnet unter den Schutz dieses ehrgeizigen Herzogs, ausgerechnet in einen Kreis von Gelehrten, die ihm bei seiner Aufgabe helfen können? Schlimmer hätte es kaum kommen können. Das ist eine Katastrophe. Bin ich denn hier nur von Idioten umgeben!» Piero Soderini brüllte jetzt. «Spart Euch die Antwort. Ich kann Euch sagen, wie. Ihr seid unfähig. Ihr habt versagt, auf der ganzen Linie versagt. Ich werde entsprechend handeln.»

Der Bannerträger der Gerechtigkeit machte eine wegwerfende Handbewegung und läutete.

Der kleine Mann sank auf die Knie. Kurz nahm er den weichen Teppich wahr, auf dem er bisher gestanden hatte, dann überfiel ihn die Todesangst. «Euer Gnaden, ich flehe Euch an! Niemand konnte diese Entwicklung voraussehen! Ich verspreche, ich werde alles wieder in Ordnung bringen.» Er kreischte jetzt fast.

Piero Soderini betrachtete ihn angewidert. «Ich kann keine Versager in meinem Dienst brauchen.» Vier Bewaffnete der privaten Leibgarde Soderinis öffneten die Türe. Der Gonfaloniere nickte nur mit dem Kopf. Da packten sie den knienden Unglücklichen und schleppten ihn aus dem Zimmer. Soderini konnte sein Kreischen noch durch die Räume hallen hören, lange nachdem sie ihn aus der Tür gezerrt hatten. «Euer Eminenz, Euer Gnaden, Erbarmen, ich mache alles wieder gut. Euer Gnaden, Euer Gnaden ...»

Warum stopften sie ihm nicht endlich das Maul? Warum war dieser Kretin nicht endlich ruhig? Er musste nachdenken. René von Lothringen hatte mächtige Freunde. Freunde, die ihm einen Gefallen schuldeten. Und diese wiederum hatten bei ihm angefragt und um eine Kopie seiner Veröffentlichung der *Quatuor navigationes*, um die *Lettera* gebeten. Freunde, denen selbst der Gonfaloniere von Florenz nicht so einfach etwas abschlug. Es musste ihm gelingen, sie hinzuhalten. So lange, bis das Problem dieses Kartographen, wie sollte man sagen – gelöst war. Dieser Waldseemüller verstand zu viel von Navigation, dem Stand der Sterne, der Geographie, der Kosmographie. Die kleinen Veränderungen würden ihm sofort auffallen. Er durfte die *Lettera* nicht in die Hände bekommen. Und er durfte Amerigo Vespucci niemals treffen. Piero Soderini saß noch eine Weile regungslos hinter seinem prächtigen Schreibtisch. Dann läutete er zum zweiten Mal.

Einige Wochen nach der Abreise von Johann Amerbach trabten erneut Pferde über die südliche Brücke von Saint-Dié, durch das Tor, die Hauptstraße entlang in Richtung Kathedrale. Die Menschen beachteten sie anfangs nicht sonderlich. Sie waren daran gewöhnt, dass um diese Jahreszeit Besucher kamen. Das große Fest im Andenken an die Präsentation Marias im Tempel stand unmittelbar bevor. Es wurde jedes Jahr am 21. November begangen und lockte viele Besucher an. Denn es gab ein Schauspiel, das besonders die Frauen begeisterte. Kleine Kinder, reich gewandet und ausstaffiert, spielten die Szene nach. Gauthier Lud hatte die Tradition dieses Festes bereits 1494 begründet und alle waren ihm dankbar, es hatte sich zu einem der Höhepunkte in Saint-Dié zu einer Zeit des Jahres entwickelt, die ansonsten eher düster, neblig, kalt und an besonderen Ereignissen arm war. Selbst die Frauen von Saint-Dié, die sonst immer als Erste über das Wer, das Wohin und das Wieso eines neuen Besuchers Bescheid wussten, hatten kaum Zeit, den Ankömmlingen besondere Aufmerksamkeit zu schenken. In allen Stuben wurde gestickt, genäht, geschneidert. Jedes Kostüm sollte das schönste sein.

Als der Tross das große Tor passiert und das Stiftsgelände erreicht hatte, stieg eine der beiden Damen von ihrem Zelter. Beide waren tief verschleiert, von Dienern und mehreren Gepäckgespannen begleitet. Also mussten es Besucherinnen von Stand sein, hätten sich die Frauen von Saint-Dié unter anderen Umständen zugeraunt und darüber spekuliert, was sich unter all den Planen, in den Kisten und Truhen an Schätzen verbergen mochte.

Doch sie waren mit den Festvorbereitungen beschäftigt. So bemerkte keine von ihnen die Ankunft der beiden Fremden, bis auf eine, die größte Klatschbase der Stadt. Sie hatte keine Kinder, für die sie Kostüme nähen musste. Dafür ging sie mit der Neuigkeit von Haus zu Haus, um zu berichten: Eine der beiden Frauen hatte ein Kleinkind dabei. Welche, das konnte sie nicht so genau ausmachen. Jedenfalls hatte sie auch eine Amme gesehen, die gerade einen Säugling stillte. Sie entschied, es musste das Kind der Jüngeren sein.

Das große Tor zum Stiftsgelände tat sich auf. Die Ältere verlangte, Magister Martin Waldseemüller zu sprechen. Es war dem Stiftsdiener sofort klar, dass sie keinen Widerspruch dulden würde. Der Magister möge sich doch bitte möglichst umgehend in die Herberge bemühen, musste er ausrichten. Keiner der Bediensteten des Kapitels bekam die Gesichter der beiden Damen zu sehen.

Die Klatschbase leistete ganze Arbeit. Sie ging von Anwesen zu Anwesen, die Frauen hoben die Köpfe von ihrer Handarbeit und hörten neugierig zu. In Windeseile wusste ganz Saint-Dié, dass dieser Waldseemüller, der sich dauernd so geheimnisvoll in seiner Kammer einschloss und den Schlüssel beim Verlassen derselben immer sorgsam an seinem Gürtel festband, nun, dass dieser Magister Waldseemüller Damenbesuch hatte, eine sogar mit einem Säugling. Ob dieser Ilacomylus, den kaum jemand zu Gesicht bekam, vielleicht sogar der Vater war? Die Männer gaben sich uninteressiert, sie warteten ab.

Die Frauen hatten für die nächsten Tage kein anderes Gesprächsthema mehr, während sie Litzen bestickten, goldene und silberne Fäden durch Damast und Brokat zogen. Die Gerüchte trieben absurde Blüten. Besonders, als durchsickerte, wer die beiden Besucherinnen waren. Dann ging das Rätselraten erneut los. Ob das Kleinkind wohl der vornehmen ausländischen Dame gehörte? Oder ihrer Gesellschafterin, der Elsässerin? In dieser Frage war sich die Frauenwelt von Saint-Dié höchst uneinig. Die Elsässerin war jedenfalls etwas gewöhnlich, gifteten einige der Damen und sagten es allen, die es hören wollten. Die Elsässerin war schon ein saftiges Weibsbild, dachten manche der Herren und waren fast geneigt, den Magister Waldseemüller etwas zu beneiden – falls er der Vater des Kindes sein sollte. Doch sie hüteten sich, das ihren Frauen zu erzählen.

Contessina de' Medici lächelte Martin Waldseemüller an. Sie waren allein in der großen Stube der Herberge. Sie hatte dem Wirt genügend Gold gegeben, um alle anderen Gäste fortzuschicken. Mehr als er an Einnahmen erwarten konnte, wenn das große Fest begann. «Nun, seid Ihr erstaunt, mich wiederzusehen?»

Wie schon bei ihren ersten Begegnungen war er überrascht, wie flüssig ihr Latein war. Sie musste eine ausgezeichnete Erziehung genossen haben. Martin Waldseemüller verbeugte sich. «Es ist mir, wie immer, eine Freude, Euch zu begegnen. Etwas verwundert bin ich allerdings schon. Ich hätte nicht erwartet, dass Ihr hierher kommen würdet. Es gibt doch sicherlich einen guten Grund für Euren Besuch.»

Wenn sie lächelte, wirkte ihr schmales Gesicht unter dem kunstvoll hochgesteckten, dunkelblonden Haar mädchenhaft und fröhlich. Doch er wusste, dass sie einiges durchgemacht haben musste. Die Medici hatten es nicht mehr so leicht, seit die Macht von Florenz in andere Hände übergegangen war. Der feine Kranz der Fältchen um ihre Augen berichtete davon.

Er wartete.

«Eigentlich gibt es zwei Gründe, die mich herführen. Aber bitte nehmt Euch doch etwas von dem Wein im Krug. Er ist zwar nicht so gut wie bei uns zu Hause, aber auch nicht schlecht.» Sie machte eine Pause und blickte ihn scharf an. «Ihr wisst, wie ich in Wirklichkeit heiße, nicht wahr?»

Er nickte. Die Frage verwirrte ihn. Warum machte sie sich die Mühe, ihre Identität zu verbergen, wenn sie ihn jetzt so offen darauf ansprach?

«Contessina de' Medici di Ridolfi», erwiderte er knapp.

«Ihr seid gut informiert. Ich weiß, dass Ihr mein Inkognito als Signora Simoni wahren werdet, nicht wahr?»

Wieder machte er eine höfliche Verneigung mit dem Kopf.

«Gut. Ich will nicht lange Umschweife machen. Ihr ahnt mein Anliegen sicher schon. Ich dachte eigentlich, Ihr hättet meine Warnung verstanden, begriffen, dass es in Europa Kräfte gibt, die sehr unglücklich über Eure Pläne sind. Kurz, es ist meiner Familie zu Ohren gekommen, dass Ihr noch immer darauf beharrt, eine Seekarte zu fertigen, die in einigen wesentlichen Punkten erheblich von jenen abweicht, die es bisher gibt. Eine Karte, die im Wesentlichen auf den Ergebnissen der Reisen von Amerigo Vespucci beruht. Vor allem aber, dass Ihr keine Ruhe gebt. Dass Ihr immer noch versucht, an Amerigo Vespuccis Erkenntnisse zu gelangen. Ihr wisst, dass Vespucci über lange Jahre im Dienste der Medici war? Dass die Familie Vespucci seit Generationen loyal zu meiner Familie gestanden hat? Kurz, dass wir es waren, die Vespucci überhaupt den, sagen wir einmal, Anlass für seine Fahrten gaben?»

«Ist er nicht in Diensten und unter der Flagge der Portugiesen und der Spanier gesegelt?»

«Offiziell ja. Doch ohne unsere Verbindungen wäre es vielleicht niemals so weit gekommen. Die Medici zogen es angesichts der politischen Verhältnisse in Florenz vor, in dieser Angelegenheit nicht in Erscheinung zu treten. Ich will völlig offen sprechen. Für meine Familie ist es von existenzieller Bedeutung, dass einige der Entdeckungen, insbesondere die genauen nautischen Daten, nicht jedermann zugänglich gemacht werden. Mein Bruder Giovanni hofft auf lukrative Geschäfte mit der neuen Welt. Ihr wisst ja, dass die Medici in Florenz gewisse Schwierigkeiten hatten und deshalb gezwungen sind, ihre Fühler auszustrecken. Die Terra incognita birgt möglicherweise große Schätze. Es ist noch lange nicht alles erkundet. Niemand weiß, was jenseits der Gestade, bis zu denen Vespucci vorgedrungen ist, noch alles an Entdeckungen wartet. Es wäre den Medici entschieden lieber, die gewaltige Ausdehnung dieser neuen Welt bliebe zunächst im Dunkeln. Es muss Euch doch klar sein: Diese Territorien ergäben allein von ihren Ausmaßen her ein grandioses Königreich für denjenigen, dem es als Erstem gelingt, sie sich untertan zu machen. Außerdem kontrolliert jeder, der diese Territorien besitzt, den weiteren Seeweg nach Westen und …» Wieder sprach sie den Satz nicht zu Ende.

Er sprang auf. «Jetzt wird mir auch klar, warum sich Amerigo Vespucci auf meine Briefe niemals gemeldet hat. Die Medici haben es verhindert. Weil sie nicht wollen, dass ich hinter ein bestimmtes Geheimnis komme. Es gibt doch noch ein Geheimnis, nicht wahr? Ich bin sicher, Amerigo Vespucci hat nicht nur eine riesige Landmasse entdeckt, sondern darüber hinaus eine Methode gefunden, um den Kurs eines Schiffes genauer als bisher möglich vorherzuberechnen, ebenso die Position. Seine Ergebnisse sind viel exakter als die bisher üblichen Messungen über die Geschwindigkeit, die Meeresströmungen, den Stand der Gestirne, mit Kompass, Jakobsstab oder Astrolabium. Er kann nicht nur die Breitengrade exakter berechnen, nicht wahr, sondern auch die geographische Länge. Das ist es, was ich nicht wissen soll. Weil dieses Wissen die Navigation der Schiffe der Medici und damit deren Schnelligkeit und Kursgenauigkeit allen anderen überlegen machen und gleichzeitig die Verluste an Männern und Material verringern würde. Außerdem darf Amerigo Vespucci nicht deutlich sagen, dass er nicht nur Terra incognita entdeckt hat, ein unbekanntes Land im Osten Asiens, sondern einen völlig neuen Erdteil, dessen Dimensionen bisher noch niemand einzuschätzen vermag. Außer eben ein Mann, der aufgrund seines Wissens in der Lage ist, die Beschreibungen Vespuccis richtig einzuordnen und sie in Form einer Karte zugänglich zu machen.

Doch die Überlegungen der Medici reichen sicher noch weiter. Die große Zeit der Entdeckungen hat ja gerade erst begonnen. Es ist also klar, dass es jenseits dieses neuen Erdteiles noch ein weiteres Meer gibt. Dass jenseits dieses Ozeans wahrscheinlich noch weitere lohnenswerte Ziele auf ihre Eroberung warten. Winkt nicht ab, haltet mich nicht für so naiv. Ich weiß wie Ihr, dass wir, was die Erforschung unserer Welt anbetrifft, noch lange nicht am Ende der möglichen Entdeckungen sind. Ihr habt es ja bereits durchklingen lassen: Die Medici wollen die Ersten sein auf diesem Weg gen Westen, die Schnellsten und am Ende die Reichsten, die Herrscher der neuen Welt. Wie sagtet Ihr doch: genügend Land für ein eigenes Königreich? Dafür tut Eure Familie einiges, nicht wahr? Oh doch, ich habe die Warnung verstanden. Aber habt Ihr wirklich geglaubt, ich würde deshalb aufgeben?» Seine Stimme war bitter geworden.

«Sagen wir so, ich hatte es gehofft. Was ist denn schlimm daran, sich Ziele zu setzen und diese konsequent zu verfolgen? Ihr tut das auch. Auf Eure Weise. Und warum sollte es nicht möglich sein, dass unsere und Eure Ziele sich treffen, dass der Aufbruch meiner Familie in eine neue Welt, in eine neue Zeit, auch zu dem Euren werden kann? Dass unser Abenteuer auch Eures sein könnte? Wollt Ihr nicht dorthin, wollt Ihr nicht das alles sehen, was Ihr bisher nur von Vermutungen und von den Karten anderer her kennt? Wollt Ihr Euch nicht selbst überzeugen, anstatt immer den Berichten anderer vertrauen zu müssen? Die Kapitäne der Medici könnten einen guten Kartographen gebrauchen, einen Mann wie Euch.»

Ihre Worte fielen schwer in seine Seele, wie Kiesel auf den Grund eines Sees. Er schaute auf sie hinunter. Da saß sie, ruhig, ganz die große Dame, ihr Mund lächelte verbindlich, ihre graublauen Augen blickten freundlich zu ihm auf.

Es hielt ihn nicht mehr bei der Bank, auf der sie saß. Er lief den Schankraum auf und ab. Was sie ihm da anbot, überstieg seine kühnsten Träume. Oh doch, das wollte er! Und wie er das wollte! Sich einschiffen, hinauf in den Himmel blicken, sehen, wie sich die Segel im Wind blähten, das Klatschen der Wellen an die Bordwand hören. Ja, auch den furchtbaren Gestank, die Enge im Bauch des Schiffes ertragen, all das erleben, von dem er immer wieder gehört hatte: das schlechte Essen, die Kameradschaft, das Schuften, die Stürme, die Meeressonne auf dem Gesicht und das Salz der See auf der Haut. Ein Teil zu sein – Teil dieses ganzen verrückten, wunderbaren, gefährlichen, erregenden Abenteuers. Abrupt blieb er stehen und wandte sich zu ihr um.

«Was wollen die Medici dafür?»

«Eure Treue, Eure Loyalität. Meine Familie lässt Euch außerdem ausrichten, dass sie Euch für Eure Dienste als Kartograph selbstverständlich angemessen entlohnen wird.»

Bereits während sie diesen Satz sagte, veränderte sich sein Gesicht. Die braunen Augen, die gerade eben noch vor Abenteuerlust und Erwartung geradezu gesprüht hatten, wurden ausdruckslos. «Da ist noch mehr, nicht wahr? Es gibt noch eine Bedingung.»

«Ja. Eure Verschwiegenheit. Außerdem müsstet Ihr mit mir zusammen aufbrechen und sofort nach unserer Ankunft an Bord gehen.»

«Das ist es also. Die Medici wollen, dass ich die Pläne für diese Karte aufgebe. Dass ich mir meine Treue, Loyalität und Verschwiegenheit bezahlen lasse, ebenso wie meine Ehre als Gelehrter und Wissenschaftler.»

Sie hob die Hand. «Halt, Magister Waldseemüller, oder Ilacomylus. Sprecht nicht weiter, ehe Ihr nachgedacht habt. Schlaft eine Nacht darüber. Die Medici bieten Euch einen Weg ins Paradies, eine glänzende Zukunft, Ruhm, ja in gewissem Sinne sogar die Unsterblichkeit. Wer weiß, vielleicht reiht Ihr Euch selbst eines Tages unter die großen Entdecker ein? Überlegt in Ruhe, ehe Ihr das alles in einem Augenblick beiseite wischt.

Und da ist noch etwas, das Ihr in Eure Überlegungen mit einbeziehen solltet. Da ist eine gewisse junge Frau, die sich in meiner Gesellschaft befindet. Eine ganz reizende Person übrigens.»

«Marie» – allein den Namen auszusprechen bereitete ihm Qualen. Das Herz war ihm fast stehen geblieben, als er sie so neben Contessina de' Medici hatte in die Herberge gehen sehen, ihren Säugling auf dem Arm. Die Mutterschaft hatte sie noch schöner gemacht, noch weicher, noch fraulicher. Noch begehrenswerter. Wäre er jünger gewesen, er hätte vielleicht doch noch auf ein Wunder gehofft, darauf, dass sie eines Tages die Seine werden könnte. Doch er war zu alt, hatte zu viel gesehen und erlebt, um der Macht der Engel zu vertrauen. Die des Teufels war fast immer stärker. Wenn es für sie beide eine Zukunft gab, dann klebte Unrecht daran. Das war kein guter Boden für das Glück, das er sich so sehr mit ihr ersehnte. Er wusste, nach ihr würde er nie wieder eine andere Frau so lieben, so begehren können wie sie.

Contessina de' Medici sah den Schmerz in seinen Augen, die Sehnsucht, das Verlangen. Sie kam sich nicht gerade sehr edel vor bei dem Gedanken, diese Gefühle für die Zwecke der Medici auszunutzen. Andererseits rettete sie ihm damit vielleicht das Leben. Gleichzeitig wünschte sie sich, auch so geliebt zu werden wie dieser Mann Marie Grüninger liebte. Sie hatte ihren Gatten gern, hatte ihn genommen, weil die Familie es so wollte. Es war keine schlechte Ehe. Aber diese Form von Liebe – nein. Diese Form von Liebe, dieses alles verzehrende Gefühl, das brannte, das weder Grenzen kannte noch akzeptierte, bei dem Himmel und Hölle eins waren, das hatte sie nie kennengelernt, noch nicht einmal, als sie Michelangelo begegnet war. Ihr Herz war immer ruhig geblieben. Und wenn sie sich diesen Mann so anschaute, dann war das vielleicht auch besser so. Er liebte verzweifelt, sehnsüchtig, war nicht mehr Herr seiner Gefühle und seines Körpers, sobald Marie Grüninger in seiner Nähe weilte. Diese Frau war eine solche Liebe nicht wert.

«Warum habt Ihr sie hergebracht?»

Sie schrak aus Ihren Gedanken hoch. «Sie bat mich darum. Wir haben uns bei meinem Empfang in Straßburg kennen gelernt. Ihr erinnert Euch? Ich sagte schon, sie ist eine ganz reizende Person – so liebenswürdig und, wie soll ich sagen, unbefangen. Dabei weiß sie doch genau, was sie will. Ihr solltet sie zunächst anhören, bevor Ihr mir Eure Antwort gebt.» Sie hob die linke Hand an die Schläfe. Verzeiht, Magister, mir ist nicht ganz wohl. Die Reise hat mich ermüdet, ich bin nicht die Gesündeste, Ihr versteht ... Bitte entschuldigt mich. Marie wird Euch eine Nachricht zukommen lassen und Euch Ort und Tageszeit des Treffens nennen. Ich werde Euch wohl nicht begleiten können. Weist sie nicht zurück. Ich flehe Euch an. Es könnte Euer Glück zerstören. Hört zu, was sie Euch zu sagen hat.»

Er konnte in dieser Nacht nicht schlafen. So musste sich Jesus gefühlt haben. Wie hieß es noch in Matthäus 4,8–11:

«Darauf führte ihn der Teufel mit sich auf einen sehr hohen Berg und zeigte ihm alle Reiche der Welt und ihre Herrlichkeit und sprach zu ihm: Das alles will ich dir geben, wenn du niederfällst und mich anbetest.
Da sprach Jesus zu ihm: Weg mit dir, Satan! Denn es steht geschrieben: »Du sollst anbeten den Herrn, deinen Gott, und ihm allein dienen.« Da verließ ihn der Teufel. Und siehe, da traten Engel zu ihm und dienten ihm.»

Er fürchtete sich davor, nicht stark genug zu sein, um der Versuchung des Angebots der Medici zu widerstehen. Außerdem: Sein Engel war sehr irdisch. Irgendwann, bei Morgengrauen, sank er völlig ausgelaugt von den inneren Kämpfen auf sein Lager. Er ahnte nicht, dass noch eine weitere, ebenso große Versuchung auf ihn wartete. Erst beim Einschlafen fiel ihm auf, dass Contessina de' Medici seine Frage nach Vespuccis Geheimnis nicht beantwortet hatte. Sie hatte allerdings auch nicht widersprochen. Aber er hatte ihr ja ebenfalls nicht gesagt, dass er längst nicht mehr an einer Seekarte arbeitete, sondern an einer Karte der Welt.

Er traf Marie am nächsten Vormittag wie vereinbart jenseits des Stadttores an der Meurthe. Der Himmel hatte alle grauen Novemberschleier beiseite geschoben und den schönsten Sonnenschein aufgefahren. Es hätte auch ein sonniger Tag im Oktober sein können.

Sie wartete schon auf ihn. Wieder traf ihn ihre Schönheit mitten ins Herz. Er kam sich so linkisch vor, so unbeholfen und hässlich. Sie strahlte ihn an. «Es ist schön, dass Ihr kommen konntet.» In diesem Moment meinte sie es genau so, wie sie es sagte. Sie wunderte sich selbst darüber, doch anscheinend bedeutete ihr dieser Mann mehr, als sie bisher geahnt hatte.

Seine innere Unsicherheit wuchs noch. So kam der Satz barscher heraus, als er es beabsichtigt hatte. «Was wollt Ihr von mir? Warum seid Ihr hier?»

Sie lächelte erneut. «So abweisend, mein Freund? Ich erinnere mich an Zeiten, da war das anders.» Sie senkte verschämt den Kopf, wurde sogar ein wenig rot.

Was hatte diese Frau nur an sich, das ihn so magisch anzog? Nein, das durfte nicht sein. Sie gehörte einem anderen, hatte ein Kind mit ihm. Er versuchte, seine aufgewühlten Gefühle unter Kontrolle zu bekommen. Es gelang ihm nur unzulänglich.

«Verzeiht, ich wollte Euch nicht verletzen», begann er zögernd. «Ihr müsst wissen, was Ihr mir bedeutet. Doch ich darf nicht darüber sprechen, Ihr – es wäre beleidigend für Eure Ehre», brachte er schließlich heraus.

«Meine Ehre!» Die Worte klangen traurig, fast bitter. «Was nützt einer Frau die Ehre, wenn sie zutiefst unglücklich ist, wenn jeder Tag ein erneutes Martyrium bedeutet!» In ihren grünen Augen glitzerten die Tränen. Eine lief ganz langsam über ihre Wangen. Sie wischte sie weg.

«Marie, was sagt Ihr da?!»

Er hätte sie am liebsten in seine Arme gerissen und nie mehr losgelassen.

Sie senkte den Kopf. Dann schaute sie ihn an, ihre Blicke versanken ineinander. Sie löste sich als Erste aus dieser stummen Umarmung. «Martin, ich konnte dich nicht vergessen. Diese ganzen Wochen, diese ganzen Monate nicht. Wie kann ich – wie kann ich mit einem anderen Mann leben, wenn ich … Ich weiß, ich sollte es nicht sagen, ich tue es dennoch, meine Ehre ist mir inzwischen gleichgültig. Da ich, ja, da ich dich liebe!» Beinahe hätte sie selbst geglaubt, was sie da sagte.

Da konnte er nicht mehr anders. Er hätte jubeln können vor Glück. Sie liebte ihn. Er scherte sich nicht mehr darum, dass jeder sie sehen konnte. Er zog die Frau, nach der er sich schon so lange so verzweifelt gesehnt hatte, in seine Arme. Sie schmiegte sich an ihn, als wäre es das Selbstverständlichste von der Welt.

«Marie», flüsterte er in ihr Haar. «Was sollen wir nur tun? Du gehörst einem anderen.» Er legte die Hand unter ihr Kinn, hob ihren Kopf und zum ersten Mal nach so langer Zeit küsste er sie, fühlte er wieder ihre Lippen auf den seinen. Ihr Mund öffnete sich, er konnte spüren, dass auch sie ihn begehrte, wie sehr auch sie ihn liebte. Er hielt es nicht mehr aus und löste sich von ihr. Sein ganzer Körper schmerzte vor Verlangen nach dieser Frau.

«Ich wüsste vielleicht eine Möglichkeit», flüsterte sie, ihren Kopf an seine Schulter gelegt, eine Geste, die ihn zutiefst entzückte. «Deswegen bat ich Contessina de' Medici auch flehentlich, mich mitzunehmen. Sie ist eine gütige Frau, eine vornehme Dame. Sie willigte trotz der – unglücklichen – Lage der Dinge schließlich ein.»

«Und was wäre diese Möglichkeit?»

«Wir könnten fortgehen. Weit fort. Sie erzählte mir von dem Angebot der Medici an dich. Das ist wie ein Zeichen des Himmels, mein Liebster. Ich könnte mit dir nach Florenz kommen, wir könnten zusammen leben, ganz offen, als Mann und Frau.

Und während du zur See fährst, mein Herz, vielleicht sogar eines Tages als Kapitän eines eigenen Schiffes, würde ich auf dich warten, unsere Kinder groß ziehen, an dich denken, dich lieben …»

Sein Körper hatte sich mit jedem ihrer Worte mehr versteift. Er schob sie von sich. Seine Augen waren dunkel vor Enttäuschung. «So ist das also. Ihr arbeitet mit jeder List, um zu verhindern, dass meine Seekarte gedruckt wird. Und du, die Frau, die ich liebte, gibt sich zu diesem bösen Spiel auch noch her. Ich bin nicht so dumm, so blind, wie ihr anscheinend alle glaubt. Marie, wieso? Wieso tust du das?»

Er wandte sich zum Gehen.

Sie lief hinter ihm her, jetzt wirklich verzweifelt. Sie hatte ihn unterschätzt, hatte gedacht, ihn leicht überzeugen zu können. Sie musste ihn gewinnen! Er war ihre Chance, ihr Weg in ein besseres Leben. Contessina de' Medici und sie hatten es sich während der Reise in den glühendsten Farben ausgemalt. Marie war völlig klar, dass die Florentinerin sie benutzte. Es war ihr gleich. Man würde sehen, wer am Ende am meisten von dem Handel profitierte. Sie hielt sich für schlau genug, um aus der Lage das Beste zu machen. Doch jetzt drohten ihr alle ihre Hoffnungen durch die Finger zu gleiten. Warum war dieser Mann nur so dumm, so borniert, so stur! Sah er denn nicht, welche Möglichkeiten sich ihm boten, begriff er denn nicht, dass dies die Chance seines Lebens war? Ein Angebot wie dieses würde er niemals wieder bekommen. Und nun, schien es, war er im Begriff, dies alles wegzuwerfen. Wegen eines falschen Ehrgeizes, wegen einer lächerlichen Weltkarte, wegen seines verletzten Stolzes. Es nutzte nichts. Sie musste jetzt ihre letzte Trumpfkarte aus dem Ärmel ziehen. «Martin, bitte. Es ging mir wirklich nur um unsere Liebe!»

Sie stockte. «Es ging mir um uns. Ich muss dir noch etwas beichten. Martin, bitte warte doch! Ich habe bei diesem Vorschlag nicht nur an uns beide gedacht. Es gibt noch einen anderen Grund.»

Er hielt inne und drehte sich um. Sie sah den Schmerz in seinen Augen. «Sag mir, was du zu sagen hast.»

Sie trat noch einen Schritt näher zu ihm, so, dass er sie riechen, die Wärme ihres Körpers spüren konnte, doch ohne ihn zu berühren. «Martin – ich – es fällt mir schwer. Ich wollte es dir eigentlich nicht sagen, du solltest nicht glauben, dass ich dich nur deswegen so sehr liebe. Aber es ist – du hast eine Verantwortung, von der du nichts weißt. Das Kind, das du in meinen Armen gesehen hast. Es stammt nicht von meinem Gatten, sondern von meinem wirklichen Mann, dem Mann, dem mein ganzes Herz gehört. Es ist ein Mädchen. Sie heißt Jeanne-Martine. Du bist der Vater. Es ist deine Tochter. Willst du uns beide wirklich einfach so im Stich lassen? Vielleicht habe ich kein Anrecht darauf, etwas von dir zu fordern. Aber Jeanne-Martine hat es. Du musst nur in ihr Gesichtchen schauen, dann weißt du, dass nur du ihr Vater sein kannst.» Das Mädchen hieß Jeanne-Pierette. Aber Jeanne-Martine machte sich in Anbetracht der Umstände besser, fand sie. Und es schadete ja nichts.

Er stand wie vom Donner gerührt. Dann erhellte ein strahlendes Lächeln sein Gesicht. Sie triumphierte innerlich. «Bist du dir sicher?»

Sie nickte verschämt. «Ja, du bist der Einzige, der dafür in Frage kommt. Sie sieht so sehr aus wie du.»

Er nahm sie in seine Arme. In seinem Inneren tobte es, sein Herz schlug, als wolle es sofort zerspringen. Eine Tochter, er hatte eine Tochter. Marie hatte Recht. Er durfte sie nicht im Stich lassen. «Ich hoffe, sie wird einmal so wunderschön wie du, mein Herz», flüsterte er in ihr Haar. Sie fühlte sich so weich an. Sie duftete so wunderbar. Er hätte am liebsten sofort ihr Kleid geöffnet, ihre Brüste gestreichelt, ihre Röcke hoch geschoben ...

Nein, nicht jetzt. Sie war seine Frau, die Mutter seines Kindes. Ihre Ehre war auch seine Ehre. «Du hast Recht, meine Liebste. Vielleicht ist es ein Zeichen, dass die Medici mich in ihren Dienst nehmen wollen. Wirst du auf mich warten, mir treu sein, während ich auf See bin?»

Sie strahlte zu ihm auf. «Du bist der Mann, den ich liebe, dessen Kind ich geboren habe und dessen Kind ich vielleicht bald wieder unter dem Herzen trage. Kann eine Frau denn mehr tun für den Mann, den sie liebt, als ihre Ehre zu opfern, heimlich mit ihm fortzugehen, obwohl sie nicht mit ihm, sondern mit einem anderen verheiratet ist?»

Sie hatte nicht die mindeste Absicht, in Florenz treu und brav daheim zu sitzen. Die Florentiner sollen feurige Liebhaber sein, hatte sie gehört. Und vielleicht fand sie einen, der dazu noch sehr, sehr reich war …

«Ich werde dich und unsere Tochter nicht im Stich lassen», bestätigte er. «Und wir werden auch einen Weg finden, vor Gott und den Menschen zu unserem Bund zu stehen.»

«Dann lass uns gehen und es Contessina de' Medici sagen.» Sie musste sich beherrschen, um ihre wilde Genugtuung nicht zu zeigen.

Sittsam, ohne sich zu berühren, und dennoch nah beieinander gingen sie nach Saint-Dié zurück.

Nicolas Lud sah sie und runzelte die Stirn. Was sollte das bedeuten? Er hatte gleich ein so seltsames Gefühl gehabt, als die beiden Damen angekommen waren. Doch Ilacomylus hatte ein großes Geheimnis um das Anliegen gemacht, das die beiden Frauen zu ihm geführt hatte.

Martin Waldseemüller konnte kaum einen klaren Gedanken fassen, während er Seite an Seite mit Marie durch den Sonnenschein zurück zur Herberge ging. Das Wasser der Meurthe plätscherte wie zuvor, wirbelte um Steine, nahm seinen gewohnten Lauf. Die Vögel sangen wie zuvor, die Sonne schien wie zuvor, die Welt war trotz der vorgerückten Jahreszeit warm, das Gras noch grün. Wie zuvor. Und doch war alles plötzlich völlig anders. Neben ihm ging die Frau, die er liebte, seit er sie zum ersten Mal gesehen hatte, die Mutter seiner Tochter. Er war Vater, bald Ehemann, er hatte eine Familie.

Er öffnete die Türe zur Herberge, um Marie hindurchgehen zu lassen. Da sah er, wie sie mitten im Schritt innehielt. Ihre Stimme war kalt, aber auch erschrocken. «Was tust du denn hier?», erkundigte sie sich gepresst.

«Ich hole meine Frau und meine Tochter zurück», erklärte der Mann, der auf der Bank an einem der Tische saß. Er war eher mittelgroß, schmächtig. Er hatte kein schönes Gesicht. Die Nase war zu groß, die Lippen zu schmal. Er wirkte eher farblos in seinem grauen Rock, wie ein Mann, der selten an die Sonne kommt. Seine Miene verriet nichts. Nur seine Augen, dieser Schmerz, diese Traurigkeit darin, sie sagten genug.

«Ich gehe nicht mit dir.»

Martin Waldseemüller erkannte seine sanfte Marie kaum wieder. Ihr Gesicht war hart geworden, kalt. Ihre Augen sprühten Hass.

«Woher weißt du, dass ich hier bin?»

«Oh, das war nicht schwer. Halb Straßburg hat gesehen, in wessen Begleitung du fortgeritten bist. Und die andere Hälfte wusste, wohin die Reise gehen sollte. Dienstboten und Schankpersonal sind nicht verschwiegen, das hättest du dir eigentlich denken können. Schon gar nicht, wenn es um einen solchen Skandal geht. Doch ich werde dir nicht erlauben, auf meiner und der Ehre meiner Familie herumzutrampeln. Pack deine Sachen und komm. Wir verlassen Saint-Dié in einer halben Stunde.»

Martin Waldseemüller hatte bisher nichts gesagt. «Sie reitet nicht mit Euch. Marie gehört zu mir. Ich liebe sie.» Er schrie die letzten Worte fast.

Maries Gatte musterte ihn mit dem traurigen Blick eines getretenen Hundes. «Seid froh, dass Ihr sie los seid. Diese Frau hat einen Eisklotz statt eines Herzens in der Brust. Sie hat Euch sicher erzählt, das Kind sei von Euch, nicht wahr?»

Martin Waldseemüller erbleichte. «Ja, das hat sie.»

Andreas Schott nickte. Er wirkte unendlich müde. «Nun, da seid Ihr nicht der Einzige, den sie damit ködern wollte. Eurem Freund Matthias Ringmann hat sie dasselbe erklärt. Doch ich muss Euch enttäuschen. Ihr könnt unmöglich der Vater dieses Mädchens sein. Ringmann vielleicht, aber Ihr nicht. Mit absoluter Sicherheit nicht. Das Kind wurde nach unserer Eheschließung gezeugt. Ich habe mit der Hebamme gesprochen.»

«Wie kannst du es wagen …» Marie Schott schäumte vor Wut, ihr Gesicht war zornverzerrt.

«Wie *ich* es wagen kann? Ist das nicht eine seltsame Frage, meine Liebe? Also, pack deine Sachen. Ich werde künftig dafür sorgen, dass dieses Benehmen ein Ende hat. Und wenn es das Letzte ist, was ich tue.»

«Und wenn ich nicht mitgehe? Du kannst mich nicht einfach fesseln.»

«Oh doch, das kann ich. Ich bin dein Mann. Entweder du gehst freiwillig mit, oder ich zwinge dich!»

«Und was willst du dann tun? Mich einsperren vielleicht?», höhnte sie.

Er blieb noch immer ruhig. «Ja, genau das», erwiderte er knapp.

Martin Waldseemüller löste sich aus seiner Starre. Der Schmerz in seinem Inneren war fast mehr, als er ertragen konnte. Er verbeugte sich vor Andreas Schott. «Falls Ihr Genugtuung fordert, ich bin bereit.»

Dieser schüttelte den Kopf. «Was würde das ändern? Diese Frau hat schon genügend Unheil angerichtet. Sie ist es nicht wert, dass ein Mann für sie verletzt wird oder gar stirbt. Vergesst sie. Ich wünschte, ich könnte das auch.»

«Du Feigling, du elender Feigling», kreischte sie. «Schlag ihn tot, Martin, glaub diesem Ungeheuer nicht. Ich liebe dich, nur dich. Schlag ihn tot!»

Er sah in dieses Gesicht, dieses früher so schöne Gesicht, das dem eines Engels glich, und erkannte den Teufel darin. Angewidert wandte er sich ab.

«Ich schulde Euch etwas, mein Herr, für den Rest meines Lebens. Wenn ich Euch einen Dienst erweisen kann ...»

Andreas Schott winkte ab.

Da wandte sich Martin Waldseemüller zur Tür und verließ die Schenke. Er schaute sich nicht noch einmal um. Contessina de' Medici sah ihn von ihrer Kammer aus gehen. Da wusste sie, dass alle ihre Bemühungen vergebens gewesen waren. Sie beobachtete einen lebendigen Toten. Sie ahnte nicht, wie genau ihr Eindruck Martin Waldseemüllers Seelenzustand entsprach. Noch am selben Tag reiste sie ab. Marie Schott hatte Saint-Dié bereits verlassen. An der Seite ihres Gatten.

Zwei Wochen später traf eine Abschrift der *Lettera* in Saint-Dié ein. Sie kam vom Herzog von Lothringen mit dem Befehl, diese Angelegenheit und die Quelle absolut vertraulich zu behandeln. Er bestimmte Jean Basin als Übersetzer ins Lateinische. Er vertraue ihm, so die Begründung des Herzogs. Denn der Urheber dieser Kopie dürfe niemals bekannt werden, da dies für beide Teile höchst kompromittierend sein könnte. Wie wichtig dem Herzog in diesem Falle die Diskretion zu sein schien, bewies der Umstand, dass im Absender offenbar ein Name ausgekratzt worden war. An dessen Stelle war der Name Renés II., Herzog von Lothringen eingefügt worden. Doch wenn man die entsprechende Manuskript-Seite gegen das Licht hielt, war noch zu erkennen, was einmal darunter gestanden hatte: «Soderini».

Das überzeugte die Runde in Saint-Dié von der Echtheit des Textes. Der Priore der Signoria von Florenz höchstselbst hatte ihnen also den Text zukommen lassen. Wer, wenn nicht er, musste um die näheren Umstände von Vespuccis Reisen wissen. Er und der Herzog von Lothringen waren zudem gute Freunde, das wusste jeder. Es war eine Quelle, der man vertrauen konnte.

Noch vor kurzem hätte Ilacomylus über die Ankunft dieses so lange erwarteten Dokumentes gejubelt. Doch in ihm existierte kein Gefühl mehr, keine Freude, kein Schmerz. Seine Seele hatte sich in die Taubheit zurückgezogen. Erst nach und nach wurde ihm bewusst, dass Philesius, der Mann, den er für einen Freund gehalten hatte, der Liebhaber der Frau gewesen war, die er liebte. Das schmerzte doppelt. Er war zweifach verraten worden. Martin Waldseemüller konnte seine Gefühle nicht einfach auslöschen wie eine Kerzenflamme. Er konnte sie nur verdrängen, wegschieben, versuchen, nicht daran zu denken. Er stürzte sich erneut wie ein Besessener in die Arbeit. Er riss Jean Basin die *Lettera* förmlich aus der Hand, am liebsten hätte er jedes übersetzte Wort einzeln bei ihm abgeholt.

Eines Abends saß Martin Waldseemüller mit Jean Basin sowie Gauthier und Nicolas Lud in der Bibliothek. «Ah, hier, ist dies nicht wunderbar! Endlich kann ich meine Berechnungen komplettieren! Vespucci selbst bestätigt, was ich mir ausrechnete. Wir kommen unserem Ziel immer näher.»

Gauthier Lud nickte. «Ich kann gut verstehen, wie glücklich Ihr darüber seid, Ilacomylus. Doch achtet weiter darauf, dass Ihr nicht nur lest, was Ihr lesen wollt. Unsere These wird vielen kritischen Stimmen standhalten müssen.»

Glücklich, hatte Gauthier Lud gesagt. Nein, glücklich war er nicht. Er führte das oft einsame Leben eines Gelehrten, der sich nur mehr einer, wenn auch sehr fordernden Geliebten verschrieben hatte, der Wissenschaft. Die Karte war inzwischen zu einem Anker geworden, der ihn wenigstens am Leben hielt, ihn weitermachen ließ. Noch immer schlummerte irgendwo in ihm diese alte Begeisterung, das Gefühl, Teil von etwas Bedeutendem zu sein. Doch alles hatte sich hinter einem halb durchsichtigen Vorhang versteckt, wich zurück, wann immer er danach greifen wollte, um es hervorzuholen. Er kam sich vor wie ein Träumer.

Etwas von dem einstigen Enthusiasmus schwang dennoch in seiner Stimme mit, als er zitierte:

«*Auf der Fahrt durch den hitzigen Erdstrich kamen wir so weit nach Süden, dass wir die Mittellinie berührten und sowohl den einen als den anderen Pol am Ende unseres Gesichtskreises stehen hatten. Nunmehr sind wir so weit über die Mittellinie hinausgekommen, dass wir den Stern des Nordpols verloren haben und kaum noch den kleinen Bären sehen.*

Weil ich nun begierig bin, der erste zu sein, der die Gestirne am anderen Pole abzeichnet: so versäume ich manche Nacht den Schlaf darüber. Ich habe vier Sterne angemerkt in der Gestalt eines Mandelkerns.

Wenn ich doch nur diese Sternenkarte hätte, von der Vespucci schreibt! Wenn ich doch nur mit dem großen Entdecker selbst sprechen könnte! Ich wäre in der Lage, manches noch besser zuzuordnen, besonders was die Entfernungen anbetrifft.» Martin Waldseemüller hatte kein einziges Mal in sein Manuskript schauen müssen, um diese Sätze zu zitieren. Er hatte ein außerordentlich gutes Gedächtnis.

«Mandelkern, ja, ich erinnere mich. Als ich die Beschreibung zum ersten Mal hörte, dachte ich, es sieht aus wie ein Kreuz des Südens, weiß der Teufel warum», meldete sich Nicolas Lud zu

Wort. «Ich verstehe ja Eure Hoffnung auf eine Begegnung mit Vespucci, Ilacomylus, aber ich glaube nicht mehr daran. Wenn er sich bis jetzt nicht gemeldet hat, wird er es vielleicht niemals tun. Wir können nicht darauf warten.»
«Ich weiß, die Zeit drängt. Es ist schon fast zwanghaft. Ich muss mich einfach immer und immer wieder vergewissern, dass ich richtig rechne, richtig schlussfolgere. Vespucci hat uns diese Perlenkette an Hinweisen geliefert, eine nach der anderen. Und ich gehe sie immer wieder durch wie eine fromme Frau den Rosenkranz. Hört doch einfach weiter. Ihr müsst es doch auch sehen, das ist eine dieser Perlen, von denen ich spreche.

Es ist mir geglückt, zu bestimmen, dass wir der Breite nach sechzig und einen halben Grand von der Stadt Cadiz entfernt sind. Was die Länge anbetrifft, so weiß ich kein besseres Mittel, dieselbe auszufinden, als bei Nachtzeit den Stand eines Planeten gegen den anderen anzuschauen; im gleichen die Bewegungen des Mondes gegen die übrigen Planeten. Die Beobachtungen habe ich mit dem Kalender des Regiomontanus verglichen, der auf den Mittagszirkel der Stadt Ferarra gerichtet ist, und diesen mit Hilfe der Tafeln des Königs Alphonsus auf meinen gegenwärtigen Fall gebracht. Dergestalt ergründete ich, dass wir dreizehnhundertundsechzig und zwei Drittel Meilen von Cadiz entfernt sind.»

Er schaute die drei Männer Zustimmung heischend an. «Also, seht Ihr, es ist eigentlich gar nicht so schwer. Gutenberg, dem Meisterdrucker aus Mainz, sei es gedankt, dass ich die Karte von *Regiomontanus* auch in die Hände bekam, ebenso später die Tafeln des Königs von Kastilien. Ich ließ beides glücklicherweise bei meinem Onkel in Basel, so dass sie mir erhalten blieben und nicht bei dem Einbruch damals in Basel verloren gegangen sind. Die wichtigsten Notizen daraus habe ich immer bei mir.

Jean Basin schwieg, hörte zu, machte sich seine eigenen Gedanken. Er hatte die kleine Stelle am Anfang des Manuskriptes schnell entdeckt, an der jemand einen Namen über einen anderen geschrieben hatte, ziemlich schlampig übrigens. Er hasste es, diesen Text übersetzen zu müssen. Er hatte versucht, sich zu weigern.

«Unser verehrter Herzog hat die *Lettera* mit dem ausdrücklichen Befehl an uns gesandt, dass die Übersetzung Euch anzuvertrauen sei», hatte Gauthier Lud auf Jean Basins Einwand geantwortet, dass es andere, ebenso gute Übersetzer des Textes ins Lateinische in Saint-Dié gebe. Lud blieb dabei. «Der Herzog vertraut Euch. Nur Euch», hatte er den langjährigen Gefährten des Gymnasiums Vosagense kurz abgefertigt. Der Ältere der beiden Luds war erstaunt gewesen. Warum nur sperrte sich Basin so gegen eine Mitarbeit an der Karte?

Wenn Jean Basin ehrlich zu sich selbst gewesen wäre, hätte er es dem alten Freund vielleicht erklären können. Er war eifersüchtig. Darauf, dass sich plötzlich alles um diesen Neuankömmling Ilacomylus und seine Karte drehte. Darauf, dass der Magister aus Freiburg mit der so geheim gehaltenen Vergangenheit plötzlich in der Gunst des Herzogs und auch in der von Gauthier Lud an oberster Stelle zu stehen schien. Ein Jean Basin war dagegen zum bloßen Handlanger degradiert.

Der einstige Pfarrer von Wisemberg, sonst eigentlich ein großzügiger und recht toleranter Charakter, war jedoch viel zu verwirrt über diese Art von Gefühlen, die er an sich nicht kannte. Er war nicht ehrlich zu sich, sondern begründete sein wachsendes Missbehagen damit, dass diesem Waldseemüller offenbar nicht zu trauen war. Vielleicht traute ihm ja auch René II. von Lothringen nicht. Dieser Gedanke tröstete ihn etwas.

So machte er sich an die Arbeit, nicht sonderlich gewissenhaft. Er wusste selbst, dass er die Übersetzung hätte besser machen können. Und er erzählte niemandem etwas davon, dass er immer wieder Hinweise darauf entdeckt hatte, dass der Bericht über die *Quatuor navigationes*, der dem Text angeblich zugrunde lag, an entscheidenden Stellen verändert worden war. Es musste so sein. Der stilistische Unterschied war einfach zu groß, ebenso die Schreibweise von Worten. Manchmal entsprachen ganze Textpassagen nicht dem Duktus der vorhergehenden Abschnitte. Doch er ebnete diese Unterschiede ein, gab der Übersetzung seinen eigenen Stil. So fielen sie niemandem auf. Denn niemand außer ihm selbst hatte die Möglichkeit, das Original ausgiebiger zu betrachten.

Hin und wieder dachte er darüber nach, wer für diese Veränderungen verantwortlich sein könnte. Dafür kamen nach Lage der Dinge viele in Frage. Vespucci selbst, aber das war eher unwahrscheinlich. Sicherlich Soderini. Vielleicht auch Giorgio Antonio Vespucci, der Onkel Amerigos. René II. kannte ihn, das hatte er jedenfalls gehört. Ja, irgendwo in diesem Gewirr von Änderungen, mal größeren, mal kleineren, lag möglicherweise sogar der Grund für die Order des Herzogs, über die Herkunft des Manuskriptes absolute Geheimhaltung zu bewahren. René II. von Lothringen wollte vielleicht alte Freunde nicht kompromittieren. Jean Basin hatte sich entschieden, das Vertrauen des Herzogs nicht zu enttäuschen und seine Entdeckungen für sich zu behalten. So schwieg er auch an diesem Abend.

II.

Giovanni de' Medici musterte seine Schwester. Ihr schmales Gesicht wirkte sorgenvoll. Er lächelte. «Mir scheint, das Schicksal dieses Waldseemüller liegt dir sehr am Herzen.»

Sie wandte ihren Blick von dem Markttrubel ab, der unter dem Fenster brodelte. Sie wünschte sich so sehr, wieder in Florenz leben zu können. In diesem wunderbaren, diesem schrecklichen, diesem prächtigen, diesem überladenen, diesem duftenden, diesem stinkenden Florenz. Doch sie machte sich keine Hoffnungen. Sie hatte versagt. «Es wäre schade um einen Kopf wie ihn.»

«Das denke ich auch.»

Contessina de' Medici war überrascht. «Du – du hast deine Pläne geändert?»

Wieder lächelte er. Warum ähnelte er dabei jedes Mal nur einem Wolf, der dabei ist, ein Lamm zu reißen? «Ich denke, ich habe eine bessere Verwendung für ihn gefunden. Er wird uns helfen, Soderini lächerlich zu machen, jenen unerbittlichen Bannerträger der florentinischen Gerechtigkeit.»

Sie runzelte die Stirn. «Und wie soll das gehen?»

«Erinnerst du dich an René von Lothringen? Du hast den Enkel des guten Königs René einmal im Hause unseres Vaters getroffen. Er ist am Konvent von San Marco erzogen worden. Er kennt Amerigo Vespucci und Soderini aus dieser Zeit.»

Ihre Augen wurden groß. «Giorgio Antonio Vespucci war auch der Lehrer des Lothringers? Daran kann ich mich gar nicht mehr erinnern.»

«Du warst noch zu klein. Amerigos Onkel war nicht nur ein großer Förderer Botticellis, er hat uns zudem seine wunderbare Bibliothek vermacht. Außerdem hat dieser Dominikaner durch seine Schule auch Verbindungen unter den Edlen von Florenz und anderswo geschaffen, die mir heute von großem Nutzen sind. Ich bin ihm posthum zu großem Dank verpflichtet.

Wie auch immer, ich habe erfahren, dass der Herzog von Lothringen sich an die alte Jugendfreundschaft mit Amerigo erinnert und die Familie dringend gebeten hat, ihm die Originalfassung der *Quatuor navigationes* oder die *Lettera* zukommen zu lassen. Eine ähnliche Bitte hat er an Soderini gerichtet. Doch der hat die *Navigationes* ganz sicher nicht, und die Vespuccis werden den Teufel tun und irgendwelche Unterlagen nach Saint-Dié schicken. Dafür habe ich gesorgt. Von meinen Agenten in Soderinis Palast habe ich noch etwas gehört.» Er lachte glucksend. Die Angelegenheit bereitete ihm offenbar ein ganz besonderes Vergnügen.

Seine Schwester schaute ihn fragend an.

«Nun, dass unser aufrechter Bannerträger der Gerechtigkeit alles tut, um zu verhindern, dass unser Freund, der Herzog von Lothringen, und damit auch der Kreis der Forscher in Saint-Dié die *Navigationes* oder die *Lettera* in die Finger bekommt. Wie wir beide sehr gut wissen, sind die so genannten Soderini-Briefe eine ziemlich dreiste Fälschung des Gonfaloniere. Das kam uns damals sehr gelegen. Auf diese Weise wurden die Neugierigen gefüttert und wir konnten die wirklich wichtigen Geheimnisse bewahren.

Vielleicht können uns Soderinis Betrügereien jetzt noch einmal sehr nützlich sein. Wenn jemand in der Lage ist zu begreifen, dass die *Lettera* eine Fälschung sind, dann dieser Waldseemüller. Er wird es nicht für sich behalten. Und damit wäre unser so selbstgerechter Gonfaloniere der Lächerlichkeit preisgegeben. Meinst du nicht, liebstes Schwesterlein? Ist das nicht ein guter Grund, deinen Magister am Leben zu lassen?»

Sie nickte erleichtert. «Was hast du getan?»

«Es war eigentlich ganz einfach», erklärte er vergnügt. «Ich habe dem Herzog von Lothringen die *Lettera* im Namen Soderinis, aber selbstredend hinter dessen Rücken zukommen lassen. Natürlich mit der angeblich ‹dringenden Bitte› unseres Gonfaloniere, die Quelle unkenntlich zu machen. René II. hat ausrichten lassen, er werde den Namen Soderini durch seinen eigenen ersetzen. Ich denke, man kann dem Wort eines Sprosses aus dem Hause Anjou vertrauen.

Und wenn nicht, dann umso besser. Dann wird noch schneller offenkundig, dass es sich bei den *Lettera* in großen Teilen um plumpe Fälschungen handelt. Soderini hat die so genannten *Quatuor navigationes* niemals zu Gesicht bekommen. Ich übrigens auch nicht. Die Familie Vespucci sitzt darauf, Juan Vespucci prahlt damit, rückt sie aber nicht heraus. Ich konnte das Versteck, in dem sie liegen, bisher noch nicht ausfindig machen. Das wird mir aber auch noch gelingen.»

Giovanni de' Medici war durchaus zufrieden mit sich. Und Contessina de' Medici bewunderte wieder einmal – fast gegen ihren Willen –, wie ihr Bruder es verstand, seine Mitmenschen für seine eigenen Zwecke zu manipulieren. Diesmal zumindest war es für etwas gut: Magister Waldseemüller musste nicht sterben. Sie war glücklich darüber. Nicht nur, weil sie nicht für den Tod eines Menschen verantwortlich sein wollte. Sie hatte außerdem selbst keine rühmliche Rolle in dieser ganzen Angelegenheit gespielt. Sie hatte sich noch nicht einmal gescheut, diese unmögliche Marie Schott für ihre Zwecke einzuspannen. Normalerweise hätte sie eine Frau wie diese nicht mit der Feuerzange angefasst. Doch das Heimweh nach Florenz, die Hoffnung auf eine Rückkehr hatten alle ihre Skrupel überdeckt.

Außerdem mochte sie diesen etwas naiven Magister, dem offenbar gar nicht klar war, in was für ein Wespennest er an dem Tag gestochen hatte, als er beschloss, die gängigen Karten umzuschreiben, das Bild von der bekannten Welt zurechtzurücken. Sie war nach allem, was er gesagt hatte, davon überzeugt, dass die Waldseemüller-Seekarte den vierten Erdteil zeigen würde. Sie ahnte nicht, dass er inzwischen viel weitreichendere Pläne hatte.

Contessina betrachtete ihren Bruder. Nein, Hornissennest war besser, der Magister hatte Hornissen aufgescheucht. Wespen waren zu ungefährlich.

Mitte Dezember 1506 kam Matthias Ringmann endlich nach Saint-Dié. Gauthier Lud hatte ihm bereits mehrmals geschrieben. Im letzten Brief stand, dass Jean Basin die Übersetzung der *Lettera* abgeschlossen hatte. Er müsse also schnellstens anreisen, zumal die *officina libraria* von Saint-Dié Fortschritte mache. Grüninger habe eine Druckerpresse entdeckt, die zum Verkauf stehe. Er hoffe, dass Ringmann diese gleich mitbringen werde. Zumal der Winter jeden Tag hereinbrechen und dafür sorgen könne, dass der Weg über die Vogesen versperrt war.

Da hatte Matthias Ringmann keine andere Wahl mehr.

Marie Schott hatte ihm haarklein von ihrem Treffen mit Martin Waldseemüller berichtet. Sie schien keineswegs ein schlechtes Gewissen zu haben. Es war ihre letzte Begegnung gewesen. Sie hatte sich inzwischen einen anderen Liebhaber zugelegt, wenn er den Gerüchten Glauben schenken wollte, und war auch wieder schwanger.

Ringmann hatte zur Enttäuschung aller die Druckerpresse nicht im Gepäck. Es gab zwei Probleme. Die fragliche Presse, so berichtete er nach seiner Ankunft, arbeite nicht einwandfrei. Außerdem hatte der Herzog von Lothringen die erforderlichen Mittel noch nicht zur Verfügung gestellt. Gauthier Lud griff sofort in die eigene, im Übrigen recht ansehnlich gefüllte Schatulle und brachte die notwendige Summe Gold auf den Weg. Grüninger solle veranlassen, dass die Presse nach Saint-Dié geschafft werde, schrieb er dazu. Sie könne auch von den Fachleuten des Gymnasiums in Ordnung gebracht werden. In Saint-Nicolas-de-Port gebe es bereits eine Druckerei, der Pfarrer und Schriftsetzer Pierre Jacobi kenne sich aus, und auch Matthias Ringmann habe Erfahrungen in diesem Metier, wie Grüninger wisse.

Martin Waldseemüller gelang es drei Tage lang, das Alleinsein mit Matthias Ringmann zu vermeiden. Er wollte nicht mit ihm über Marie sprechen. Er konnte es nicht. Schließlich hielt Ringmann es nicht mehr aus. Er passte Martin Waldseemüller an einem seiner mittäglichen Spaziergänge entlang der Meurthe ab. Auch wenn er dabei immer wieder an den unseligen Besuch von Marie erinnert wurde, Waldseemüller brauchte diese kurzen Ausflüge, um den Kopf frei zu bekommen. Er war gerade auf dem Rückweg, um in seiner Kammer an den Plänen weiterzuarbeiten, da sah er, dass Philesius ihm entgegenkam. Er stockte für einen kurzen Moment im Schritt, ging aber dann entschlossen weiter. Die Aussprache ließ sich wohl nicht vermeiden.

«Es tut mir leid», eröffnete der Jüngere das Gespräch.

Martin Waldseemüller schwieg.

«Bitte, nun sag etwas.»

«Was soll ich denn sagen? Dass ich dachte, du bist mein Freund und nun hast du …»

«Bei der Frau gelegen, die du liebst, wolltest du wohl sagen. Ilacomylus, bitte, du musst mir glauben, ich hatte keine Ahnung.»

«Davon, dass ich sie liebte?», die Stimme von Martin Waldseemüller klang bitter.

«Nein, davon, dass du sie derart lieben würdest. Als mir das klar wurde, war es schon zu spät. Ich habe dich vor ihr gewarnt, erinnerst du dich? Und erinnerst du dich an eine Szene an dem Tag, als wir uns kennengelernt haben? Ich musste husten und zog ein Taschentuch hervor. Marie hat mich damals ziemlich kokett gefragt, wem es denn gehöre. Mir wurde heiß und kalt. Ich weiß nicht mehr, was ich geantwortet habe, aber hinterher hatte ich den Eindruck, dass jeder Mann und jede Frau im Raum wusste, dass es von ihr stammte.»

Martin Waldseemüller schüttelte den Kopf. «Nun, dann war ich wohl ziemlich dumm. Aber warum hast du es mir nicht später gesagt, als wir darüber sprachen?»

«Ich habe dich gewarnt, so gut ich konnte. Du wolltest wissen, ob ich sie liebe. Ich musste nein sagen. Weil ich sie nicht liebe. Marie war für mich – bitte entschuldige, mein Freund – nie mehr als eine sehr leidenschaftliche Gefährtin im Bett. Zwischen uns war immer klar, dass ich nicht der richtige Mann für sie bin. Meine Aussichten sind nicht gut genug.» Ringmann hustete. «Auch deshalb», sagte er dann mit einem traurigen Lächeln. «Ich habe die Schwindsucht. Das hast du sicher längst erraten, selbst wenn ich nicht darüber spreche. So nehme ich vom Leben, was es mir bietet in der kurzen Spanne, die mir bleibt.»

Sie gingen eine Weile nebeneinander her, Martin Waldseemüller schwieg noch immer. Er fühlte eine ungeheure Trauer. Um den Freund, um eine verlorene Liebe, um verschwendete Gefühle. Die Sonne kam fahl zwischen den Wolken hervor. Sie schien ihm ins Gesicht, die Vögel zwitscherten in den inzwischen kahlen Bäumen, als wollten sie die lichten Tage ein letztes Mal verabschieden. In seinem Inneren hatte sich eine dunkle Stelle ausgebreitet, ein Loch, das alle Freude, alles Leben, alle Liebe unaufhörlich in sich hineinsog und nur dumpfe Gleichgültigkeit übrig ließ.

«Es ist gut», meinte er schließlich leise. «Ich meine, gut, dass du zu mir gekommen bist. Ich kann nicht sagen, dass es nicht schmerzt. Aber es ist geschehen.»

«Marie Grüninger ist es nicht wert, dass unsere Freundschaft ihretwegen zerbricht», antwortete Philesius leise.

«Nein, sie ist es nicht wert», stimmte Ilacomylus zu.

«Sind wir noch Freunde?»

Martin Waldseemüller nickte stumm.

«Dann lass uns jetzt gemeinsam an die Arbeit gehen. Ich muss unbedingt mit dir über die Introductio sprechen. Hast du die *Lettera* schon gelesen?»

«Ich bin bald soweit. Morgen. Lass uns morgen mit der gemeinsamen Arbeit beginnen.»

Obwohl beide Männer sich bemühten, es wurde zwischen ihnen niemals wieder wie zuvor. Die Unbekümmertheit ihrer Freundschaft war verloren gegangen.

Philesius kam früh am nächsten Tag in Waldseemüllers Kammer. Er war der Einzige, der dort hinein durfte, und der Einzige, der außer den beiden Luds noch in die Änderung der Pläne eingeweiht war. Es hatte ihn überrascht, aber auch er war von der Richtigkeit der Entscheidung überzeugt, schnell und überraschend zu agieren und statt des großes Atlasses als Erstes gleich ein dreifaches Werk der neuen Druckerei in Saint-Dié auf den Markt zu bringen: eine veritable Weltkarte, die zwölf Globensegmente, geschaffen von Martin Waldseemüller, sowie eine Introductio, verfasst von ihm selbst. Die *Lettera* würden Bestandteil dieser Einführung sein. Vespuccis eigene Worte sollten belegen, dass die These vom vierten Erdteil kein Hirngespinst war.

Aus Ringmanns Augen sprühte die Begeisterung, als Martin Waldseemüller ihm öffnete. «Hier, ich muss dir etwas vorlesen. Ich habe mich bereits an die Arbeit gemacht und mit der Introductio begonnen.»

«Komm herein und setz dich.»

«Ich kann mich nicht setzen. Es ist, als hätte ich diese neue Welt selbst entdeckt, ich kann einfach nicht ruhig an einem Ort sitzen.»

Martin Waldseemüller zwinkerte dem Mann zu, den er für seinen Freund gehalten hatte und von dem er immer noch wünschte, er wäre es. «*Wenn man alles mit Fleiß erwägt, wird man erkennen, dass die Ländereien, so mich die Vorsehung auf dieser Fahrt und auf den Fahrten finden ließ, welche ich vorher unternahm, fruchtbarere und besser bevölkert sind als Europa, Afrika und Asia und in der Tat einen anderen Teil der Erde ausmachen, welchem gebührt, eine neue Welt genannt zu werden*», zitierte er mit einem Lächeln, das er sich angesichts der leuchtenden Augen von Philesius nicht versagen konnte. Er erinnerte sich so gut an die Aufregung, als er diesen Satz Vespuccis zum ersten Mal gelesen hatte, der aus den Beschreibungen der Reise von 1501/1502 stammte. Einen der Sätze des florentinischen Seefahrers, die sein Bild von der Welt für immer verändert hatten.

«Ganz genau. So ist es. Also, hör zu und sag, ob du mir zustimmst. Das ist die wichtigste Stelle, deshalb habe ich damit begonnen. Sie wird einmal zum Kapitel IX der Introductio gehören. Ich dachte mir diesen Text in etwa so – falls du keine Einwände hast. Es geht an dieser Stelle um einige Anfangsgründe der Kosmographie. Es erscheint mir um der Klarheit willen wichtig, diese hier aufzuführen, aber auch, um die Bedeutung der neuen Erkenntnisse deutlich zu machen, an denen die Welt nach dem Erscheinen deiner Karte und der Globensegmente teilhaben wird.

Es steht aufgrund astronomischer Beweise fest, dass die Erde im Verhältnis zum gesamten Himmelsraum nur einen Punkt darstellt, so dass man bei einem Vergleich des Umfangs der Erde mit der Größe des himmlischen Globus sagen muss, die Erde nehme geradezu überhaupt keinen Raum ein. Und von diesem so kleinen Punkt in der Welt ist freilich ungefähr der vierte Teil, nämlich der, welcher Ptolemäus bekannt war, von uns beseelten Geschöpfen bewohnt. Bisher ist dieses Gebiet in drei Teile eingeteilt worden. Europa, Afrika und Asien.

Bist du soweit mit mir einig?»

Zum ersten Mal seit der Ankunft in Saint-Dié lächelte Ilacomylus seinem Freund Philesius offen zu. «Selbst Gregor Reisch hätte es nicht schöner ausdrücken können.»

«Ich bin so voller Enthusiasmus, und du nimmst mich nicht ernst», beschwerte sich Ringmann. «Vor allem, nachdem ich jetzt die Druckstöcke für die Weltkarte gesehen habe, die du schon fertig hast. Du bist ein Genie, Ilacomylus. Doch, winke nicht ab, das bist du. Du machst sichtbar und deutlich, was bisher hinter dem Schleier von den verschiedensten und auch widersprüchlichen Ideen und Hoffnungen nur schemenhaft zu erkennen war. Deshalb folgt nun meine Beschreibung deiner Form. Also:

Europa wird im Westen vom Atlantik, im Norden vom Britannischen Meer, im Osten vom Don, vom Maeotischen See und vom Schwarzen Meer, im Süden vom Mittelmeer umschlossen. Es umfasst auch Spanien, Gallien, Germanien, Rhaetien, Italien, Griechenland und Sar-

matien. Europa ist nach der gleichnamigen Tochter des Königs Agenor benannt. Während sie mit anderen Mädchen aus Tyros am Meeresstrand mit kindlicher Freude spielte und Körbchen mit Blumen füllte, soll sie von Zeus, der sich in einen schneeweißen Stier verwandelt hatte, geraubt worden sein. Als sie auf seinem Rücken sitzend durch die Meeresfluten nach Kreta getragen worden war, habe sie, so erzählt man, dem gegenüberliegenden Land ihren Namen gegeben.»

Jetzt lachte Ilacomylus wirklich. «Bist du hier nicht doch etwas übers Ziel hinausgeschossen und deinen dichterischen Liebhabereien gefolgt, mein lieber Philesius? Gut, die Beschreibung Europas muss zwingend Bestandteil dieser Introductio sein. Schließlich geht es uns ja genau darum, die Welt so zu schildern, dass unser derzeitiges Wissen um ihre Beschaffenheit deutlich wird. Aber der Ausflug in die Mythen, muss das wirklich sein? Eigentlich wollen wir doch den Mythen über das Aussehen der Erde entgegenwirken.»

«Was bist du nur für ein Humanist? Wo bleibt deine Verehrung für die Welt der Antike, der schließlich auch Ptolemäus entstammt. Er hat vor Hunderten von Jahren die Grundlage für all das geschaffen, was wir heute tun. Aber jetzt hör einfach zu, du wirst schon noch verstehen, warum ich das so schreibe.»

«Also gut. Weil du es nun mal unbedingt willst. Lies weiter.»

«Warte, hier kann ich meine Schrift nicht – du hast mich ganz aus dem Konzept gebracht. Das heißt, ja, natürlich:

Afrika wird im Westen vom Atlantik, im Süden vom Äthiopischen Ozean, im Norden vom Mittelmeer sowie von der Quelle des Nilflusses begrenzt. Es schließt ein die beiden Mauretanien, nämlich Tingitana und Caesa-

riensis, das innere Lybien, Numidien (das auch Mapalia heißt), das Kleinere Afrika (in dem Karthago, die einst hartnäckige Rivalin des Römischen Reichs liegt), Kyrenaika, Marmarica, Lybien (mit diesem Namen wird auch ganz Afrika nach Libs, einem König von Mauretanien, benannt), das innere Äthiopien, Ägypten usw. Es wird Afrika genannt, weil es von strenger Kälte frei ist.

Wie findest du das?»
«Interessant. Besonders dein Ausflug zu König Libs.»
«Ich glaube wirklich, du nimmst meine Bemühungen nicht ernst, etwas für die Bildung des Volkes zu tun. Aber du wirst noch staunen. Warte ab.»
«Dann lies doch weiter.»
«Aha, jetzt kannst du es also plötzlich nicht erwarten. Wo waren wir denn? Ah ja, hier.

Asien (das die übrigen Erdteile an Größe und Reichtümern bei weitem übertrifft) wird von Europa durch den Fluss Don und von Afrika durch den Isthmus getrennt (der sich nach dem Südlichen Meer erstreckend den arabischen und ägyptischen Meerbusen voneinander trennt). Es umfasst folgende Hauptregionen: Bithynien, Galatien, Kappadokien, Pamphylien, Lydien, Kilikien, das größere und kleinere Armenien, Kolchis, Hyrkanien, Iberien, Albanien und viele andere, die einzeln aufzuzählen zu lange aufhalten würde. Es wird aber so genannt nach einer gleichnamigen Königin.»

«Ich finde, was Asien anbetrifft, hältst du dich bemerkenswert kurz. Ich hätte gern noch mehr über die Königin gewusst.»
«Magister Martin Waldseemüller, du bist ein altes Lästermaul. Sei froh, dass wir Freunde sind, sonst wäre ich jetzt

zutiefst verletzt darüber, wie wenig du meine Bemühungen schätzt.» Der letzte Satz klang etwas gezwungen humorig. «Könntest du dich jetzt vielleicht bereit finden, einfach zuzuhören, ohne deinen Spott über mir auszuschütten?»

«Nun lies schon weiter.»

«Ich weiß nicht, ob du das eigentlich verdienst, du Banause. Also, jetzt kommen wir zum Wichtigsten, zum Kern des Ganzen, wenn du so willst. Ich bin wirklich gespannt, was du dazu sagst.

Nun sind aber diese Erdteile umfassender erforscht und ein anderer vierter ist durch Americus Vesputius (wie im Folgenden zu hören) entdeckt worden. Ich wüsste nicht, warum jemand mit Recht etwas dagegen einwenden könnte, diesen Erdteil nach seinem Entdecker Americus, einem Mann von Einfallsreichtum und klugem Verstand, Amerige, nämlich Land des Americus, oder America zu nennen. Denn auch Europa und Asien haben ihren Namen nach Frauen genommen. Seine Lage und die Gebräuche seines Volkes sind aus den zweimal zwei Reisen des Americus, die unten folgen, leicht zu erfahren.
So ist die Erde in dieser Weise schon als in vier Erdteile unterteilt bekannt, und es sind die ersten drei Erdteile Kontinente, der vierte ist eine Insel, weil man gesehen hat, dass er überall von Meer umgeben ist.

Sag, wie findest du das?»

Martin Waldseemüller war verblüfft. «Du willst das Land, das die Spanier *las Indias* nennen, America taufen?»

«Ist es nicht genial? Ich lobe mich ja nur ungern. Ich bin eben wie du davon überzeugt, dass erst Vespucci wirklich die Ausmaße begriffen, ja, dass erst er überhaupt dieses Land gefunden hat. Wieso sollte es also nicht America heißen? Komm,

Ilacomylus, lass uns Nägel mit Köpfen machen. Du glaubst an die epochale Entdeckung eines neuen Erdteils, glaubst, dass erst Vespucci die wirklichen Dimensionen dieser Territorien erkannt hat. Entweder wir sind von dem überzeugt, was wir vorhaben, oder wir sollten es lassen. Was sollen da noch Zweifel? Du gibst der bekannten Welt neue Umrisse, und gemeinsam geben wir Mundus novus einen Namen.»

Martin Waldseemüller betrachtete Matthias Ringmann eine Weile stumm. «Gut. Warum nicht. Es gibt schlechtere Gründe, einen Namen zu vergeben.» Dann ging er zu dem Stapel von hölzernen Druckstöcken und wühlte in den Skizzenblättern, verglich, packte sein Schnitzmesser und begann in etwa dort, wo das untere Drittel des neuen Erdteils begann, etwa auf halber Strecke unterhalb von jenem Ort, an dem Vespucci seine Reise entlang der Küste begonnen hatte, spiegelbildlich den ersten Buchstaben zu schnitzen: *A*.

«Ich denke, wir sollten Amerigo Vespucci mitteilen, was wir vorhaben», erklärte er schließlich. Ich werde ihm noch einmal einen Brief mit deinem Text schicken. Dann kann er nicht anders. Dann muss er sich melden.»

«Du hoffst noch immer darauf, dass er dir alle seine Geheimnisse verrät?»

Martin Waldseemüller zuckte ein wenig hilflos mit den Schultern. «America» – das war seine letzte Hoffnung.

Am übernächsten Tag kam die Druckerpresse über die Vogesen. Es war ein hartes Stück Arbeit, sie über die bereits teilweise verschneiten Berge zu schleppen. Halb Saint-Dié beteiligte sich auf die Bitte von Gauthier Lud hin an dieser Arbeit. Nicolas Lud leitete den Transport. Er war persönlich nach Straßburg gereist, um die so lange ersehnte Presse abzuholen. Auch die Einrichtung der neuen *officina libraria* war in den letzten Wochen mehr und mehr komplettiert worden.

Inzwischen war alles vorhanden, was zum Gießen der beweglichen Lettern notwendig war. Da stand der Trog zum Anfeuchten des Papiers, daneben die Ingredienzien zum Anfertigen der Druckerschwärze. Und auch die Aufgaben waren schnell verteilt. Pierre Jacobi sollte Gauthier Lud als Chalcographus, als Meister der Druckerei, unterstützen. Außerdem oblag es ihm, die Instandsetzung der Presse zu überwachen. Darüber hinaus fungierte er als oberster Schriftsetzer, als Compositore. Jean Basin und Matthias Ringmann waren sowohl Lektoren als auch Korrektoren, Nicolas und Gauthier Lud würden die Probeabzüge kontrollieren, zwei der Künstler wurden von der Arbeit am Chorgraduale von Saint-Dié abgezogen, um Martin Waldseemüller bei seiner Arbeit zu helfen und nach seinen Anweisungen die Details der zwölf hölzernen Druckstöcke für die Karte sowie die zwölf Globensegmente zu ergänzen.

Damit wusste nun jeder in Saint-Dié, was wirklich im Busch war.

Alle sprachen von nichts anderem als dem ersten großen Werk, das in der *officina libraria* von Saint-Dié erscheinen und die junge Druckerei damit berühmt machen sollte. Der große Atlas musste eben warten. Es war noch immer keine Handschrift gefunden worden, die dem ptolemäischen Original auch nur im Entferntesten ähnelte. Allerdings tauchte auch hier ein Silberstreif am Horizont auf. Martin Waldseemüllers Onkel Jakob schrieb, er habe von einem solchen Manuskript gehört, Genaueres wisse er aber nicht. Es solle sich jedenfalls in Basel befinden.

Und nun, da alle Bescheid wussten, war wirklich Eile vonnöten. Die beiden Luds, Ringmann und Martin Waldseemüller rechneten fest damit, dass diese Neuigkeit auch zu jenen durchdringen würde, die ihnen in dieser Sache Konkurrenz machen konnten. Sie waren inzwischen felsenfest davon überzeugt, dass es in Saint-Dié einen Spion geben musste. Sie ahnten jedoch nicht, dass diese Nachricht auch einen gefährlichen Gegner weitab des Vogesenfleckens zum Handeln zwang.

Herzog René II. von Lothringen ließ sich über den Fortgang genauestens unterrichten. Ihm war klar, dass sich der Druck der Karte nicht mehr aufhalten ließ. Er beschloss, das Beste daraus zu machen. So gab er seinen Beitrag zu den Kosten zur Einrichtung der Druckerei – natürlich mit Option auf einen Anteil der Erträge – und die Order, dass er informiert werden wolle, bevor das große neue Werk in Druck ging. Er plane, dabei zu sein, wenn die Druckerei in Saint-Dié ihre Arbeit aufnahm.

Martin Waldseemüller rieb sich die Augen. Sie brannten. Er konnte fast nichts mehr erkennen. Die Tage waren immer kürzer geworden, dafür die Nächte bei Kerzenschein immer länger. Und er war nun auch nicht mehr so jung, als dass dies nichts ausmachte. Die Hand, in der er das Schnitzmesser hielt, schmerzte. Der Dezembernebel hatte sich etwas gelichtet, die Sonne schien durch die Wolkenfetzen und sorgte mit ihrem Spiel von Licht und Schatten dafür, dass die schlafende Natur unter der Schneedecke etwas belebter wirkte. Er wünschte sich nichts sehnlicher, als ebenfalls einmal wieder richtig schlafen zu können. Tagelang. Er war inzwischen an seinen Arbeitsplatz in der neuen Druckerei umgezogen. So konnte jedermann, der an der Karte und den Globensegmenten mitarbeitete, ihn direkt fragen, wenn es etwas zu klären gab.

Er stand auf und stöhnte leicht. Sein Rücken schmerzte vom langen Sitzen, sein Nacken von der gebeugten Haltung, in der er Stunde um Stunde über seiner Arbeit saß. Er dachte an Sisyphos, den Zeus, der Göttervater der Griechen, dazu verdammt hatte, in der Unterwelt, dem Hades, immer wieder aufs Neue einen schweren Felsbrocken einen Berg hinaufzurollen. Für immer und ewig. Denn er hatte dem Willen von Zeus getrotzt und Thanatos, den Tod, überwältigt. Erst nachdem Ares, der Kriegsgott, ihn befreit hatte, konnte der Tod wieder seines Amtes walten. Martin Waldseemüller musste lächeln. Nun, er hatte den Tod nicht überwältigt, trotzdem kam er sich vor wie der Mann mit dem Stein. Wie hieß es noch in der *Odyssee* Homers:

«*Und den Sisyphus sah ich, von schrecklicher Mühe*
 gefoltert,
Einen schweren Marmor, mit großer Gewalt fortheben.
Angestemmt arbeitet' er stark mit Händen und Füßen,
Ihn von der Au aufwälzend zum Berge. Doch glaubt' er
 ihn jetzo
Auf den Gipfel zu drehen, da mit einmal stürzte die Last
 um;
Hurtig mit Donnergepolter entrollte der tückische
 Marmor.»

Er legte das Schnitzmesser beiseite. Er musste sich jetzt einfach einmal bewegen. Matthias Ringmann, der gerade mit Jacobi und Gauthier Lud das Aussehen der Introductio besprach, schaute zu ihm hinüber. «Warte, wie es scheint, willst du dich ein wenig bei einem Spaziergang erholen. Ich komme mit.» Ein Hustenanfall folgte diesen Worten. «Ich brauche frische Luft», fügte Ringmann an.

«Die klamme Feuchtigkeit könnte Euch schaden, Philesius. Wir brauchen Euch noch. Der gesamte Ptolemäus ist noch zu übersetzen», wandte Gauthier Lud ein.

«Erst müsst Ihr das Manuskript einmal haben. Ich werde meinen Wollumhang nehmen, es schneit gerade nicht», erwiderte Ringmann noch immer keuchend. «Bis der Ptolemäus hier eintrifft, halte ich schon noch durch. Macht Euch keine Sorgen.»

Ringmann wischte sich den Schweiß von der Stirn. Diese schrecklichen Hustenanfälle strengten ihn mehr und mehr an. Seine Augen glänzten fiebrig.

Martin Waldseemüller war noch immer nicht gerne mit Matthias Ringmann allein. Sie konnten einfach nicht mehr so unbefangen über alles plaudern wie vor der Sache mit Marie. Nein, nur nicht daran denken.

Die beiden Männer wechselten einen Blick – Ringmann begriff sehr wohl, was in Ilacomylus vorging. Keine Frau war das wert. Keine, dachte er erneut.

Er lächelte dem Mann zu, mit dem ihn so viel verband. «Komm, mein Freund, lass uns einfach gehen, für eine kurze Zeit Luft schöpfen und über nichts nachdenken, über nichts reden. Einfach nur gehen.»

Martin Waldseemüller lächelte zurück. Der um so viel jüngere Ringmann war manches Mal doch um so viel klüger als er selbst. Er schämte sich für seinen Kleinmut.

Fast wie früher, in derselben selbstverständlichen Vertrautheit, gingen die beiden Männer nebeneinander her, folgten dem Rinnsal, das durch die Hauptstraße von Saint-Dié in Richtung Süden floss, passierten Tor und Brücke und wandten sich dann nach rechts dem schmalen Saumpfad zu, der sich entlang des Wassergrabens zog, der die Stadt umschloss.

Sie sahen nicht, dass ihnen die Augen eines Mannes aufmerksam folgten. In Saint-Dié übernachteten immer wieder Reisende, die von Ost nach West in die Vogesen, weiter in das Herzogtum Lothringen und dann ins Land der Franzosen wollten. Oder sie waren unterwegs, um später in Nord-Süd-Richtung durch das Heilige Römische Reich zu reisen – gen Norden auf dem Rhein bis nach Amsterdam oder über die alten Römerstraßen in Richtung Bodensee und über die Alpen nach Italien. Manche blieben ein, zwei Nächte, manche länger, weil sie wegen des Wetters nicht weiter kamen, andere, um im

Vorübergehen schnell einen Handel abzuschließen. Saint-Dié war zu klein, um große Geschäfte zu machen. Doch fahrende Händler, die Zierrat für die Frauen mit sich führten, waren gern gesehen.

Am Rand des kleinen Saumpfades hatte sich ein dichtes Gestrüpp aus Büschen und dornigen Ranken gebildet. Immer wieder deuteten Spuren von Tieren im Schnee darauf hin, dass der Pfad auch vom Wild des Tales genutzt wurde. Beide Männer sprachen nicht. Jeder hing seinen Gedanken nach, die sich, wie so oft in den letzten Tagen und Wochen, einzig um das große Werk drehten, das nun immer mehr Form annahm. Auch sieben der zwölf Globensegmente waren inzwischen geschnitzt.

Matthias Ringmann schaute auf. Die Vogesenberge hatten sich Schlafmützen aus Nebel übergezogen. Ihre Gipfel waren in der Wolkensuppe nicht zu erkennen. Bald würde es dunkel werden. Er erschauerte in der Feuchtigkeit und sah zu Martin Waldseemüller hinüber. Das Gesicht des Freundes wirkte erschöpft und blass. Er war stark abgemagert, aß fast nichts mehr.

Sie waren etwa in der Mitte des Weges um die Stadtmauer herum angelangt, als er plötzlich ein Rascheln im Unterholz hörte. Zunächst nahm er an, es könne ein Tier sein, ein Fuchs, ein Wolf oder vielleicht ein verspäteter Bär, der noch nicht in den Winterschlaf gegangen war. In diesem Moment kam ein Sonnenstrahl durch die Wolken und traf eine Messerklinge.

«Martin, duck dich» – das zu rufen, den Freund beiseite zu stoßen und sich selbst ins Gebüsch zu werfen war eins für Ringmann. Doch das Messer hatte seinen Flug schon begonnen. Es traf Martin Waldseemüller in den linken Oberschenkel. Dieser sank stöhnend zu Boden. Matthias Ringmann rappelte sich auf. Sein Wollumhang war voller welker Blätter, Schnee und an einigen Stellen zerrissen von den Dornen der Brombeerranken. Auch sein Gesicht hatte Kratzer abbekommen. Ein weiteres

Rascheln im Gehölz machte den beiden klar, dass es der oder die Angreifer vorgezogen hatten, sich schnellstens vom Ort des Geschehens zu entfernen, nachdem der Anschlag missglückt war.

Matthias Ringmann fand die Stelle, an der sie gekauert haben mussten. Aufgrund der unterschiedlichen Größe der Abdrücke im harschigen Schnee kam er zu der Überzeugung, dass es zwei gewesen sein mussten. Trotzdem war natürlich nicht auszuschließen, dass sich noch weitere Angreifer in der Nähe befanden.

Er schaute zu Waldseemüller hinüber. Der lag am Boden und stöhnte. Er hatte das Messer aus der Wunde gezogen und war gerade dabei, ein Stück von seinem Rock damit abzuschneiden, um daraus einen Verband zu machen. Das Blut schoss nur so aus der Wunde. Ringmann sah, dass Ilacomylus immer schwächer wurde. Offensichtlich war eine wichtige Blutbahn verletzt. Er griff sich einen Stock, riss einen langen Fetzen Stoff aus Waldseemüllers Rock, verknotete ihn über dem Stock und drehte diesen so lange, bis das Bluten weniger wurde.

«Kannst du das festhalten, bis ich Hilfe geholt habe?»

Martin Waldseemüller nickte. Er hatte keine andere Wahl. Er spürte jedoch, wie er mit jedem Augenblick an Kraft verlor.

«Ich bin sofort wieder zurück.»

Philesius hatte ihm kaum den Rücken gekehrt, da wurde Martin Waldseemüller ohnmächtig.

Matthias Ringmann war ebenfalls am Ende seiner Kräfte, als er den eigentlich kurzen Weg zurückgelaufen war. Seine gequälte Lunge nahm ihm die Eile sehr übel und quittierte den schnellen Lauf mit fast nicht enden wollenden Hustenanfällen, die ihn mit schmerzender Brust und völlig erschöpft auf sein Lager sinken ließen.

Sie schafften es gerade noch rechtzeitig, den Kartographen hinter die schützenden Mauern des Gymnasiums von Saint-Dié zu bringen und die Blutung zu stillen.

Martin Waldseemüller erwachte erst am nächsten Morgen aus seiner tiefen Bewusstlosigkeit. Matthias Ringmann saß auf einem Schemel neben seinem Lager.

«Mein lieber Ilacomylus, meinst du nicht, dass du es langsam übertreibst mit deinen Ohnmachten? Willkommen zurück in der Welt.»

Der Schmerz in seinem Oberschenkel fuhr wie ein Dolchstoß durch sein Bewusstsein, als er versuchte, sich aufzurichten. Er sank zurück, zitternd vor Schwäche. «Verdammt. Ja, du hast Recht. Und ich danke dir.»

«Wofür?»

«Wärst du nicht gewesen, hättest du mich nicht zur Seite gestoßen, hättest du nicht Hilfe geholt, dann wäre ich jetzt wohl nicht mehr am Leben.»

Ringmann lachte. «Dich einem Mörder überlassen, gar der ewigen Ruhe, solange deine Karte nicht fertig ist? Glaub ja nicht, dass du dich jetzt einfach so davonschleichen kannst. Andere Leute haben nämlich auch jede Menge Arbeit und Hirnschmalz investiert.»

Martin Waldseemüller grinste Ringmann an, etwas verzerrt, sein Gesicht blieb dabei kalkweiß – da war sie wieder, jene Schnoddrigkeit, mit der der Freund seine Gefühle zu überspielen pflegte.

«Und du brauchst nicht zu glauben, dass du mich so schnell los wirst.»

«Ich sehe schon, auch deine Lebenslust kehrt ...»

In diesem Moment kam Gauthier Lud mit einem Mann in die Kammer, den Martin Waldseemüller als den Medicus von Saint-Dié kennengelernt hatte. Wie viele in diesem kleinen Vogesenort war er hoch gebildet, hatte an der Universität Basel studiert. Meist weilte er jedoch nicht in Saint-Dié, sondern am Hof des Herzogs von Lothringen, der den fähigen Arzt in seine Umgebung geholt hatte.

«Ah, Ihr seid wieder unter den Lebenden», Gauthier Lud strahlte, als er sah, dass Martin Waldseemüller die Augen geöffnet hatte.

«Und seine Wangen werden auch bald wieder an Farbe gewinnen. Der Körper ist ein wahres Wunderwerk und ist sogar in der Lage, verlorenes Blut zu ersetzen. Selbst in dieser Menge. Obwohl es schon knapp war, Magister Waldseemüller. So, Ihr seid also der berühmte Kartograph des Herzogs von Lothringen, von dem alle Welt spricht. Selbst am Hof in Nancy, in Toul, wo immer ich hinkomme, jeder wartet mit Spannung auf das große Werk. Wie ich höre, sollen ja vorläufig erst einmal eine große Weltkarte, Globensegmente und die Introductio unseres Freundes Philesius hier erscheinen. Und jedermann munkelt hinter vorgehaltener Hand, dass diese Karte wirkliche eine Sensation zu werden verspricht. Doch keiner weiß genau, warum. Ach, ich sehe schon an den Gesichtern, dass ich hier nicht mehr über dieses sorgsam gehütete Geheimnis erfahren werde.»

«Woher wisst Ihr, dass wir die Herausgabe des überarbeiteten Ptolemäus verschoben haben? Dass wir eine Weltkarte planen. Und dass es Globensegmente geben wird?» Die Spannung in der Stimme Ringmanns war unüberhörbar.

Der Medicus musterte ihn erstaunt. «Ihr erweckt den Anschein, als hätte ich gerade ein streng gehütetes Geheimnis ausgeplaudert. Ehrlich gesagt, ich weiß es nicht mehr. Ich habe schon länger davon erfahren. Ich nehme an, am Hof in Nancy. Ich weiß nur, dass mich die Nachrichten sehr erstaunt haben. Denn bis dahin hatte ich nur von einer neuen Seekarte gehört. Wer mir das erzählt hat? Nein, es fällt mir einfach nicht mehr ein. Vielleicht sogar Herzog René von Lothringen selbst? Ich weiß es wirklich nicht mehr.»

Die Miene von Gauthier Lud hatte sich zunehmend verfinstert. «Ich musste den Herzog informieren. Er hat das Recht, alles zu erfahren, was hier geschieht. Denn ohne die Herzöge von Lothringen gäbe es das Gymnasium von Saint-Dié nicht. Er ist unser Herr, obwohl er mich, uns, niemals als Untergebene, sondern immer als hoch geehrte Vertraute behandelt hat. Er hatte mir jedoch zugesagt, strengstes Stillschweigen zu bewahren. Auch er sah die Gefahr, dass ein anderer uns zuvorkommen könnte. René II. von Lothringen bricht sein Wort nicht. So müssen wir also endgültig davon ausgehen, dass es in unseren Reihen einen Spion gibt. Ich hatte immer noch gehofft, dass wir uns irren.»

Betretenes Schweigen breitete sich aus. «Und damit ist wohl auch erwiesen, dass jemand das Erscheinen der Karte mit allen Mitteln verhindern will», meldete sich Matthias Ringmann zu Wort.

«Wieso meint Ihr das?», erkundigte sich der Arzt. «Wer sollte ein Interesse daran haben. Heißt das – wollt Ihr damit sagen, dieser Mordanschlag hatte etwas mit der Karte zu tun?»

«Oh nein, sicher nicht», erklärte Martin Waldseemüller, ehe jemand anders im Raum etwas sagen konnte.

Wieder wurde es still. Der Arzt schaute von einem zum anderen, schien etwas sagen zu wollen, entschied sich aber dann anders. «Nun, also, dann werde ich jetzt gehen. Ihr seid verbunden. Ich lasse Euch noch ein Fläschchen mit einem Kräutersud gegen die Schmerzen und eine Salbe da. Denkt daran, Ihr braucht jetzt dringend Ruhe.»

Niemand antwortete.

«Ja, gut. Also, dann werde ich Euch jetzt verlassen.»

Er stapfte zur Türe. «Danke für Eure Hilfe», rief Martin Waldseemüller ihm noch nach. Doch da hatte sich die Türe bereits wieder geschlossen.

«Puh, das ist eine furchtbare Situation», stellte Nicolas Lud fest. «Ich will mir immer noch nicht so richtig vorstellen, dass dies alles etwas mit der Weltkarte zu tun hat, die wir planen.»

Ringmann widersprach. «Wir können den Kopf nicht in den Sand stecken. Es ist doch inzwischen völlig offensichtlich. Oder kennt Ihr einen Menschen, der in so kurzer Zeit so viele Unbilden zu bewältigen hatte wie unser Ilacomylus hier? Und wenn man sich dann noch überlegt, wann diese Serie von Anschlägen begonnen hat, dann kann man überhaupt zu keinem anderen Schluss mehr kommen. Alles fing an, nachdem er in einem Schreiben um ein Treffen mit Amerigo Vespucci gebeten hatte. Eine solche Verkettung von Zufällen gibt es einfach nicht. Im Umkehrschluss heißt das, unser Freund hier ist in akuter Lebensgefahr, bis die Karte erschienen ist.»

«Aber warum? Nur, um uns zuvorzukommen? Nur wegen eines Geschäftes?»

Martin Waldseemüller meldete sich zu Wort. «Nein, da ist noch etwas anderes. Es muss noch ein Geheimnis existieren. Eines, das mit Vespuccis Reisen zusammenhängt und das Amerigo Vespucci sowie alle, die daraus Nutzen ziehen könnten, mit allen Mitteln hüten wollen», erklärte er leise. «Ich bin erst viel später darauf gekommen. Und irgend jemand hat offensichtlich große Angst, ich könnte es entdecken.»

Alle wandten sich ihm zu. «Was könnte das sein», erkundigte sich Gauthier Lud.

Waldseemüller versuchte, sich aufzurichten, sank dann aber erneut mit einem Stöhnen zurück, das ihm der Schmerz im Schenkel und seine Schwäche entlockt hatten. «Ich weiß es nicht ganz genau», erklärte er dann. «Ich kann es nicht beweisen, nicht genau eingrenzen. Deswegen habe ich bisher über manche meiner Vermutungen geschwiegen, obwohl ich mich gerne mit Euch darüber ausgetauscht hätte.

Meiner Überzeugung nach geht es dabei um mehrere Aspekte. Mit Sicherheit wollen jene, die Vespucci die Mittel für seine Reisen zur Verfügung gestellt haben, gewisse Ergebnisse seiner Erkundungsfahrten unter Verschluss halten. Das hat Contessina de' Medici mehr als deutlich gemacht. Das Wissen um den besten Seeweg nach Westen ist wichtig, nicht nur des besseren Handels wegen, sondern auch wegen der Reichtümer, die die neuen Territorien erwarten lassen. Sobald alle Zugriff auf dieses Wissen und die dazugehörigen nautischen Daten haben, sind sämtliche Vorteile dahin, die jene haben, die sich besser auskennen. Ich denke, es ist den Besitzenden und Mächtigen nicht recht, dass ihr Wissensvorsprung Allgemeingut wird. Egal, ob es nun die Medici sind, Ferdinand von Aragón und Isabella von Kastilien oder Manuel von Portugal.

Philesius spann den Gedanken weiter. «Wissen ist bekanntlich Macht. Es hilft, andere hinters Licht zu führen, zu manipulieren. Vielleicht streben ja selbst wir, die wir den Wissenschaften dienen, nach einer Form von Macht, danach, uns von anderen abzuheben, etwas Besonderes zu sein. Oder einfach nach der Freiheit des Geistes, die dieser Weg am Ende für den Suchenden bereithält. Möglicherweise ist diese Freiheit aber eine Chimäre, meine Freunde, sie ähnelt vielleicht Chimeira, diesem feuerspeienden Ungeheuer der griechischen Mythologie mit den drei Köpfen, teils Löwe, teils Ziege, teils Schlange. Möglicherweise warten hinter einer beantworteten Frage noch tausend andere.»

Martin Waldseemüller nickte. «Ja, ich denke, das ist ein Teil davon. Mit Sicherheit gibt es hinter diesen neu entdeckten Territorien noch weiteres Land, es gibt noch ein weiteres Meer. Zumindest, wenn man davon ausgeht, dass die Terra incognita ein vierter Erdteil ist. Und darüber sind wir uns hier inzwischen doch wohl alle einig. Das Wissen darum beinhaltet auch die Möglichkeit, von dieser einen – der gelösten Frage – zu den tausend weiteren Inseln zu segeln, vielleicht Reichtümer und Paradiese zu finden, also doch noch nach El Dorado zu gelangen oder nach dem sagenhaften Atlantis, und das früher und schneller als der Rest der Welt. Vielleicht gibt es das Paradies ja doch, irgendwo in diesen unermesslichen Weiten.» Er verstummte, er fühlte sich so müde.

«Dieser Meinung bin ich auch», stimmte Gauthier Lud zu.

«Ich bin ebenfalls überzeugt, dass das erst ein Anfang ist, dass wir erst den kleinsten Teil dieser Erde kennen, auf der wir leben, dass noch Millionen von Fragen auf Antworten warten und unzählige Wunder auf ihre Entdeckung. Dass wir jetzt eigentlich erst beginnen zu verstehen, wie groß diese Welt ist, die Gott geschaffen hat, und wie klein wir eigentlich sind. Und dass wir es möglicherweise niemals ganz begreifen werden.»

«Vielleicht ist das Streben nach immer mehr Wissen ja nichts als der jämmerliche Versuch des Menschen, Gott ähnlicher, vielleicht sogar wie Gott zu werden, vergessen zu machen, eine wie unbedeutende Kreatur er eigentlich ist», ergänzte Matthias Ringmann.

«Oder durch Wissen Unsterblichkeit zu erlangen. Denn nur der stirbt wirklich, den die Welt vergisst», fügte Martin Waldseemüller hinzu.

«So, gibst du es also endlich zu, mein Freund Ilacomylus. Du willst berühmt werden mit deiner Karte. Es geht dir nicht nur darum, ganz uneigennützig die Tür zur Welt des Wissens für alle Welt zu öffnen», flachste Ringmann.

Der so Angesprochene grinste nur. Er bewunderte den Freund für seine Fähigkeit, eine Situation durch einen kleinen Scherz zu entspannen. Und ein wenig hoffte er auch, dass das Gespräch damit vom eigentlichen Thema abgelenkt war.

Gauthier Lud war indessen nicht der Mann, den man so leicht ablenkte. «Ihr sprecht von einem Geheimnis, Ilacomylus …»

Waldseemüller nickte. «Ich glaube, dass Vespucci auf seinen Reisen etwas unglaublich Wertvolles für die weitere Erkundung unserer Welt herausgefunden hat. Eine zusätzliche Möglichkeit, die Position eines Schiffes zu bestimmen, weit präziser, als dies bisher möglich war.»

Die Männer im Raum waren ganz Ohr. «Und was sollte das sein? Wie sollte das funktionieren?», erkundigte sich Lud.

Waldseemüller schüttelte den Kopf. «Ich weiß es nicht. Aber ich glaube, es hat etwas mit den Sternen zu tun. Vespucci hat sie immer wieder genau beschrieben und ihre Position bestimmt.

Dieses Land liegt unter dem gleichlaufenden Bogen, den der Erdenzirkel des Krebses beschreibt, indem der Pol daselbst dreiundzwanzig Grade über dem Gesichtskreise erhaben ist.

Das ist nur ein Beispiel. Und er hat auch beschrieben, dass er viele Dinge genauer berechnen könne als die anderen Seefahrer. Ich glaube, er kann die Längengrade berechnen. Er schreibt selbst …» Er brach ab. Er konnte nicht mehr.

Ringmann stieß einen leisen Schrei aus. «Ilacomylus, natürlich, er hat es geschrieben, es war die ganze Zeit vor unseren Augen. Ich bin die Texte so oft durchgegangen, das ich sie auswendig weiß. Warum habe ich nicht daran gedacht. Dieser Mann hat Recht. Hört zu, ich hoffe, dass ich die Worte noch richtig im Gedächtnis behalten habe:

Ich bin im Laufe dieser Zeit in die Geheimnisse der Schiffswissenschaft dergestalt eingedrungen, dass ich mit dem Torquetum, dem Jakobsstab, dem Universal-Ring, dem Astrolabium und all den anderen Instrumenten der Seefahrer umzugehen weiß.»

«Das ist es, genau, das ist die Stelle.» Wieder versuchte Waldseemüller sich aufzurichten, wieder sank er stöhnend auf sein Lager.

«Seid ruhig, Ilacomylus, erholt Euch. Wo war ich? Ach ja. *Auch ich verstehe itzo, mit Hilfe des Mondes die geographische Länge eines Ortes zu bestimmen.* Habt Ihr das gehört? Er sagt es selbst. Ich hatte das als Aufschneiderei abgetan, sogar als Verfälschung des eigentlichen Textes, weil jeder sagt, es ist nicht möglich. Aber vielleicht stimmt das ja gar nicht, vielleicht ist er viel weitsichtiger als wir. Vespucci schreibt weiter:

Hierzu ist es freilich nötig, dass man genau die Zeit wisse, wenn der Mond zu Sevilla bei einem gewissen Stern erscheint. Da dieser an östlich gelegenen Orten früher eintritt als an den im Westen liegenden, so kann man aus der Zeit, die zwischen dem Augenblicke verfließet, wo solches in Sevilla beobachtet werden kann, und der Minute, wo man es selbst sieht, die westliche Länge des Ortes von Sevilla bestimmen. Ereignet sich aber die Erscheinung an dem Orte, wo man sich befindet, früher, so ist seine Länge von Sevilla östlich.
Ich habe nunmehr erkundet, wie es kommt, dass die Magnetnadel, die im Kompass steckt, sich beständig nach einem bestimmten Punkt richtet. Die Ursache hiervon ist, dass der Magnet sich immer nach dem Pol zu kehren bemüht ist, weil er am ganzen Himmel keinen anderen Punkt in der Ruhe findet.»

Den folgenden Satz sprach Martin Waldseemüller leise mit. «*Dieses ist wenigstens meine Erklärung hierfür und an ihr* werde ich festhalten, bis die Erfahrung mich eines Besseren belehrt.»

«Ein faszinierender Gedanke, das würde vieles erklären», meldete sich Gauthier Lud zu Wort. Er hätte dieses Gespräch liebend gerne noch weitergeführt, nahm aber davon Abstand, als er sah, dass Martin Waldseemüller am Ende seiner Kräfte war. «Doch jetzt braucht unser Kranker Ruhe. Er ist völlig erschöpft. Wenn wir ihm nicht die Zeit zur Erholung geben, dann kann es sein, dass die gesuchten Paradiese, zu denen er der Menschheit den Weg weisen will, zumindest für ihn nicht mehr von dieser Welt sind. Und wenn er wieder erwacht, dann braucht er eine kräftige Rinderbrühe und einen kräftigen Schluck Rotwein gemischt mit Holunderbeersaft. Das Rot hilft dem Körper, neues Blut zu bilden, meine ich. Und die Brühe stärkt.»

«Ja, natürlich.» Philesius war anzusehen, wie ungern auch er jetzt das Gespräch abbrach. «Aber vorher müssen wir dafür sorgen, dass unser Freund hier in Sicherheit ist.»

«Wie soll das gehen?», erkundigte sich Nicolas Lud.

«Mit einem Ablenkungsmanöver. Das machen alle großen Feldherren so. Ich weiß, das klingt nach Krieg. Aber mir scheint, die ganzen Umstände gleichen einer Art heftigem Abwehrgefecht. Vielleicht fallen jene darauf herein, die Ilacomylus ans Leder wollen. Er hat doch anfangs an einer Seekarte gearbeitet, nicht wahr? Was haltet Ihr von dieser Idee: Wir werden überall verlauten lassen, dass er den Gedanken an die Weltkarte aufgegeben hat. Genauer gesagt, daran, überhaupt eine Weltkarte herauszubringen, die einen vierten Erdteil zeigt. Wir werden außerdem verbreiten, dass es auch keine zwölf Globensegmente gibt, weil die neue *officina libraria* von Saint-Dié damit überfordert wäre. Und wir werden allen erzählen, dass die erste Arbeit der neuen Druckerei von Saint-Dié deshalb die ursprünglich geplante, sehr viel kleinere hydro-geologische Karte sein wird.»

«Das wird sie nicht», erklärte Martin Waldseemüller entschlossen.

«Oh doch, das wird sie», widersprach Gauthier Lud. «Ringmann, dieser Einfall ist genial. Das wird die Gegner zunächst einmal ruhig stellen, wer auch immer sie sein mögen, vor allem dann, wenn die hydro-geologische Karte erschienen ist. Ihr müsst nicht lügen, Euren Überzeugungen nicht abschwören, Ilacomylus. Auf der Seekarte wird zwar kein neuer Kontinent zu erkennen sein, aber der Südosten der Territorien, die Vespucci erforschte. Und kurz danach kommt dann der große Donnerschlag, ganz Europa wird aufhorchen: die Waldseemüller-Weltkarte, die Globensegmente und die Ringmann-Introductio.»

«Aber wir nennen dieses Land America», beharrte Martin Waldseemüller, der an den Brief dachte, den er an Vespucci geschrieben hatte.

«Also gut», stimmte Gauthier Lud zu. Philesius hat mir den Text gezeigt. Das wird jene mundtot machen, die behaupten, diese Seekarte sei keine Sensation, nicht wahr?»

«Die Idee hat noch etwas für sich», ergänzte Nicolas Lud. «Bevor wir das große Werk drucken, haben wir die Gelegenheit, unsere Presse auszuprobieren und unsere Möglichkeiten durchzuspielen. Ein offizieller Probeabzug sozusagen. Und wenn diese Karte dann einmal erschienen ist, dürfte Ilacomylus in Sicherheit sein.»

Allen war klar, dass sie es genau so handhaben würden.

Waldseemüller lag auf seinen Bett und war inzwischen weiß wie Kalk.

«Wir sollten gehen», meinte Gauthier Lud. Sein Neffe nickte.

Ilacomylus hob die Hand. «Bleibt noch einen kurzen Moment, Philesius», bat er mit schwacher Stimme.

«Zitiere mir, wie hat er das Paradies beschrieben, weißt du das noch?», forderte er ihn auf, nachdem die anderen beiden gegangen waren. Philesius machte eine für ihn ungewöhnliche Geste; er nahm die Hand des Freundes, ehe er mit seinem Zitat begann.

«Auf der Weiterfahrt kamen wir in ein Land, das stark mit Menschen angefüllt war. Die Tiere, die wir dort sahen, gleichen den unseren nicht, ausgenommen Löwen, Hirsche, Rehe und Schweine. Pferde und Maulesel haben die Leute dort nicht, noch auch Schafvieh, Rindvieh und Hunde.
Was aber soll ich von den Vögeln sagen, deren es eine solche Menge und eine solche Mannigfaltigkeit von Gattungen und Farben gibt, dass man es nicht beschreiben kann?
Die Gegend dünkte uns sehr angenehm. Sie steckt voller Waldungen und Büschen, die allezeit grün sind, denn die Bäume verlieren da ihre Blätter niemals. Der Früchte gibt es so viele, dass einem schier die Augen übergehen. Die Einwohner verwunderten sich sehr über unsere Weiße und unsere Bildung. Sie nannten uns in ihrer Sprache Carabi, das heißt, Leute von großem Wissen.

War das die Stelle, die du meintest, Ilacomylus?»
Waldseemüller nickte. «Und was ist, wenn wir diese Paradiese mit unserem Wissen zerstören, mit unserer stetigen Gier nach mehr? Was ist, wenn …»
«Sei ruhig, mein Freund, ich glaube, ich weiß, was du meinst. Wenn es falsch ist, was wir tun, wolltest du sagen, wenn es uns nicht bestimmt ist, das Paradies zu finden. Schon das Alte Testament beschreibt ja, warum wir daraus verjagt wurden. Das Wissen, die Erkenntnis hat uns vertrieben.»

«Vielleicht weil das Paradies nicht außerhalb von uns liegt ...»

«Ja, oder weil es in unserer Natur als Menschen liegt, zu zerstören, was wir an Vollkommenem finden. Weil wir nicht glauben können ...»

«... dass etwas vollkommen ist.»

«Oder es nicht ertragen.»

«Weil wir dann erst richtig begreifen, wie unvollkommen wir sind.»

«Und wie machtlos und klein», fügte Matthias Ringmann hinzu. Dann ließ er Waldseemüllers Hand ganz sanft los. Dieser schien eingeschlafen zu sein. Sein Gesicht wirkte ruhig. Er erhob sich, um den Raum ebenfalls zu verlassen.

«Philesius?» Waldseemüllers Stimme war kaum noch hörbar, kaum ein Flüstern. Er beugte sich zu ihm hinunter.

«Ja?»

«Unsere Freundschaft ist so etwas Gutes. Wir wollen sie nicht zerstören.»

«Nein, wir wollen sie nicht zerstören.»

«Ich will nicht ins Paradies. Zumindest nicht ins jenseitige, nicht jetzt.» Dieser Satz hatte Martin Waldseemüller ganz augenscheinlich seine letzten Kraftreserven gekostet. Sein Kopf sank zur Seite. Für einen kurzen Augenblick fürchtete Matthias Ringmann, der Freund könne gestorben sein. Doch dann sah er die Schlagader in seiner Halsbeuge pulsieren.

«Schlaf, Ilacomylus, mein Freund, schlaf ruhig», sagte er leise. «Wir werden dich beschützen. Deine Widersacher werden den Sieg nicht davontragen. Du wirst die Arbeit an deiner großen Karte beenden. Ich werde dafür sorgen. Und wenn es das Letzte in meinem Leben ist, das ich tue.»

12.

ERNEUT LAS ER sich die Stelle durch, betrachtete seine Skizze. Dann das Ganze noch einmal. Er schloss die Augen, um das Bild besser fixieren zu können, das sich vor seinem Geist bildete.

Wir haben errechnet, dass wir ein Viertel des Weltenalls durchschifft haben, denn weil Lissabon diesseits der Mittellinie, und solches ungefähr 40 Grad nach Norden liegt, der Platz aber, allda wir uns im Augenblick befinden, fünfzig Grad jenseits der Mittellinie nach Süden zu, so macht dieses neunzig Grade aus, welches der vierte Teil des großen Zirkels ist, nach dem wahren Verhältnis dieser Zahlen, wie sie uns von den Alten überkommen ist.
Nachzutragen habe ich noch, dass ich auf dem Firmamente der südlichen Halbkugel weder einen großen, noch einen kleinen Bären sah, dagegen andere merkwürdige Sternbilder, welche man in der Milchstraße erblickt.

Verärgert schaute er von dem Text hoch. Er konnte sich bei diesem Lärm nicht konzentrieren. Die Schläge, mit denen die Lettern-Stempel in die Kupferplatte getrieben wurden, machten ihn langsam nervös. Dazu kam das Fluchen, Hämmern und Nageln von Pierre Jacobi, der verzweifelt versuchte, die Druckerpresse in Ordnung zu bringen, die immer noch nicht so recht funktionieren wollte. Er hatte ganze Teile des groben Eichenholz-Rahmens ausgebessert, doch der Karren klemmte nach wie vor. Er ließ sich nicht unter die Brücke schieben, die Querstrebe, durch die die Spindel hindurchgeführt wurde, um den Tiegel möglichst gleichmäßig auf die Druckform zu pressen. Auch die Spindel hakte, der Druck war nicht groß genug. Auf diese Weise würden die Buchstaben verwischen, undeutlich werden. Wieder fluchte Jacobi. So lange er mit von der Partie war, würde die *officina libraria* von Saint-Dié keine schlampige Arbeit abliefern. Und wenn er noch Monate feilen, justieren, hämmern und ausbessern musste. Inzwischen betrachtete der Pfarrer die Druckerpresse als seine ganz persönliche Widersacherin und beschimpfte sie wie eine unbotmäßige Ehefrau.

Martin Waldseemüller seufzte. Er wusste, er musste hier in diesem Raum arbeiten und durfte nicht in seine stille Kammer zurück. Jeder sollte sehen, dass er an einer Seekarte mit einer teilweisen Übersicht über die westliche Hemisphäre arbeitete. Der Südosten Americas schob sich ungeschlacht und grob wie ein an den Kanten ausgefranster Holzklotz vom linken Kartenrand aus über den Atlantik der Einbuchtung des afrikanischen Schädels entgegen. Er hatte große Zweifel, ob die Dimensionen stimmten. Sein Blick schweifte zur Türe. Dort stand ein grimmig dreinschauender Minenarbeiter, die muskulösen Arme vor seinem Bauch verschränkt. Sein Leibwächter.

Philesius hatte den Blick bemerkt und lächelte ihm ermutigend zu. «Dir ist klar, dass du besser hier bleibst, Ilacomylus. Wir lassen dich nicht mehr aus den Augen, Herr Kartograph, bis das Werk vollendet ist.»

Martin Waldseemüller erwiderte das Lächeln des Freundes mehr schlecht als recht. Er brauchte Ruhe. Schließlich arbeitete er nicht nur sichtbar und öffentlich an dieser Seekarte. In seiner Kammer nahm heimlich auch die monumentale Weltkarte immer mehr Konturen an. Jeden Nachmittag zog er sich nun wieder zurück – mit der Erklärung, seine Beinwunde habe sich entzündet, er brauche Ruhe.

Noch immer war er sich unsicher bezüglich einer der grundlegenden Entscheidungen für die Weltkarte. Gab es nun eine Verbindung zwischen dem Land nördlich des Äquators und jenem im Süden? Seine Unterlagen reichten einfach nicht aus. Wieder dachte er daran, wie wichtig es doch wäre, Amerigo Vespucci selbst zu begegnen. Die letzte Begegnung mit Contessina de' Medici hatte diese Hoffnung fast ganz zerstört. Und dennoch – vielleicht hatte es den großen Seefahrer seinem Anliegen geneigter gestimmt, dass der Kartograph in Saint-Dié plante, dem neuen Erdteil seinen Namen zu geben. Auch bedeutende Leute waren an ihrer Eitelkeit zu packen. Vor allem bedeutende Leute.

Doch es kam keinerlei Nachricht aus Florenz – oder wo immer sich Vespucci im Moment aufhalten mochte. Er konnte die endgültige Entscheidung nicht mehr lange hinauszögern, auch wenn zuerst die Seekarte in Druck gehen sollte. Die Introductio Ringmanns war bereits weit gediehen, während er die entscheidenden Druckstöcke noch zu schnitzen hatte.

Allerdings war Ringmann im Moment fast ebenso weit vom Druck seiner Einführung entfernt wie er selbst vom Druck der Karte und der Globensegmente. Es war wie verhext. Nichts stimmte. Die mitgelieferten Lettern hatte sich als unbrauchbar erwiesen, sie waren bereits zu abgenutzt. Wer auch immer sie hergestellt hatte, hatte beim Gießen am Zinn gespart. Mit diesen Lettern wäre das Schriftbild ebenfalls verschmiert und fast unleserlich geworden. Außerdem waren es gothische Buchstaben. Bastarda wurde die Schrift genannt. Sie war alten Handschriften nachempfunden. Doch Gauthier Lud wollte eine von diesen modernen Schriften. Sie entschieden sich für die Antiqua.

Die Runde in Saint-Dié hatte sich nur schweren Herzens dazu durchgerungen, neue Lettern zu gießen. Es kostete erneut wertvolle Zeit. Philesius hatte einen genauen Plan aufgestellt, wie viele Lettern und Satzzeichen für die Introductio notwendig waren. Auch die Beschriftungen der Orte auf der Seekarte sollten mit beweglichen Lettern gedruckt werden.

Was das Gießen der Lettern anbetraf, so war Pierre Jacobi darin wohl bewandert. Er schien sich einfach überall auszukennen. Er wusste um die richtige Mischung von Blei, Antimon und Zinn. Er hatte den Dorfschmied, die Silberschmiede im Tal von Galilée und einige handwerklich geschickte Arbeiter der Silbermine in die Bearbeitung der Stempel, der Matrix und des Gießens eingewiesen. Auch die Druckerfarbe musste neu gemischt werden. Dazu wurde Firnis aus Leinöl angesetzt. Das Bindemittel wurde dafür unter Zusatz von Mastix so lange gekocht, bis es zähe Fäden zog. Wegen der Brandgefahr hatte das trotz der eisigen Kälte außerhalb der Stadtmauern von Saint-Dié geschehen müssen. Und der Ruß, das so genannte Lampenschwarz, das nach dem Verbrennen der harzigen Hölzer und des Öls gewonnen worden war, wurde gerade geröstet. Damit sollten dem Ruß die fettigen Harzrückstände entzogen werden, bevor man ihn mit dem Firnis vermischte. Das war entscheidend für die Qualität der Farbe.

Alle in Saint-Dié arbeiteten so schnell und doch so sorgfältig wie möglich. Denn inzwischen war es schon Februar 1507, und noch immer hatte die Druckerei ihr erstes Werk nicht herausgebracht.

Doch es folgte. Zwei Wochen später. Eine einfache Seekarte mit dem Titel «*Orbis Typus Universalis Juxta Hydrographorum Traditionem*». Sie war mit einem Netz aus Linien überzogen, die künftigen Seefahrern die Richtungen der Winde anzeigen sollten, die ihre Schiffe über die Meere trieben. Es war ansonsten keine besonders bemerkenswerte Seekarte, hergestellt in der üblichen Art. Eine dieser hydrographischen Karten eben. Sie war noch nicht einmal sonderlich monumental. Von der neuen Welt war nur ein kleines Stück zu sehen, und auch das nicht einmal sehr detailliert. Eigentlich wies diese Karte nur eine Besonderheit auf: Über den neuen Territorien prangte quer ein Name – «America».

Die neue *officina libraria* von Saint-Dié druckte nur wenige Exemplare. Die Qualität des Drucks sei unzulänglich, erklärte Gauthier Lud. So fanden sie keine weite Verbreitung. Und die Welt, die auf die große Sensation gewartet hatte, ging schnell wieder zu ihren Alltagsgeschäften über.

Das galt auch für Piero Soderini, als er die Seekarte aus Saint-Dié sah. Er lächelte. Dieser Waldseemüller konnte einem in seiner Ahnungslosigkeit schon fast leid tun, fand er und verstand selbst nicht mehr, warum der Kartograph ihm ein solches Kopfzerbrechen bereitet hatte. Der Mann wurde völlig überschätzt.

Ringmann stand neben dem Setzkasten, zusammen mit Jean Basin hatte er bereits mit der Arbeit begonnen. Er betrachtete das Schriftbild in der Form mit Wohlgefallen. Selbst spiegelbildlich sah diese Antiqua gut aus.

«COSMOGRAPHIAE INTRODU-
CTIO / CUM QUIBUS
DAM GEOME
TRIAE
AC
ASTRONO
MIAE PRINCIPIIS AD
EAM REM NECESSARIIS
*Insuper quatuor Americi Ve-
spuci navigationes*»,

las er halblaut vor. Seine Einführung in die Kosmographie, neun Kapitel, auf der Grundlage der vier Reisen des Amerigo Vespucci. Für den eigentlichen Text war, soweit machbar, der Blocksatz vorgesehen. Das sollte die Qualität der handwerklichen Arbeit der neuen Druckerei von Saint-Dié noch unterstreichen. Es zeugte von der Kunstfertigkeit einer Offizin, wenn die Zeilen gleich lang waren. Gutenberg hatte extra Buchstabenkürzel entwickelt, um Zeilen ausgleichen zu können. Die Introductio sollte von ihrer Qualität her der wunderbaren Karte von Ilacomylus ebenbürtig sein. Der Freund war dabei, mit Globensegmenten und Weltkarte ein Gesamtkunstwerk zu schaffen. Es trug den Titel

«*Der ganzen Welt Beschreibung sowohl auf einem Globus als auch auf einer Plankarte einschließlich der Länder, die dem Ptolemäus unbekannt waren und die jüngst entdeckt worden sind.*»

Erneut schaute er hinüber zu ihm. Martin Waldseemüller arbeitete konzentriert. Philesius hatte es selten erlebt, dass die Hand des Freundes mit dem Schnitzmesser ausgerutscht war. Ilacomylus war nicht nur ein hervorragender Gelehrter und Kartograph, er war auch ein Künstler, der vielen Großen seiner Zeit in nichts nachstand. Schon allein all diese Details, die seine Karte belebten – die Schiffe, die Flaggen und Embleme der Länder, die Darstellung von Bergen und Ebenen. Dann die wirbelnden Wolken und Winde, die die Karte umrahmen würden. Sie wirkten so lebendig in ihrem Licht und Schatten, überraschend reliefartig. Er konnte sich gut vorstellen, wie die Götter des Ostens, des Westens, des Südens und des Nordens dem Betrachter einmal entgegenblicken würden. Ilacomylus schuf ein Werk, das der Ewigkeit würdig war. Doch noch gab es nicht einmal den ersten Probeabzug – weder von der Introductio noch von der Karte.

Es klopfte an der Tür. Die Männer im Raum unterbrachen ihre Arbeit. Es war deutlich zu sehen, wie sich ihre Körper versteiften. Der Mordanschlag auf Martin Waldseemüller hatte allen zu schaffen gemacht, auch wenn sich die erste Anspannung inzwischen schon etwas gelegt hatte.

Der Wächter an der Türe machte keine Anstalten, dieselbe zu öffnen. Sein Gesichtsausdruck wurde – sofern dies überhaupt möglich war – noch ein Stück grimmiger. «Wie ein Krieger der so gefürchteten Mamelucken», dachte Martin Waldseemüller und musste innerlich schmunzeln. Dann rief er sich zur Ordnung. Dieser ganze Aufwand geschah nur seinetwegen. Um den Kartographen von Saint-Dié zu schützen.

«Lasst uns herein, ich bin es, Gauthier Lud. Und an meiner Seite wartet der Herzog von Lothringen.»

Luds Stimme kannte jeder. Die Nachricht, die sie übermittelte, sorgte für ein erstauntes Raunen im Raum. Der Wächter trat sofort zur Seite und entriegelte das schwere Schloss der Holztüre.

Alle waren überrascht, niemand hatte mit der Ankunft des Herzogs gerechnet. Der nickte zufrieden.

«So, ich sehe, die künftige Druckerei von Saint-Dié tut alles, um sich einen hervorragenden Ruf zu schaffen. Sogar neue Lettern werden gegossen. Ich bin beeindruckt von Euch, Jacobi. Wie ich sehe, tat ich gut daran, Euch hierher zu schicken.»

Der Pfarrer, der das Handwerk des Schriftsetzers so meisterhaft beherrschte, verbeugte sich stumm. Nur die hochgezogene linke Braue zeugte davon, dass auch er nicht so recht wusste, was er von der Situation zu halten hatte.

René von Lothringen gab sich leutselig. Doch seine blauen Augen blickten wachsam, das entging Martin Waldseemüller nicht. Als der Herzog seiner ansichtig wurde, zuckte sein linker Mundwinkel kurz, gleich darauf wurde seine Miene wieder undurchsichtig. Er war zu sehr Diplomat, um sich in die Karten schauen zu lassen. Was wollte René von Lothringen nur? Was war der Grund für diesen unerwarteten Besuch?

Der Herzog sah die fragenden Gesichter in der Runde und lachte. «Es sieht fast so aus, mein werter Lud, als sei ich hier in meinem eigenen Land so etwas wie ein Fabeltier. Nun, etwas verwundert bin ich schon, dass niemand mich vom Druck der hydro-geographischen Seekarte unterrichtet hat.»

Lud lächelte. «Vergebt, mon Duc, keiner von uns hat mit Eurer Ankunft gerechnet. Wir hätten uns sonst mehr Mühe gegeben, Euch gebührend zu empfangen. Außerdem war diese Seekarte eigentlich nur ein Experiment, um die Möglichkeiten unserer Presse auszuloten. Seht, dort drüben, neben der Presse, das ist Philesius, von dem ich Euch erzählte. Ohne sein Wissen über die Abläufe des Buchdrucks wären wir ebenso verloren gewesen wie ohne die handwerkliche Meisterschaft von Hochwürden Pierre Jacobi.»

Der kleine, gedrungene Pfarrer verbeugte sich erneut. Matthias Ringmann, der gerade dabei gewesen war, die frisch gemischte Druckerschwärze zu prüfen, wischte sich die Finger hastig an seinem Rock ab. Er machte einen formvollendeten Diener. «Es ist uns allen eine große Ehre, Euch hier begrüßen zu dürfen, Hoheit.»

«Endlich jemand, der mich nicht anstarrt, als wäre ich eines der sieben Weltwunder», erwiderte René von Lothringen. Er zog seinen wertvollen Pelz enger um die Schultern. «Nun, so wollen wir diese Begründung gelten lassen, die Ihr liefert, Lud. Ihr plant doch noch den Druck der großen Weltkarte, oder? Ihr habt mir jedenfalls keine anderslautende Nachricht zukommen lassen. Sonst wäre ich ja umsonst gekommen. Und in einer überaus peinlichen Lage. Denn ich habe die Vorstellung derselben bereits geplant. Sie wird an meinem Hofe in Nancy stattfinden. Viele der Gelehrten Europas haben ihr Kommen zugesagt. Fürsten und Könige entsenden ihre Vertreter, obwohl ich sie wunschgemäß im Unklaren ließ, was genau sie erwartet. Übrigens: Es ist frostig hier in Saint-Dié.»

Martin Waldseemüller wurde unbehaglich, als er hörte, dass die große Karte gleich zu Anfang derart viel Aufmerksamkeit erhalten würde. Ihm war klar, dass er dann auch im Zentrum der Kritik stand. «Fürsten und Könige entsenden ihre Vertreter», hatte der Herzog gesagt. Was das heißen mochte? Es war wohl besser, er wartete ab. Eine genauere Antwort würde er ohnehin nicht bekommen, das war klar, auch wenn die Geheimnistuerei der Diplomatie dem Herzog nicht schon in Fleisch und Blut übergegangen wäre. Was hatte dieser Mann nur vor?

Gauthier Lud schien unbeeindruckt. «Umso größer ist die Ehre, dass Ihr Euch mitten im Winter hierher bemüht habt», erwiderte Gauthier Lud. «Natürlich planen wir die große Karte noch immer. Die Seekarte war quasi eine Art Fingerübung, wenn ich es so nennen darf. Wir haben auch bereits einiges daraus gelernt. Zum Beispiel, dass wir für die Waldseemüller-Karte keine beweglichen Lettern mehr verwenden wollen.» Selbst gegenüber Gauthier Lud hatte der Herzog den Grund seines Besuches offensichtlich noch nicht offenbart.

«Ich wollte mich einfach selbst davon überzeugen, wie weit das große Werk gediehen ist.» René von Lothringen begriff sehr wohl, dass jeder im Raum auf eine Erklärung für seine überraschende Ankunft wartete. Er hatte keineswegs vor, Genaueres preiszugeben, und freute sich diebisch über die nur schlecht kaschierte Ratlosigkeit seiner Gelehrten.

«Leider sind wir noch lange nicht so weit, wie wir es gerne wären», antwortete Lud.

«Was ist geschehen, woran liegt es?» Der Herzog hob ungeduldig seine beringte Rechte, an der die Diamanten, Rubine und Smaragde blitzten. Der Spross des Hauses Anjou galt als ein Schöngeist. Das brachte auch seine farbenfrohe Kleidung zum Ausdruck, nach der neuesten Mode in Gelb und Orange gehalten. Auf seiner Brust prangte, prächtig gestickt mit Goldfäden auf Samt, das Lothringer Kreuz, das Symbol des Hauses Anjou. René von Lothringen war eigentlich kein eitler Mann. Doch er wusste um die Wirkung solcher Symbole, besonders, wenn es um Zeichen eines der mächtigsten Geschlechter Frankreichs ging. Es gab wenige Fürsten in Europa, die seiner Familie an Adel ebenbürtig waren. Die Plantagenets, die Karpetinger, die Valois, sie alle waren Pfropfen auf demselben Stamm, hervorgegangen aus dem Volk der Andegaven, das die Römer einst unterworfen hatten und das ab dem 9. Jahrhundert mit der Geburt von Fulko Nerra von Anjou einer glänzenden Zukunft entgegengegangen war. Einer Zukunft, die sich nun dem Ende zuneigte.

René raffte seinen Mantel und schritt zu Martin Waldseemüller hinüber, der, das Schnitzmesser in der Hand, von seinem Schemel aufgestanden war und vor dem Tisch stand, auf dem einer der Druckstöcke lag, aus dem später die Weltkarte werden sollte.

«America» – las er. «So komme ich also gerade richtig, werter Magister Waldseemüller. Wie ich sehe, ist dieser Teil der Karte noch nicht fertiggestellt. Die Umrisse der Ostküste kann ich bereits erkennen, nur die Namen der Orte fehlen noch zu einem guten Teil. Die Westküste» – er brach ab. «Jedenfalls hat mir unser gemeinsamer Freund Gauthier Lud nicht zu viel versprochen. Ihr seid ein wahrer Meister mit dem Schnitzmesser. Ich verneige mich vor Euch und Eurer Kunst.»

«Durchlaucht, ich ...»

«Nicht so bescheiden, mein lieber Ilacomylus, nicht so bescheiden. Selbst der größte unter den Fürsten könnte sich glücklich schätzen, einen Kopf wie den Euren und dazu noch einen Künstler wie Ihr es seid unter seinen Gelehrten zu wissen. Euer Ruf hat sich weiter verbreitet, als Ihr es zu ahnen scheint.» Wieder machte der Herzog eine Pause und musterte Martin Waldseemüller mit einer Mischung aus Ernst und Neugier. «Wie ich hörte, wollte Euch jemand übel ans Leder? Ist derjenige inzwischen ausfindig gemacht worden und seiner gerechten Strafe zugeführt?»

Martin Waldseemüller schüttelte den Kopf. «Es waren wohl zwei, mon Duc. Und ohne die Hilfe von Philesius wäre die Sache auch sehr viel übler ausgegangen. Er hat mir das Leben gerettet.»

René von Lothringen sah zu der schlaksigen Gestalt am Setzkasten neben dem kleinen Fenster hinüber. «Ich bin Euch zu tiefstem Dank verpflichtet, Magister Ringmann.» Er sagte dies keineswegs als höfliche Floskel.

«Ich würde gerne die Gelegenheit nutzen und mit unserem Magister Waldseemüller ein persönliches Gespräch führen. In meinem Gefolge ist außerdem ein Mann, der darauf brennt, ihm zu begegnen. Meint Ihr, es ist möglich, uns einen Raum zu Verfügung zu stellen, in dem die Vertraulichkeit gesichert ist?»

Gauthier Lud gab sich alle Mühe, sein Erstaunen zu verbergen. «Aber sicher, Durchlaucht. Ich würde die Bibliothek im Turm empfehlen.»

Der Herzog nickte. «Würdet Ihr mir einige Augenblicke Eurer kostbaren Zeit schenken?», erkundigte er sich sodann bei Martin Waldseemüller. Der nickte, ebenso verblüfft wie alle anderen im Raum. Doch der Herzog machte auch jetzt keine Anstalten, nähere Erklärungen abzugeben. Im Hinausgehen winkte er noch einen der beiden Diener zu sich, die vor der Türe auf ihn gewartet hatten, und gab ihm leise einen Befehl. Der Mann nickte und eilte davon.

«Erlaubt, dass ich Euch etwas zu essen und zu trinken auftischen lasse. Ihr müsst hungrig und durstig sein von der Reise.»

«Ihr seid wie immer ein hervorragender Gastgeber, mein lieber Lud.»

Als sie alleine waren, schaute Martin Waldseemüller den Herzog fragend an. Doch dieser gab sich, als sei es das Normalste von der Welt, dass sie beide hier zusammensaßen. Er plauderte unbefangen von den Geschehnissen der Reise, erzählte Anekdoten vom Hof in Nancy. Dann lenkte er wie von ungefähr das Gespräch auf das Thema nautische Instrumente.

«Wie ich höre, habt Ihr die griechische Ausgabe des Ptolemäus auch noch nicht bekommen», hob er an. «Ach, kennt Ihr eigentlich folgende Anekdote über die Entstehung des Astrolabiums – ich glaube, sie stammt aus arabischen Quellen. Ich habe noch keine treffendere Beschreibung dieses Gerätes gehört und außerdem ist sie köstlich: Eines Tages ritt Ptolemaios auf einem Esel und führte einen Himmelsglobus mit sich. Er ließ diesen fallen, das Tier trat darauf – und das Ergebnis war ein Astrolabium.» René von Lothringen schien sich an dieser Geschichte selbst am meisten zu ergötzen.

Da öffnete sich die Türe und ein junger Mann schob sich durch den Spalt. Er war klein, drahtig, hatte dunkles lockiges Haar. Seiner Kleidung nach stammte er nicht aus der Gegend, er wirkte südländisch. Möglicherweise kam er aus – bei diesem Gedanken wurde Martin Waldseemüller heiß. Aus Florenz? Das Gesicht kam ihm vage bekannt vor. Die Züge erinnerten ihn an Beschreibungen, die man ihm von Vespucci gegeben hatte. Doch dieser Unbekannte konnte keinesfalls der große Seefahrer sein. Dafür war er viel zu jung. «Kommt, setzt Euch zu uns, mein Freund», forderte der Herzog von Lothringen den jungen Mann auf. Er sprach jetzt Latein und zwar mit der Leichtigkeit, die lange Übung mit sich bringt. Dann strahlte er

Martin Waldseemüller an. «Darf ich Euch Juan Vespucci vorstellen, lieber Ilacomylus?»

Dem lieben Ilacomylus blieb vor Überraschung der Mund offen stehen. René von Lothringen lachte herzlich über die Verblüffung des Freiburgers, und auch der ernste junge Mann konnte sich eines Lächelns nicht erwehren.»

«Ihr seid?», setzte Martin Waldseemüller an.

«Ihr erlaubt?», versicherte sich der Gast.

Der Herzog winkte huldvoll.

«Aber natürlich, Vespucci, setzt Euch. Vor allem, greift zu. Ich werde Euch dann verlassen.» Mit diesen Worten erhob er sich. «Ich sehe, ich habe Euch wirklich einen Gefallen getan», erklärte er noch und klatschte in die Hände. Offenbar freute er sich wie ein Kind über die gelungene Überraschung. Dann verließ er ohne ein weiteres Wort den Raum.

Die beiden Männer schwiegen zunächst. Martin Waldseemüller brannten so viele Fragen auf der Seele, dass er nicht wusste, wo er anfangen sollte.

Beide begannen gleichzeitig zu sprechen.

«Ihr Onkel …»

«Mein Onkel …»

Martin Waldseemüller nahm sich sofort zurück. «Entschuldigt, ich wollte Euch nicht unterbrechen. Ihr sagtet, mein Onkel?»

Der junge Vespucci nahm einen Schluck Wein. Dann zog er die Schultern hoch wie vorhin der Herzog. «Es ist kalt hier in den Vogesen.»

«Braucht Ihr noch einen Mantel?»

Man sah Juan Vespucci an, dass er nicht oft lächelte. Er hatte das schmale Gesicht eines Asketen. «Nein, danke. Auf See ist es oft noch kälter. Ihr werdet ahnen, weshalb ich komme?»

So also sah der Neffe des großen Mannes aus. «Euer Onkel?»

Juan Vespucci nickte. «Ja. Er schickt mich. Ich habe den Auftrag, Euch um Verzeihung zu bitten, dass er sich nicht persönlich bei Euch melden konnte. Aber es gibt – zu viele einander widerstreitende Interessen in dieser Sache, und mein Onkel muss Loyalitäten und Verpflichtungen achten, die er eingegangen ist. Jedenfalls – er hat Eure Schreiben bekommen. Doch um allen Schwierigkeiten aus dem Weg zu gehen, schickt er mich. Ich muss dazu sagen, ich brannte darauf, Euch zu begegnen. Die Kunde von Euren Fähigkeiten als Kartograph, als Gelehrter, vor allem aber von Eurem unbestechlichen, scharfen Verstand sind bis zu uns gedrungen. Natürlich habe ich Eure neue Seekarte gesehen. Bemerkenswert. Es ist mir eine Ehre, den großen Martin Waldseemüller kennenzulernen.» Juan Vespucci verneigte sich im Sitzen.

«Ihr bringt mich in Verlegenheit. Sagt Eurem Onkel meinen tief empfundenen Dank für diese Nachricht. Ich bin mir der großen Ehre bewusst.»

Der junge Vespucci unterbrach ihn. «Das ist eine Ehre, von der niemals jemand etwas erfahren darf, wie Ihr sicher verstehen werdet.»

Martin Waldseemüller nickte. «Wo ist er? Wann kann ich ihn sehen, mit ihm sprechen?»

«Niemals, jedenfalls nicht in diesem Leben», antwortete Juan Vespucci bestimmt. «Ihr müsst verstehen, er kann Euch nicht ...»

Martin Waldseemüller sprang erregt auf. «Aber ich habe so viele Fragen, ich muss ihn sehen!»

«Fragt!», antwortete der junge Mann selbstbewusst. «Ich ging bei meinem Onkel in die Lehre, und er hat mich genauestens instruiert. Er weiß zum Beispiel auch, dass Ihr davon ausgeht, dass es sich bei den unbekannten Territorien, die er bereiste, um einen neuen Erdteil handelt.»

«Ja, und wir werden ihn nach ihm benennen. America.»

Erneut verbeugte sich Juan Vespucci. «Mein Onkel sagte es mir. Er hat Euren Brief erhalten. Ich soll Euch ausrichten, dass er sich sehr geehrt fühlt. Und auf der Seekarte habt Ihr dieses Vorhaben ja bereits verwirklicht. Dennoch. Niemand darf jemals etwas über den Inhalt dieses Gespräches erfahren. Versprecht es mir bei Eurer Ehre. Ich bin befugt, Euch alles mitzuteilen, was Ihr wissen wollt. In meinem Rock habe ich außerdem gewisse Unterlagen bei mir – zum Beispiel bestimmte Tabellen. Ich darf sie Euch zeigen, aber nicht überlassen.»

Martin Waldseemüller hätte am liebsten laut gejubelt. Er war zu jedem Versprechen bereit, wenn Juan Vespucci nur redete. «Zur Berechnung der Längengrade! Ich dachte es mir. Euer Onkel hat es geschafft! Und was ist mit dem Osten dieses neuen Erdteils, weiß euer Onkel mehr darüber, als er bisher schrieb? Und dem Norden? Reicht die Landmasse durchgängig von Süd nach Nord über den Äquator hinweg, oder gibt es dazwischen eine Meerenge? Wisst Ihr etwas darüber?»

«Ja», antwortete Vespucci knapp.

«Was ja? Worüber?»

«Über alles. Zumindest fast. Wo ich nichts Genaues sagen kann, gibt es wenigstens Vermutungen.» Dann griff er in seine Rocktasche und zog ein ganzes Bündel Papiere hervor.

Jean Basin schlich sich an die Türe, hinter der die beiden Männer saßen, und presste seine Ohren an das Holz. Wer mochte wohl dieser fremde Gast sein? Doch er konnte nichts verstehen. Durch die dicke Holztüre drang nur ein undeutliches Gemurmel.

Martin Waldseemüllers Gesicht war verschlossen, als er von dem Treffen mit dem jungen Besucher zurückkam. Er erzählte nur wenig Genaues. Er hatte Juan Vespucci sein Wort gegeben.

Nur eines konnte er den Freunden mitteilen: «Amerigo Vespucci hat mir Folgendes ausrichten lassen. ‹Ich werde öf-

fentlich erklären, dass ich der Überzeugung bin, einen neuen Erdteil entdeckt zu haben, sobald Eure Karte erschienen ist. Das wird die Anfeindungen Eurer Neider etwas eindämmen.»
«Damit hat er dir den Ritterschlag erteilt», stellte Philesius fest.
«Und damit wird allen Kritikern der Wind aus den Segeln genommen», ergänzte Nicolas Lud. «Sie ...»
«Sie werden uns die Karte aus den Händen reißen», vervollständigte sein Onkel den Satz. Er ahnte noch nicht, wie recht er damit haben sollte. Niemand in Saint-Dié konnte sich zu diesem Zeitpunkt auch nur annähernd vorstellen, welchen Aufruhr diese Karte auslösen würde.

Ende Februar 1507 war Matthias Ringmann mit seiner Arbeit an der Intruductio fertig; sie konnte in Druck gehen. Bereits zu diesem Zeitpunkt zeichnete sich das enorme Interesse ab. René von Lothringen hatte offenbar Fürstenhäuser in halb Europa über das große Werk informiert. Aber auch die großen Handelshäuser, Vertreter aus Genua, Venedig, Mailand. So beschloss die Runde in Saint-Dié, die zweite Auflage der *Introductio* gleichzeitig mit der ersten zu drucken. Nur wenige Tage später, als der Schnee einigermaßen geschmolzen war, reiste Matthias Ringmann zurück nach Straßburg. Er nahm Gauthier Luds großes Werk *Speculi Orbis succinctiss. sed neque poenitenda neque inelegans Declaratio et Canon* mit, das die stereographische Projektion der Weltkugel enthielt. Die Druckerei in Saint-Dié hatte noch nicht die Möglichkeiten, es zu drucken. Deshalb würde es bei Jean Grüninger in Straßburg erscheinen.

Doch Martin Waldseemüller wusste, Philesius und er würden sich bald wiedersehen. Der große Tag rückte unaufhaltsam näher. Und je näher er kam, umso größer wurde die Versuchung, sein Wissen mit den Freunden zu teilen. Vespuccis Wissen. Aber er durfte es nicht.

Kurz darauf traf ein Brief seines Onkels Jakob aus Basel ein. Die Nachricht platzte mitten in die größte Hektik; in der neuen Officina von Saint-Dié ging es drunter und drüber. Johannes Amerbach, schrieb er, wisse, wo ein Originalmanuskript der ptolemäischen *Geographia* zu finden sei, nämlich in der Bibliothek des Basler Predigerordens. Amerbach habe dorthin gute Beziehungen. Er schlage vor, dass Martin ihm einen Brief schreibe. Ihm werde Amerbach die Bitte um Beschaffung und Übersendung der kostbaren Schrift sicherlich nicht abschlagen.

Gauthier Lud strahlte. «So können wir uns gleich ans Werk machen, wenn wir mit unserer derzeitigen Aufgabe fertig sind.»

Nicolas Lud, der gerade bei seinem Onkel stand, musste über dessen schon kindliche Freude ebenso lachen wie Martin Waldseemüller.

Gleich am nächsten Tag brachte er das Schreiben auf den Weg.

Dem berühmten Meister Johann Amerbach, dem höchst gewissenhaften Erneuerer der Wissenschaften zu Basel. Herzlichen Gruß. Ich glaube, es ist Dir nicht unbekannt, dass wir die Kosmographie des Ptolemäus mit verbesserten und gewissen, von mir neu hinzugefügten Karten in der Stadt des heiligen Deodatus zu drucken vorhaben. Da nun die handschriftlichen Vorlagen voneinander abweichen, bitte ich Dich, mir und meinen Druckherren Walter und Nikolaus Lud einen Gefallen zu erweisen. Das wirst Du, hoffe ich, um so lieber tun, als es der Wissenschaft zu Nutz und Frommen gereicht, und für diese müßt Du Dich ja endlos mit Händen und Füßen ab.

Es liegt bei Euch in der Bibliothek des Predigerordens das Werk des Ptolemäus im griechischen Originaltext; ich halte diese Handschrift für ein Exemplar von äußerster Korrektheit. *Daher bitte ich Dich, Du mögest mit allen Dir zu Verfügung stehenden Mitteln Dich dafür einsetzen, dass wir den Band, sei es unter Deinem oder unserem Namen, für die Spanne eines Monats ausleihen können. Falls es dazu eines Bürgen oder einer Quittung bedarf, werden wir unverzüglich dafür aufkommen. Ich hätte auch andere Männer in dieser Sache mit Bitten angegangen, wenn ich nicht überzeugt wäre, dass Du die Mühe gern übernimmst und, da Du dazu imstande bist, das Gewünschte erreichst.*

Die Globuskarte, die wir außer der Plankarte zum Ptolemäus vorbereiten, ist noch nicht gedruckt, wird es aber im Verlauf eines Monats sein. Und wenn jene Ptolemäus-Handschrift wirklich zu uns gelangt, werde ich veranlassen, dass bei der Rücksendung unseres Ptolemäus auch ein Exemplar dieser Globuskarte nebst anderem, was Deinen Söhnen nützlich sein kann, mitgeschickt wird.

Lebe wohl und lass mich nicht vergeblich Dich gebeten und Deine Mühewaltung in Anspruch genommen haben.

Saint-Dié, 5. April 1507

Martin Waldseemüller, auch Ilacomylus, zu allen Gegendiensten gern bereit.

13.

MARTIN WALDSEEMÜLLER WAR innerlich zum Zerreißen angespannt. «Nun beruhige dich, Ilacomylus. Was soll schon geschehen? Es wird dir niemand den Kopf abreißen», versuchte Philesius den Freund zu beruhigen. Dabei gab er sich gelassener als er sich wirklich fühlte. Auch ihm schlug das Herz bis zum Hals. Am 25. April anno 1507 war das große Werk nun endlich komplett, die Weltkarte gedruckt. Jetzt hing sie an der Westwand des großen Saales im Herzogspalast von Nancy. Davor war ein geschnitzter Tisch aufgebaut worden, auf dem ausgebreitet die Globensegmente lagen. Daneben stand ein fertiger Globus auf dem weiß-goldenen Damast des Tischüberwurfes. Außerdem waren mehrere Exemplare der *Introductio* ausgelegt. Kerzen sollten dafür sorgen, dass das alles eindrucksvoll in Szene gesetzt wurde. Der Fokus des Lichtes war auf die Wandkarte gerichtet. Im Zentrum des Kegels leuchteten die Lettern den Betrachtern entgegen, die mit ihrem Klang die Welt verändern sollten: «America».

Der Herzog hatte befohlen, dass die Anordnung zunächst durch einen schweren, nachtblauen Samtvorhang verdeckt wurde. Er ähnelte mit seiner golddurchwirkten Oberfläche dem sternenklaren Nachthimmel, so wie ihn Vespucci einst gesehen haben musste, als er die neue Welt erreichte.

Martin Waldseemüller konnte in der kleinen Kammer neben dem großen Saal das Gemurmel von Stimmen hören. Es mussten viele sein. René von Lothringen hatte jedermann genau instruiert. Zunächst würde es Musik geben. Einer dieser *Fauxbourdons*, in diesem Fall von Guillaume Dufay. Er kannte sich mit Musik nicht sehr gut aus. Genauer, er war völlig unmusikalisch, fast unfähig, Töne voneinander zu unterscheiden. René von Lothringen hingegen liebte diesen inzwischen schon fast altmodischen Musikstil, der seine Blütezeit vor langer Zeit in Burgund gehabt hatte. Vielleicht, weil es diesen alternden Fürsten an seine Jugend erinnerte, an die große Schlacht bei Nancy vor so vielen Jahren, als er Karl den Kühnen in seine Schranken gewiesen und damit den Expansionsgelüsten des Burgunders ein Ende gesetzt hatte.

Nun, auch dieser Tag war in gewissem Sinne eine Schlacht. Martin Waldseemüller, Matthias Ringmann, die beiden Luds, der ganze Kreis der Gelehrten in Saint-Dié und natürlich ihr Gönner, der Herzog von Lothringen, hatten dem alten Bild der Welt ein neues entgegenzusetzen. Das würde mit Sicherheit nicht ohne Kritik und Diskussionen abgehen. Auch wenn sich diese Schlacht nur in den Köpfen abspielte, so war sie doch nicht weniger bedeutsam als mancher Krieg. Dessen war sich der weitsichtige Herzog vielleicht noch mehr bewusst als selbst Waldseemüller und Ringmann. Denn Schlachten, das hatte er gelernt, wurden nicht nur durch die Stärke der Truppen, sondern auch durch die Wahrnehmung und die Überzeugungen dessen entschieden, der die Soldaten anführte. Wer aus dem, was er sah, die falschen Schlüsse zog, wer den Kopf in den Sand steckte, wer Angst hatte, in kniffligen Situationen Entscheidungen zu treffen oder sich Fehler einzugestehen, der hatte die Schlacht schon verloren. Vielleicht sogar den ganzen Krieg.

Die Musik verklang, ein Diener kam in den Raum. «Wo bleibt Ihr, meine Herren? Der Herzog und seine Gäste warten schon.»

Matthias Ringmann zögerte. Beide wussten, dies war ein entscheidender Augenblick in ihrem Leben, einer, der darüber entschied, ob sie den Rest ihrer Tage als lächerliche Spinner oder als hoch geehrte Autoritäten gelten würden.

«Wir haben getan, was wir konnten, Philesius. Und wir können zu dem stehen, was wir getan haben.» Dieses Mal versuchte Martin Waldseemüller den Freund zu beruhigen.

Statt einer Antworte nickte Matthias Ringmann. Der Schweiß stand ihm auf der Stirn. Das kam nicht nur von der Aufregung. Die Krankheit fraß an ihm; dieser Körper, der immer magerer wurde, führte inzwischen einen verzweifelten Kampf ums Überleben.

Seite an Seite betraten sie den Raum, beide gekleidet wie Männer von Stand. Der umsichtige Herzog, der sehr genau wusste, wie wesentlich die richtige Kleidung für den ersten Eindruck war, hatte auch dafür gesorgt.

Mit einem Schlag wurde Martin Waldseemüller innerlich ganz ruhig. Er sah nur noch eine wogende Masse von Köpfen. Erst sehr viel später sollte er in der Lage sein, einige der Gesichter auszumachen.

«Meine lieben Freunde – und die meisten, die heute hier sind, zählen zu den Freunden Lothringens und seines Herzogs –, Wir haben die große Ehre, Euch zwei der bedeutendsten Geister dieser Zeit und ihr epochales Werk vorstellen zu können. Philesius und Ilacomylus haben es in unserer neuen *officina libraria* in Saint-Dié in Druck gegeben. Diese wurde von einem Mann eingerichtet, der uns schon viele gute Dienste geleistet hat, den ich als Freund betrachte. Gauthier Lud und sein Neffe Nicolas haben viel zu dem beigetragen, was Euch heute hier erwartet. Damit meine ich nicht nur den Elan, die Liebe zur

Wissenschaft, die Gauthier Lud einbrachte, sondern auch das Wissen um die besondere Bedeutung dessen, was Ihr heute sehen werdet.»

René von Lothringen machte eine kaum wahrnehmbare Handbewegung, woraufhin zwei Diener den Vorhang zur Seite zogen. Und da war sie, die monumentale Karte von Saint-Dié. Die Lettern «America» leuchteten den Menschen entgegen. Der neue Erdteil mit seinem Kranz aus Licht und dem Schriftzug darauf schien den Glanz des Paradieses zu reflektieren. Im Saal erhob sich ein Raunen.

Gauthier Lud war zufrieden. Die Idee mit der Illumination stammte von Nicolas. Er hatte eine Gabe dafür, die Dinge ins rechte Licht zu rücken. Der langjährige Vertraute des Herzogs von Lothringen blickte sich um, sah in die Gesichter der Gäste. Egal, was sie später zu dieser Karte sagen würden, für den Moment waren sie alle von der Magie des Augenblicks verzaubert. Er suchte den Blick des Herzogs. Der nickte ihm lächelnd zu. Sie hatten die Menschen im Saal für sich gewonnen.

Erst Stunden danach war Martin Waldseemüller in der Lage, wirklich zu begreifen, was sich da abgespielt hatte. Die kritischen Stimmen waren von den Bewunderern schnell zum Schweigen gebracht worden. Eigentlich hatte es nur einen Moment gegeben, in dem die Stimmung zu kippen drohte. Natürlich hatte der Vertreter Genuas sehr schnell festgestellt, dass der neue Erdteil auf der Karte dieses Waldseemüller zweierlei Form hatte. Dass die Landmassen auf der großen Karte durch eine Meerenge getrennt waren, sich auf der kleinen Darstellung in der Kartenkrone jedoch eine einzige Landmasse von Süd nach Nord erstreckte. Auf jener Karte der westlichen Hemisphäre also, die Amerigo Vespucci zugeordnet war.

«Habt Ihr das von Vespucci selbst? Wie ich hörte, hat er in diesen Tagen zum ersten Mal öffentlich seine Überzeugung erklärt, bei seinen Reisen in die neue Welt einen vierten Erdteil entdeckt zu haben. Ihr müsst ihn schon lange vorher gesprochen haben. Anders ist diese Übereinstimmung nicht zu erklären.»

«Ja, und was ist mit dem Südwesten dieses – America? Woher wisst Ihr so genau, wie es dort aussieht?», mischte sich eine weitere Stimme ein.

«Ja, genau, sagt uns, woher wollt Ihr das wissen?»

Das Gemurmel im Saal wurde erst lauter und wich dann einer gespannten Stille. Was in den Köpfen mancher vorging, war fast mit Händen zu greifen. Die entscheidende Frage war, ob der Kartograph Americas darauf eine Antwort geben konnte?

Martin Waldseemüller hatte plötzlich das Gefühl, allein einer Gruppe von Feinden gegenüberzustehen, einer Wand, die über ihm einzustürzen drohte. Ein Hustenanfall von Matthias Ringmann gab ihm die Zeit nachzudenken, seine Worte sorgfältig zu wählen.

Dann kehrte wieder Stille ein.

«Ich habe sorgsam verglichen und ausgewertet, was mir an Dokumenten zur Verfügung stand», begann er schließlich. «Es waren viele, und das haben wir auch unserem Gönner René von Lothringen zu verdanken. Was Ihr hier seht, sind die Schlüsse, zu denen wir im Gymnasium Vosagense nach reiflicher Überlegung gelangt sind. Einige der gelehrtesten Köpfe dieser Zeit haben mit mir zusammen daran gearbeitet. Ohne Philesius, den ich inzwischen meinen Freund nennen darf, Gauthier Lud, den ich bewundere und dessen überragendes Wissen, dessen Glaube an das große Werk uns auch in schwierigen Zeiten immer wieder vorangebracht hat, ohne Hochwürden Pierre Jacobi, der sich um die Einrichtung der Druckerei von Saint-Dié mehr als verdient gemacht hat – ohne die Hilfe unzähliger Menschen wäre diese Karte nicht entstanden. Es ist nicht nur mein Werk, sondern das Werk vieler. Zuvorderst aber das eines großen Florentiners und Seefahrers, von Amerigo Vespucci.»

Er machte eine Pause.

«Und, wann habt Ihr ihn gesprochen?»

Wieder meldete sich diese Stimme, deren Ursprung er nicht ausmachen konnte. Der Mann sprach ein etwas gebrochenes Französisch. Das rollende R deutete auf einen Südländer hin.

«Amerigo Vespucci meldet sich selbst zu Wort. Jeder im Saal kann seine Stimme vernehmen, wenn er die *Introductio* liest. Wir haben die *Lettera* beigefügt. Jene *Lettera*, die auf den Beschreibungen der *Quatuor navigationes*, den Reisen dieses großen Mannes basieren. Das ist unser Beweis. Vespuccis eigene Worte. Und jeder, der sie liest, kann nicht anders als uns zustimmen.»

«Ihr habt noch immer keine Antwort gegeben. Habt Ihr Amerigo Vespucci persönlich gesprochen?»

Wieder diese drängende Stimme.

Martin Waldseemüller versuchte, den Sprecher ausfindig zu machen. Vergeblich. «Nein, ich habe Amerigo Vespucci niemals getroffen», erklärte er schließlich ruhig. «Doch im Geist sind wir uns mehr als einmal begegnet.»

«Warum dann die beiden verschiedenen Darstellungen dieser neuen Welt? Ich hörte ihn selbst sagen, dass er vermute, die Landmassen der südlichen und der nördlichen Hemisphäre könnten zusammenhängen, einen einzigen Erdteil bilden. Ihr müsst ihn gesprochen haben. Denn das steht nicht in den *Lettera*. Dort ist auch nicht beschrieben, wie der westliche Teil der Territorien aussieht, die Ihr America nanntet. Dieses Wissen besitzen nur wenige.»

Der Mann gab nicht auf.

«Wollt Ihr mich etwa einen Lügner heißen?», Martin Waldseemüller war nahe daran, die Fassung zu verlieren. Der Herzog von Lothringen warf ihm einen warnenden Blick zu. Er riss sich zusammen. «Was ich darstellte ist das Ergebnis von Berechnungen – und es ist in gewisser Weise auch ein Blick in die Zukunft, die der große Florentiner Vespucci uns eröffnet hat. Die Wandkarte zeigt die Gegenwart, das, was wir derzeit wissen, das, was ich aufgrund von eigenen Nachforschungen für belegt halte. Die kleinere Abbildung der westlichen Hemisphäre in der Kartenkrone repräsentiert die Zukunft und erzählt von dem offenen Horizont an Möglichkeiten. Denn die Zeit der Entdeckungen hat meiner Ansicht nach gerade erst begonnen. Jenen, die nach uns kommen, wird es gelingen, die genaue Form dieses vierten Erdteils zu erkunden. Vielleicht sogar dem großen Mann selbst. Wie ich höre, bereitet er eine weitere Reise vor.»

«Nachdem diese Karte erschienen ist, wird Amerigo Vespucci niemals wieder eine Reise in die neue Welt unternehmen», erklärte die Stimme eisig. «Und Ihr werdet noch Euer blaues Wunder erleben. Ihr hättet Euch nicht so blindlings auf die *Lettera* verlassen dürfen.» Es klang wie ein Todesurteil.

«Was soll das heißen?», fragte Martin Waldseemüller in den Raum.

Als Antwort kam nur ein hämisches Lachen.

Viele Jahre später wurde Martin Waldseemüller klar, dass der Fremde die Wahrheit gesprochen hatte. Amerigo Vespucci reiste niemals mehr zu dem Erdteil, der nun seinen Namen trug. Die spanische Krone hatte mit einer Beförderung dafür gesorgt. Er wurde drei Jahre später zum Pilot Major ernannt und damit Leiter jener Behörde, die sich mit der Seefahrt Spaniens befasste, insbesondere der Erstellung der notwendigen Seekarten. Für Reisen blieb ihm keine Zeit mehr. Der große Entdecker sollte niemals wieder eine eigene Entdeckung machen. Und sein Leben lang gab sich Martin Waldseemüller die Schuld dafür. Der Tag, der zu seinem größten Triumph werden sollte, hatte damit seinen Glanz verloren. Er konnte sich nicht mehr an seinem Erfolg freuen.

«Stellt Euch vor, fast alles ist bereits vorbestellt», versuchte Gauthier Lud ihn zu vorgerückter Stunde des besagten Tages aufzumuntern. «Die Besucher reißen sich regelrecht um Euer Werk.»

Auch der Herzog war voll des Lobes. Doch Martin Waldseemüller nickte nur müde. Er hatte einen schalen Geschmack im Mund.

In der Nacht wälzte er sich verzweifelt auf seinem Lager herum. Was hatte er da nur angerichtet! Niemand glaubte ihm, dass er Amerigo Vespucci nicht begegnet war. Das hatten ihm die vielen Gespräche an diesem Tag deutlich gezeigt. Einer hatte es sogar offen ausgesprochen. Die Worte hallten noch immer in ihm nach. Es war Jakob Fugger von der Lilie gewesen, auch der Reiche genannt. Zusammen mit seinen Brüdern Ulrich und Georg leitete er jenes Augsburger Handelshaus, das an Reichtum den Medici kaum nachstand. «Warum sonst hättet Ihr diesen Kontinent nach Vespucci nennen sollen, wo doch jeder weiß, dass diese Ehre eigentlich Christoph Kolumbus zukommt?», fragte er, nicht ohne eine gewisse Süffisanz.

Martin Waldseemüller erinnerte sich noch Jahre danach, wie er innerlich zusammengezuckt war. «Kolumbus hat immer behauptet, er habe den Seeweg nach Indien entdeckt und sagt das bis heute», erwiderte er.

Der Fugger nickte. «Ja, da habt Ihr Recht. Das sagt er. Ebenso, wie Ihr sagt, dass Ihr Amerigo Vespucci niemals begegnet seid. Doch habt Ihr niemals bedacht, dass Ihr einem Irrtum aufgesessen sein könntet, dass Vespucci nicht der Entdecker Americas sein könnte? Dass die Soderini-Briefe vielleicht eine Fälschung sein könnten?»

An diesem Tag war sich Martin Waldseemüller seiner Sache noch sicher. «Das kann ich nicht glauben.»

«Nein, nicht? Vielleicht wisst Ihr es ja besser. Ich habe jedenfalls solche Gerüchte gehört. Wie dem auch sei, ich kenne

Giovanni de' Medici aus meiner Zeit in Florenz. Ebenso den Gonfaloniere, Piero Soderini. Beide sind harte Männer und auf ihren Vorteil bedacht. Vielleicht hätten sie es gern gesehen, wenn Ihr diese neuen Welten nach ihnen benannt hättet. Ich glaube jedenfalls nicht, dass Ihr Euch mit dieser Namensgebung viele Freunde geschaffen habt. Das gilt ganz sicher für Isabella von Kastilien oder Manuel von Portugal. Sie können mit einigem Recht für sich in Anspruch nehmen, die Namenspatrone der neuen Territorien zu sein. Schließlich haben sie den größten Teil der Mittel bereitgestellt, mit denen Vespucci die Schiffe ausrüstete. Betet und hofft, dass wenigstens sie Euch glauben, dass Ihr den Florentiner niemals getroffen und Euch deshalb geirrt habt. Meinem Eindruck nach spricht allerdings einiges gegen diese Aussage. Hofft es auch um Vespuccis Willen. Die Mächtigen könnten ihm diese eitle Behauptung, der Entdecker Amerikas zu sein, sehr übel nehmen. Selbst wenn er es nicht so gesagt hat. Es ist für einen Mann in seiner Position, aber auch für einen mit Euren Träumen nie gut, ihren Zorn auf sich zu ziehen. Nach dieser Namensgebung wird Euch so schnell jedenfalls kein Kapitän mehr als Kartograph an Bord nehmen, obwohl Eure Karte wirklich das Beste ist, was ich bis jetzt gesehen habe. Meiner Ansicht nach kommt sie von allen, die erschienen sind, den wirklichen Gegebenheiten am nächsten. Dennoch, ich prophezeie Euch eines: Daran wird sich später niemand mehr erinnern. An den Namen America aber sehr wohl. So sind die Menschen nun einmal.»

Martin Waldseemüller hatte dem Fugger einigermaßen fassungslos zugehört. «Von welcher Behauptung sprecht Ihr? Amerigo Vespucci hat mir gegenüber nie etwas behauptet, schon gar nicht, der Entdecker Amerikas zu sein, auch wenn nach dem Lesen der *Lettera* kein Zweifel daran besteht, dass es ihm gebührt, der Namenspate dieses neuen Erdteils zu wer-

den», empörte sich Martin Waldseemüller. «Es stimmt, was ich sage. Ich habe ihn niemals persönlich getroffen.»
«So, nicht?», es klang schon wieder etwas süffisant.
Damit hatte er sich umgedreht und Martin Waldseemüller einfach stehen lassen.

Ihm brach der Schweiß aus. Was hatten sie sich nur dabei gedacht, den neuen Erdteil nach Amerigo Vespucci zu benennen! Sollten sie mit den Soderini-Briefen wirklich einer Fälschung aufgesessen sein? Das hätte Juan Vespucci ihm doch gesagt. Andererseits: Er hatte mit ihm niemals über diesen Punkt gesprochen. Sie waren sich so sicher gewesen. Nein, der Fugger musste sich irren.

Doch in einem hatte er Recht. Mit dem Namen America hatten sie die größten Mächte Europas brüskiert, Isabella von Kastilien und ihren Gatten Ferdinand von Aragón, die Herrscher von Spanien, sowie Manuel von Portugal. Wahrscheinlich hatten sie wirklich gehofft, diesem neuen Erdteil mit ihrem Stempel auch ihren Namen aufzudrücken. Und Vespucci selbst? Vespucci war bloßgestellt. Philesius und er hatten Vespucci bloßgestellt, egal, wie laut er auch gegen die Unterstellung protestierte, dass sie sich begegnet waren.

Er musste diesen Namen America wieder aus der Welt schaffen. Vielleicht konnte er ja einen Teil des Schadens wieder gutmachen, auch um den Preis seines eigenen Ansehens. Es würde so aussehen, als gestehe er einen Fehler ein. So, hat er sich also doch geirrt, ist einem Angeber aufgesessen, würden sie sagen und sich über ihn lustig machen. Trotzdem, das war er Vespucci schuldig. Und sich selbst. Niemals wieder. Niemals wieder würde er die Buchstaben A m e r i c a in einen Holzstock schnitzen. Die Menschen neigten glücklicherweise dazu, schnell zu vergessen. Dieser Gedanke tröstete ihn etwas und er konnte endlich einschlafen.

Er ahnte in diesem Moment noch nicht, dass es dafür schon längst zu spät war.

Auch andere fragten sich an diesem Tag, wem die Stimme des beharrlichen Inquisitors wohl gehört haben mochte. «Es war ein Spanier», behaupteten die einen. «Nein, ein Portugiese», erklärten die anderen. «Er kam aus Florenz», sagten die dritten. «Aus Genua», die vierten. Doch die Identität des Zwischenrufers wurde niemals geklärt.

14.

GAUTHIER LUD WAR AUSSER SICH. «Es ist unglaublich, jetzt hat schon die dritte Druckerei angekündigt, auch aus ihrer Druckerpresse werde bald eine dieser revolutionären Weltkarten des Martin Waldseemüller auf den Markt kommen. Und wir können nichts dagegen tun. Es gibt niemanden, der unser Urheberrecht schützen kann, kein Gesetz, keinen Herrscher. Der Herzog schäumt. Das heißt, wir müssen uns schnellstens an den Ptolemäus machen.»

Auch sein Neffe Nicolas wirkte bedrückt. «Es gibt nichts Übleres für die Geschäfte der neuen Druckerei hier in Saint-Dié als diese Raubdrucke. Aber was sollen wir tun? Das Originalmanuskript des Ptolemäus aus Basel ist noch nicht eingetroffen, Ringmann ist nicht hier und Ilacomylus – irgend etwas stimmt nicht mit ihm. Seit Tagen schließt er sich in seiner Kammer ein und ist für niemanden mehr zu sprechen. Er macht sich dafür verantwortlich, dass Amerigo Vespucci nach Erscheinen der Karte offenbar Schwierigkeiten bekommen hat. Und das nur, weil er und Ringmann den neuen Kontinent America genannt haben? Das vermag ich nicht zu glauben. Er behauptet sogar, wir könnten mit den Soderini-Briefen einer Fälschung aufgesessen sein. Die Zweifel lassen ihn nicht zur Ruhe kommen. Dennoch, wir müssen handeln!»

«Nein, ich kann mir nicht vorstellen, dass der Herzog uns eine Fälschung zukommen lässt.» Gauthier Lud schüttelte den Kopf. «Dass die *Lettera* gefälscht sein sollen? Nein. Nein, das glaube ich erst, wenn es uns jemand beweist. Und das wird niemandem gelingen. Ilacomylus wird sich schon wieder beruhigen. Meines Wissens arbeitet er auch noch an einem neuen nautischen Instrument. Er nennt es Polimetrum. Genaueres weiß ich nicht. Mit seiner Hilfe sollen Seefahrer aber leichter in der Lage sein, die Position eines Schiffes nicht nur anhand der Breite, sondern auch mit den Längengraden zu bestimmen. Eine faszinierende Angelegenheit. Ich hoffe, dass er mir bald erklärt, worum es sich handelt. Außerdem hast du Recht, Nicolas, wir müssen diesen Raubdrucken etwas entgegensetzen und sollten uns wirklich so schnell wie möglich an die Arbeit für unseren geplanten Atlas machen.»

Martin Waldseemüller betrat den Raum. Er hatte die letzten Sätze von Gauthier Lud gehört. Onkel und Neffe erschraken, als sie sahen, wie blass und übernächtigt er aussah. Wie ein Mann, an dem ein innerer Kummer nagte, der langsam seine Seele auffraß. Doch keiner machte eine Bemerkung dazu. Beide waren froh, dass er endlich einmal aus seiner Kammer gekommen war.

Ilacomylus versuchte, gelassen und heiter zu wirken. Es gelang ihm nicht, das spürte er selbst. Sein Gesicht fühlte sich an wie das eines Harlekins in dieser neuen Commedia dell'arte; in seinem Inneren tobte es. Die Selbstzweifel und die Verzweiflung über seine eigene Naivität zermürbten ihn mit jedem Tag mehr. Inzwischen war aufgrund der zahlreichen Reaktionen auf die *Introductio* und die Weltkarte mehr als deutlich geworden, dass ihm niemand glaubte. Noch immer war jedermann davon überzeugt, er habe Vespucci getrotten. Alle Welt sprach von «America». Nun galt der große Mann als illoyal, als Aufschneider, wenn nicht sogar als Verräter. Dabei waren er und

Ringmann es doch gewesen, die ihn verraten hatten. Sie hatten den Florentiner in diese heikle Lage gebracht. Da war es auch kein Trost, dass Vespucci sein Versprechen wahr gemacht und öffentlich verkündet hatte, diese neue Welt sei seiner Überzeugung nach eindeutig ein vierter Erdteil.

So sehr er auch überlegte, ihm fiel nichts ein, was er tun konnte, um den Schaden wieder gutzumachen. Wie konnte er nur beweisen, dass die *Lettera* keine Fälschung waren?

Das Polimetrum, vielleicht half das Polimetrum. Die Berechnungen Vespuccis hatten ihn auf die Idee gebracht, wie man das bisher gebräuchliche Torquetum so verändern konnte, dass damit genauere Flächenberechnungen möglich wurden. Doch er stand erst ganz am Anfang seiner Versuche. Vespucci, die *Lettera*, America – er kam aus diesem Teufelskreis der Gedanken nicht mehr heraus. Nur die Arbeit am Polimetrum verschaffte seinem Geist kurze Ruhepausen.

«Ilacomylus, schön, dass Ihr uns auch einmal besucht. Wir haben uns schon große Sorgen um Euch gemacht, weil Ihr Euch so gar nicht mehr gezeigt habt. Können wir etwas für Euch tun? Braucht Ihr etwas?»

Wer Gauthier Lud kannte, der konnte seine Erschütterung über den Zustand des Kartographen von Saint-Dié erkennen. Martin Waldseemüller war ein Bart gewachsen. Seine Haare hingen ungewaschen über einen speckigen Hemdkragen, sein Rock und seine Beinlinge waren zerknittert und fleckig, unter den Fingernägeln entdeckte Lud schwarze Ränder, noch schwärzer als die Ringe unter den Augen des Magisters.

Martin Waldseemüller blickte ihn einen Moment lang an als befinde er sich in einer anderen Welt. Dann klärte sich sein Blick. «Nein, ich danke Euch. Ich meine, Ihr könnt nichts für mich tun. Im Moment noch nicht. Allerdings würde ich in der nächsten Zeit gerne einmal mit Euch über dieses neue Instrument sprechen, an dem ich arbeite …» Verwirrt hielt er inne, so als habe er gerade den Faden verloren.

Nicolas Lud war froh, dass Waldseemüller wenigstens wieder ein Ziel zu haben schien, an dem er sich aufrichten konnte. Vielleicht half ja die neue Arbeit, das innere Feuer wieder zu entfachen, das langsam in ihm zu verglühen schien. «Mein Onkel erzählte mir davon. Polimetrum nennt Ihr es, nicht war? Es hört sich spannend an. Dürfte ich dabei sein, wenn Ihr mit meinem Onkel darüber sprecht?»

«Wie? Ja, ja natürlich.»

«Der Herzog hat mich außerdem gebeten, Euch auszurichten, dass er sich eine Karte von Lothringen von Euch wünscht», fügte Gauthier Lud hinzu. «Er wird Euch dafür in Kürze die notwendigen Informationen zukommen lassen. Vielleicht hilft Euch dieses Polimetrum ja auch bei der genaueren Vermessung der Orte zu Land, was meint Ihr? Aber sagt, was habt Ihr da in der Hand?»

Martin Waldseemüller blickte auf das große Paket, das er mitgebracht hatte. «Ja. Also, ich meine, ja, das Polimetrum könnte vielleicht dabei hilfreich sein. In der Hand? Ach, das ist die *Geographia* des Ptolemäus. Meister Amerbach hat sie geschickt.»

Gauthier Lud hätte beinahe laut gejubelt. «Und das sagt Ihr einfach so nebenbei, als wäre das nichts? Wir haben seit Monaten darauf gewartet! Nun ist sie endlich da! Gebt her, zeigt sie mir! Gerade eben habe ich mit Nicolas noch darüber gesprochen, dass wir uns schnell an die Arbeit machen und den überarbeiteten Ptolemäus herausbringen müssen. Eure Karte hat Saint-Dié bekannt gemacht. Das gilt es zu nutzen, die Menschen vergessen schnell. Ihr seid berühmt, Ilacomylus, die ganze Welt kennt inzwischen Euren Namen. Seid Ihr Euch dessen denn nicht bewusst?»

Er hätte beinahe aufgestöhnt. Oh doch, er war sich dessen bewusst. Und er verfluchte sich dafür. Die Karte, die ihn bekannt gemacht hatte, war dabei, die Laufbahn eines großen Mannes und seine eigene zu zerstören. Er war zum Lügner abgestempelt. Hatte er mit der Karte zu viel gezeigt, zu viel verraten? Waren die Rückschlüsse, die sie gezogen hatten, zu weit gegriffen, zu voreilig gewesen? Diese Gedanken peinigten ihn. Tag für Tag. Nacht für Nacht.

Er fand keine Entschuldigung für sich. Er war ein eitler Dummkopf gewesen, versessen auf den Ruhm. Er hatte letztlich nur das gelten lassen, was dazu taugte, seine Thesen so gut wie möglich zu untermauern. Er war in der Darstellung weiter gegangen, als er dies hätte tun dürfen. Er war nichts weiter als ein selbstgefälliger Narr, der sich auch noch eingeredet hatte, im Dienste der Wissenschaft zu handeln.

Martin Waldseemüller maß Gauthier Lud mit einem seltsamen Blick. Dann übergab er ihm stumm das Paket und schlurfte aus dem Zimmer. Er hinkte noch immer leicht, ein Relikt des letzten Mordanschlages auf ihn. Zum Thema Weltatlas sagte er nichts. Inzwischen schien es ihm sogar völlig gleichgültig zu sein, ob jemand versuchte, ihn zu ermorden oder nicht. Er hatte sich jedenfalls jede weitere Bewachung verbeten.

Während Gauthier Lud einen Brief an Matthias Ringmann schrieb und ihn dringend darum bat, sein Versprechen einzulösen und den Ptolemäus aus dem Griechischen ins Lateinische zu übersetzen, saß weit entfernt jemand anders über einem Schreiben an Martin Waldseemüller.

Contessina de' Medici schaute aus dem Fenster auf die Felder, die sich wie ein Fächer vor dem Bauernhof ausbreiteten, in den die Familie Ridolfi nach dem Sturz der Medici als Machthaber von Florenz verbannt worden war. Sie hörte das Lachen ihrer Kinder, sah das Grün, nein, so viele verschiedene Grüns, hörte den Wind in den Ästen der Bäume, spürte den Luftzug, der

durch das geöffnete Fenster kam und ihr sanft über die Wangen und durch die Haare strich. In diesem Moment liebte sie das Leben. Es erschien ihr für einige Augenblicke weniger ungerecht, weniger Kampf. Vielleicht war es aber auch die überstandene, schwere Krankheit, die es wieder kostbar machte. Es war einer der seltenen Momente des inneren Friedens in ihrem Leben.
Sie schaute hinunter auf die Zeilen, die sie verfasst hatte. Ja, so mochte es gehen. Selbst wenn ein Unbefugter das Schreiben in die Hände bekam, und das war in diesen Zeiten immer möglich, würde er nicht auf Anhieb erkennen, dass es von ihr stammte.

Ilacomylus, mein lieber Freund, las sie halblaut.
Erlaubt, dass ich Euch so nenne. Denn das Unrecht, das man einem Menschen tut, verbindet wohl ebenso sehr wie die guten Taten, die man ihm zukommen lässt. Was meine Familie und mich anbetrifft, so war es eher Ersteres – und das hätte Euch beinahe das Leben gekostet. Doch nun ist alles vorbei, Ihr seid wieder sicher. Es gibt keine Pläne mehr, Euch gewaltsam vom Leben in den Tod zu befördern. Das ist es, was ich Euch vor allem mitteilen will.
Außerdem habt Ihr zumindest eine Erklärung verdient. Ihr habt inzwischen wohl selbst erkannt, dass Ihr mit der Darstellung der neuen Welt auf Eurer Karte Geheimnisse zugänglich gemacht habt, die gewisse Leute und Geschäftemacher lieber für sich behalten wollten. Dafür waren sie bereit, alles zu tun, selbst, Euch zu töten. Doch Ihr seid den Anschlägen und den Versuchen, Euch zu diskreditieren, immer wieder glücklich entgangen.
Nun ist die Karte gedruckt, der Grund für all diese Frevel gegen Eure Ehre und Eure Unversehrtheit also hinfällig geworden. Mehr noch. Alle Welt spricht über den Kar-

tographen von Saint-Dié und sein kolossales Werk, das nicht nur davon zeugt, dass Ihr ein hervorragender Gelehrter seid, sondern auch ein großer Künstler. Jeder, der es sich nur irgendwie leisten kann, will eine solche Karte haben, die Globensegmente sowie die Introductio Eures Freundes Matthias Ringmann. Ich kann die Raubkopien schon nicht mehr zählen, die inzwischen bei uns kursieren. Doch mit dem Original kann es keine aufnehmen, die ich sah. Ihr seid ein berühmter Mann, Ilacomylus. Auch das schützt Euch vor Menschen, die Euch übel mitspielen wollen.

Allerdings muss ich Euch sagen, dass an der Echtheit der Lettera gewisse Zweifel bestehen, auch wenn Piero Soderini, der Gonfaloniere von Florenz, jedem, der es hören will, immer wieder beredt versichert, sie enthielten nichts als Vespuccis eigene Worte. Dennoch ist meiner Kenntnis nach hier Vorsicht geboten. Ihr solltet bei späteren Veröffentlichungen diesbezüglich also wachsam sein. Insbesondere, was die Benennung der Territorien jenseits des Atlantiks betrifft. Man könnte Euch sonst bezichtigen, hier einen schweren Fehler begangen zu haben, ob wissentlich oder nicht spielt für die Menschen keine Rolle.

Der Mann, der tot in Eurem Zimmer in Basel gefunden worden ist, war ein Agent. Die Leute eines gewissen S. hielten ihn versehentlich für Euch. Er war beauftragt, Euch auszuspionieren. Die Auftraggeber sind mir bekannt. Mehr darf ich Euch dazu nicht mitteilen.

Auch mir war eine Rolle in diesem üblen Spiel zugeteilt, das habt Ihr Euch wohl schon gedacht. Obwohl ich es nicht ganz freiwillig tat, schäme ich mich zutiefst dafür, das wollte ich Euch ebenfalls sagen. Und noch etwas: Die freundlichen Gefühle, die ich Euch gegenüber zur Schau gestellt habe, mochten anfänglich vielleicht noch geheu-

chelt gewesen sein. Je mehr ich Euch kennenlernte, umso mehr wuchs meine Achtung vor Euch, Eurem unbeugsamen und unbestechlichen Geist, Eurer Geradlinigkeit und Eurer menschlichen Wärme.
Wir werden uns nicht wiedersehen, doch ich werde Euch niemals vergessen. Ohne es zu wissen, habt Ihr mir viel geschenkt.
Ich soll Euch noch Grüße ausrichten. Der Mann, dessen Neffen Ihr kennt, hat sich mir anvertraut. Er ist Euch nicht gram, obwohl ihm immer wieder Erklärungen abverlangt werden, die er nicht geben kann. Er hat Eure Karte gesehen und hält sie ebenfalls für ein wunderbares Werk. Er weiß, dass Ihr fälschlich beschuldigt werdet, ein Lügner zu sein.
Ich hoffe, Ihr seid in Eurem Großmut irgendwann in der Lage, mir – nein, uns – zu verzeihen.
Eure C.
Postscriptum: Bitte vernichtet dieses Schreiben, wenn Ihr es gelesen habt.

Er hatte so etwas geahnt, es sich in seiner Überheblichkeit aber nicht eingestehen wollen. Also doch! Die *Lettera* möglicherweise in Teilen eine Fälschung! Das wog schwerer als alle Anschläge auf ihn, wie ihm beim Lesen schlagartig klar wurde. Nun war es endgültig. Er konnte den Namen America nie mehr verwenden. Aufgrund der Fälschungen, vor allem aber, um Vespucci zu schützen. Dieser stritt offensichtlich ebenso vergeblich ab wie er selbst, dass sie sich jemals getroffen hatten, und musste sich nun auch noch gegen eine Fälschung behaupten. Der berühmte Kartograph von Saint-Dié – es war nichts als ein schlechter Witz.
Die Litanei der Selbstvorwürfe begann erneut, sich im Kreis zu drehen. Er war zu weit vorgeprescht, hatte zu viel gewagt.

Und wenn Vespucci ihm verzieh, dann bewies das nur die innere Größe dieses Mannes, den er mit seiner Unbedachtsamkeit ins Unglück gestürzt hatte.

Er wünschte sich, er hätte diese Karte niemals geschaffen, wünschte, er könnte in das nächste Mauseloch kriechen. Er hatte sich zu sehr nach Ruhm und Ehre gesehnt, gehofft, ein Kapitän würde ihn in diese neue Welt mitnehmen. Nun, Ruhm hatte er geerntet. Doch der Erfolg schmeckte gallebitter.

Martin Waldseemüller warf den Brief in die Glut im Kamin. Er beobachtete, wie das Papier Feuer fing, sah die glühenden Zungen daran lecken, sah, wie es schwarz wurde und auseinander fiel. Es war wie ein Ritual der Reinigung.

Für einen Moment wünschte er sich, er wäre wie dieses Stück Papier – verbrannt, ausgelöscht, nur noch eine dünne Rauchfahne, die durch den Kamin nach oben stieg und im Wind verwehte, bis nichts mehr von ihr übrig war. Er würde Saint-Dié verlassen, zumindest für eine Weile. Er musste allein sein, musste nachdenken. Und zum ersten Mal seit langer Zeit suchte er auch wieder das Gespräch mit seinem Gott.

An einem sonnigen Tag Ende Mai, der fast schon sommerlich warm war, hallten wieder die Hufschläge einiger Pferde zwischen den Häusern von Saint-Dié. Die dreiköpfige Gruppe bewegte sich über die Hauptstraße bis vor die große Mauer vor der Kathedrale.

Inzwischen schaute sich niemand mehr nach Unbekannten um. Seit diese Karte, die *Introdcuctio* und die Globensegmente erschienen waren, kamen ständig Besucher in das Tal von Galilée. Jeder wollte eine solche Karte haben, jeder wollte mit dem Kartographen Martin Waldseemüller und dem Dichter Matthias Ringmann sprechen. Doch Ringmann war schon längst wieder in Straßburg. Und Ilacomylus empfing niemanden, lehnte alle Bitten und Gespräche kategorisch ab. Er arbeite an seinem nächsten großen Werk, hieß es. Gauthier Lud verzweifelte fast an dieser Sturheit. Angesichts dieser endlosen Reihe enttäuschter Gesichter fiel ihm keine Ausrede mehr ein.

Er war fast schon ein wenig zornig auf Martin Waldseemüller, der sich standhaft weigerte, mit den Besuchern über seine Karte zu sprechen. Das schürte die Gerüchte um ihre Entstehung noch mehr, was Gauthier Lud sehr bedenklich fand, auch wenn er zugeben musste, dass es dem Geschäft durchaus nicht schadete.

Die Frauen von Saint-Dié schüttelten die Köpfe. Was hatten die Leute nur mit dieser neuen Welt? Es gab hier in der «alten» noch genügend zu erkunden, noch genügend zu verbessern. Die Frauen von Saint-Dié waren praktisch veranlagt. Sie hatten schon zu viele Geschichten von irgendwelchen irdischen Paradiesen gehört, um noch daran zu glauben. Vielleicht gab es den Garten Eden ja im Himmel, aber gewiss nicht auf dieser Erde.

Die Männer hatten wenig Zeit darüber nachzudenken, sie mussten die Felder bestellen oder arbeiteten in den Silber- und Bleiminen. Besonders die Arbeit dort trieb einem Mann die Träume aus. Manchmal saßen sie aber dennoch nach dem Gottesdienst in der Schenke von Saint-Dié zusammen und bekamen leuchtende Augen, wenn wieder einmal ein Trupp Besucher vorbei ritt, Menschen, die wichtig aussahen. Vielleicht war es aber auch irgend so ein Gelehrter, der sich mit dem seltsamen Kauz austauschen wollte, der die Karte mit dem Namen America in Holz geschnitzt hatte. Nur wenige der einfachen Menschen in Saint-Dié hatten das Werk gesehen. Doch diese wenigen schwärmten davon.

An diesem Punkt seufzten die Männer und der Glanz aus ihren Augen verschwand. Träume machten nicht satt, sondern hungrig. Nach Abenteuern, fremden Paradiesen, nackten, willigen Frauen. Doch daheim warteten die eigenen Frauen, die eigenen Kinder, die Nahrung brauchten.

An diesem Tag ritten jedoch keine Gelehrten durch die Stadt.

Vor dem großen Tor zum Stiftsgelände stieg wie schon einmal eine verschleierte Frau in Schwarz von ihrem Zelter. Der Dienstmann in ihrer Begleitung half ihr dabei. Ihr schwarzer Umhang blähte sich beim Absteigen im Wind wie die Flügel einer Rabenkrähe. Auf dem dritten Pferd saß eine ältere Frau mit missmutigem Gesicht.

Die Verschleierte klopfte an die Pforte und verlangte, zu Martin Waldseemüller geführt zu werden. Der Pförtner hatte inzwischen genug von diesen Anfragen, von denen er wusste, dass sie vergeblich sein würden.

«Er spricht mit niemandem», erklärte er mürrisch und knallte die Tür wieder zu.

Doch die Frau im schwarzen Gewand erwies sich als hartnäckig. Sie ließ sich auch von dem Geräusch nicht abhalten, das darauf hindeutete, dass innen der Riegel vorgeschoben wurde. Sie klopfte weiter. Als sich daraufhin nichts rührte, hob sie einen Stein vom Boden auf und hämmerte damit gegen das Holz.

Wieder erschien das mürrische Gesicht des Pförtners im Türspalt, inzwischen waren die Augenbrauen drohend zusammengezogen.

Dem Mann war egal, dass diese Frau offenbar aus besseren Verhältnissen stammte, zumindest war sie keine einfache Bäuerin, sondern ihrer Kleidung nach wohl eher aus der Stadt. Er hatte schon ganz andere abgewiesen.

«Tollt Euch, Weib», erklärte er grob. «Magister Waldseemüller ist für niemanden zu sprechen.» Mit diesen Worten wollte er die Pforte erneut zuknallen.

Doch die Fremde schob den Fuß dazwischen. Der Pförtner war völlig verblüfft ob dieser Unverschämtheit.

«Er wird mit mir sprechen», erklärte sie energisch. «Sagt ihm, Marie Grüninger bringt Nachrichten von Matthias Ringmann. Schlimme Nachrichten. Richtet ihm das aus. Oder Ihr werdet es bereuen.» Etwas in der Stimme dieser Frau ließ den Pförtner stutzen. «Wartet hier», knurrte er, schlug die Türe zu und schlurfte los. Er war sich fast sicher, dass er wieder einen vergeblichen Gang tun würde.

Da stieß er auf Nicolas Lud und erzählte ihm von der schwarzverschleierten Fremden, froh, die Verantwortung an ihn abgeben zu können. Sollte Lud sich doch mit diesem Waldseemüller auseinander setzen und sich die Abfuhr holen. Im Nachhinein fand er, dass der Blick, mit dem der junge Lud diese Nachricht entgegengenommen hatte, sehr eigenartig gewesen war.

Nicolas Lud ließ diese Frau nur sehr ungern herein. Er wusste, sie würde alte Wunden aufreißen. Doch sie brachte Neuigkeiten von Ringmann, dessen Ankunft insbesondere sein Onkel entgegenfieberte, nachdem die griechische Handschrift des Ptolemäus nun endlich in Reichweite war. Er hatte schon mit der Übersetzung begonnen, doch sein Griechisch war nicht gut genug. Mit Ringmanns baldiger Ankunft hatte die Nachricht, die Marie Grüninger brachte, jedoch wenig zu tun, fürchtete Nicolas Lud, nachdem der Pförtner sein Sprüchlein losgeworden war.

Er öffnete die Pforte und verneigte sich. «Kommt herein, es tut mir leid. Im Normalfall sind wir Gästen gegenüber nicht so abweisend», entschuldigte er sich. Sein Gesichtsausdruck sagte Marie Grüninger jedoch unmissverständlich, dass Nicolas Lud nicht beglückt war, sie zu sehen. Sie kannte ihre Macht über Männer und schlug den Schleier zurück.

«Verzeiht, dass ich die Ruhe von Saint-Dié störe», erklärte sie mit zitternder Stimme. Die grünen Augen schwammen in Tränen. Sie blickten groß zu Nicolas Lud auf. Und der konnte sich einer gewissen freundlichen Regung nicht erwehren. Diese Frau wirkte so schutzbedürftig, so verzweifelt. Er riss sich zusammen. «Ich sehe, Ihr seid in Trauer?»

Sie nickte. Eine einzelne Träne lief ihr die Wange hinunter. Erneut widerstand er dem Impuls, ihr tröstend zuzulächeln. Martin Waldseemüller hatte ihm in einer stillen Sunde die ganze Geschichte erzählt. Diese Frau war eine Sirene, die durchaus in der Lage war, einen Mann in den Wahnsinn zu treiben.

«Mein Gatte ist gestorben, jetzt stehe ich mit meinen beiden Kindern ganz alleine da», hauchte sie unter Tränen. «Doch darum bin ich nicht gekommen. Matthias Ringmann geht es sehr schlecht. Er hat hohes Fieber und hustet ununterbrochen. Es kann sein, dass er die Krankheit nicht übersteht. Und so kam ich, um seinen Freund Martin Waldseemüller zu ihm zu bringen.»

Der Schock war Nicolas Lud anzusehen. «Ihr glaubt, Ringmann liegt in Sterben?»

«Wir wissen es nicht», antwortete sie. Dann lächelte sie ihn unter Tränen an. «Aber wollen wir das Beste hoffen.»

Dieses Mal lächelte Nicolas Lud unwillkürlich zurück.

Martin Waldseemüller packte sofort einige seiner Habseligkeiten, als er die Nachricht hörte. Er verdrängte das mulmige Gefühl, das ihn bei dem Gedanken beschlich, wie lange er wieder neben ihr reiten würde. Die Erinnerung an das letzte Mal war noch zu gegenwärtig. Doch er sagte sich immer wieder, dass er über diese Liebe hinweg war. Sie hatte ihn zu sehr getäuscht, zu sehr belogen.

Marie Grüninger machte es ihm leicht. Sie war eine angenehme Reisegefährtin. Mit keinem Wort ging sie auf die letzte Begegnung ein. Sie war zurückhaltend, versuchte nicht mit einer einzigen Geste, ihn zu verführen. Sie sprach wenig, und wenn, dann nur Belangloses, benahm sich, wie es einer Frau geziemt, die gerade ihren Gatten verloren hatte. Ihre ältere Begleiterin war wohl dazu ausersehen, die Wächterin ihrer Tugend zu sein. Es gehörte sich nicht für eine Frau von Ehre, allein zu reisen. Marie Grüninger bezeichnete sie als ihre liebste Freundin. Sie hieß Amélie, wie Martin Waldseemüller erfuhr, und war eine entfernte Kusine von Madame Grüninger. Allerdings entsprach ihre Erscheinung eher einer vertrockneten Jungfer als diesem Namen, der ihn an ein junges, hübsches Mädchen erinnerte.

Dafür redete sie ununterbrochen. Es schien ihr gar nicht aufzufallen, dass ihre Freundin Marie und Martin Waldseemüller beharrlich schwiegen. Marie Grüninger saß blass auf ihrer zierlichen Stute und steuerte hin und wieder ein interessiertes «Ach» zur Unterhaltung bei. Das Schwarz des hoch geschlossenen Kleides machte sie noch schöner, die Blässe gab ihr jene gewisse Vornehmheit, die ihr früher gefehlt hatte. Trotz ihrer Trauerkleidung wirkte sie jedoch gegenüber ihrer Begleiterin frisch wie ein junger Frühlingstag.

Mit der Zeit irritierte es ihn, dass sie so gar nicht auf die Vergangenheit einging. Der gemeinsame Ritt brachte all die verführerischen Bilder wieder hoch. Marie, die nackte Venus im Mondlicht, schob sich vor die stille Frau im schwarzen Kleid. Sollte sie denn alles vergessen haben. Waren ihre Liebesschwüre wirklich nichts als Lügen gewesen? Konnte es nicht doch sein, dass das Schicksal sie verändert, dass sie dazugelernt hatte? Martin Waldseemüller ertappte sich dabei, dass er begann, genau das zu hoffen. Wer war er schon, dass er sich das Recht nahm, über andere zu richten.

Noch immer kannte er Marie Grüninger nicht. Genau damit hatte sie gerechnet. Es fiel ihr schwer, ihr impulsives Wesen im Zaum zu halten. Doch sie durfte ihn nicht erschrecken, musste seinen Jagdinstinkt wecken. Sie baute fest darauf, dass er sich ihr wieder nähern würde. Und sie stellte zu ihrer eigenen Überraschung fest, dass sie sich danach sehnte. Jetzt, wo sie so stumm neben ihm ritt, wo sie still sein musste, hatte sie Zeit, ihn zu beobachten, und sie begriff, dass er der Mann war, den sie liebte. So gut sie eben lieben konnte. Marie Grüninger war keine Frau, die sich über sich selbst Illusionen machte, über Gefühle und über das Leben der Frauen schon gar nicht. Jedenfalls hatte es in ihrem Leben noch nie einen Mann gegeben, den sie so sehr haben wollte wie diesen. Bei ihm wäre sie sicher. In seine Liebe könnte sie sich hineinfallen lassen wie in ein weiches Bett.

Er sah gut aus mit seinem kantigen Kinn, den melancholischen braunen Augen und dem halblangen lockigen Haar, das ihm bis auf den Hemdkragen fiel. Er war nicht groß, hatte aber breite Schultern und schmale Hüften, nicht die widerliche Wampe, die viele seiner Altersgenossen sich angefressen hatten. Er war wirklich ein gut aussehender Mann, und ein berühmter noch dazu. Wenn er wollte, würden ihm Könige zu Füßen liegen. Der Mann, der America als erster gezeichnet hatte, wäre an jedem Fürstenhof willkommen. America. Es klang schön. Ohne es zu wollen, hatte sie den Namen laut ausgesprochen. Amélie unterbrach ihren Monolog und schaute sie an. «Du hörst überhaupt nicht zu», beklagte sie sich.

«Doch, doch», versicherte Marie Grüninger eiligst und gab sich erneut interessiert. Innerlich war sie zutiefst erschrocken darüber, was dieses eine Wort in Martin Waldseemüller ausgelöst hatte. Sein Gesicht war plötzlich hart und verschlossen geworden. «Ich wollte nicht», begann sie zu sprechen. Doch die Verachtung und der Schmerz, den sie plötzlich in seinen Augen sah, brachten sie zum Verstummen.

Als sie in Straßburg angekommen waren, zog er nur kurz den Hut und schickte sich an, zu Matthias Ringmann zu eilen. Da konnte sie nicht anders, jetzt musste sie handeln. Sie hielt ihn zurück.

«Martin, ich wollte – es tut mir leid. Ich weiß, es war nicht recht.

Aber ich liebte dich doch so. Matthias Ringmann ist nicht ganz so krank wie ich sagte. Doch, doch, er ist schon krank – und er wollte dich so gerne sehen, konnte aber nicht selbst reisen. Da dachte ich, ich bringe dich her. Und vielleicht ...»

Er schaute sie schweigend an, diese Frau, die er so sehr geliebt, so sehr begehrt hatte. So lange, dass er sich an nichts anderes mehr erinnern konnte. Er wusste nicht, was er antworten sollte. Er hatte keine Worte, um zu beschreiben, wie tief ihre Lügen ihn damals getroffen hatten. Er sah in diese grünen Augen, in denen jetzt neben dem bittenden Blick die blanke Verführung stand. Sie hatte sich nicht geändert. Das machte ihn traurig. Da war kein Hass mehr, kein Schmerz, nur Trauer. Sie hatte so viele Gaben. Was hätte aus dieser Frau werden können, was aus ihm und ihr! Wäre sie anders geworden, weniger oberflächlich, weniger egozentrisch.

«Könnten wir nicht?», begann sie und brach den begonnenen Satz erneut ab, als sie seinen Blick sah.

«Nein, meine Liebe, wir können auch keine Freunde sein», antwortete er sanft und begriff plötzlich zu seiner eigenen Überraschung: Er war frei. Frei, wieder nach vorne schauen. Zum ersten Mal seit langem konnte er wieder tief durchatmen.

Er lächelte ihr zu und wandte sich ab: der Zukunft entgegen. Er würde Philesius besuchen, bei ihm bleiben, bis er wieder gesund war. Und dann? Vielleicht gab es ja doch noch eine Möglichkeit für ihn, das Meer zu sehen. Das gewaltige Wasser, von dem er schon so lange geträumt hatte. Vielleicht sollte er sich an die Arbeit machen, eine Seekarte ...

In diesem Moment beschloss er, nach Spanien zu reisen. Vespucci sollte sich gerade dort aufhalten. Er würde am Atlantik stehen, das Rauschen der Wellen hören und mit allen seinen Sinnen dieser neuen Welt im Westen des Ozeans nachspüren. Der Welt, die er von seiner Karte her kannte. Er wollte, er musste den großen Seefahrer treffen, vielleicht könnten sie zusammen an Bord gehen. Die Bilder seiner Träume überschlugen sich in seinem Kopf. Er sah sich schon an der Reling einer Karavelle stehen, hörte das Knattern der Segel und spürte die Gischt der Bugwelle, die ihm der Wind ins Gesicht blies.

In Gedanken verloren betrat er das Haus Grüningers. Der erste Mensch, auf den er dort traf, war Philesius. Er lief ihm praktisch in die Arme. Ein gut gelaunter Matthias Ringmann, der zwar noch hagerer geworden war, doch ansonsten keine Anzeichen einer tödlichen Krankheit aufwies.

«Ich dachte, du bist halb tot», entfuhr es ihm.

«Und während du das sagst, strahlst du wie ein Honigkuchenpferd, Ilacomylus, das gibt mir schon zu denken», erwiderte Ringmann lachend.

«Oh, ich dachte nur – Marie Grüninger hat gesagt ...»

Ringmanns Gesicht verschloss sich. «Ich konnte sie nicht aufhalten.»

Martin Waldseemüller lachte – zum ersten Mal seit langer Zeit fühlte er sich unbeschwert. «Das macht nichts. Jetzt bin ich hier. Und unglaublich froh, dich zu sehen. Obwohl wir eine Menge Unangenehmes zu besprechen haben. Hast du es auch schon gehört – die *Lettera* sollen eine Fälschung sein? Kolumbus gilt manchen plötzlich als der Entdecker Americas. Glaubst du, wir wurden absichtlich hinters Licht geführt? Vielleicht haben wir aber auch die *Lettera* einfach falsch verstanden, sind zu voreilig davon ausgegangen, dass Amerigo Vespucci diese neue Welt entdeckt hat.»

«Nie und nimmer. Wer das behauptet, ist ein Lügner. Ebenso wie jeder, der sagt, du hättest Vespucci getroffen. Mach dich nicht verrückt. Das sind alles nur Neider. Außerdem, wen interessiert das schon! In 100 Jahren ist das längst vergessen, aber deine Karte hat Bestand. Und jetzt mal ehrlich, ich bin jedenfalls nach wie vor dieser Meinung: Egal, ob Vespucci diese neue Welt nun als erster Mensch der alten Welt gefunden hat oder nicht, er war auf jeden Fall der Erste, der erkannt hat, dass es ein neuer Erdteil ist. Da war doch dieser junge Florentiner, der dich besucht hat – schon gut, ich weiß, du wirst dazu nichts sagen. Aber weißt du, was ich glaube? Nur dadurch, dass wir uns entschieden haben, diese neue Welt America zu nennen, hatte Vespucci den Mut, sich offen dazu zu bekennen, dass er einen neuen Kontinent erkundet hat. Zudem ist es gar nicht deine Verantwortung. Der Vorschlag kam von mir.»

«Wir haben in dieser Sache zusammengearbeitet. Also ist es sehr wohl unser beider Sache.»

Philesius schaute den Freund nachdenklich an. «Du wirkst ganz zufrieden, Martin, trotz all deiner Bedenken. Dabei habe ich aus Saint-Dié ganz anderes gehört. Es hieß, du seist in tiefste Melancholie verfallen, nur noch ein Schatten deiner selbst.»

«Marie Grüninger ist Schuld daran.»

«Du willst doch nicht sagen …?»

«Nein, beruhige dich. Sie hat keine Macht mehr über mich. In derselben Sekunde, in der ich dies erkannte, war mir klar, dass ich nicht nur eine Vergangenheit mit schmerzlichen Erlebnissen habe, sondern dass auch noch eine Zukunft auf mich wartet. Eine, in der ich Fehler wieder gutmachen oder zumindest daraus lernen kann. Ich hatte das vergessen, wurde fast erdrückt von einem Gebirge von Selbstzweifeln. Ja, du hast Recht. Ich kann wieder durchatmen. Außerdem habe ich eine Entscheidung getroffen. Ich werde ans Meer gehen. Mehr noch, ich werde über das Meer gen Westen segeln, wenn ich irgendwie kann. Und ich werde mit Vespucci sprechen, ihn fragen, was es mit seinen Entdeckungen auf sich hat. Selbst, wenn ich ihn bis ans Ende der neuen Welt verfolgen müsste.

Doch vorher muss ich noch einmal zurück in die Vergangenheit, nach Freiburg, reinen Tisch machen, wenn man das so nennen kann. Ich will das Haus meiner Eltern besuchen. Ich habe an Gregor Reisch geschrieben, er hat mir in der Kartause

bei Freiburg eine Bleibe angeboten. Dort kann ich meditieren, nachdenken, mich mit der Vergangenheit beschäftigen und mir überlegen, wie meine Zukunft aussehen wird. Es gibt keinen Mann, der mir dabei so sehr helfen könnte wie mein alter Freund und Mentor Gregor Reisch.»
Matthias Ringmann konnte sehr gut verstehen, was Martin Waldseemüller nach Freiburg zog. Der Sohn des «Judenküng» musste zu seinen Wurzeln zurückkehren, um frei für das Morgen zu sein. «Ilacomylus, ich bin so froh, dich wieder zu haben, mein Freund», erklärte er. «Komm, lass uns in die Stube gehen, die Grüningers warten schon. Sie freuen sich auf dich.»

Martin Waldseemüller blieb nur einen Tag, sehr zum Leidwesen Grüningers, der gerne mit ihm einige Projekte besprochen hätte, die ihm nach Erscheinen der Weltkarte so durch den Kopf gegangen waren. Doch Martin Waldseemüller zog es in die Kartause. Sie lag oberhalb Freiburgs. Ritter Johannes Snewlin, der «mit den Stirnfalten», hatte den Kartäusern den Besitz im Dreisamtal auf «St. Johanns des Täufers Berg» beinahe 200 Jahre zuvor geschenkt. Die Kartause war ein Ort der Stille, der Kontemplation. Er erinnerte sich gut an die kleinen Häuser, in denen die Mönchszellen untergebracht waren. Jedes hatte einen Wohn- und Gebetsraum, einen Schlafraum, eine Werkstatt und einen kleinen Garten. Alle Zellen waren untereinander und mit der Kirche durch den Kreuzgang verbunden.
Südlich des Kreuzgangs lagen die Klosterkirche, das Konventsgebäude, das Gästehospiz und die Wirtschaftsgebäude. Hier konnte er für sich sein, umgeben von wunderbaren Kunstschätzen. Die Freiburger Kartause hatte ihre eigene Magie wie alle Gründungen des Kartäuserordens, egal ob in Basel, die Grande Chartreuse bei Grenoble, Champmol bei Dijon, San Martino bei Neapel, die Kartausen von Bologna, Pisa – und Flo-

renz. In der letzteren würde er um Herberge bitten, wenn er die Familie Vespucci besuchte.

Gregor Reisch empfing ihn herzlich, für seine Verhältnisse schon fast überschwänglich. «Es tut gut, Euch wieder zu sehen. Alle Welt spricht von der *Introductio*, den Globensegmenten und der America-Karte. Doch Ihr wirkt erschöpft. Bei uns könnt Ihr Euren Geist ausruhen. Der Mensch braucht solche Stunden, in denen er zu Gott und dadurch zu sich selbst zurückfindet. Hier habt Ihr die Ruhe, die dazu notwendig ist.»

«Ich danke Euch von Herzen, dass ich kommen durfte. Es gibt so vieles, was ich mit Euch besprechen möchte. Könntet Ihr mir die Beichte abnehmen? Denn ich habe gefehlt. In meinem Herzen haben sich Zweifel und Ängste eingenistet, mit denen ich alleine nicht zurechtkomme.»

«Nichts lieber als das. Ihr wisst, dass Ihr in der Freiburger Kartause jederzeit willkommen seid. Doch jetzt lasst mich Euch zu Eurer Zelle bringen. Ihr werdet sehen, sie ist neu, steht noch leer, als wäre sie extra für Euch gemacht.» Gregor Reisch erwähnte mit keinem Wort, dass er die Einnahmen aus der *Margarita philosophica* zum großen Teil dafür verwendete, die Freiburger Kartause nach dem Basler Muster aus- und umzubauen. Martin Waldseemüller erfuhr erst sehr viel später, dass Glasfenster in Auftrag gegeben werden sollten. Die Skizzen stammten von Hans Baldung Grien. Die Werkstatt war auch schon gefunden. Der Freiburger Glasmaler Hans Ropstein würde die Arbeiten ausführen, derselbe, der auch den Auftrag für die Fensterarbeiten am wieder aufgenommenen Chor-Umbau des Freiburger Münsters übernommen hatte.

Er tauchte in die unnachahmliche Atmosphäre der Kartause ein wie in ein heilsames Bad. Da waren auf der einen Seite die Schönheit und künstlerische Vielfalt der Bauten, insbesondere des Kreuzgangs und des Refektoriums. Auf der anderen eine Ruhe, die sich wie Balsam auf Martin Waldseemüllers aufgewühlte Seele legte. Sie ergab sich aus der Art des Zusammenlebens der Kartäusermönche. Die Verfassung des Ordens beinhaltete eine Mischung aus Eremiten- und Gemeinschaftsleben auf der Grundlage von drei wesentlichen Ordensvorschriften: Einsamkeit, Schweigen und Visitation. Die Kartause war aber nicht nur ein Hort der Kunst. Kunst, geschaffen zu Ehren des Allmächtigen. Sie war auch ein Hort der Wissenschaften mit großer Anziehungskraft auf bedeutende Gelehrte. Das machte sie für Martin Waldseemüller zu einem besonderen Ort, einem Ort, der Seele und Geist wohltat.

Gregor Reisch ließ den schweigsamen Gast des Klosters in Ruhe. Er wusste, wenn Martin Waldseemüller soweit war, würde er zu ihm kommen.

Die Gelegenheit ergab sich eines Morgens kurz vor Anbruch der Dämmerung. Martin Waldseemüller hatte sich nach dem Gebet erneut zu einer seiner stundenlangen Wanderungen durch den Kreuzgang aufgemacht. Hier traf er Gregor Reisch. Wie auf Verabredung gingen die beiden Männer nebeneinander her. Auch an Reisch waren die Jahre nicht spurlos vorübergegangen. Doch die wachen Augen, die gebogene große Nase, der massige Hals, die zu seinen äußerlichen Eigenheiten gehörten, wirkten vertraut. Der Prior der Freiburger Kartäuser trug das Habit eines einfachen Mönchs, die spitze Kapuze, die typisch für diesen Orden war, hing den Rücken hinab.

«Meint Ihr, es gibt so etwas wie einen Fluch, etwas wie einen schlechten Stern?», eröffnete Martin Waldseemüller das Gespräch.

«Wie kommt Ihr darauf?»

«Ihr habt von den Kritiken an meiner America-Karte gehört? Seltsamerweise betreffen sie nicht den vierten Erdteil, der darauf zu sehen ist, sondern die Frage, wer ihn denn nun entdeckt hat und woher das Wissen stammt, das die Grundlage für die

Karte bildet. Manchmal frage ich mich, warum so vieles von dem, was ich mache, so unvollkommen ist.»

«Ich verstehe, was Ihr meint, Ilacomylus. Doch alleine die Form der Kritik zeigt ja, dass es Euren Kritikern nicht um das Wissen geht, sondern um Namen. Sie glauben, der Entdecker von Gottes Schöpfung ist wichtiger als die Schöpfung selbst. Dieser Erdteil, den Ihr zusammen mit Ringmann America getauft habt, war schon da, bevor eine Karavelle vor seinen Küsten vor Anker ging. Der Mensch ist seltsam, erst was er wahrnimmt und beschreiben kann, ist für ihn existent. Dabei ist es doch genau umgekehrt, es existiert so viel mehr, als wir wahrnehmen. Mich wundert, dass selbst Ihr solchem Aberglauben wie dem schlechten Einfluss der Sterne frönt. Doch was denkt der Mensch nicht alles, der zweifelt. Macht Euch darum keine Sorgen. Allein das Wissen zählt, das Ihr vermittelt, nicht die Namen. Wir sind Menschen, wir werden immer unvollkommen sein. Wir können zwar nach Vollkommenheit streben, doch schon Augustinus sagt: ‹Wie der Anfang aller Dinge, so ist auch die Erkenntnis ein Geschenk Gottes. Und die von Gott geschaffene Welt ist ein großer Kosmos, in dem ein Zusammenhang der Erscheinungen besteht.› Genau darauf beruht nicht nur die wunderbare Harmonie des Universums, sondern auch ein weites Feld für die beglückendsten Spekulationen. Wille und Vernunft sind frei von der Einwirkung der Himmelskörper. Der große Ptolemäus, in dessen Nachfolge Ihr mit Eurer Weltkarte steht, hat es ebenfalls so gesehen: ‹Vir sapiens dominabitur astris›.»

«Ihr habt in der *Margarita* ausgeführt, dass Worte als solche keine Kraft haben. Sie sind nicht das eigentlich Wirkende. Sondern die Wirkung tritt erst ein durch die göttliche Macht», erwiderte Martin Waldseemüller nachdenklich. «Meint Ihr, mit dem Wort America ist es ebenso?»

«Mag sein. Vielleicht aber auch nicht, wer kann schon das Wirken des Allmächtigen erklären. Doch er sagt uns mit der Wiedergeburt Jesu auch, dass es durch allen Schmerz hindurch immer wieder einen neuen Anfang gibt. Virgil lässt im sechsten Buch der *Aeneis* die Seelen in platonischer Weise aus dem Lethefluss trinken, wonach sie dann ein neues Leben beginnen. Vielleicht ist es genau das, was Ihr braucht: ein wenig vom ‹Wasser des Vergessens›.»

Eine Woche später war Martin Waldseemüller bereit, seine große Reise anzutreten, die für ihn inzwischen schon so etwas wie eine Pilgerfahrt geworden war. Ehe er aufbrach, besuchte er jedoch noch einmal sein Elternhaus. Inzwischen lebten andere Menschen im «Haus zum Hechtkopf». Er hörte die Stimme seines Vaters über den Hof schallen. Er schaute zu den Fenstern hinauf, und die Bilder der Kindheit kamen zurück. Eines nach dem anderen. Er ließ jedes ziehen. So machte er seinen Frieden mit dem «Judenküng».

Für den 17-jährigen Metzgersohn Martin Waltzemüller waren es von seinem Elternhaus aus nur wenige Schritte bis zur Universität gewesen und auch nur wenige Minuten Gehzeit bis zum Herzen der Stadt, dem Münster. Das «Haus zum Hechtkopf» lag nahe an der Marktgasse und nicht weit vom Martinstor entfernt. Er schlenderte die Marktgasse entlang zum Bertoldsbrunnen. Dort hatte er seine erste unschuldige Begegnung mit der Liebe gehabt. Der Ort hatte sich kaum verändert. Er fragte sich, wie viel Wasser dort wohl in den ganzen Jahren, in denen er fort gewesen war, in den Trog geflossen sein mochte. Mit einem Lächeln nahm er Abschied, passierte das Kloster der Augustiner-Eremiten und wandte sich schließlich nach links.

Vor ihm öffnete sich der Platz, als würde plötzlich ein Vorhang fortgezogen. In dessen Mitte strebte das Gotteshaus in den blauen Himmel, an dem nur wenige Schäfchenwolken westwärts zogen. Er blickte ihnen gedankenverloren nach. So viele Baumeister hatten hier ihren Glauben und ihre Hoffnung in Stein gemeißelt, den Bau mit Zeichen und Symbolen versehen, die den Glauben lehren sollten.

Er verweilte eine Zeit vor dem südlichen Portal, in die Betrachtung des heiligen Christophorus versunken, der das Christuskind mit der Weltkugel trägt, ehe er schließlich, Stufe um Stufe, einen der schönsten Türme der Christenheit erklomm, ganz aus Stein und doch zum Himmel hin filigran durchbrochen. Auf der Galerie legte er eine Pause ein und schaute über die Dächer der Freiburger Häuser hinweg gen Westen. Eine erdrückende Last war ihm endgültig von den Schultern genommen. Die Worte von Reisch, die Zustimmung dieses außergewöhnlichen Mannes, Mönches und Wissenschaftlers, geachtet selbst von seinen Feinden, hatten ihm seine Seelenruhe wiedergegeben. Sie waren so etwas wie eine Absolution.

Im Geiste flog er frei wie ein Vogel über Äcker und Wiesen, über Weiler, Wälder und Flüsse, bis hin zum Atlantik, dem großen Meer, an dessen Gestaden er bald stehen würde.

Aus heiterem Himmel fiel ihm ein, dass Sandro Botticelli sein berühmtes Gemälde von der Geburt der Venus aus dem Meer für die Villa von Lorenzo di Pierfrancesco de' Medici geschaffen hatte. Jenen Mann aus dem Geschlecht der Medici, dem Amerigo Vespucci als erstem die neue Welt geschildert hatte. *Mundus Novus,* damit hatte es begonnen.

Nein, nicht aus heiterem Himmel. Er war durch seine Reise in die Vergangenheit dem Himmel ein wenig näher gekommen. Das Gemälde war der Anlass für das fast schon vergessene Gespräch gewesen, in dem sein Onkel ihm zum ersten Mal das Meer beschrieben hatte. So schloss sich der Kreis.

In seinem Inneren vibrierte der Klang von sieben Lettern. Er bekam diese Musik nicht mehr aus seinem Kopf, als er Stufe um Stufe wieder zur Erde hinabstieg. Auf eine magische Art verkörperten diese Lettern auf einmal wieder die Zukunft, ungeahnte Versprechungen, die Hoffnung auf eine bessere Welt, auf das gelobte Land. Auf seine Zukunft. Auch wenn er diesen Namen niemals wieder für eine seiner Karten verwenden würde, egal, was das Gespräch mit Vespucci auch ergeben würde – diese sieben Lettern waren durch all die Zweifel, die innere Hölle der vergangenen Wochen hindurch zu einem Teil seines Selbst geworden. Zusammen bildeten sie die Zauberformel für Terra incognita, die unbekannte Erde, die Wunder verhieß, wie sie bis dato niemand für möglich gehalten hatte. Sie lautete:

AMERICA.

Nachwort

Im 15. Jahrhundert öffneten sich auch die mönchischen Weltbildmaler in ihren Klosterzellen den Erkenntnissen und Karten der Seefahrt. Grundlage dafür waren die seit dem Ende des 13. Jahrhunderts bekannten Portolankarten sowie die *Geographia* des Ptolemäus, eine Kartierung der Welt gemäß dem Wissensstand seiner Zeit.

Der berühmte Polyhistor, Astronom und Mathematiker Claudius Ptolemäus (um 100 bis 160 n. Chr.) wirkte in Alexandria und ging wie sein Vorgänger Eratosthenes bereits von der mathematisch fassbaren Kugelgestalt der Erde aus. Die griechischen Abschriften der ptolemäischen *Geographia* waren im Laufe der Auseinandersetzungen mit den Türken durch Mönche und kirchliche Würdenträger von Byzanz nach Florenz und Rom gelangt. Anfang des 15. Jahrhunderts wurden sie ins Lateinische übersetzt. Die Ptolemäus-*Geographia* profitierte von der Wiederbelebung des antiken Kulturgutes, und der in der Mitte des 15. Jahrhunderts von Gutenberg entwickelte Buchdruck förderte die Verbreitung der Erkenntnisse der antiken Geisteswelt zusätzlich.

Im Zusammenhang mit der Kugeltheorie vertraten im Spätmittelalter unter anderem Albertus Magnus, Roger Bacon und Pierre d'Ailly aufgrund des Studiums antiker Quellen die Auffassung, dass der Osten Asiens über eine Westroute erreicht werden könnte. Ebenfalls im Altertum und Mittelalter überliefert war die Vorstellung von einem Erdkreis, einer vom Ozeanring umgebenen Erdscheibe.

Bereits der portugiesische Prinz Heinrich der Seefahrer (1394–1460) hatte unablässig Schiffe ausgeschickt, um den Atlantik im Westen Afrikas zu erforschen und Handelsstationen an der afrikanischen Küste zu errichten. Die Portugiesen entwickelten außerdem die Karavelle, einen besonders seetüchtigen und wendigen Schiffstyp, den auch Kolumbus nutzte.

Die Erkundung eines Seeweges nach Indien wurde durch die Eroberungszüge der Osmanen für die großen, Handel treibenden Nationen sowie die Stadtstaaten Venedig, Genua und Florenz zu einer Frage des wirtschaftlichen Überlebens. Nach der Eroberung Konstantinopels (1453) durch die Türken waren sie mehr und mehr von ihren alten Handelsrouten und damit dem Zugang zu den Schätzen, Gewürzen und Handelsplätzen des Fernen Ostens abgeschnitten. Portugal und Spanien suchten mit Macht den Seeweg nach Asien und nahmen den mächtigen italienischen Stadtstaaten mit ihren Erkundungen und Entdeckungen viel von ihrem politischen und wirtschaftlichen Gewicht. Dabei machten sie sich unter anderem die Kenntnisse der Italiener sowie italienischer Banken zunutze.

Mit der Rückeroberung der Iberischen Halbinsel von den Arabern sowie dem Abschluss der Reconquista durch die Einnahme Granadas am 2. Januar 1492 bekam die Suche nach dem Seeweg nach Asien eine zusätzliche Dynamik; der Wettlauf zwischen den Portugiesen und den Spaniern spitzte sich zu. Nur wenige Wochen später, am 17. April 1492, machte sich der Genuese Christoph Kolumbus im Auftrag von Isabella von Kastilien und Ferdinand von Aragón auf den Weg über den Atlantik, um Inseln und Länder zu entdecken und sie für die spanische Krone in Besitz zu nehmen. Am 12. Oktober erreichte er eine kleine Insel in der Gruppe der Bahamas, kreuzte weiter durch die Inselwelt, setzte sich in Haiti fest und kehrte im März 1493 nach Europa zurück.

Der Streit zwischen Spanien und Portugal um die neu entdeckten Besitzungen fand im Vertrag von Tordesillas (7. Juni 1494) einen vorläufigen Abschluss. Die beiden Seefahrernationen teilten die so genannte «neue Welt» unter sich auf. Die Trennungslinie verlief auf dem 46. Grad westlicher Länge, 340 spanische Leguas (etwa 1170 Kilometer) westlich der Kapverdischen Inseln. Damit erhielt Portugal – ohne es zunächst zu wissen – einen Anteil am östlichen Vorsprung des amerikanischen Kontinents. Erst im April 1500 entdeckte eine zu weit nach Westen abgetriebene portugiesische Ostindien-Flotte dieses Land und besetzte es.

Mehrere Expeditionen folgten. An einer von ihnen war auch der Florentiner Amerigo Vespucci beteiligt, lange Jahre in Diensten des Bankhauses und der Familie der Medici. Die Expedition von 1501/02 erreichte von Guinea aus über den Ozean die brasilianische Küste und folgte ihr nach Süden bis kurz vor die Mündung des Rio de la Plata. Über diese Fahrt hat Vespucci an Lorenzo di Pierfrancesco de' Medici berichtet. Dessen Inhalt wurde 1503 in Paris und dann in Latein sowie in anderen Sprachen in ganz Europa gedruckt. Bis Mitte des 16. Jahrhunderts gab es mindestens 50 Editionen von *Mundus Novus*. Die deutschsprachige Ausgabe trug den Titel: «Von der neuw gefunden Region die wol ain welt genent mag weerden.»

Und spätestens mit der Erdumsegelung des Fernando Magellan, der am 20. September 1519 in See stach, war klar: Die Erde muss eine Kugel sein, sonst wäre er ja von ihrem Rand heruntergefallen. Magellan verlor bei dieser Reise sein Leben. Als er die Insel Mactan für Spanien erobern wollte, wurde er am 27. April 1521 getötet.

Die Entdeckung Amerikas wird meist Christoph Kolumbus zugeschrieben (12. Oktober 1492). Seine Erfolge waren bereits bei einigen seiner Zeitgenossen umstritten und sind es bis heute. Denn – ähnlich wie bei den Briefen Vespuccis – gab es auch bei den Kolumbusbriefen Fälschungen und gut gemeinte «Ergänzungen». Es ist kein Originalbrief von Kolumbus mehr erhalten. Das Festland erreichte wahrscheinlich als erster Giovanni Caboto (John Cabot).

Als eigener Kontinent wurde Amerika erst 1507 von Amerigo Vespucci erkannt und im selben Jahr von Martin Waldseemüller und Matthias Ringmann nach Vespucci als «America» benannt. Seltsamerweise hat Waldseemüller den Namen America bei seinen späteren Veröffentlichungen nicht mehr verwendet. Er scheint sich unsicher geworden zu sein und nannte die neu entdeckten Gebiete Terra incognita. Offenbar war er sich auch unsicher bezüglich der Ausdehnung des neuen Erdteils. Denn in seiner berühmten Welt-Karte von 1507 lieferte er gleich zwei Versionen. Eine ununterbrochene Landmasse, die Süd- und Nordamerika umfasst, in der kleineren Abbildung. Die große Karte zeigt jedoch eine Meerenge dazwischen. Sie weist noch eine Besonderheit auf, die sich die Forschung nicht erklären kann: Auch die West- und nicht nur die Ostküste des heutigen Südamerika ist bemerkenswert detailliert und zutreffend dargestellt. Niemand weiß, woher Martin Waldseemüller diese Kenntnisse hatte. Vielleicht hat er sich ja wirklich mit Juan Vespucci getroffen. Eine solche Begegnung ist allerdings nicht überliefert.

Meiner Ansicht nach spricht einiges dafür, dass wichtige Erkenntnisse aus Vespuccis Reisen lange Zeit unter Verschluss gehalten wurden und möglicherweise auch deshalb der Nachwelt nicht erhalten geblieben sind. Zwar war das Wissen um die Entdeckung der neuen Welt in der damaligen Zeit – in der sich bereits die Wirren der Reformation ankündigten – nicht so viel beachtet, wie man heute annehmen könnte. Die Erkenntnis über einen neuen Erdteil setzte sich nach dem Erscheinen der Waldseemüller-Karte, dem Globus und der *Introductio* Ringmanns aber durch. Nach neueren Forschungen kam der Vorschlag, den neuen Erdteil America zu nennen, wohl zunächst von Ringmann, wurde aber dann von Martin Waldseemüller aufgegriffen. Die «Cosmographiae introductio» (editio princeps 25. April 1507) bestand der Konzeption nach aus einem neun Kapitel umfassenden lateinischen Einführungstext, zwei Karten und schließlich einer lateinischen Fassung der Berichte Amerigo Vespuccis über seine – vorgeblich – vier Reisen in die neue Welt. Zitiert ist in diesem Roman aus Kapitel IX «De quidbusdam cosmographiae rudimentis» der «Introductio».

Die Waldseemüller-Karte war jedoch die wirkliche Sensation, es gab unzählige «Raubkopien». So viel ist sicher: Dadurch wurde der Name America, ursprünglich nur für das heutige Südamerika verwendet, schnell in ganz Europa verbreitet. Dafür, dass der Name schließlich auf den ganzen Kontinent übertragen wurde, ist der überwiegend in Duisburg tätige niederländische Kartograph Mercator verantwortlich (er erfand die noch heute in der Hochseenavigation verwendete Mercatorprojektion). Er führte den Namen 1538 auch für den nördlichen Teil des Kontinentes ein – und die Menschen in der alten und später auch der neuen Welt sind diesem Vorschlag gefolgt.

1511 veröffentlichte Waldseemüller die «*Carta Itineraria Europa*», die erste gedruckte Wandkarte Europas mit den wichtigsten Verkehrsverbindungen, und zwar bei Grüninger in Straßburg. Er entwickelte außerdem das Polimetrum, ein astronomisches und geodätisches Messinstrument, das Reisch in die vierte Auflage seiner *Margarita philosophica* aufnahm. Dass mögliche Informationen Vespuccis über die Bestimmung von Längengraden dabei eine Rolle gespielt haben könnten, ist eine Vermutung, die durch nichts belegt ist. Unmöglich scheint es mir jedoch nicht zu sein.

Die berühmte Ptolemäus-Edition, an der Waldseemüller mitgearbeitet hatte, erschien in Straßburg 1513 in der Offizin von Jean Schott, übrigens ebenfalls ein Schüler von Gregor Reisch. Sie beinhaltet einen eigenen Teil von zwanzig, weitgehend in eigenem Stil gehaltenen Karten und gilt damit als der erste «moderne» Atlas. Matthias Ringmann hat die Veröffentlichung nicht mehr erlebt. Er starb 1511. Er war noch keine dreißig Jahre alt. Auch Waldseemüller hatte sich offenbar zurückgezogen, weshalb die abschließenden Arbeiten von Jakob Eszler und Georg Uebelin in die Hand genommen wurden.

Seine zweite monumentale Wandkarte, die «*Carta Marina Navigatoria Portugallen Navigationes*» schuf Martin Waldseemüller 1516, ebenfalls als Holzschnitt von zwölf Stöcken (248 mal 133 cm). Sie wurde wie die berühmte Waldseemüller-Karte auf Schloss Waldburg-Wolfegg entdeckt.

Einer der wenigen erhalten gebliebenen Originaldrucke der «America-Karte» Waldseemüllers befindet sich heute in der Kongressbibliothek Washington. 2005 wurde sie von der UNESCO ins Dokumentenerbe der Welt aufgenommen. Dr. Hans Wolff schrieb dazu bereits 1992 anlässlich einer Ausstellung in München: «Die Weltkarte von 1507 hat außerordentlich tiefgehenden und andauernden Einfluss auf die Kartographie ausgeübt. Sie repräsentiert einen neuen Karten-Typus und stellt das Weltbild in einer bis dahin nie gesehenen Großartigkeit dar. Die Wirkung dieser Karte muss bei ihrem Erscheinen eine geradezu sensationelle gewesen sein.»

Dies lag unter anderem auch daran, dass damit zum ersten Mal ein großes, durch Bilder und Legenden belebtes Kartenwerk in zahlreichen Exemplaren verbreitet wurde und so das Wissen um die Entdeckungen und ihre mögliche Tragweite auch für breite Schichten der Bevölkerung zugänglich geworden war.

Es ist bis heute unklar, wie viele Reisen Vespucci nun eigentlich unternommen hat. Die erste 1497 und die letzte 1503/04 sind unter Experten umstritten. Die erste wird in den so genannten Soderini-Briefen, den *Lettera* über die «vier Seereisen» des florentinischen Seefahrers, noch nicht einmal erwähnt. Die Grundlage, die *Quatuor navigationes*, die angeblich auf dem Logbuch Vespuccis beruht haben sollen, sind verschwunden.

Sein Neffe, Juan Vespucci, der wie sein Onkel zum Pilot Major von Spanien ernannt wurde, behauptete zuletzt, sie seien in seinem Besitz (Juan Vespucci hat übrigens 1526 selbst eine völlig neue Art von Weltkarte herausgebracht).

Es war unter anderem die *Introductio* aus Saint-Dié, die die *Lettera* salonfähig machte. Viele Experten halten die Soderini-Briefe in großen Teilen für eine Fälschung. Übrigens dürfte auch *Mundus Novus* so einige Veränderungen erfahren haben. Die Schrift basiert auf den Briefen, die Vespucci 1501 von Cap Verde und 1502 von Lissabon aus an Lorenzo Pierfrancesco, den Chef des Bankhauses der Medici, schrieb.

Das Herzogtum Lothringen gehörte – obwohl dort Französisch gesprochen wurde – bis 1736 (in ziemlich lockerer Form) zum Verbund des Heiligen Römischen Reiches. So ist es auch nicht weiter verwunderlich, dass Martin Waldseemüller seine Karte Kaiser Maximilian widmete. Bei den Namen der Personen, die im heutigen Frankreich leben, habe ich mich an die französische Schreibweise gehalten.

Zum guten Schluss: Die Geschichte von Martin Waldseemüller, Matthias Ringmann, dem Gelehrtenkreis in Saint-Dié und dem Entstehen der Amerika-Karte, der Globensegmente und der *Introductio* ist – bei allem historischen Hintergrund und dem Bemühen um die Stimmigkeit der Fakten – vor allem ein Roman.

Die Rolle der Medici in dieser Geschichte ist ebenso wenig belegt wie jene Soderinis. Aber in Anbetracht aller Umstände könnte es so gewesen sein. Schließlich ist es die Aufgabe eines Romanautors, mit Fantasie all jene Lücken zu schließen, die es noch gibt, und jene Fragen zu beantworten, die sich nicht mehr klären lassen, weil die entsprechenden Dokumente entweder verschwunden sind oder weil es sie nie gab. Das gilt in besonderem Maße für die Beschreibung der Persönlichkeiten unserer Protagonisten, über deren Charakter und Aussehen kaum etwas bekannt ist. Die einzige Person in diesem Buch, die meine Erfindung ist, heißt übrigens Marie Grüninger. Aber wer sagt, dass der Straßburger Drucker Jean Grüninger keine Nichte hatte?

Danksagung

Wer historische Romane schreiben will und die Fakten ernst nimmt, braucht immer wieder Hilfe. Zum einen aus Büchern: So war z. B. die Quelle der lateinischen Flüche Plautus' «Amphytrion». Sie stammen von zwei Sklaven, die sich gegenseitig beschimpfen. Es sollen in der Antike sehr gängige Flüche gewesen sein.

Zum anderen von Menschen: Zu jenen, ohne die diese Geschichte mit Sicherheit nicht geschrieben worden wäre, gehört Albert Ronsin, der Amerika-Experte von Saint-Dié. So manchen guten Ratschlag hat mir auch Daniel Grandidier, sein Nachfolger als Direktor des Pierre-Noël-Museums Saint-Dié-des-Vosges gegeben. Den Kontakt zu diesen beiden Männern hat mir Marie Pierret vermittelt, die Präsidentin des FIG, des Festival International de Géographie, bei dem jedes Jahr wieder die Gelehrten und Wissenschaftler aus aller Welt in Saint-Dié zu Gast sind. Einen wichtigen Beitrag haben auch Dr. John R. Hébert, Leiter der Abteilung Geographie und Karten der Kongress-Bibliothek Washington, Gérard Littler, Conservateur Général und verantwortlicher Archivar der Bibliothèque Nationale et Universitaire de Strasbourg sowie – in besonderem Maße – Rudolf-Werner Dreier geleistet. Er ist verantwortlich für Kommunikation und Presse der Albert-Ludwigs-Universität Freiburg.

Und dann sind da jene Freunde, die mir Mut machen, wenn ich wieder einmal denke, dass es nicht weitergeht. Ihnen allen möchte ich danken, vor allem aber Lukas Trabert, dem Geschäftsführer des Verlags Josef Knecht – für seine Anregungen und dafür, dass er an diese Geschichte geglaubt hat.

Petra Gabriel, Sommer 2006

Glossar

Ägyptischer Meerbusen: Bereits 1507 eigentlich ungebräuchliche Bezeichnung für die Einbuchtung der ägyptischen Mittelmeerküste zwischen Nildelta und Palästina.

Albanien: damals das Gebirgsland vom mittleren Kaukasus bis zum Kaspischen Meer.

Arabischer Meerbusen: das Rote Meer.

Armenien: Das größere Armenien deckt sich in etwa mit Südkaukasien und Nordpersien, das kleinere Armenien schließt sich westwärts an.

Äthiopischer Ozean: im Süden Afrikas.

Astrolabium: Das Astrolabium oder Astrolab war über mehrere Jahrhunderte hinweg das wichtigste Instrument des Astronomen. Es wurde in der Zeit von 150 v. Chr. bis 150 n. Chr. von griechischen Gelehrten entwickelt. Im Mittelalter verbesserten islamische Gelehrte das Astrolabium und machten es über Spanien in Europa bekannt. Ab dem 16. Jahrhundert verlor das Astrolabium durch die Entwicklung genauerer Instrumente und Messmethoden schnell seine Bedeutung.

Das Astrolabium wurde bei Aufgaben der Positions- und Zeitbestimmung in der Astronomie, aber auch in der Astrologie, Geodäsie und Schifffahrt eingesetzt; so zur Bestimmung der Höhe von Gestirnen, der Ermittlung des Zeitpunktes von Aufgang, Untergang und Kulmination von Gestirnen, zur Bestimmung von Zeitintervallen zwischen Himmelsereignissen, zur Lösung astronomischer Aufgaben, wie sie beim Übergang aus einem der in der Astronomie gebräuchlichen Koordinatensysteme (Horizont-, Äquator- und Ekliptiksystem) in ein anderes auftreten.

Man kann das Astrolabium auch als eine Kombination aus drehbarer Sternkarte, Visierinstrument zur Winkelmessung und astronomischem Rechenschieber bezeichnen.

Bithynien: Provinz im Nordwesten Kleinasiens, grenzt an das Schwarze Meer.

Britannisches Meer: der Meeresarm zwischen der englischen Südküste und der französischen Küste von der Bretagne bis zum heutigen Pas de Calais; der Ausdruck bezeichnet also den größten Teil des heutigen Ärmelkanals.

Catigara: Stadt an der Straße von Cathay.

Caesariensis: im Osten an die ↗ Tingitana anschließend, Teil Mauretaniens, im küstennahen Hinterland des heutigen Algerien.

Druckgewerbe in Basel zur Zeit der Wende vom 15. zum 16. Jahrhundert: Das Herstellen von Büchern war zunächst zunftfrei; es gab aber zwei Zünfte, denen ein Drucker beitreten konnte: die große Safranzunft, zu der auch Künstler und Händler gehörten, zum Beispiel für Papier, Buchbinder, Hutmacher, Silber-Händler und viele mehr; die andere war die Schlüsselzunft. Um 1500 kannte Basel bereits um die 70 Drucker. Viele der Meister hatten an der Universität Basel studiert, waren also gebildete Leute. Auch an guten Manuskripten herrschte kein Mangel. Viele stammten von den Kartäusern und aus der Zeit des großen Kirchenkonzils mit der Diskussion über die unzähligen ungelösten politischen und kirchlichen Fragen, das die Stadt zwischen 1431 und 1448 ins Rampenlicht der Geschichte gebracht hatte. Die Drucker wurden mit den Jahren immer einflussreicher. Am 22. Oktober 1505 zum Beispiel garantierte der Basler Stadtrat dem Drucker Johann Amerbach und seinen Kollegen eine Senkung der Import-Abgaben für Papier und der Export-Zölle auf eine Bibel. Der erste Drucker in Basel, Berthold Ruppel von Hanau, hatte sein Handwerk übrigens noch in einer Gutenberg-Druckerei in Mainz gelernt.

Der *Fauxbourdon* oder Faburdon (aus dem italienischen *falso bordone*, falscher Bass, französisch *faux bourdon*) ist ein bei älteren Gesangskompositionen der Renaissance angewandter Musiksatz. Der Fauxbourdon war ein dreistimmiger Satz über Melodien der Psalmodie, bei dem der Sopran den Cantus firmus hatte und ihn der Tenor eine Quarte, der Bass eine Sexte tiefer begleitete. Die weitgehende Parallelität der Stimmen sicherte die Verständlichkeit der Texte.

Der Fauxbourdon war ein Charakteristikum des burgundischen Stils, der Mitte des 15. Jahrhunderts in den Niederlanden in Blüte stand. Guillaume Dufay verwendete ihn ausgiebig. Das früheste Beispiel findet sich im Bologna-Manuskript I-BC Q15 von ca. 1440.

Freiburger Humanistenkreis: Zu dem Freiburger Humanistenkreis (ca. 1470–1520) gehörten außer den Professoren der Universität Freiburg auch einige langjährige Gäste der Stadt. Die wichtigsten Namen: Jakob Locher, Ulrich Zasius, Hiernoymus Baldung, Philipp Engelbrecht, Johannes Keßlin, Gregor Reisch, zeitweise auch Heinrich Glarian und Erasmus von Rotterdam.

Galatien: kleinasiatische Küstenprovinz, im Süden an ↗ Bithynien grenzend.

Geodäsie: Das ist die Wissenschaft von der Ausmessung und Abbildung der Erdoberfläche. Diese umfasst die Bestimmung der geometrischen Figur der Erde, ihres Schwerefeldes und der Orientierung der Erde im Weltraum (Erdrotation). In der wissenschaftlichen Systematik stellt die Geodäsie einerseits das Bindeglied zwischen Astronomie und Geophysik dar, andererseits sind viele ihrer Verfahren den Ingenieurswissenschaften zuzuordnen. In der Mathematik verwendet man den Begriff «geodätisch» für die lokal kürzesten Verbindungen zwischen Punkten auf gekrümmten Flächen.

Geschwindigkeit: Die ursprüngliche Messmethode der Geschwindigkeit eines Schiffes bestand unter anderem darin, ein Stück Holz, das an einer Leine befestigt ist, längsseits ins Wasser zu werfen. Das Holz bleibt nahezu an derselben Stelle im Wasser liegen. Nach einer festen Zeit (die früher mit einer Sanduhr, dem Logglas, ermittelt wurde) wird die Länge der abgelaufenen und (üblicherweise alle ca. sieben Meter) mit Knoten markierten Logleine bestimmt und danach die ganze Anordnung wieder an Bord gezogen.

Gonfaloniere (it. gonfalone = Banner): In Florenz war der Gonfaloniere das höchste Mitglied der Signoria (Regierung). Diese bestand im engsten Kreis aus neun Mitgliedern, den so genannten Prioren. Drei stammten aus den unteren Zünften, fünf aus den oberen. Der neunte und letzte Prior war der Gonfaloniere della Giustizia. Alle Prioren wurden durch ein kompliziertes Verfahren ausgelost.

Der Gonfaloniere di Giustizia war der «Bannerträger der Gerechtigkeit» und somit de jure Staatschef der Republik. Als temporärer Standarten-Träger der Republik Florenz war er auch Wächter des Stadtbanners, das am Querbalken eines Kruzifixes hing und bei Prozessionen mitgetragen wurde. Von den anderen acht Mitgliedern der Signoria unterschied er sich durch seinen purpurfarbenen Mantel, der mit Hermelin besetzt und mit goldenen Kreuzen bestickt war.

Das Gymnasium Vosagense in Saint-Dié ist eine der ältesten literarischen und wissenschaftlichen Vereinigungen Europas, mit bedeutenden intellektuellen und künstlerischen Arbeiten zwischen 1480 und 1530. Das Wort Gymnasium heißt in seiner zweiten, antiken Bedeutung auch philosophische Schule, ein Ort für den Austausch von Argumenten, gelehrten Diskussionen. Es war kein Gymnasium in unserm Sinne, also kein Lehrinstitut.

Hyrkanien: Niederung im Südosten des Kaspischen Meeres.

Iberien: südliches Vorland des Kaukasus, im Norden des Größeren ↗ Armenien.

Isthmus: Landenge von Suez.

Jakobsstab: Der Jakobsstab diente in der Seefahrt hauptsächlich der Bestimmung der geographischen Breite. Dazu wurde der Höhenwinkel der Sonne oder eines Fixsternes (meist des Polarsterns) über dem nautischen Horizont gemessen. Bei der küstennahen Navigation wurden mit ihm auch Winkel zwischen terrestrischen Zielen gemessen und damit in der Karte die Position bestimmt.

Der Jakobsstab besteht aus einem Basisstab mit Ableseskala und mehreren Querhölzern, von denen für eine Messung ein oder zwei verwendet werden, deren Auswahl sich nach dem benötigten Winkelbereich richtet.

Kappadokien: kleinasiatische Binnenprovinz.

Kilikien: Küstenprovinz anschließend an ↗ Pamphylien, von der mittleren Südküste Kleinasiens bis zum heutigen Golf von Iskenderun.

Kolchis: Provinz zwischen dem südlichen Kaukasus und dem Schwarzen Meer.

Kompass: Wo der Kompass erfunden wurde, ist unter Forschern noch immer umstritten; eine erste Erwähnungen soll es in China im 11. Jahrhundert gegeben haben, in Europa dann im 12. Jahrhundert. Die Küstenschifffahrt erfolgte aber weiterhin mit Sichtnavigation.

Kyrenaika/Marmarica: So heißt heute noch der libysche Küstenstreifen zwischen Derna, Tobruk und Bardiya.

Die Längengradmessung ist eine äußerst schwierige Angelegenheit. Man kann nicht einfach den Polarstern anpeilen, wie es vereinfacht zur Bestimmung des Breitengrades genügt. Nach heutigen Lehrbüchern muss man dazu zumindest ein genaues Zeitmessgerät oder einen speziellen, mit einem Fernrohr verbundenen Sextanten zur Verfügung haben, wenn man sich z. B. auf hoher See befindet. Vor dem 18. Jahrhundert gab es laut Meinung der meisten Wissenschaftler solche genauen Zeit-Messmethoden noch nicht, sondern Sanduhren oder Stundengläser, in denen Wasser benutzt wurde.

Dennoch könnte es sich bei Vespuccis «Geheimnis» um eine – wenn auch noch vergleichsweise ungenaue – Längengrad-Messung gehandelt haben. Richard Sanders hält es jedenfalls nicht für ausgeschlossen, dass bereits in der Antike mit Hilfe des ↗ Torquetums eine Messung der Längengrade möglich war.

Seine Erklärung auf einer Website zur berühmten Bibliothek von Alexandria in Kurzform: Der Längengrad kann nicht durch bloße Bestimmung von Sternenpositionen ermittelt werden, weil die Fixsterne in Bezug auf die Erde lediglich eine scheinbare Bewegung ausführen. Der Mond hingegen führt gegenüber der Erdbewegung eine eigene Bewegung aus, und zwar in entgegengesetzter Richtung. Mit Hilfe der Sterne als Bezugsystem erhält man auf diese Weise eine Art «Uhr»: In den knapp 30 Tagen seines Umlaufes um die Erde legt der Mond am Himmel relativ zu den Fixsternen 360 Grad zurück. Das heißt, er bewegt sich 12 Grad am Tage oder 0,5 Grad pro Stunde relativ zum Fixsternhimmel. Während die Erdrotation also eine scheinbare Drehung des gesamten Himmels von Osten nach Westen (um 360 Grad in 24 Stunden, also 15 Grad pro Stunde) erzeugt, kämpft der Mond dagegen mit einer eignen echten Gegenbewegung von 0,5 Grad pro Stunde in umgekehrter Richtung an. Die resultierende scheinbare Bewegung Richtung Westen beträgt dann beim Mond nur 14,5 Grad pro Tag.

Aus diesen Erkenntnissen könnten Tabellen – mit Bezug auf einen festen Standort – angefertigt worden sein, die den Winkelabstand des Mondes relativ zu einem Bezugsstern in einer beliebigen Nacht angeben. Und zwar jeweils zu dem Zeitpunkt, an dem sich der Stern in einer bestimmten Position am Himmel (etwa auf dem Nord-Süd-Meridian) befindet.

Lydien: Küstenprovinz der mittleren Westküste Kleinasiens.

Maeotische See: das heutige Asowsche Meer.

Navigation: In Portugal wurde gegen Ende des 15. Jahrhunderts die astronomische Navigation nach Sonne und Polarstern entwickelt. Als Messinstrumente dienten dabei ↗ Astrolabium und ↗ Jakobsstab. Unter Koppelnavigation versteht man die laufende Ortsbestimmung (Ortung) eines Schiffs durch Messung von Kurs, Fahrt (↗ Geschwindigkeit) und Zeit. Das ermöglichte Kursgenauigkeiten von bis zu 5 Prozent Abweichung. Man konnte den Kurs über die 5000 km des Atlantik damit zum Teil sogar genauer als mit einer Abweichung von 100 km ermitteln.

Officina libraria: Druckerei.

Pamphylien: Küstenprovinz im Südwesten Kleinasiens.

Polimetrum: Eine Form dieses fragilen Instruments war bereits im Mittelalter unter dem Namen ↗ Torquetum (d. h. drehbares Instrument) bekannt. Martin Waldseemüller hat es entwickelt. Das Instrument wurde in der Neuzeit mit einem Fernrohr an der Stelle der Dioptra/Alhidade das Standardgerät der Feldmessung. 1515 wurde Waldseemüllers Polimetrum in der vierten Auflage der *Margarita philosophica* von Gregor Reisch vorgestellt.

Portolankarten: Seekarten.

Quadrant: Ein Quadrant ist ein altes astronomisches Instrument, mit dem die Höhen und Positionen von Gestirnen ermittelt wurden. Der Quadrant ist aus einem Viertelkreis mit Gradeinteilung, einer Ablesevorrichtung, einem Visier und einem Senklot aufgebaut. Das zu bestimmende Gestirn wurde über Kimme und Korn anvisiert. Die Stellung des herabhängenden Lotes am Viertelkreis gab den Höhenwinkel an.

Regiomontanus Kalender: Er geht zurück auf *Regiomontanus* (Johannes Müller), bedeutendster Astronom des 15. Jahrhunderts, der im Juni 1436 bei Königsberg am Rande der fränkischen Hassberge geboren wurde und 1476 in Rom gestorben ist. Zwischen 1471 und 1475 (danach sollte er in Rom auf Wunsch des Papstes an einer Kalenderreform mitarbeiten) entfaltete er in Nürnberg eine rege wissenschaftliche Tätigkeit. In Zusammenarbeit mit Bernhard Walther (1430–1504) führte er astronomische Beobachtungen durch. Walther führte diese Beobachtungsreihen nach Regiomontanus' Tod weiter und gab den Regiomontanus Kalender heraus.

Sarmatien: südrussisches-ukrainisches Gebiet.

Schlettstadt: heute Sélestat, Stadt im Elsass. Seit dem 15. Jahrhundert bedeutende Lateinschule und Sitz der bekannten Humanistenbibliothek.

Stereographische Projektion: kartographische Abbildung der Punkte einer Kugeloberfläche auf einer Ebene, wobei die Kugelkreise wieder als Kreise erscheinen.

Tiegel: Holzplatte, Teil der Druckerpresse, die mit Hilfe einer Spindel von oben auf die Druckform mit den Lettern oder den Holzschnitt und den darauf liegenden Papierbogen gepresst wird.

Tingitana: Land im nördlichen Marokko, damals der westliche Teil Mauretaniens, nicht an der Küste, sondern im näheren Hinterland gelegen.

Das *Torquetum* (↗ Polimetrum) ist ein bereits im Mittelalter gebräuchliches Messinstrument, eine Art Sextant zur Transformation sphärischer Koordinatensysteme.

Personentafel

JOHANNES AMERBACH, Drucker in Basel, wurde um 1445 als Hans/Johann in Amorbach im Odenwald, geboren. Er war der Sohn des Bürgermeisters Peter Welcker und seiner zweiten Frau Barbara Hofmann. Amerbach studierte in Paris, danach folgten wahrscheinlich Aufenthalte in Venedig (deshalb in Basel auch lange Hans von Venedig genannt). Amerbach hatte drei Söhne (Bruno, Basilius, Boniface) und eine Tochter (Margarete). Er war schon Ende 30, als er um 1474 nach Basel kam, um sich als Drucker zu etablieren. Er starb 1513.

JEAN BASIN, aus dem kleinen Vogesenort Sandaucourt, war Magister der Philosophie und der Künste, wurde 1493 zum Pfarrer von Wisembach ernannt, einer Gemeinde im Tal von Galilée am Fuße der Vogesen. Jean Basin wurde 1507 Vikar an der Kirche Notre Dame in Saint-Dié und Hof-Notar des Kapitels. Kurz nach 1510 war er Kanonikus und Sekretär des Kapitels. 1507 druckte die Druckerei von Saint-Dié auf Initiative von Nicolas Lud ein Werk von Jean Basin, ein lateinisches Manual über die Kunst der guten Rede und des richtigen Schreibens. Jean Basin starb in Saint-Dié im April 1523.

PIERRE DE BLARRU (1437–1508), Magister der Philosophie, war möglicherweise ein Freund von François Villon, einem Vaganten, Dichter und gesuchten Verbrecher. Blarru feierte in einem langen Gedicht von 5000 lateinischen Versen den Sieg von René II. über Charles le Téméraire (Karl der Kühne), Herzog von Bourgogne (Burgund), in der Schlacht bei Nancy. Das Gedicht hieß «Liber Nanceidos», die Nencéiden. Jean Basin hat es posthum veröffentlicht.

SEBASTIAN BRANT: Der elsässische Humanist, Satiriker und Dichter Sebastian Brant kam 1457 oder 1458 in Straßburg zur Welt. 1492 wurde er Dekan der juristischen Fakultät in Basel. Sein bekanntestes Werk neben Flugblättern und Moralschriften war das 1494 in Straßburg gedruckte «Narrenschiff» mit 113 Abhandlungen über menschliche Laster, Schwächen und Torheiten, illustriert mit mehr als 100 Holzschnitten, die zum Teil dem jungen Albrecht Dürer zugeschrieben werden. Das «Narrenschiff» beeinflusste unter anderem Erasmus von Rotterdam, Hans Sachs und Abraham a Sancta Clara.

Jean/Hans Grüninger, Drucker, Straßburg, gest. 1531. Grüninger tauchte 1480 in Straßburg auf – da war er bereits Meister. 1482 kaufte er das Bürgerrecht der Stadt und ließ sich in die Kooperation der Stelze einschreiben, zu der die Drucker sowie die Gold- und Silberschmiede gehörten. In den ersten Jahren arbeitete Grüninger nur für Kirche und Gelehrte, später dann auch für gelehrte Laien in der Umgangssprache und veröffentlichte so z. B. die Sammlung der Predigten von Geiler von Kaysersberg, dem berühmten Straßburger Prediger, medizinische Werke der Chirurgie, der Pharmazie, Übersetzungen von klassischen Geschichten, kosmographische Abhandlungen, Legenden und Romane. Daneben veröffentlichte er aber auch lateinische Bücher, unter anderem Werke von Terenz, Horaz und Virgil, er druckte Werke von Theologen, Kanonikern, Geographen, Humanisten und – gegen Ende seines Lebens – Werke von Alchimisten und Astrologen.

Gauthier (Vautrin) Lud (gest. 1527), Inhaber einer Druckerei in Saint-Dié, dort wurde die *Cosmographiae Introductio* gedruckt. Die Mutter kam aus Saint-Dié, der Vater stammte aus Pfaffenhofen im Elsass. Lud war ab etwa 1480 Sekretär und Kaplan von ↗ René II., Herzog von Lothringen, wurde 1484 Kanonikus von Saint-Dié, ab 1490 offizieller Ratgeber Renés. Er war zur Zeit des Romans der oberste Herr der Minen und Verwalter der weltlichen Güter der Stiftskirche. Im März 1507 veröffentlichte Lud in der Druckerei Jean Grüninger in Straßburg unter dem Titel *Speculi Orbis succinctiss. sed neque poenitenda neque inelegans Declaratio et Canon* ein Werk, mit dem er versuchte, eine Abbildung der ganzen Welt zu präsentieren. Es war eine Art von *stereographischer Projektion* der Weltkugel. Auf einer mobilen Scheibe waren die wichtigsten Orte zu Land und zu Wasser markiert. Europa dehnte sich auf dem 30. Breitengrad zwischen dem Pol und dem Äquator und auf dem 83. Längengrad von Ost nach West aus. Diese Scheibe drehte sich unter einem festen Kreis, auf dem die Stunden eingezeichnet waren.

Nicolas Lud, Sohn des älteren Bruders von Gauthier Lud. Er war seit 1490 Sekretär des Herzogs von Lothringen, wurde 1509 bestätigt. Er lebte in Saint-Dié, wo er mit der Verwaltung der Silberminen beschäftigt war, und arbeitete zusammen mit seinem Onkel mitten unter den Geographen von Saint-Dié. Ihm wird eine wichtige Rolle beim Entstehen der Waldseemüller-Karte nachgesagt.

Ludwig XII., Herzog von Orléans, König von Frankreich, geb. 27.6. 1462 in Blois, gest. 1.1.1515 in Paris. Repräsentant des jüngeren Zweiges des Hauses Valois.

Maximilian I. von Habsburg (geb. 22. März 1459 in Wiener Neustadt; gestorben am 12. Januar 1519 in Wels, Oberösterreich) war Kaiser des Heiligen Römischen Reiches Deutscher Nation.

Contessina de' Medici, (1478–1515), Tochter von Lorenzo de' Medici, dem Prächtigen, Schwester von ↗ Giovanni de' Medici, angeblich die große Liebe von Michelangelo, verheiratet mit Piero Ridolfi.

Giovanni de' Medici, geboren am 11.12.1475, von 1513 bis 1521 Papst Leo X. Der zweitälteste Sohn von Lorenzo dem Prächtigen wurde im zarten Alter von dreizehn Jahren Kardinal. Sein Vater hatte ihm das Amt gekauft. Er war ein Förderer der Kunst und finanzierte den Bau des Petersdoms. Das Geld trieb er durch den Verkauf von Ablässen auf – was den Reformator Martin Luther unter anderem mit veranlasste, sich gegen die päpstliche Autorität aufzulehnen. Leo X. verdammte Luther in der Schrift *Exsurge domine* (1520) und exkommunizierte ihn 1521.

Lorenzo di Pierfrancesco de' Medici (geb. 1463, gest. 20. Mai 1503) war der Sohn von Pierfrancesco de' Medici (dem Älteren). Er war derjenige Medici, der bei Sandro Botticelli die Allegorie auf den Frühling und die «Geburt der Venus» bestellte. Lorenzo de' Medici (der Prächtige, il Magnifico) hielt Lorenzo di Pierfrancesco für einen brutalen und verdorbenen Menschen. Pierfrancesco de' Medici war der Adressat des (ursprünglich in italienischer Sprache verfassten) Reiseberichts von Amerigo Vespucci, in dem dieser in anschaulicher Weise seine Südamerikareise (1501/1502) schilderte.

Michelagniolo di Ludovico Buonarotti, Michelangelo, geboren am 6.3.1475 in Caprese (Provinz Arezzo, Italien), gestorben in Rom am 18.2.1564. Als Hauptvertreter der Hochrenaissance und bedeutendster Wegbereiter des Manierismus war er ein schöpfungsgewaltiger Bildhauer, Maler, Baumeister und Dichter.

JEAN PÉLERIN (Viator), geb. 1435/1440 in Anjou, gest. im Februar 1524 in Toul. Er betrieb mit Gauthier Lud astronomische und geographische Studien und bekam 1478/1479 eine Pfründe als Kanonikus von Saint-Dié. Pélerin machte eine brillante Karriere als Kirchen-Diplomat im Dienst des Hauses Anjou, danach für Ludwig XI., König von Frankreich, bevor er verschiedene Dienste für die Herzöge von Lothringen übernahm. 1483 erhielt er den Ruf für einen Wechsel in das Kapitel des Stifts Saint-Georges in Nancy. 1495 bis 1497, nachdem er die Pfründe der Pfarrstelle in Autrey-sur-Madon in den Vogesen bekommen hatte, wurde er Kanonikus in Toul und blieb dort bis zu seinem Tod im Februar 1524. In Toul ließ er aus Saint-Nicolas-de-Port den lothringischen Schriftsetzer *Pierre Jacobi* kommen. Dieser druckte in seinem Haus unter seiner Aufsicht drei Neuauflagen der *Artificali Perspectiva*, einer bedeutsamen Abhandlung über die Perspektive. Dem Kirchenschatz von Toul vermachte er «die Karten des Ptolemäus von seiner Hand».

PTOLEMÄUS, CLAUDIUS, geboren um 100, vermutlich in Ptolemais Hermii, Ägypten; gestorben vermutlich rund sieben Jahrzehnte später in Alexandria, Ägypten. Er war ein griechischer Mathematiker, Geograph und Astronom. Ptolemäus wirkte wahrscheinlich in Alexandria (Ägypten). In seiner *Geographia* (Geographike Hyphegesis, Explicatio Geographia, geographische Anleitung) zeichnete er die bekannte Welt und ihre Bewohner auf. Außerdem legte er darin seine Hypothese vom unbekannten Südkontinent Terra Australis dar. Ptolemäus wusste bereits, dass die Erde eine Kugel war, und er benutzte für seine Karten eine Projektion der Kugelfläche in die Ebene. Allerdings verwendete er Informationen aus zweiter Hand oder Legenden, so dass seine Darstellungen, insbesondere der behandelten Völker, oft ungenau oder sogar irreführend waren. Dennoch hatte sein Werk Jahrhunderte Bestand und wurde in der Renaissance immer wieder nachgedruckt.

Nach Ptolemäus befindet sich die Erde fest im Mittelpunkt des Weltalls und nicht die Sonne. Damit verwarf er das von Aristarchos von Samos und Seleukos von Seleukia vertretene heliozentrische Weltbild, welches erst 1300 Jahre später durch Nikolaus Kopernikus, Johannes Kepler und Galileo Galilei wieder anerkannt werden sollte.

RENÉ II. (1451–1508), seit 1473 Herzog von Lothringen und Bar. Durch seine Mutter, Yolande d'Anjou, war er Enkel des «Bon Roi René». Er wurde gerühmt als großzügiger Förderer der Kirche von Saint-Dié. Während René das

Erbe von Anjou aufgab, wollte er sich die Grafschaft Provence und das Königreich Neapel sichern. Erst 1497, nach einigen erfolglosen Feldzügen in Italien und in der Provence, übertrug er seine Rechte über Neapel an den König von Frankreich für eine Pension von 85 000 Livres tournois. Wie sein Großvater liebte René die Literatur, die Wissenschaften und die Künste.

GREGOR REISCH, Kartäuserprior, geb. 1467 im württembergischen Bahlingen, gest. 1525 in Freiburg. Reisch war Theologe und Philosoph. Zwischen 1503 und 1525 war er Prior des Kartäuserklosters bei Freiburg. Für Kaiser Maximilian war er Ratgeber und Beichtvater. Reisch ist der Verfasser der *Margarita philosophica*, dem ersten philosophisch-enzyklopädischen Werk Deutschlands, das das gesamte Wissen in 12 Büchern umfassen sollte: Grammatik, Logik, Rhetorik, Arithmetik, Musik, Geometrie, Astronomie, Astrologie (7.), dann Naturphilosophie (über die Prinzipien der Dinge), 9. die Entstehung der Naturdinge und Darstellung der drei Naturreiche, 10. Physiologie, 11. Physiologie inklusive der eschatologischen Zustände der Seele, 12. Moralphilosophie inklusive *artes mechanicae,* eine Warnung an die geistig begabten Jünglinge vor den mechanischen Künsten. Johannes Eck, der große Gegner Luthers, war einer seiner vielen bedeutenden Schüler.

MATTHIAS RINGMANN, Philesius, Freund Waldseemüllers aus dem Elsass (Val d'Orbey). Er wurde 1482 in Eichhoffen geboren (ein Dorf zwischen Barr und Sélestat) und starb 1511. Ringmann war wahrscheinlich Schüler der Lateinschule von Sélestat. Später hatte er sich an der Universität Paris eingeschrieben, dort Griechisch gelernt, bei Fausto Andrelino die Kunst der Poesie und bei Lefèvre d'Étaples Kosmographie, Philosophie und Mathematik bis 1503. Es folgte ein Theologie- und Mathematikstudium an der Universität Heidelberg.

Das Werk *Mundus Novus* hat er aller Wahrscheinlichkeit nach in Paris entdeckt, herausgegeben von Jean Lambert in der Übersetzung von Fra Giocondo, und dann dessen Angaben mit der Geographie des Ptolemäus verglichen. 1505 veröffentlichte Matthias Ringmann bei Hupfuff sein *Mundus Novus* unter dem Originaltitel *De ora Antarctica* mit einer poetischen, geographischen und humoristischen Einführung von 22 Versen. Ringmann hat Gregor Reischs *Margarita philosophica* redigiert.

Piero Soderini (1450–1513) wurde 1502 von den Florentinern zum Gonfaloniere auf Lebenszeit gewählt. Man erwartete von ihm größere Stabilität der politischen Institutionen der Republik, die nach der Verbannung Piero de' Medici und der Hinrichtung Girolamo Savonarolas wiederhergestellt worden waren.

Aber 1512 kehrten die Medici mit der Hilfe einer spanischen Armee nach Florenz zurück, setzten Soderini ab und schickten ihn ins Exil. Er nahm in Ragusa in Dalmatien Zuflucht und blieb dort bis zur Wahl Papst Leos X., der ihn nach Rom berief. Bis zu seinem Tod durfte er nicht nach Florenz zurückkehren.

AMERIGO VESPUCCI wurde am 9.3. 1451 in Florenz geboren und entstammte einer Patrizierfamilie. Er starb am 22.2. 1512 in Sevilla.

MARTIN WALTZEMÜLLER, Martin Ilacomylus, auch Hylacomylus (Waldseemüller, frei übersetzt), wurde zwischen 1470 und 1475, wahrscheinlich um 1474 geboren. Als Geburtsorte werden Radolfzell und Wolfenweiler bei Freiburg genannt. 1490 begann Ilacomylus seine Studien an der Universität Freiburg, zusammen mit einigen jungen Elsässern wie Jean Schott, später Drucker in Freiburg und dann in Straßburg.

«Martinus Walzemuller aus Freiburg in der Diözese Konstanz: 7. Dezember», lautet in deutscher Übersetzung der Eintrag in den Matrikeln der Freiburger Universität des Jahres 1490. Sein Lehrer an der Universität war der Freiburger Kartäuserprior ↗ Gregor Reisch. Er war es, der dem jungen Studenten erste Kenntnisse der Kosmographie, wie die Erdkunde und Kartographie im Mittelalter noch hießen, vermittelte. Das aus der Antike überlieferte Weltbild des Ptolemäus bot damals das Anschauungsmaterial für den wissenschaftlichen Unterricht. Er starb am 16. März 1519 (oder 1520) in Saint-Dié.

WIMPFELING, JAKOB, geboren 1450 in Schlettstadt (Sélestat), Studium in Freiburg, Erfurt und Heidelberg. Aufenthalte in Speyer und Heidelberg, 1515 Rückkehr nach Schlettstadt, wo er 1528 starb.

Zeittafel

Die folgende Zeittafel erhebt keinen Anspruch auf Vollständigkeit. Sie soll nur dabei helfen, die Ereignisse um die Entstehung der ersten Amerika-Karte besser einordnen zu können.

Ab 1457

Die portugiesische Krone stellt wiederholt Patentbriefe für die Entdeckung und Inbesitznahme von «Inseln und Ländern im Westen» aus.

1473

René II. wird Herzog von Lothringen.

Dänisch-portugiesische Grönlandexpedition unter der Leitung der deutschen Kapitäne Pining und Pothorst. Sie wollten das nördliche Asien auf dem westlichen Seeweg erreichen.

1474

etwa um dieses Jahr herum wird *Martin (Ilacomylus) Waldseemüller* geboren.

Johann Amerbach kommt nach Basel, etabliert sich als Drucker und wird Mitglied der Safranzunft.

1480

Konrad Waltzemüller, der Vater von Martin Waldseemüller, siedelt mit seiner Familie nach Freiburg über. Betreibt zusammen mit seinem Bruder Hans in dem väterlichen Doppelhaus «Zum Hechtkopf», Löwenstraße 9 und 11, eine Metzgerei und einen ausgedehnten Viehhandel, der ihm den Namen «Judenküng» einträgt.

Gescheiterte Fahrt des englischen Kapitäns *Thloyde* zu der Insel Brasil.

Nach 1480

Der Florentiner Gelehrte *Paolo dal Pozzo Toscanelli* ermuntert Kolumbus zur Westfahrt nach Asien.

1481

13. *Mai: Jakob Waltzemüller*, Onkel von Martin Waltzemüller, ist an der Freiburger Universität immatrikuliert. Geht nach dem Studium als Drucker nach Basel.

1482

Matthias Ringmann wird in Eichhoffen/Séléstat geboren.

1487

Der «Hexenhammer» erscheint (Malleus Maleficarum).

25. *Oktober:* Gregor Reisch wird als Kleriker der Konstanzer Diözese an der Universität Freiburg immatrikuliert. Er konnte damals die Gebühren des Magisterexamens nicht bezahlen.

Ab 1487

Geheime Erkundungsmission der portugiesischen Agenten *Covilha* und *Pavia* auf dem Landweg nach Arabien, Indien und Ostafrika.

1488

Bartolomeu Dias umfährt das Kap der Guten Hoffnung und eröffnet den östlichen Seeweg nach Indien.

1490

Gauthier (Vautrin) Lud wird zum Ratgeber des Herzogs von Lothringen ernannt (René II.).

Margarete Amerbach wird geboren.

7. *Dezember:* Professor Conrad Knoll, Rektor der damals noch dreiunddreißig Jahre jungen, aber bereits renommierten Albert-Ludwigs-Universität Freiburg, im Bistum Konstanz und im habsburgischen Herrschaftsgebiet Vorderösterreich gelegen, lässt *Martin Waltzemüller* aus Freiburg als Studierenden der Universität zu. Waltzemüller will die Sieben Künste studieren.

1492

Martin Behaim aus Nürnberg stellt in langer, mühevoller Arbeit den ersten Erdglobus her, auch «Erdapfel» genannt. Behaim hatte Jahre in Lissabon gelebt, sogar Seefahrten entlang der afrikanischen Küste gemacht und verstand sich darauf, Karten zu zeichnen. Danach reiste er wieder nach Portugal.

Martin Waltzemüller geht nach Basel und lernt von seinem Onkel, der Buchdrucker war, den Kartendruck.

Oktober: Christoph Kolumbus stößt in spanischen Diensten auf der Suche nach einem westlichen Seeweg nach Indien auf Amerika; hält es jedoch zeitlebens für Ostasien.

1494

Portugal und Spanien teilen die überseeische Welt im Vertrag von Tortesillas unter sich auf. Portugal erhält Afrika und Asien (und später Brasilien), Spanien die von Kolumbus entdeckte neue Welt.

1497

Giovanni Caboto (John Cabot) erreicht in englischem Auftrag auf der Suche nach China auf dem westlichen Seeweg die nordamerikanische Küste zwischen Maine und Labrador.

Amerigo Vespuccis «erste» Reise (bis 1498): Unter spanischer Flagge durch den Golf von Mexico, danach Besuch einiger Inseln und dann weiter Richtung Norden, möglicherweise Chesapeake Bay. Es wurden jedoch keine authentischen Dokumente für diese Fahrt gefunden, sie wird von vielen Fachleuten angezweifelt.

1498

Matthias Ringmann geht zum Studium nach Heidelberg.

Mai/Juni: Vasco da Gama und seine portugiesische Flotte erreichen erstmals Indien.

August: Kolumbus stößt auf der Suche nach Südostasien (als erster Europäer?) auf das südamerikanische Festland – und zwar im Bereich des Orinoco.

Bis 1499
Michelangelos «Pietà» entsteht, Skulptur in der Peterskirche in Rom.

1499
Mai 1499 bis Juni 1500: *Amerigo Vespuccis* «zweite Reise» bis zur Mündung des Amazonas und weiter entlang der Ostküste Südamerikas: 37 000 Meilen in 24 Tagen unter Kapitän Alonzo de Ojeda. Diese Reise gilt gemeinhin als gesichert. Er macht wichtige astromomische Beobachtungen.

1500
Januar: Der Spanier *Vicente Yáñez Pinzón* stößt auf den Spuren des Kolumbus als erster Europäer auf Brasilien und die Amazonasmündung.

April: Cabral nimmt während der zweiten portugiesischen Indien-Expedition auf der Grundlage des Vertrages von Tordesillas Brasilien für sein Land in Besitz.

Peter Henlein erfindet in Nürnberg die Taschenuhr, das Nürnberger Ei.

Die *Juan-Cosa-Welt-Karte* entsteht. Es ist die erste Karte, die nach 1492 Entdeckungen im Westen des Atlantiks zeigt.

Bis 1502
Die Brüder *Corte Real* erkunden für Portugal die Möglichkeit einer Nord-West-Passage nach China im Bereich der nordamerikanischen Festlandküste bis Grönland. Ihre Ergebnisse führen dazu, dass Portugal den Gedanken an eine Durchfahrt nach Asien in nördlichen Breiten für unrealistisch hält und sich an entsprechenden Suchfahrten nicht mehr beteiligt.

1501
Basel tritt der Eidgenossenschaft bei.

Mai 1501 – 7. September 1502: Amerigo Vespucci segelt mit *Alonso de Ojeda* unter portugiesischer Flagge von Lissabon aus 64 Tage über den Atlantik, 400 Meilen entlang der südamerikanischen Küste bis Feuerland (Brasilien, Venezuela und Kolumbien). Auf dieser Reise soll er festgestellt haben, dass das Land gemäß dem Vertrag von Tortesillas zu Portugal gehört, und seitdem überzeugt gewesen sein, dass diese neue Welt ein eigener Kontinent ist. Er soll auch begonnen haben, neue geographische Karten zu zeichnen.
Michelangelo beginnt mit den Arbeiten an seinem «David».

1502

19. Januar: *Gregor Reisch* wird nach dem Tod von Prior Keßlin (26. Dezember 1501) zum Prior der Freiburger Kartause berufen. Wird danach außerdem Visitator der rheinischen Provinz seines Ordens.

Johannes Eck, der große Gegner Luthers, ist Schüler bei Reisch. Lernt bei ihm Mathematik, die Elemente des Hebräischen und die tieferen Gebiete der Theologie. Er ist ein großer Bewunderer des Priors.

Piero Soderini wird Gonfaloniere von Florenz.

1503

Matthias Ringmann beendet seine Studien in Paris.

Die *Margerita philosophica* von Gregor Reisch erscheint in Freiburg bei Johann Schott in erster Ausgabe.

Mai 1503 bis 1504: Die angeblich vierte (geheime) Reise von Amerigo Vespucci, sechs Schiffe unter seinem Kommando mit florentinischen Kaufleuten. Die Fahrt endet ziemlich erfolglos, weil das Flaggschiff havariert falls sie denn überhaupt stattgefunden hat. Einige Beschreibungen finden sich in den *Lettera* von Piero Soderini.

13. November: Manuel II., der König von Portugal, verbietet unter Strafe, nautische Karten zu zeichnen, die die Meere und die Küsten jenseits des 7. südlichen Breitengrades zeigen.

1505
Matthias Ringmann veröffentlicht bei Hupfuff sein Werk *Mundus Novus* unter dem Titel *De ora Antarctica.*

Jean Pélerin (Viator) lässt vom Schriftsetzer *Pierre Jacobi* die erste Auflage seiner *Artificali Perspectiva* drucken, eine Abhandlung über die Perspektive, die auf großes Interesse stößt.

Martin Waldseemüller taucht in Saint-Dié auf.

1505-1520
Die Kopisten und Maler des Scriptorums von Saint-Dié arbeiten an einer Handschrift mit 1450 ornamentierten Buchstaben und teilweise sehr humorvollen Mustern sowie 22 Seiten mit kunstvollen Miniaturen (über das Leben, die Minen, usw.) Mehrere Mitglieder des Kapitels, die Mittel zur Realisierung des riesigen Werkes beigetragen haben, sind mit ihren Wappen darin verzeichnet.

1506
Papst Julius II. gibt Auftrag für den Bau des Petersdomes (Bramante bis 1514).

1507
März: *Gauthier Lud* veröffentlicht seine große Kosmologie unter dem Titel *Speculi Orbis succinctiss. sed neque poenitenda neque inelegans Declaratio et Canon.*

25. April: Die *Cosmographiae introductio* erscheint, die beiden ersten Ausgaben tragen dieses Datum. Die Welt wartet gespannt auf dieses große Werk mit den detaillierten Karten. Die zweite Ausgabe könnte jedoch sehr wohl die erste Arbeit gewesen sein, die von der *officina libraria* stammt, die in Saint-Dié eingerichtet worden ist, da nicht genau bekannt ist, wann die Druckerei in Saint-Dié ihre Arbeit wirklich aufgenommen hat.

Bis 1509

Vicente Yáñez Pinzón und *Juan Diaz de Solis* suchen im Auftrag der kastilischen Krone die amerikanische Festlandküste vergeblich nach einer Passage nach Asien ab.

Bis 1512

Michelangelos Fresken der Sixtinischen Kapelle in Rom entstehen.

1510

Eroberung *Goas* durch die Portugiesen.

1511

Matthias Ringmann stirbt, vermutlich an der Schwindsucht.

Der portugiesische Generalkapitän *Albuquerque* erobert Malakka und sichert auf diese Weise Portugal den Zugang zu den legendären «Gewürzinseln», den Molukken.

1512

Die *Medici* kehren mit Hilfe einer spanischen Armee an die Macht in Florenz zurück (bis 1527).

1513

Im März 1513 wird *Waldseemüller* Kanonikus von Saint-Dié (1514 nach neuer Rechnung).

11. März: *Giovanni de' Medici* wird zum Papst gewählt. Er nennt sich Leo X. Da Giovanni am Tag seiner Wahl zum Papst Kardinaldiakon war, musste er erst am 15.3. 1513 zum Priester und anschließend am 17.3. 1513 zum Bischof geweiht werden. Sein Krönung fand am 19.3. 1513 statt und beendete eine Sedis-Vakanz von 27 Tagen.

Johann Amerbach stirbt.

Juan Ponce de Léon entdeckt Florida.

1516
Der spanische Pilot Major *Juan Diaz de Solis* läuft auf der Suche nach einer südlichen Passage durch die Landmasse der neuen Welt hindurch zu den Gewürzhandelsplätzen des Ostens in den Rio de la Plata ein, den er für die gesuchte Durchfahrt hält. Dieses Unternehmen wird zum Auslöser für die Expedition von Magellan (1519 bis 1522), die – ungewollt – zur ersten Umsegelung der Erde wird.

1517
Martin Luther schlägt seine 95 Thesen an die Schlosskirche zu Wittenberg an.

Eine Gesandschaft um *Tomé Pieres* erreicht den Hof des Kaisers von China.

Bis 1519
Schiffsexpeditionen unter *Francisco Hernández de Córdoba* und *Juan Grijalva*. Sie erkunden die Küste von Yucatán bis Mexiko.

1519
Liber Nanceidos (über die Schlacht bei Nancy) von *Pierre de Blarru* wird in Saint-Nicolas-de Port gedruckt.

16. März (vielleicht auch 1520): Martin Waldseemüller stirbt in Saint-Dié.

Bis 1522
Eroberung des Aztekenreiches durch *Hernán Cortez*.

1520
Magellan findet auf der Suche nach einer Süd-West-Passage die seither nach ihm benannte Meeresstraße zwischen dem Atlantik und dem Pazifik sowie im weiteren Verlauf seiner Reise den von Kolumbus und anderen gesuchten westlichen Seeweg nach Asien.

1522
Elcano kehrt mit 18 Überlebenden der Magellan-Expedition auf dem Schiff Victoria von der ersten Weltumsegelung nach Spanien zurück.

1523
Jean Basin stirbt in Saint-Dié.

Giovanni da Verrazzano erkundet in französischem Auftrag auf der Suche nach einer Nord-West-Passage die amerikanische Ostküste von Carolina bis Maine.

1524
Februar, *Jean Pélerin* (Viator) stirbt in Toul.

Pedro de Alvarado erobert Guatemala und El Salvador.

Mit dem Geld von Banken aus Lyon reist der italienische Seefahrer *Giovanni da Verrazzano* nach Westen. Er erforscht die amerikanische Küste von Florida bis «Terra novus» und nennt die Region «Francesca» zu Ehren des Königs François I. 1529 schließlich schreibt sein Bruder Girolamo auf seine Karte der neuen Regionen «Nova Gallia» – gemeint ist der Nordosten Amerikas.

1525
9. Mai 1525, *Gregor Reisch* stirbt in Freiburg.

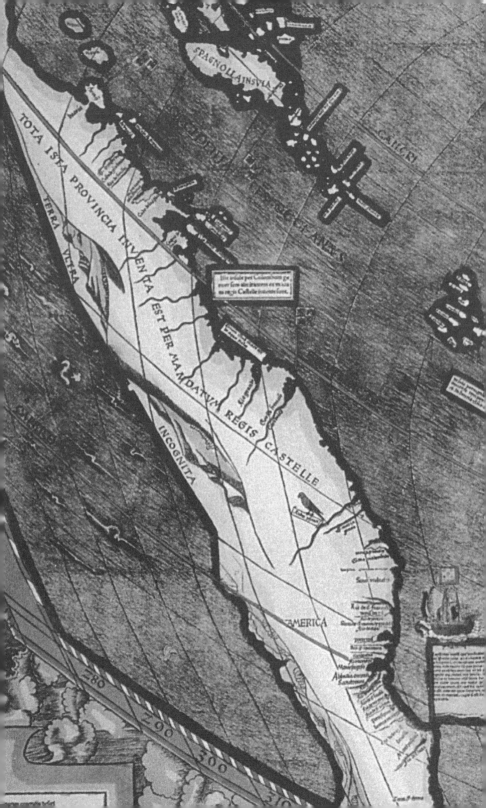